新潮文庫

Story Seller

新潮社ストーリーセラー編集部編

新潮社版

8618

Contents

本文写真　Tatsuro Hirose（新潮社写真部）

Story Seller

首折り男の周辺

伊坂幸太郎

Kotaro Isaka

疑う夫婦

山手線《やまのて》の駅を降り、北東の方角を目指しながら、ガードレールに囲まれた細い歩道を進んでいくと坂道に出る。地面が波打つように、上り坂と下り坂が続く。そこを越え、T字路にぶつかったところで左折する。古い住宅街に入る。電柱やゴミ集積所にはじめじめした湿り気が漂っている。生花店と青果店の前を通ると、一つのアパートに辿《たど》り着く。

横長で二階建て、各階に十部屋、薄暗い煉瓦色《れんがいろ》をした外壁は堂々としているが、入り口付近のポストには錆《さび》があり、雨樋《あまどい》も壊れている。通路の蛍光灯にも黒く煤《すす》けた色があった。各部屋とも構造は同じで、六畳と八畳、キッチン、風呂《ふろ》トイレ、という間取りだ。家賃は高くも安くもなく、少し裕福な学生から、子供を連れた家族まで、さまざまな人間が住んでいた。

「ねえ、あなた、これ、隣のお兄さんじゃないかしら」と安永智子《やすながさとこ》がこぼしたのは、そのアパートの二階、一番端の二〇一号室の居間でだった。

安永純平《じゅんぺい》は、その安永智子の隣に座っている。二年前、定年を迎えた時に、長年住み続けてきた家を売り払い、このアパートに引っ越してきた。近所には知り合いも乏しく、一人息子も転勤で関西に行ってしまったため、夫婦揃《そろ》ってテレビを観《み》て、毎日を過ごしている。

夕食を食べ終え、食器も残飯も片付け、リンゴを齧《かじ》りながら、コタツに身体《からだ》を入れ、テレビ画面を眺めていた。

「隣の?」

部屋の隣といえば、二〇二号室しかなかったから、妻の言う男がその二〇二号室に住む、若者だとはすぐに分かった。引っ越してきた際に挨拶《あいさつ》もなく、表札プレートもなかったため、名前は知らないままだったが、何度かその大きな身体は見かけた。

安永智子の指すテレビ画面を見やる。

過去の事件を扱う番組だった。

迷宮入り間近の重大事件や古い失踪《しっそう》事件について、視聴者から情報を募り、さらには怪しげな専門家に分析をさせ、「この犯人は、あなたのそばにいるかもしれません」だとか、「この失踪者は、あなたの働くお店にやってくるやもしれません」などと訴える、報道番組ともバラエティ番組とも言いがたい内容のもので、今は、都内で発生した、バス停留所での殺人事件について、分析めいたものをやっていた。

猛暑で誰も彼もが朦朧《もうろう》としていた数ヶ月前、田端駅へ向かうバスの停留所で、ある男が首の骨を折られ、殺されているのが発見された事件だ。停留所に立っていた被害者は一瞬のうちに、背後から首を捻《ひね》られ、殺されていた。過去にも類似の事件があったことから、当時から話題騒然だったが、いまだに犯人は捕まっていない。

テレビ画面では、「当番組の独自情報網で集めた目撃談」なるものをもとに、犯人の人物像が、「身長百八十五センチメートル」「格闘家のような体格」「髪は短く、黒い」「黒い眼鏡をかけている」「白いTシャツにジーンズ姿」と箇条書きで表わされている。

事件当日、その大男とすれ違った婦人の談話もあった。「わたし、たまたまそこで、車の鍵《かぎ》を落としちゃったんですけど、その若い人が拾ってくれたんです。右腕のところに、大きな傷があったからよく覚えていて」とやや得意げに喋《しゃべ》る姿は、UFOの目撃について語るようでもあった。

「どれも隣のお兄さんに当てはまるような気がしませんか？」安永智子は言った。おっとりとした彼女は滅多なことでは取り乱さない性格だ。三十数年前、結婚した時からそうだ。

「何言ってるんだ」

「よく見てくださいよ、ほら。この条件」

安永純平は並べられた項目を一つずつ吟味していく。言われてみれば、隣に住む男に当てはまる。

「いつ引っ越してきたんだったか」

「九月でしたよ」安永智子が決め台詞《ぜりふ》でも発するかのように言った。「ほら、ちょうどこの事件のあとですよね」

安永純平はしばらく、黙り込む。隣人は確かに、短髪で長身、格闘家と言っても通用する外見だ。肩幅が広く、胸板が厚い。「眼鏡、かけていたか？」

「かけていないですけど、コンタクトとかじゃないですか？　一度だけ、かけてるところも見たことあるんですよ。黒いやつで」

「会社員っぽくはなかったよな」

「そうなんですよね。言われてみれば、昼間もよく会いますし、怪しい感じが」

「隣の人をそう簡単に、怪しいと言うのはどうなんだよ」

テレビではさらに、目撃者情報をまとめた似顔絵と全身の図が映された。あ、隣の若者だ！　と声を上げそうになった。それほど似ている絵だった。

「ね、似てますよね」

「確かに、似てるな」

だからと言って、隣に首折りの殺人者が住んでいるとはすぐには思いにくく、うーん、でもなあ、と独り言のような短い呻《うめ》きを上げ、リンゴを齧ることしかできない。

「行ってきましょうか」安永智子が言い出したのはしばらくしてからだった。「隣の部屋に行って、確かめてきましょうか」

「あのな」安永純平は顔をしかめずにはいられない。「まさか『人を殺しましたか』なんて質問するんじゃないだろうな」

「まさか、そんなことはしないですよ」

「おまえならやりかねない」

「どういう心配なんですか」

「おまえは、警戒心が足りないんだ」

安永純平は本心から心配していた。安永智子には深く考えることもなく、大胆なことをしでかす節がある。会社勤めの経験がゼロで、世間知らずで暮らしてきたためなのか、危機意識が薄いのだ。実際、築二十五年の家を売り払うことになったのは、彼女が気軽に手を出した、資金運用の失敗が原因だった。突然、訪問してきた怪しげな営業マンの勧めに従い、いくつかの先物取引に手を出し、損を出した。「ここで、もうひと踏ん張りすれば、損を取り戻せますよ」という言葉に騙《だま》され、借金までして、結局、損害を増やした。安永純平が気づいた時には、家を手放す以外に方法がないところまで来ていた。

「どうなってるんだよ。親父《おやじ》、それでいいのかよ」一人息子は、家の売却の件を知った時、驚き、そう言った。

安永純平の答えは素朴なものだった。良くはないが、家を売ればどうにかなるのだから、最悪な状態とも言えない。老後を二人で暮らすのには広すぎる家だったから、細かいことを気にかけなければ、結果オーライだったのかもしれない、と。「母さんに家計を任せきりだったのは、俺の責任だしな」

「親父はお人好《ひとよ》しすぎる」と息子は呆《あき》れたが、それ以上は特に責めてこなかった。

「おまえ、後でこっそり、隣に確認しに行こうなんてするなよ」安永純平はテレビから目を離し、妻を見る。

「まずいですか」

「本当に、彼が犯人だったら、危なすぎるだろうが」

「でも、ほらあなた、たとえば、腕の傷があるかどうかだけでも分かるかもしれないわ」

「夏ならまだしも、冬のこんな時期に半袖《はんそで》でいるわけないだろ。腕まくりでもしてもらうのか？　余計に怪しまれるぞ」

間違われた男

伊坂幸太郎
Kotaro Isaka

小笠原稔《おがさわらみのる》は中央線の快速の停まる駅、その近くの繁華街にある、古いアーケード通りにいた。ファストフード店から、向かいのビリヤード店にでも行こうか、と外に足を踏み出したところで、通りかかった男に、「おい、大藪《おおやぶ》、こんなところで何やってんだよ」と興奮した声で言われた。背広姿で、歯の出た、小太りの男だった。白髪は多いが童顔でもあって、年齢が分からない。ネクタイをしているものの、折り目正しい感じはしない。

金の返済を求める男が現われたのかと思い、びくっと身体を反らしてしまった。最近は、「金を返せ」という脅しを受けてばかりだったからだ。どうしてこんなに借金が増えてしまったのか、そもそもあれは借金ではないのではないか、と思わずにはいられない。

パンの製造工場で働く同僚、同い年の男に金を貸したのがはじまりだった。

「小笠原君、お金を貸してよ」

さほど親しくもなかったその、前歯が一本欠けた男はどういうわけかある時、急に馴《な》れ馴《な》れしく声をかけてきた。理由はすぐに察しがついた。彼の友人の友人が、小笠原稔の高校時代の同級生だったのだ。つまり、歯抜けの彼は、「小笠原稔は体格こそ立派だが、精神的には弱く、闘争心の欠片《かけら》もなく、十代の頃にはよく金を巻き上げられていた」という事実を知ったに違いなかった。

人の臆病《おくびょう》に付け込むような態度に、小笠原稔は腹が立ったが、結局は金を貸した。怖かったのだ。「貸した金は返ってこない」「金の要求は止《や》まない」と過去の経験から分かっていたにもかかわらず、小笠原稔はその流れから逃れることができなかった。

案の定、歯抜けの男は金を返そうとしなかった。さらには、「お金を借りないか」と言ってきて、小笠原稔を驚かせた。半年前のことだ。今まで散々、金を貸せと言ってきた彼が、「借りないか」と言い出すことが不可解だった。

「俺の知り合いが金貸しやってるんだけど、そこで十万ほど借りてくれないか？　すぐに返せばいいから。営業成績みたいなのがあって、そいつも誰かに金を貸した実績をアピールしないとまずいんだって」と彼は言った。

納得はできなかった。が、小笠原稔は気づくと、名前も知らない金融会社に出向いていた。築二十年ほどと思《おぼ》しき、分譲マンションの一室で、柄の悪い男が五人と派手な化粧の女が一人いる、事務所だった。明らかにまともな会社ではなかった。そこで、十万円を借りた。強引に話を進められ、拒むことができなかった。

もちろん、借りてすぐに返せば良い、と考えていた。歯抜けの同僚からは、「借りるだけでいいから」と言われていたからだ。

が、そう簡単にはいかなかった。

十万円を借りたその日に返済すると、電話がかかってきて、「何を考えてるんだ」と恐ろしい声で脅された。「今日借りて、今日返すなんて、なめてるのか」と大声で言われ、怖くなった小笠原稔は結局、再び、十万円を借りることになった。それ以降、何回か返済を試みたが、そのたびに難癖をつけて受け取りを拒否され、もしくは恐喝まじりに突っ返され、利息だけが膨れ上がった。貯金は底を突き、二百万円もの借金が出来上がっていた。歯抜けの男はいつの間にか、パンの製造工場の仕事を辞め、姿を消した。

明らかにまともな契約ではないし、警察に届け出るべきだとは分かっていた。だが、「警察に言ったらどうなるか分かってるのか」という陳腐な脅しが怖く、何もできないでいた。

目を逸《そ》らしたかったのだ。このまま、うやむやにすべてが解決しないだろうか、と夢想するだけで、見えるものも見ず、できることもやらない。子供のころからそういう性格だった。

金を返せ、という要求は続いた。脅しの電話が始終かかってきたし、パン工場からの帰り道やスーパーマーケットへ行く途中、突然、金融会社の若い男たちに左右から挟まれ、建物の裏手へ連れていかれ、暴力をふるわれることもあった。証拠を残したくないからなのか、傷や怪我《けが》が残らない、巧妙な痛めつけ方をしてくる。肉体的ではなく、精神的に苦痛を覚える暴力ばかりだった。直接、アパートに乗り込まれることはなかったが、それも、隣人から目撃されることを避けたかったからだろう。巧妙で、卑劣だった。

「おまえ、身体はでかいのに、まるで駄目だな」とは金融会社の男が何かの折に嘲笑《ちょうしょう》してきた台詞だ。

小笠原稔は言い返すこともできず、怯《おび》えで鼓動が早くなった。怖くて仕方がない。子供の頃から体格は良く、小学生の頃には、我が物顔に振舞っていた時期もあった。ただ、ある時、クラスの生徒全員に囲まれ、押さえつけられ、糾弾《きゅうだん》され、殴る蹴《け》るの暴力をふるわれ、そこで一気に、他人が恐ろしくなった。自分の弱い心を守るように、身体を鍛え、体格は立派になったものの、内面の脆《もろ》さは変わらない。図体《ずうたい》ばかりの臆病者、まさにそれだ。

「大藪」とまた呼ばれる。

無視をして、通り過ぎようとしたが、その男が立ちふさがってきた。「大藪、何やってんだよ。こっちだよ」

「誰ですか、それ」小笠原稔は怯えながらも言い、相手を見下ろす。

「何をとぼけてるんだよ。探してたんだって。駅のコインロッカー脇《わき》で、って約束だっただろ。もう十五分も過ぎてるし、先方も来る頃だ。というより、見つかって良かった」

小笠原稔は眼鏡の縁を触り、無言で男を眺めた。嘘《うそ》を言っているようにも見えない。必死さがみなぎっている。約束のことも、客のことも知らなかったし、「人違いです」と言い返す。

「おいおい、何の冗談だよ、大藪。そんな外見の奴《やつ》がそうそういるわけないだろ」

「身体は大きいですけど、顔は平凡ですよ」どうして自らそんな説明までしなければならないのか、小笠原稔は不本意で仕方がなかった。

相手は少し黙った。小笠原稔を見つめ、思案している。「まあ、大藪にしては、おどしてるよな」

「ですよね」と反射的に言った。小笠原稔と初めて会った人間は大半が、その体つきのせいだろう、「怖い人間」だと勝手に決めつけてくる。そして、小笠原稔の小心で怖がりな性格を知るにつれ、意外そうな顔をし、軽んじてくるのだ。「ほら、俺は小笠原って言うんです」

求められてもいないのに、ポケットから財布を取り出し、免許証を出した。アーケード通りには人の流れがそれなりにあったから、立ち止まったまま問答を続ける小笠原稔たちを、少し怪訝《けげん》そうに眺めていく通行人もいた。一見すると、大柄な男が公衆の面前で金を脅し取ろうとしている場面に見えるが、財布を出しているのはその大男のほうだから、違和感はあったはずだ。

「いや、大藪の本名なんて知らねえよ」と男は手を振る。ただ、「大藪が免許なんて簡単に見せるはずねえよな」とうなずきはした。「それにしても、そっくりだなあ」

ややこしいことにかかわりたくはなかったため、小笠原はその場を立ち去ろうとした。

また腕をつかまれた。びくっと身体《からだ》を震わせる。ひい、と言いそうになった。

小学校や中学校で、同級生たちに殴られた時の恐怖が甦《よみがえ》った。彼らは遊び半分であったのかもしれないが、学校に行くたび、自尊心が削られ、世界から見放された絶望を感じたあの恐《こわ》さは、いまだに身体に染《し》み込んでいる。

男は目をぱちぱちとやり、「あんたが別人だってことは分かった。他人の空似だ。ただ、頼みを聞いてくれねえか」と懇願口調になる。

「急いでるんです」と嘘をついた。行く場所などどこにもなかった。アパートで一人きりでいるよりは、繁華街で一人きりでいるほうがまだ、孤独が紛れるのではないかと思っただけで、用件など何もない。とにかく、駅の方向へ、再び歩み出そうとした。

「少しなら、おまえに金を払ってやってもいい」男は声を大きくする。周囲の目が一気に集まってくる。小笠原稔は居心地が悪くて仕方がない。やめてください、と宥《なだ》めようとしても、男はやめない。

「頼むよ。俺の命がやばいんだ。人助けだと思って」と拝んでくる。

小笠原稔は足を止め、男を見た。金、という言葉と、命、という言葉が引っかかる。

男の目がそこで、光った。抜け目のない顔つきに、しまった、と小笠原稔は後悔するが、その後悔に浸っている間もなく、男は、「よし、そこでちょっと段取りを話すから。やることは簡単なんだ。頼むよ」とファストフード店を指差した。

店の中で、小笠原稔が依頼されたのは次のようなことだった。

地下の薄暗いバーに入る。一番奥に二人がけのテーブルがある。鼠色《ねずみいろ》の安っぽい背広を着た、役所勤めとしか見えない男がやってくる。瓜《うり》のような顔をした、耳たぶの大きな、青白い男だ。男は名乗らないが、気にせず挨拶《あいさつ》をしろ。その男は、おまえと面識がある。

「ないですよ」小笠原稔が慌《あわ》てて、否定する。

「大藪とだよ。おまえは、大藪の代役なんだ。それくらい分かってくれよ。いいか、その瓜みたいな男は、面識がある。だからこそ、おまえにしか代役ができねえんだ」男は面倒そうだった。

「あなたはいったい」

「俺はまあ、大藪のマネージャーみたいなもんだよ。客から話を聞いて、スケジュールを調整して」

「それなら、その瓜みたいな」

「客のことを瓜とか言うんじゃねえぞ」男は、小笠原稔よりもかなり背が低く、小柄だったが、凄《すご》んだ声には迫力があった。瓜って言ったのはそちらが先ではないか、と反論もできない。「今日のその客は、直接、大藪と会いたいんだよ。別の人間が仲介するのを嫌がってるんだ。伝達漏れもありえるし、何より、仲介がいると責任感が薄れるって思ってるわけだ。神経質すぎるんだよな。とにかく、俺が会っても、相手にされない」だからとにかくおまえは、と彼は続けた。だからとにかくおまえは、大藪のふりをして、座って、相手の話を聞いて、適当に相槌《あいづち》を打ってくれ、と。

「やはり帰ります」と抵抗した小笠原稔に対し、男は、「さっきの免許証の住所、覚えたからな。ここで引き受けないと、お邪魔するぞ」などと言う。恐ろしさで言葉を失う。

バーの店内は薄暗く、少し離れた隣のテーブルも、カウンターの様子もほとんど把握できない。客はまばらだった。影が浮かんでいるだけにも見えた。

現われた男は、事前に聞いたとおり、実直で勤勉な公務員に見えた。男は挨拶もなく、向かいの椅子《いす》に座った。面長で瓜のような顔で、耳たぶが目立つ。目が細く、眉《まゆ》も薄い。小笠原稔をちらっと見ると、顎《あご》を引いた。

小笠原稔は、心臓が高鳴っているのがばれないようにと素知らぬふうを装《よそお》い、首を縦に振った。店員は注文を取りに来なかった。そういう取り決めになっているのだろうか。水さえ置きに来ない。

大藪のマネージャーと称する男からは、「いいか、詳しくは言えねえけどな、そいつのところからは今、仕事を頼まれてる。たぶん、進行状況を聞かれるはずだ。『順調だ』

『問題ない』と答えておけばいい。それだけだ。あとは、相手が何か喋《しゃべ》っても、短く返事をして、うなずいてればいいからな」と指示を出されていた。

瓜顔の男はテーブルの上に封筒を出し、中から写真を出した。恰幅《かっぷく》のいい中年男性の姿がある。四角い顔にあぐらをかいた鼻、眉は太く、髪は短い。大きな口を開け、笑っている表情には自信が満ちていた。精力的な還暦の男、という具合だ。

これ、誰ですか、などと危うく聞き返したくなってしまう。平静を装い、写真を見やる。脇《わき》にメモがある。印字されたもので、住所と日時が書かれている。

「この資料は届いていますよね」と瓜顔の男が言う。

「ああ」とうなずく。それだけでも、喉《のど》から心臓が出そうだった。

それから彼は段取り通り、というべきなのか、「進行具合は？」と訊《たず》ねてきた。「予定通り実行できそうですか」

「大丈夫だ」小笠原稔はできるだけ感情を押し殺し、返事をする。

その後、どんな会話を交わしたのかはほとんど覚えていない。あまり時間が経《た》たないうちに相手は、「じゃあ、引き続き」と言って封筒に写真とメモをしまうと、立ち去った。

どう考えても、物騒な話にしか思えなかった。

いじめられている少年

都営地下鉄の駅から地上に出て、バスで十分ほど揺られた場所にある住宅地、その中心にある高層マンションの十五階、北側の部屋で布団《ふとん》を被《かぶ》っている中島翔《なかじましょう》は、なかなか寝付けなかった。枕元《まくらもと》の目覚まし時計を見ると、深夜の一時になっている。家の中は静かだ。廊下を挟んで向かい側の寝室にいる両親も、とうに眠っている。マンション中の全員が眠っているのではないか、と中島翔は疑いたくもなった。

毎日、九時には就寝していることを考えると異例の時間帯で、こんな時間が本当に実在していたのか、と幽霊やUFOの存在を確認するような気分だった。

幽霊の存在! 天井を眺めながら、中島翔は泣き出しそうになる。すべての発端はそのことにあるように思えた。

半年ほど前、中学二年のクラスにもようやく慣れ、同級生の中でもいくつかのグループができはじめた頃だ。中島翔は同じ軟式テニス部である、山崎久嗣《やまざきひさし》と喋ることが多く、彼の小学校からの友人だという数人とも親しくなり、よく行動をともにしていた。クラスの中でも、賑《にぎ》やかで目立つグループといえた。

「幽霊っていると思うか?」山崎久嗣がある時、昼休みの教室で言い出した。普段は、

伊坂幸太郎
Kotaro Isaka

外でサッカーやテニスをして遊ぶのだが、その日は雨で、屋内で雑談をしていた。「俺、昔、見たことがあるぜ、幽霊」

それはよくあるような、夜中に河川敷の近くを歩いていたらぼんやりとした輪郭の人影を見た、というありきたりのものだったが、他の友人たちは、「怖えなあ」と盛り上がった。中島翔もいつもであれば話を合わせ、当たり障《さわ》りのない冗談を言うのだが、その時はどういうわけか、「幽霊なんていないって。山崎、何言ってんだよ」と強く主張した。単に、他の友人たちと違う意見を言って存在感を示したかったのだろう。

自分が、「幽霊なんていないよ」と言い切れば、山崎久嗣が、「いるんだって。おまえこそ何言ってんだよ」と言い返してきて、やいのやいのと掛け合いをすることで面白い雰囲気が出来上がるのではないか、と期待していたところもあった。さらには、わいわいと言い合いすることで、ほかの同級生に、「あいつら面白そうだな。楽しそうだな」と認められることまで狙《ねら》っていたのかもしれない。

今となっては、どうしてあんな態度を取ってしまったのか、と半年前の自分の行動を、馬鹿《ばか》な他人を思うように、想像するほかない。

とにかく、その時に山崎久嗣が血相を変えて、「おまえ、何を偉そうなこと言ってんだよ」と怒り出したことは、中島翔には予想外だった。

教室内が凍りついたようになり、中島翔は、自分が失敗した、と即座に気づいた。安全な、舗装道路を横切っているつもりだったが、そこは、足を踏み外せば一気に落下する、脆《もろ》い細道だったのだ。教室の床が開き、自分が落下していく感覚がある。寒気に襲われた。

「中島、おまえ、頭いいからってちょっと感じ悪いよな」と別の友人が言った。中島翔はそこですぐに謝るなり、「だって幽霊、怖いんだもん。いないことにしたいよ」と自分の弱さを強調し、擦り寄ってみせれば良かった。事態は悪化しなかったはずだ。それなのに、咄嗟《とつさ》に、「まあ、俺、頭いいからさ」と返事をしたことが致命的だった。中島翔自身は、自分の頭が良いことを意識していなかったため、大袈裟《おおげさ》に自慢することでユーモアになるのではないか、と思ったのだ。裏目に出た。クラス中が無言で、冷ややかな目で自分を刺してくるのが分かった。

翌日から、誰も中島翔に近づかなくなった。無視をされる状態が続いたのだ。はじめのうちは、自分から話しかけることも試みたが、応答が皆無であることに深く傷つき、自分を慰めるためにへらへらと愛想笑いを浮かべることも苦痛になった。軟式テニス部にも、山崎久嗣が素早く根回しをしていたため、部活動に出ても会話がなかった。さすがに、上級生までは、無視をしてこなかったが、かといって上級生に取り入るような真似《まね》もできず、次第に中島翔は部活動の練習も休むようになった。

その状態が一ヶ月ほど続き、今度は急に、無視が終わった。山崎久嗣たちが、中島翔に接触してくるようになったのだ。もちろん、仲直りをしたわけではない。親しさを装いつつも、暴力をふるわれるようになっただけだった。朝、中島翔が登校してくると、「よお」と言いながら、胸を思い切り叩《たた》いてきた。それがエスカレートすると、拳《こぶし》で殴ってきた。「思い切り、息を吸ってみろよ」と言われ、中島翔が深呼吸さながら息を吸うと、そこを狙って、胸を思い切り前後から叩かれた。そうすると失神することが多く、中島翔はたびたび床に倒れた。

それでも無視されるよりはマシだな、と思った。学校で、誰とも会話をせず、机に座ったままで一人きりでいるのは惨《みじ》めで、家に帰ってから親の顔を見ることもつらかった。

暴力は少しずつエスカレートしたが、我慢できないほどではなかった。

ただ、一週間前、少し変化があった。悪い方向への変化だ。

学校からの帰り道、どこにいたのか山崎久嗣と数人が立ち塞《ふさ》がって、潰《つぶ》れたばかりのコンビニエンスストアの裏側へと中島翔を引っ張っていき、金の要求をしてきたのだ。

彼らはまず、中島翔の腹を殴った。うずくまったところを靴で踏むようにした。頭を庇《かば》おうとすると、脇腹をつま先で蹴《け》られた。いつもよりも執拗《しつよう》だった。山崎久嗣は、「金を持って来いよ。十万な」と言った。

中島翔にはおおよそ、背景の見当がついた。山崎久嗣が部活動を休みがちになり、評判のよろしくない上級生、卒業生と付き合いはじめていることは、知っていたからだ。

お金が必要になったのも、その先輩たちが関係しているのではないかと想像できた。

「無理だよ、お金ないし」

「どうにかして作れよ。一週間やるから。学校だとまずいからな、一週間後、この時間、この場所に来いよ。俺の先輩たちも呼ぶからな。逃げたり、誰かに相談したら、おまえ、ぶっ殺されるぞ」

彼のまわりにいる仲間が、それは別の学校の生徒のようだったが、全員、うなずいた。

そして、その、「一週間後」が明日だった。深夜一時であることを考えると今日とも呼べるが、とにかくこのまま眠って起きれば、その当日となるのだ。眠れるわけがなかった。

天井を眺める。

「おまえ、金は払わないほうがいいぞ」そう言った大男の姿を思い出す。

格闘家のような、大柄な男だ。その大男は、一週間前、「金を持って来いよ」と言った山崎久嗣たちが立ち去った後、倒れていた中島翔のそばに寄ってきた。「ちょうど店の中で休憩してたんだ。そうしたら、騒がしかったから興味がわいてさ」と言い、彼は元コンビニエンスストアの店舗の中を指差した。「おまえ、苛《いじ》められてるのか」

「知らないっすよ」中島翔は反射的に、ぶっきらぼうに言い返した。こちらが舐《な》められたらおしまいだ、と思った。大人には、こちら側の世界は分からないはずで、安易に助けを求めることは危険で仕方がない。それくらいは知っている。大男は若く、二十代ではあるようだったが、大人には変わりなかった。

「気張るなよ」男は笑いもしなかった。「やられっ放しでどうすんだよ。闘えよ」

「関係ねえだろ」

「お金を払ったら、また要求されるぞ」

「関係ねえだろ」

「いいか、今の奴《やつ》らはどうせ、上の奴らから金を要求されてるはずだ。で、その上の奴らの上には、さらに別の奴がいる。そういうもんだよ。全部、上から下に落ちてくる。上にいる奴らは、下から吸い上げることに罪悪感も覚えてない。下にいる奴らのつらさだとか大変さには興味もない。むしろ、喜んでるかもしれない」

「それがどうかしたんすか。そんなことは知ってますよ」

「試しに対決してみろよ」男はぶっきらぼうで、楽しんでいる様子もなかった。

「俺、殺されますよ」

「あのな、そう簡単には死なねえよ」

「死にますよ」

「あ、そうだな」大男は急に意見を撤回した。「人は簡単に死ぬ。死ぬし、殺される」

「何なんですか」学生服についた土を払う。早く、その場を後にしたかった。

「来週、俺も来てやるよ。待ち合わせはここなんだろ？　じゃあ、あれだ、向こう側にコインランドリーがあるのが分かるか？」と歩道に指を向けた。

道の、学校寄りのところにビジネスホテルがあって、それに併設する形でコインランドリーがある。古い木造の建物で、利用客は滅多に見たことがない。

「あそこで落ち合おう。待ち合わせだ。で、一緒に付き合ってやるよ。対決に立ち会ってやる。心強いだろ？」

中島翔は目の前の大男がどこまで本気で喋っているのかつかめず、不気味に感じた。ただ、大人を助っ人《すけ と》に頼むことほど恥ずかしいことはない、と思った。

見透かしたように男が言う。「おまえが殺されそうになったら、手助けしてやるけど、それまでは見守っててやるから。まあ、お守りだと思ってりゃいい」

「何なんだよ」

「大人に助けを求めるなんて卑怯《ひきょう》だ、とか思うなよ。人数が多くて、喧嘩《けんか》慣れしてる奴らとやるなら、それなりに武器が必要なんだからな。おまえなんて、その辺の落ちてる釘《くぎ》とか、ゴルフクラブを使ってもまだ、ハンデが埋まらねえよ」

「何言ってんだよ」

「おまえ、運が良かったぜ。さっきの奴らは、誰かに相談したらぶっ殺されるぞ、なんて言い残したけどな、俺の場合は、勝手に聞いてただけだ。おまえが相談したわけじゃない」

あの大男の目的は何なのだろうか？　布団の中で姿勢を変えながら考えるが、答えは出てこない。明日、俺はどうするんだろう、と思い、このまま朝になってしまうぞ、と枕に顔を押し付けていると、いつの間にか眠っていた。

朝起きると、父親はすでに出勤していた。最近は、西日本のどこかの会社の仕事に取り組んでいるらしく、朝から新幹線で出張に出ることが多かった。

食卓でテレビ番組を観《み》ながら、食パンをかじる。制服に着替え、トイレに行き、髪を整え、学校に向かう。母が台所で食器を洗っている隙《すき》を狙い、鏡台の引き出しに入っているパスケースから、銀行のキャッシュカードを一枚抜き、制服の内ポケットに入れた。

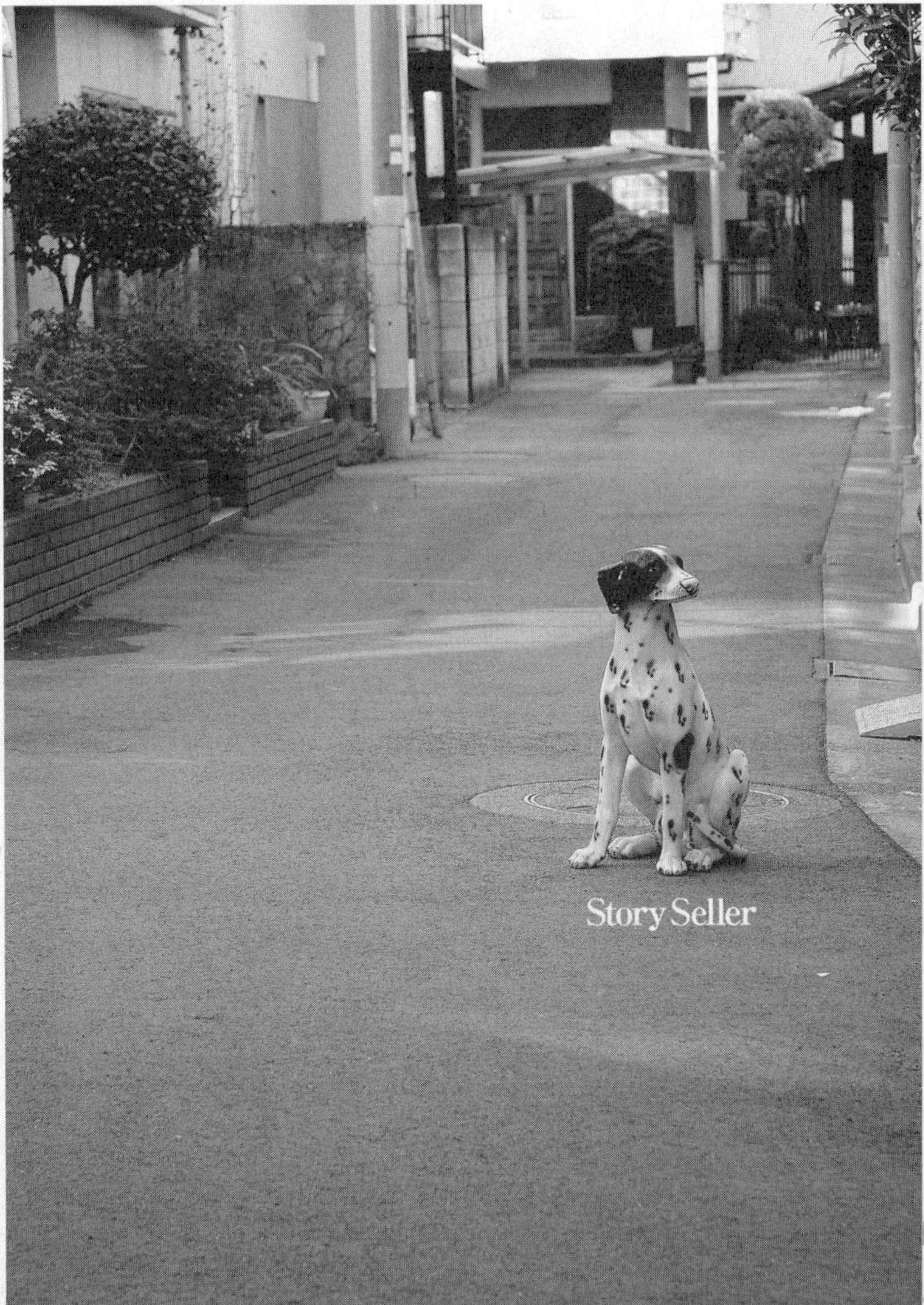
Story Seller

疑う夫婦

安永純平は散歩がてら、山手線の最寄り駅前にある銀行まで妻と一緒に向かった。午前中であるため、人通りは少なく、街中に飛び交う音もずいぶん小さかった。空気も濁っていないように感じる。

ガードレールが設置された歩道は狭く、二人で並んで歩いているとどちらかが身体《からだ》をぶつけかねないので、縦に一列となり、歩いていた。

「ねえ、あなた、やっぱりそうじゃないかしら」と後ろから妻が言ってきたのは聞こえたが、面倒なので返事をしなかった。縦に並びながら会話をすること自体が、無理な話なのだ。

「ねえ、あなた、聞こえてます?」

聞こえてる、と小声で返事をするが、それが妻の安永智子には聞こえない。「ねえ、あなた」としつこく、繰り返してきた。「ねえ、あなた」「ねえ、あなた」と背中に石を立て続けに放られる気分だ。

細い道を抜け、交差点にぶつかる。横断歩道の前でようやく、妻と横に並ぶことができたので、「うるさいぞ」とたしなめるが、彼女は気にも留めず、「ねえ、あなた、やっぱりそうじゃないかしら」と言ってきた。

「何が、やっぱりそう、なんだ？」

「隣のお兄さんですよ。昨日の夜のテレビでやってた、首折りの犯人じゃないですか？」

「まだ、そんなことを言っているのか」

「そんなことじゃないですよ。おおごとですよ」

「まさか、俺が寝ている間に、隣の部屋には行ってないよな」

「あなたに内緒で、軽はずみなことをするわけないじゃないですか」

俺に内緒で、軽はずみに借金を作ったのはどこの誰なのだ、と言いたくなる。蛙《かえる》の面《つら》に小便、という言葉がこれほどぴったりと来る人間もいないな、と思った。

「でも、あの事件、本当に怖いですよね。似たようなことが過去にもあったって、全然知らなかったですよね」

首の骨を折られ、あっという間に殺害される事件は、夏の停留所でだけではなく、この三年で五件ほど発生しているらしい。被害者は中年男から若い女性までさまざまで、場所についても西から東、北海道まで全国にまたがっている。共通点は、いずれも頸椎《けいつい》骨折による即死という点と、犯人が捕まっていないという点だ。

「映画館で、首を折られてしまったという人もいるらしいですよ。怖いですよね」

「おまえはいつ、どこで、そんな情報を調べたんだ」

「あなたが寝ている間に、週刊誌を買ってきたの。ちょうど、特集をしていたから」

いったいいつ妻が出かけていたのか。眠っていたとはいえ、まったく気がつかなかった自分に、少し呆《あき》れた。歳《とし》のせいだろうか、と思うと暗い気持ちになる。

歩行者信号が青に変わった。音楽が流れる。安永純平は進みはじめる。妻が慌《あわ》てて、ついてきた。置いていかれぬように、と大股《おおまた》になりながらも、「ねえ、あなた」と話を続けてくる。「きっと、あれね、プロの殺し屋みたいな感じなんでしょうね」

「おまえはそういう漫画みたいなことをよく言えるよな」

「でも、そうですよ。だって、全国あちこちで事件が起きてるんですから。お金で依頼されて、人の首を折っちゃうんですよ。隣のお兄さん」

「隣がそうだと決め付けるな」

「でも、昨日のテレビでやっていた、犯人の特徴、当てはまるじゃないですか」

そうかそうか、と聞き流すように言いつつ、安永純平は完全に聞き流してはいなかった。隣人が首折り男？　隣人が殺人犯？　にわかには信じ難いがもし可能性があるのだとしたら、何か手を打たねばならないはずだ。不安が胸を満たしはじめる。「テレビ局に連絡してみるか」と意識するより先に、つぶやいていた。

銀行に到着すると、キャッシュディスペンサーのコーナーに近づく。「わたしはちょっと、雑誌を見てきますね」と安永智子は当然のように言うと、窓口のある場所に歩いていった。置かれている雑誌を読むつもりなのだろう。のんびりしているが、あくまでも自己中心的なあの性格はいったい何なのか、と安永純平は苦笑する。

予想していたよりも、列が長かった。いつもはさほど混んでいないので、珍しいな、と前を見ると理由はすぐに判明した。もともと二台しか設置されていないうちの一台が故障しているらしく、技術者と思《おぼ》しき男が工具片手に機械の扉を開けていた。残った一台の前には、子連れの女がいて、操作に手こずっている。後ろ髪を一つに結んだ、小柄な女だった。振込先がたくさんあるようだったが、遅い要因はそれだけではない。二歳だか三歳だか分からないが、その子供がいちいち、「僕がやる。僕がやる」と横から手を出し、ボタンを押そうとするので、恐ろしいほど時間がかかっているのだ。

列を作る客たちはあきらかに苛立《いらだ》っていた。

安永純平は特に急ぎの用事もなかったが、それでも不快に感じた。

少しすると前から、「いい加減にしてくれよ。もう少しやって、まだ時間がかかるんだったら、後ろへ並べよ！」と男が声を張り上げるのが聞こえた。「子供、じっとさせていろよ」

はっとして視線をやると、一番先頭にいる男が怒っている。

「本当にすみません。今、終わりますから」とその母親は頭を下げる。横にいる、この小さな騒動の張本人とも言える子供は、状況が分かっていないのか振り返り、照れ臭そうに笑っていた。

結局、それでもその母親の作業はすぐには終わらず、むしろ怒られたことで焦《あせ》りが生まれ、もたもたしたのか、いたずらに時間がかかった。

立ち去る際に、母親は、大声を上げた男を振り返り、頭を下げた。そこまで謝ることもないだろうに、と思ったが、その彼女の口元にわずかではあるが笑みが浮かんでいるようにも見えた。どうして微笑《ほほえ》むのかが分からなかった。あの母親は見た目よりも神経が太いのか、もしくは、あまりに怯《おび》えて顔が引き攣《つ》ってしまっただけなのかもしれない。

安永純平は列を離れると、妻のもとに行った。「ここは混んでいる。別の場所で、引き落とそう」

「あら、そうですか」読みかけの雑誌を閉じ、安永智子が立ち上がる。

銀行の出口へ歩きながら、安永純平は、今、ディスペンサーの前であったことを喋《しゃべ》った。「嫌な雰囲気だったから、並んでいるのが嫌になった」と正直な気持ちを話す。が、理由はそれだけではなかった。

「そうですか」と暢気《のんき》な応対をしながら妻は、キャッシュディスペンサーのコーナーに目をやる。先ほど、「いい加減にしてくれよ」と怒鳴った男が通帳を機械に入れようとしていた。

「あら」と安永智子が声を上げる。

「そうだ」安永純平はうなずき、銀行を出る。知らず、急ぎ足になっていた。

ついさっき声を張り上げ、毒突いた男は、安永純平たちが知っている男だった。体格が良く、髪が短い大男、つまりはアパートで隣に住んでいる、例の、首折り男に似た大柄な若者だ。

「やっぱり、危険な人なんですね」妻はどういうわけか目を輝かせていた。「普通の人じゃないんですよ」

間違われた男

居留守を使い続けていたため、携帯電話には着信の履歴がたくさん残っていた。メッセージの録音が二件あったが聞く気にはなれない。どうせ、返済を求める脅しめいた言葉が残っているだけなのだ。後で聞こう、と電話を閉じる。聞かずに削除する度胸もない自分が恨めしい。

結局、アパートには帰らず、二十四時間営業のファミリーレストランで朝まで過ごした。昨晩、繁華街で思いのほか長く過ごしてしまい、終電の時間に間に合わなかったからだ。が、電車に間に合ったとしても、ぐったりしていたため、アパートに帰る気力はなかったかもしれない。

あれはいったい何だったのか。

昨晩の、あの代役のことを思い出し、首を捻《ひね》る。地下のバーで、見知らぬ瓜顔《うりがお》の男と向き合っていたのは十分程度の短い間だった。いくつか質問をぶつけただけで、相手はそそくさと消えてしまった。店を出ると、「うまくやったか？」とそもそも声をかけてきた小柄な男に呼び止められ、別の、大きな居酒屋チェーン店に連れて行かれた。

「怪しまれなかったか？」

「たぶん」小笠原稔としてはそう答えるしかなかった。自分の正体がばれていたのかどうか、分からなかった。そんなことに気を配るほどの余裕もなかった。

「ありがとうな。助かったよ」男はテーブルの上の中ジョッキをぐいぐいと飲みはじめる。

「そうですか」小笠原稔はおそるおそる、皿に載った枝豆に手を出す。食べてしまっていいのかどうか、自信がない。

「おまえ、本当に似てるよなあ」男はしみじみと言った。

「その、大藪さんでしたっけ？　どういう人なんですか？」

「え」男はジョッキを置き、我に返ったかのような真顔になると、「おまえ、今日のことは誰にも言うなよ」と眉《まゆ》をひそめた。

「あ、はい」

「人に言ったらおまえ、ただじゃおかねえよ。住所も分かってんだからな」

そんな、と小笠原稔は気弱に声を震わせた。とばっちりだ、言いがかりだ、俺は無関係じゃないですか、と訴えたかった。「言われた通り、やっただけじゃないですか」

「まあ、助かったのは間違いない。今日の仕事、引き受けられなかったら、俺がやばかったんだよ。先方は、大藪が現われねえなら仕事の話はちゃらにするって言い出してな。大藪は来ねえし、途方に暮れてたんだ。だいたい、ああいう奴《やつ》らは焦りすぎなんだよ。プロにはプロの準備ってのがあるんだからよ、任せろっていうんだ。時間はかかるってんだよ。とにかく、おまえがこのことを誰かに喋るようなことがあったら」

「喋りません」小笠原稔は即答した。喋るはずがなかった。「何事もなく、平穏に暮らしたいだけなんです」

男が笑いを嚙《か》み殺す。「大藪にそっくりだけど、えらい違いだよな。平穏に暮らしたいんです、ってどこの、ひ弱君なんだよ。そんなでかい身体をしてよ」

「すみません」

「謝ることはねえよ」男は、通りかかった店員にビールのお代わりを注文した。「で、おまえ、ここだけの話、さっきのあれが何だったか察しはついてるのか？　大藪の仕事の内容のこと」

あ、いえ、分かりません。小笠原稔は肩をすぼめ、下を向き、囁《ささや》くように答える。

「そんなこと言って、少しは見当がついてるんじゃねえのか？」酒のせいなのか男は顔を赤らめ、機嫌良く言った。

「いえ、分かりません。俺、あんまり頭、良くないほうなんで」

「でも、正直なところ、もしかするとあれかなあ、なんて山勘でもいいから、思うところはあるんじゃねえの？」

はあ、と小笠原稔は溜《た》め息《いき》をつく。「強いて言えば」

「強いて言ってみろよ」

「なんか、物騒な依頼を受けて、仕事をするのかなあ、と思いました」

うんうん、と男は微笑みつつ、首を縦に揺すった。

「人殺し、とか」調子に乗ったわけではないのだが、ここまで来たら、と小笠原稔はぽろっと洩《も》らしたが、すると男が、くわっと目を見開いて、アルコールが消え去った顔つきになり、「おまえ、余計な勘繰りするようだったら、この場でぶっ殺すからな」と箸《はし》を突き出した。

言わせたのはそちらではないか、と抗弁することもできず、小笠原稔は恐怖で、身震いした。すみません、と何度も繰り返し謝った。

「あのよ、おまえ、子供のころとか苛《いじ》められてただろ」男は枝豆の皮をくしゅっとつぶし、「あ、くそ、中身入ってねえよ」と洩らした後で、言った。「え」

「体、でけえけど、そんなにびくびくしてるところを見ると、どうせ、苛められたんじゃねえかな、って思ったんだよ」

「まあ」小笠原稔は自分の耳が熱くなるのを感じる。「そうですね」

「だよなあ。俺は苛めるほうだったから、分かるぜ、うん。おまえみたいなのは、なんか、むらむら来るんだよ。苛めがいがあると言うか」

小笠原稔はその言い方に怒りを感じ、顔をきっと上げた。恐ろしさもあったが、自分の大事な部分を靴で蹴《け》られたかのような悔しさもあった。

「怒るなよ。悪かったよ」男は、酩酊《めいてい》とまではいかないまでも、酔っている。「俺が、おまえを苛めてた奴らに代わって謝るよ。悪かった。悪気はなかったんだ」

「悪気がなかったって言われても」小笠原稔は泣き出したい心境でもあった。「死にたいくらいにつらかったんですよ」

「そうだなあ」男は、うんうん、とうなずく。「今から思うと、悪かったよ。反省してる」

そんなことで許せるわけがないが、何かを言い返すつもりにもなれなかった。

「前に観《み》た映画でよ」男がろれつの回らなくなる直前に、言った。「女の子が、殺し屋に向かって、訊《き》くんだよ。『大人になっても、人生はつらい？』って」

「観たことありますよ」話題になった映画で、小笠原稔も珍しく、劇場で観た記憶がある。確か、殺し屋はその少女からの問いかけに、「つらいさ」とか何とか答えたのではなかったか。

「あれは完全に、訊《たず》ねる相手が間違ってんだよ」男が笑う。かなり長いこと笑った。「殺し屋にそんな質問して、どうすんだよ。殺し屋の人生はつらいに決まってんだよ。なあ？」

そうかもしれないですね、と小笠原稔は答えた。確かに、訊ねる相手を間違ってる。

「俺からすればよ、子供のころより今のほうがよっぽど自由だよ。人生は、ガキのころのほうがつらい。今だって、嫌なことはたくさんあるけどな、学校に行って、あんな狭いところで苛められたりしてた時に比べれば」

「苛められてたのは俺ですよ」

「まあな。でも、そうじゃねえか？ ガキの時のほうが我慢することが多かった」

「かもしれないですね」と話を合わせるように返事をしていると、男は突っ伏して、眠りはじめた。

地下鉄に揺られ、車内に吊《つ》るされた広告を見ながら、結局、お金はもらえなかったな、と思った。代役をすれば金を払ってやってもいい、と言われたような記憶があったが、居酒屋での料金を払ってもらっただけだった。もちろん、それだけでも十分と言えるかもしれない。何しろ、明らかに物騒な出来事に巻き込まれたのだから、無事なだけでも儲《もう》けものだ。

「もうこの件に首を突っ込まないほうがいいだろうに」小笠原稔は自分自身にそう言ってみる。それなのにどうして、こうやって余計なことをしているのだ、と問い質《ただ》したかった。

理由は自分でもはっきりとしない。

ほかにやることがないから、というのも一つの動機に思えたし、自分が巻き込まれたことの真実を知りたい、という気持ちもあった。そして何よりも、「取り返しのつかないことが起きるのではないか」という恐怖が強かったのも確かだ。自分のせいで、誰かが酷《ひど》い目に遭うのは避けたかった。

飲み屋で喋っている際、「大藪のマネージャー」と称する男は、「大藪の野郎はたぶんな、仕事を放って、きっとどこかで金にならないことをやってんだよ」と嘆いていた。

「金にならないことですか」

「時々、持病が出るんだ」

「持病があるんですね？」踏み込んだ質問などしたら、こちらの身が危険だから、話題の周縁をなぞるように曖昧《あいまい》な相槌《あいづち》を打つほかなかった。居酒屋の、隣のテーブルから鍋《なべ》の匂《にお》いが漂ってきた。

「誰かの役に立ちたい病、だな」

「何ですかそれは」

「首を折って人を殺すような仕事をしてるからじゃねえか。時々、人に親切して、バランスを取りたくなるんだよ、あいつは」と彼は言い、その大藪という男がどのように老人を手助けするか、などを喋りはじめた。

一風変わった、その、器用なのか不器用なのか、効果的なのか逆効果なのかはっきりしない人助けの手法に小笠原稔は感心した。そうかそういう方法があるのか、と思った。一方で、「首を折って人を殺す」という言葉が気になって仕方がなかった。そんなこと教えないでください、と耳を塞《ふさ》ぎたいが、もう遅い。

少ししてから彼が、「おい、おまえ、大藪の仕事が何だか、見当ついてるんじゃねえのか？」と絡《から》むようにしてきた。

「さっぱり分かりません」と下を向いて、頭を掻《か》いた。

「でも、何となく山勘でよ」

「勘弁してください」

「大藪の奴、また引っ越しじゃねえだろうな」男はぶつぶつ言っていた。「気晴らしなのか、安全のためなのか、しょっちゅう引っ越すんだよなあ」

その家は普通の一戸建てだった。もちろん、高級感が漂い、敷地も広いのだが、もっと見るからに豪奢《ごうしゃ》な大邸宅を勝手に思い浮かべていた小笠原稔は、拍子抜けを感じた。殺し屋の標的になるような人物は、誰からも嫌われる悪党で、嫌味なくらいの豪邸に住んでいる金持ちだと思い込んでいたのだ。

インターフォンに手を伸ばすが、ボタンを押す勇気がなかった。ここまで来ておいて弱気にすぎるとは感じたが、いったい何を喋ったものか自分でも分からなかった。「あなたは、殺し屋に狙《ねら》われているかもしれませんよ」とでも言うべきなのか。それとも、「俺に似た人が、あなたを殺害しに来るかもしれませんので、充分注意をしたほうがいいですよ」と詳しく説明すべきなのか。

無理だ、と思った。そんな説明はできないし、もしかすると、自分の身に危険が及ぶかもしれない。ここに来るまでの地下鉄代はもったいないが、命に比べれば惜しくない。踵《きびす》を返し、帰ろうとした。すると後ろから、「おい」と言われた。振り返ると、家の門のところに犬を連れた男がいる。

まさに、昨晩、バーで見た写真の男だった。背は低いが横幅があり、四角い顔に太い眉《まゆ》、あぐらをかいた鼻がある。冴《さ》えない、鼠色《ねずみいろ》の運動用のスウェットを上下揃《そろ》いで着て

伊坂幸太郎
Kotaro Isaka

いる。犬は小さな、ブルドッグだった。

「うちに何か用か?」と貫禄《かんろく》のある声を、彼は出した。犬もその飛び出した眼球で、こちらを窺《うかが》ってくる。

鼓動が早鐘を打つ。脚が震えてしまう。呆然《ぼうぜん》と立ち尽くすほかなかった。

「おい」と男が言う。若干の怯《おび》えもあるようだった。

小笠原稔の体格と沈黙に、威圧感を覚えているのかもしれない。

「いえ」そう否定しようと思ったが、途中で、「いや」と言い方を変えた。強い言葉を選ぶことにした。なりきるべきだ、と思ったのだ。大藪という男には会ったことがないが、おそらくは、迫力のある、タフな男に違いない。自分はそれと間違われるほど似ているのだから、なりきるべきなのだ。計算や戦略というよりは、咄嗟《とっさ》の判断だった。

「おまえに大事なことを告げに来た」と声を絞るようにして出す。語尾が震えてしまっては台無しであるから、腹に力を入れた。自分に、金の返済を迫ってくる、怪しげなローン会社の男たちを思い出し、参考にした。あのような威圧感を出せばいいのだ。

「大事なこと?」男は怪訝《けげん》そうに聞き返してきたが、その言葉の裏側に警戒心と不安が滲《にじ》んでいる。

「おまえは、命を狙われている。心当たりはないか」

男の四角い顔が白くなった。思い当たる節があるのか、それとも、単に、「命を狙われている」という穏やかならざる言葉に反応したのか。

「近いうちに、おまえの命を狙って、近づいてくる人間がいる」

「誰なんだ」

「それはおまえが知っているはずだ」と鎌をかけ、「とにかく、雇われて、おまえに手を下すのは」と小笠原稔は口にし、頭を必死に回転させ、果たしてそんなことを言ってしまって平気だろうかと逡巡《しゅんじゅん》した後で、「たぶん、俺に似た男だ」と言い切った。

男は青褪《あおざ》め、短い人差し指を宙にゆらゆらとさせた。小笠原稔の顔をゆっくりと指差し、わなわなと震え、唇を痙攣《けいれん》させた。ブルドッグも、小笠原稔を見上げている。「ひ、人殺しか?」と男は言った。

小笠原稔は、自分の言動の愚かさに今さら気づき、顔を隠すように背中を向けた。逃げ出すのも怖く、堂々とした歩みを装《よそお》いつつ、必死にその場を後にした。「せいぜい、気をつけるんだな」と捨て台詞《ぜりふ》を吐いてみたが、それが背後の男に聞こえたかどうかは定かではなかった。

いじめられている少年

深夜過ぎまで眠れなかったとはいえ、学校では眠気を感じる余裕もなく、ひたすらびくびくとしていた。もちろん授業を受けている間、連立方程式であるとか天気図であるとか、そういった話を聞いている最中は、山崎久嗣たちに脅されていたことが遠い話にも感じられた。

が、一度、休み時間にトイレへ行く際、廊下にいた山崎久嗣は、中島翔の前に立ち、「今日、分かってんだろうな」と凄《すご》んできた。「十万、持ってきたか？」

こちらの上履きを踏んだ。足の甲が痛いが、どかすこともできない。うん、と中島翔はうなずいた。「そうか、逃げるなよ」と言う彼には、安堵《あんど》の色が浮かんでいた。山崎久嗣も別の人間からの脅しにまいっているのだろう。

放課後になり、鞄《かばん》を持って教室を出る瞬間、中島翔は、翌日ここに登校してくる自分がいったいどんな思いなのかを想像した。

この後自分は、山崎久嗣やその仲間、彼の先輩たちに囲まれるはずだ。金を要求されるだろう。その時、自分はどうするのだろうか？　財布には五千円も入っていない。それを払い、土下座をし、許しを乞《こ》うのか、それとも、こっそり持ってきた、母親のキャッシュカードを渡すのだろうか。それで、彼らが納得するとも思えなかった。おそらく彼らは、「そのカードで今すぐ、引き落としてこい」と言うだろう。それに従うのだろうか？　そんなことをしたら、また要求されるのは間違いがない。闘うのか？　まさか、とも思う。

明日、この学校にやってくる時、いったい自分はどういう気持ちなのだろうか？　そもそも、無事に明日、登校できるような状態にいるのだろうか？　自分の自尊心は無傷なのだろうか？

「おい、中島」階段を下り、昇降口に辿《たど》り着いたところで、担任教師の佐藤に声をかけられた。

「はい？」と振り返る。

佐藤は体育の担当で、いつもジャージ姿だ。たくわえた髭《ひげ》を撫《な》でている。「おまえさ、最近、クラス内の苛めとか、知らないか？」

え、と声を上げそうになる。「苛め？」

「いや、何となくなんだけどな、そんな話を小耳に挟んでな」

「はあ」中島翔は周囲に、顔を動かさず目だけを向ける。どこかで誰かが、こちらを観察しているのではないか、と怖かったからだ。

「そんな話、聞いたことないか？」

俺が苛められています、と喉《のど》まで出かかった。ここですべてを打ち明けて、「この後、お金を要求されますよ」と吐き出してしまえばいいのに、と自分の声が胸を突く。だが、言えるわけがなかった。佐藤はおそらく、中島翔こそが苛められている本人だとは思ってもいないに違いない。だからこそ、こんなに気安く訊ねてきたのだろう。とにかく、鈍感に過ぎるし、やり方が大雑把で、この教師に頼ったところで悪い結果を招くのは間違いなかった。

「知らないですよ」愛想のない返事をして、下駄《げた》箱に向かう。

「そうかあ」と暢気《のんき》に佐藤は言っている。何か気づいたことがあったら、教えてくれよな、と。

今のこの俺の反応で気づいてくれよ、と中島翔は大声で叫びたくて仕方がなかった。

コンビニエンスストアの跡地にはなかなか近寄れなかった。まっすぐに行けばすぐに到着するにもかかわらず、普段は曲がらない角で細道に入り、迂回《うかい》した。裏を通って、家に帰ってしまう踏ん切りもつかなかった。約束を破り、帰宅してしまったら、山崎久嗣は怒るだろう。怒って、どういう行動に出るのかは分からないが、たぶん、酷く怒るはずだ。

約束？　中島翔は、通りすがりの人間に誰かれ構わず、詰め寄りたかった。あれは約束なんていうものじゃない。一方的な、言いがかりだ。足を止める。悶々《もんもん》と頭の中で考えているうちに、また、いつもの帰り道に合流していた。右手前方に、コンビニエンスストアの駐車場があった。

びくんと身体《からだ》が揺れる。足が進まなくなった。

駐車場の隅に、たむろしている男たちがいた。制服を着ている者が大半だったが、派手な服を着た、髪の色を赤や茶にした者も数人いた。全部で十人ほどかもしれない。立って煙草《たばこ》をくわえたり、地面にしゃがんだりしつつ、円陣を組むかのように集まっている。山崎久嗣もいた。その集団の中ではひときわ、幼い顔つきだった。三年生の先輩が、神妙な表情の山崎久嗣の肩に手をやり、にやついている。

時計を確認すると、「来い」と指定された時間にはまだ十五分ほどあった。ずいぶん時間に余裕を持って、待機しているものだ、と驚いた。中島翔が早い時間にそこを通り過ぎてしまうのを防ごうとしているのか、もしくは、余興を待つのも余興のうちと思っているのか。

中島翔は両手で顔を覆《おお》い、その場にうずくまってしまいたかった。何もかも取りやめにはできないものか、と思った。すくんでしまう身体を引き摺《ず》るようにし、道を後退する。いっそのこと車が走ってきたら飛び込み、全部をなかったことにしてしまいたくなる。この、恐怖から逃れられる選択肢があるのなら、それに飛びつきたかった。

コインランドリーがあった。考えるより先に中に入った。

奥に細長い、縦長の建物だった。入って、右側に洗濯機が三台、乾燥機が二台設置され、洗剤を販売する機械が手前にあった。使用方法が壁に貼《は》られている。左手に、長い椅子《いす》があった。よれよれの雑誌が積まれている。無人のコインランドリーに、一台だけ動いている乾燥機が低い唸《うな》りを立てている。

もちろん、大男の姿などなかった。やっぱりそうだ、と中島翔は思った。そうだと思っていた、だから、がっかりもしていない、裏切られたとも思わない。落胆と恐怖を心の奥に押し込んだ。

長椅子は革が破け、あちこちから中のスポンジが見えていた。腰を下ろす。目の前で、回転する乾燥機をじっと見つめた。かたかたと音がして、何かと思えば、膝《ひざ》に力が入らないために、自分の脚が震えている。乾燥機の蓋《ふた》はガラスになっているため、顔が映っていた。泣きそうな貧弱な顔だこれは苛《いじ》めたくなる男だ、と自虐《じぎゃく》的に思う。するとガラスの中の中学生はさらに、弱々しい表情になった。

これからずっと、これが続くんだろうか？　中島翔は胸の中心をぎゅっと何者かにつかまれるような、痛みを覚える。両手で顔面を覆った。息を強く吸い、吐く。手のひらにぶつかる呼吸の音で、頭の中を一杯にしたかった。ほかのことを考えたくなかった。

時計を見る。母親が買ってくれたものだと気づくと、切なくなった。自分の子供がこんなことになっていると知ったら、あの母親はどう思うだろうか、と考えてしまったのだ。自分の屈辱が他の人間にまで広がっていくことを思うと、耐え難い。

人影が外を通るたび、そちらを見やる。

期待し、がっかりする。認めたくはなかったが、大男がやってくることを心のどこかで待っていた。彼が約束通りに、助けてくれるのではないか、と。

数分後、ドアが開いたが、入ってきたのは見知らぬ女性だった。不審そうに中島翔を見ると、乾燥機が動いていることを確認し、また出て行く。下着を盗む中学生とでも認識されたのではないか？　中島翔は誰もいないその場所で、赤面する。

ドアの外を横切る、大きな影が見えたのはその時だ。左から右へ、通り過ぎていく。慌《あわ》てて立ち上がり、中島翔はコインランドリーを飛び出した。

「あ」と声を出し、遠ざかる男を追う。よろけて、転びそうになり、手を突こうとしたがそれすら失敗し、結局、顎《あご》から歩道にぶつかった。呻《うめ》いてしまう。制服の膝の部分が小さく破けた。

「大丈夫？」

前にいた男が歩み寄ってきた。中島翔はその大男を見上げ、体勢を直し、「あ、あの」

としどろもどろになった。「来て、来たんだ？」とどうにか言う。

「来た？」そう言う大男の輪郭が一瞬、ぐらんと歪《ゆが》んで見えた。彼の背後に見える太陽の光が眩《まぶ》しかったからかもしれない。

「先週、言ったじゃないか。来てくれるって」中島翔はそう口にした。相手に強く訴えれば訴えるほど、他力本願の負け犬じみた弱さが強調されるようで、情けなくなる。

大男は、中島翔を見下ろし、眉根《まゆね》を寄せた。

助けてくれよ、と言うこともできず、「俺、これから友達に」と中島翔は曖昧《あいまい》な言い方をする。声が上擦り、喉にやり切れない思いがせり上がってくる。

「苛められているのか？」大男の言い方には同情がこもっていた。

「先週、話したじゃないか」先週、目撃したではないか。

大男はそこできょとんとした。眉を少し下げ、人の良さそうな面持ちになると、「たぶん、それは俺じゃないんだ」とぼそぼそ喋《しゃべ》った。

「何それ」

「俺に似ている、別の人なんだよ」

中島翔は言葉を失う。あまりにひどい言い訳だと思った。中学生の恐怖や孤独を弄《もてあそ》ぶにしても、そんな、程度の低い嘘《うそ》までつく必要はないのではないか。陰鬱《いんうつ》とした気分になる。

「本当なんだよ」大男は頭を掻《か》き、狼狽《ろうばい》していた。「俺じゃないんだ。俺は、君に今、初めて会ったんだし」

立ち尽くす中島翔は、「もう」とつぶやいた。もういいんです、と言いたかったが最後までは言葉に出せなかった。まだ日は落ちていないはずなのに、自分の周囲が暗くなった。目を開けているにもかかわらず、視界が消えていくかのようだ。

「俺に似ている人なんだ、それは」大男はそう言い残し、先へ歩いていってしまう。まるで危険からそそくさと立ち去るかのようだった。

その彼とすれ違い、向こう側から学生服の男が走ってきた。山崎久嗣だった。「中島、てめえ、何やってんだよ。早く来いよ」と必死の形相で言う。その場に座り込みたかった。

伊坂幸太郎
Kotaro Isaka

Story Seller

疑う夫婦

安永純平が買い物に出かけ、と言っても百円均一の店へ、妻に頼まれたこまごまとした雑貨を調達しにいくだけだったのだが、アパートに帰ってくると近くにパトカーが停車していて、ぎょっとした。持っていたビニール袋を投げんばかりの慌《あわた》だしさで、階段を上った。二階の通路に出ると、前にちょうど安永智子が立っていて、「あら、あなた」と言う。

「あらあなた、じゃないだろう」息が切れた。「おまえが呼んだのか？」

「何をですか」

「パトカーが来てる」安永純平は言って、通路から外を、アパートの向かい側の道路を指差した。電柱の脇《わき》の警察車両は、赤色灯は回っていない。が、用事がないのに停車しているとも思いづらかった。住宅街に虎《とら》の姿を発見したかのような、非現実的な不穏さがあった。

「本当ね」と言う妻は別段、白《しら》を切っているようでもない。「何かあったのかしらね」

「まあ、いい。でも、どうしたんだ外に出て。テレビを観《み》ていたんじゃなかったのか」と訊《たず》ねた。好きなテレビ番組を生放送で観たいから代わりに買い物に行ってきてくれ、

伊坂幸太郎
Kotaro Isaka

と言ったのは彼女なのだ。夕方の騒がしいバラエティ番組で、まだ放送中の時間のはずだ。

「意外につまらなかったんです」どこまで本気なのか、彼女は真面目《まじめ》な顔で言う。「だから、ちょっと隣の部屋の様子を。あの犯人のこと、気になるじゃないですか」

「やめろと言っただろ」

安永純平は自分でも驚くほど、強い語調で言ってしまった。誰かに見咎《みとが》められたのではないか、と気になり、慌てて、首を左右に振る。

さすがの安永智子も叱《しか》られた小学生さながらに、しゅんとなった。すみません、と囁《ささや》く。

「何かあったら、怖いだろうが」言いながら、部屋へ歩きはじめる。

「今日はずっと留守みたいなんですよね、お隣」

「忙しいんだろ。仕事とかじゃないか？」

「物騒な仕事ですか」

決め付けるなよ、と言い、鍵《かぎ》をドアノブに挿す。「おい、鍵、締めてないぞ」

隣の部屋を見に来ただけですから、と妻は小声で言っている。

部屋はいつも通り、整然としていた。寒々しいほどだった。あなたテレビでも観ましょうか、と妻が言う。答えるよりも前に、電源が入っている。

夕方近く、安永智子が台所で包丁の音を響かせている間、安永純平は座卓で新聞を開いていた。開いた社会面には都内で起きた殺人事件が二つ、載っていた。老眼鏡をかけ、じっくり読む。一つは、父親が息子を殺害したというやり切れないもので、もう一つは、港近くの倉庫脇で、ある棋士が殺されていたというやり切れないものだった。その棋士は無名に近かった。死体はずいぶん前に殺害されたものだという。見出しは大きかった。首の骨が折られているため、ほかの事件との関係が強調されている。

前掛けで手を拭《ふ》きながら妻がやってきて、目ざとく記事を見つけた。「あら、これはお隣さんの仕事？」と軽やかに言うが、どこまで本気なのかさっぱり分からない。

「おまえはなあ」

「いいじゃないですか。それくらいの刺激はあったほうがいいですよ」よいしょと腰を下ろし、脚を畳む彼女が言う。

「刺激？」

「こんな風に、わたしとあなたで毎日同じように暮らしていて、今日が昨日でも、明日が今日でも分からないような生活なんて、退屈じゃないですか」

「平和でいいじゃないか」

「ええ、いいんですけど、退屈でもあるんです」安永智子の手にはいつの間にか、ポテトチップスの袋があり、喋りながら開けている。ためらいもなく、ぽんぽんと口に放り込みはじめる。「だから、隣に物騒な人が住んでるんじゃないかしら、とか想像して、どきどきするくらいはないと」

「どきどきで済むならいいけどな」答えながら安永純平は、妻の内面を見たような気分になった。いつものんきに構えている彼女は、平穏な日常を持て余し、変化に憧《あこが》れているのかもしれない。そう考えると、いかがわしい営業マンの勧めに従い、先物取引をはじめたのも理解できた。儲《もう》けたかったというよりも、お金を使い、変動する相場に一喜一憂し、はらはらする刺激を欲していたのかもしれない。なるほどな、と言って、妻の横顔をまじまじと眺めてしまう。「どうでもいいが、夕食前にそんなに菓子を食っていいのか？」

「これも刺激のうちですよ」

「ずいぶん手軽な刺激だな」

そこで、チャイムが鳴った。訪問者など滅多にいないから、とても珍しい音のように感じた。「誰でしょう」と安永智子が立ち上がる。

玄関を開けた妻が、「あら」と小さく驚いているので、そちらに視線をやる。少し首を動かし、それが隣の若者だと分かった時には、背中の毛が逆立ってしまった。新聞紙を乱暴に放り投げ、無意識に腰を上げる。男が襲い掛かってくるのではないか、と思い、妻の服をつかみ、こちらに引っ張りたかったが、それより先に彼女が振り返った。「あなた、引っ越されるんですって」

「え？　ああ、うん」安永純平は取り繕うように、返事をした。「引っ越すのか」

「そうなんです」若者は体格が良かった。茶色いセーターを着て、綿のパンツを穿《は》いている。先入観がなければ、運動をやる好青年に見えた。「今度の週末で」と短い言葉で返事をした。「だから、挨拶《あいさつ》を」

どうしてまた、と安永純平は疑念を抱かずにはいられなかった。引っ越してきた時は挨拶になど来なかったはずだ。近所づきあいもほとんどなかった。会話を交わしたこともない自分たちにどうしてわざわざ、引っ越し前の挨拶をするのか、理解できなかった。

「あら、それは寂しくなりますね。お仕事の関係？」

さらりとそんな質問をするので、安永純平は肝を冷やさずにはいられない。ただ、そこで、妻を制止するのも不自然だから、平静を装《よそお》い、立っていることしかできなかった。

「まあ、そうです。それと、ちょっとお金も入ったので」

若者の顔をじっくり見るのには抵抗があった。遠慮もあったし、恐怖もあった。首折り男の似顔絵とそっくりだと感じたら、それが自分の表情に出る予感もあり、白目の部分で、ぼんやりと相手を把握するような、そんな眺め方を心がけた。

若者は、「もし誰かが自分を訪ねてきたら、引っ越したと伝えてくれ」という旨《むね》の言葉を言い残し、去った。玄関のドアを閉め、安永智子が細く、息を吐く。安永純平も肩から力を抜いた。

「びっくりしましたね」妻は部屋にすたすた戻っていく。

びっくりしたも何も寿命が縮まった、と安永純平は思った。座卓に妻と向かい合って座ると、「怪しいな」と言った。「どうして、急に、引っ越すんだ？ しかも、うちに挨拶に来る必要もないだろう？ ばれたのかもしれないな」

「ばれた？ テレビ局にですか？」

「違う。おまえが疑ってることがだよ」

あら、と安永智子はそこに至ってようやく、危険を感じたのか手のひらを口に当てた。

「どうして」

「知らないが、そういうのに敏感なんだろ。プロなんだ」

安永智子がそこで、ふっと愉快そうに息を洩《も》らす。何がおかしいのか、と睨《にら》みつけると、「プロなんだ、って。あなた、殺し屋みたいなのを本気で信じてるんですか？」と頬を緩めている。

「おまえだって信じてるんだろうが」

「わたしはいいんですよ。そういうのが好きですから。でも、あなたが信じてるって変ですよ」

勝手な言い分だ。

安永智子はふいに気づいたかのようで、「そういえば、名乗りもしなかったですね。お隣さん、誰さんなんでしょう」と言い出した。

「とにかく、もう隣と関わりを持つな」と釘《くぎ》を刺す。

関わりを持つな、と言ったものの、翌日、安永純平は、隣の男に関わりを持つことになってしまった。妻が市民カルチャーセンターに行くので、一緒に駅近くのバスターミナルまで行き、そこで彼女を見送り、一人になった後のことだ。急に、駅の向こう側にある電器屋でも見に行こうかと思い立ち、横断歩道で信号待ちをしていたところ、駅構内に続く階段を昇っていく男の姿を目撃した。昨晩、引っ越しの挨拶にやってきた、隣の部屋の若者だった。あ、と思い、目が離せない。男はジャケットのポケットに手を入れ、大股《おおまた》で階段を進んでいく。

ちょうどのタイミングで、信号が青に変わったことも後押しとなった。追え、と言われているような気分になったのだ。安永純平は駅に入り、若者の姿を探した。構内はそれほど広くなく、東と西、双方に階段が設置され、真ん中に改札口があるだけだった。平日ではあるが、人の往来は激しく、だから、いくら大きな身体《からだ》だとはいえ、あの若者を見つけることは難しいだろうな、と思った。

しばらくうろうろとし、やっぱり見つからず、諦《あきら》めた。ほっとしている部分もあった。おとなしく、駅向こうへ渡ってしまおうと歩みを進めようとしたのだが、そこで若者を発見した。

改札口の向かい側に券売機があり、行列ができていて、そこから、「おい、のろのろするなよ」という迫力ある声が響いてきた。騒然としていた駅の中が凍りつくようにも思えた。もちろん、それはほんの瞬間的なことで、すぐに雑踏によるざわつきが構内に戻る。通り過ぎる人たちの靴の音や会話、アナウンス、それらが混ざり合い、賑《にぎ》やかになる。

安永純平は券売機の脇に移動し、声を発した男に注目した。間違いなく、あの若者だった。いつの間に並んでいたのか、彼は列の一番先頭にいて、券売機で切符を買おうとしている老婆《ろうば》に怒っていた。小柄な老婆は財布を出し、タッチパネル式の操作画面に手間取っている。あれは本当に分かりづらいんだよな、と安永純平は同情したくなったが、とにかく、声を荒らげた若者をじっと見つめた。まだ、老婆に文句をつけていた。

ろくでもない奴《やつ》だな、と安永純平は苦々しい気持ちになった。先日の銀行のキャッシュディスペンサーでもそうだったが、少し待たされると苛立《いらだ》ってしまう性格なのだろう、ようするに我慢が足りないのだ。あの若者が、テレビでやっていた犯罪者なのかどうか、プロの首折り男なのかどうかははっきりしないが、危なっかしくて自己中心的な男であることは間違いない。そう確信した。

そのうち老婆がぺこぺことお辞儀をし、そこを離れた。若者は券売機の前に立ち、素早く切符を買ったのか、大股で歩きはじめた。

安永純平は釣られるようにして、若者の後を追いはじめる。尾行するつもりもなかったが、引き寄せられてしまった。改札機を通過していく。安永純平はポケットからパスカードを取り出し、後に続いた。山手線ホームへの階段に姿を消したので小走りで向かう。すると目の前に、ぬっと人の姿が出てきて、悲鳴を上げそうになった。

「何か用ですか」見上げるほど体格の良い、若者が立っていた。

間違われた男

なぜ、知らない男に忠告などしにいったのか、と思う一方で、これでいいのだ、と小笠原稔は自分に言い聞かせた。あのブルドッグを連れた男も警戒心を強めたに違いない。「人殺しか？」と聞き返してきたあの男は、身に覚えがあるような表情をしていた。誰かから恨みを買い、命を狙《ねら》われることに気づいていたのかもしれない。だとすれば、それなりの対応を取る可能性はあった。自分を恨んでいる誰かに電話をかけ、謝罪をし、関係の修復を図ろうとするかもしれないし、もしくは、家から一歩も出なくなるかもし

伊坂幸太郎
Kotaro Isaka

れない。

どちらにせよ、自分の行動には意味があった。そう、納得したかった。

駅に向かう道を歩きながら、携帯電話の留守番メッセージを聞いた。予想していた通り、再生されたメッセージからは、金融会社の男の声が流れてくる。憂鬱《ゆううつ》さで目の前が暗くなった。すぐに削除しようとしたが、いつもとは内容が違っているので、ボタンから手を離す。耳を寄せる。もう一度、再生させた。

「おい、小笠原、てめえ、何、無視してんだよ。声かけたのに、無視して行きやがって。借金あるくせに、何で豪勢にタクシー乗ってんだよ。おまえの立場、分かってんのか？今、教えてやるからな。こっちもタクシーで追ってんだ」

いつもかけてくる物騒な男たちの一人だ。耳にピアスをやたらつけた、目をぎらぎらさせて、頬のこけた、薬物中毒にしか見えない男の声だ。

タクシー？　何のことか分からなかった。メッセージの録音時間を確認すると、昨日の夜だった。ちょうどあの、「大藪《おおやぶ》のマネージャー」と称する男に声をかけられる、少し前だ。タクシーなど乗っていなかった。幻覚でも見たのではないか、やはり彼らは薬物にやられているのだ、と小笠原稔は考えながら、交差点を渡った。長い横断歩道で、若い女性とすれ違う。よたよたと歩く女の子を連れ、幸福そうで、自分の状況とのあまりの違いに、くらくらとした。

もう一件、メッセージが残っていることに気づいた。ボタンを押し、また、耳を当てる。

「おまえか」

その声は聞いたことのないものだった。無愛想だったが、どういうわけか親しみを覚える声に感じられた。なぜなんだろう、と疑問が湧《わ》いたがすぐに合点が行った。「おまえか、俺に似た男は」と相手の声が続けたからだ。

小笠原稔は足を止める。歩行者用信号が点滅しはじめていた。

そうか、と思った。

小笠原稔は昨晩、大藪という男に間違われた。似ているという理由で、怪しげな代役を命じられた。

だとしたら、逆もありえるではないか。

つまり、大藪が、小笠原稔に見間違えられる可能性だ。

ありえなくはない。

タクシーに乗って、借金取りを無視したのは、大藪だったのではないか？

メッセージの声はさらに、続いた。「俺に似ているおまえ、おまえは借金をしていたのか？　これも何かの縁だ。せっかくだし、解決してやったよ」

そこで、ぶっつり切れた。携帯電話の中にその男が入っている、と想像したわけではないが、思わず、携帯電話を叩《たた》いてしまう。かかってきた電話番号は二つとも同じものだった。大藪は、あの金融会社の社員の携帯電話を使ったのか？

クラクションが鳴った。

小笠原稔は横断歩道で立ち尽くしていた。自動車用の信号が切り替わったらしく、動き出した車から、邪魔だ邪魔だ、と甲高いクラクションが襲い掛かってきた。慌《あわ》てて、向こう岸へ駆ける。

分譲マンションのエレベーターに着いたのは、昼の時間をだいぶ過ぎてからだった。空腹感はなかった。安っぽい茶色い外壁は古ぼけていて、一階エントランスの郵便ポストも、ガムテープで塞《ふさ》がれている箇所が多かった。もともとは住宅用のマンションだったのかもしれないが、会社の事務所名や看板も目に付く。エレベーターで三階へ向かい、薄暗い通路を進んだ。汚れた水が端の溝にたまり、そこを小さな虫が歩いている。天井の蛍光灯はあちこちで割れているし、蜘蛛《くも》の巣もたくさん見える。訪れるのは久しぶりだったが、どんよりとした気分になるのは相変わらずだ。三〇七とプレートのあるドアの前に立つ。小さく、金融会社の名前がシールで貼《は》られていた。抽象的で、便宜上付けたとしか思えない会社名が記されている。

インターフォンを押した。何しにきやがった、と社員に噛《か》み付かれる恐怖があったが、応答はなかった。いつもであれば、インターフォンを押した途端に、乱暴にドアが開くのに、今はぴくりともしない。

情けなく震える手でドアノブを握った。捻《ひね》ると、開く。鍵《かぎ》がかかっていない。反射的に手を離してしまう。一回、ドアが閉じる。それから、もう一度、ゆっくりと玄関ドアを開けた。

三和土《たたき》が見え、靴があった。高級そうな革の靴が並び、女物のハイヒールもあった。

「あの、すみません」小笠原稔は言ってみる。最初は、ぼそっと洩らすように、次に、少し大きめに、最後は覚悟を決め、かなりはっきりした調子で、呼びかけた。

しんとしていた。耳を澄ますが、テレビの音もエアコンの音もない。と思うと、壁か柱が軋《きし》んだのか、人間の関節が立てるような音が鳴った。びくんと身体を揺すってしまう。

靴を脱ぎ、小笠原稔は室内に入る。廊下を進み、まっすぐに一番広い部屋へ向かった。

そこが事務所として使われているのだ。

部屋に足を踏み入れた途端、呆然《ぼうぜん》とし、天地がひっくり返ったかのような感覚に襲われた。めまいがした。急に視線の位置が変わる。天井が高くなり、あれ、と思う。自分がその場にへたり込んだのだと、少ししてから理解した。

床には人が転がっていた。背広を着た男たち五人と、胸元の開いた服を着た女が一人、全員が行儀悪く雑魚寝《ざこね》をするかのように寝転がっている。微動だにせず、目を見開いていた。彼らの頭がことごとく、違和感のある方向を向いている。

首が折れているのだ。

「これは」

脚に力が入らない。絨毯《じゅうたん》に手を這《は》わせるようにするが、ぱたぱたと脈絡もなく動かすのが精一杯だ。

「これは」

机の上に書類が散乱し、パソコンも絨毯に落ちている。地震が起き、その衝撃で、ここにいた人間が倒れたのかとも思う。首が折れるほどの震動が、彼らを襲ったのではないか、と。

尋常ではないショックを受けていたが、ゆっくり室内を眺めていき、右手の壁を振り返るようにしたところで、さらに驚愕《きょうがく》した。壁に背をつけ、座り込む男がいたのだ。

小笠原稔は、無様にその場に這いつくばっていた。横に倒れ、身を隠そうとしたのだ。

壁の男が飛び掛ってくるような恐怖を感じた。

「大藪さん？」

小笠原稔はささやくように言った。壁に寄りかかる姿勢の男は、体格が良く、髪は短く、見たことのある外見をしていた。しかも、目を開けながらにして夢を見ているような違和感もあり、なぜだろうと目をしばたたいてしまうが、少しして、自分自身に似ているのだ、と思い至った。

大藪さん、と繰り返し、小笠原稔は四つん這いとなった。立ち上がることは依然としてできず、這って、壁の男に近づいていくしかなかった。

男は目を閉じ、下を向き、息はしていなかった。寝顔と間違うほどの静かな顔で、死んでいた。肩をおそるおそる突いてみるが、動きはない。俺に似せて作られた人形ではないか、と感じてしまうが、「そんなに似ているだろうか」と相反する思いも抱いた。もちろん、似てはいる。ただ、みんなが間違えるほど、似ているだろうか。

大藪と思《おぼ》しき男を、しばらく見つめた。

自分と似た体格の、自分と似た顔つきの、自分とは似ても似つかない仕事をしていた男の姿だ。タートルネックのセーターにジャケットという出《い》で立ちだった。

何が起きたのか？

想像するしかないが、この会社の人間が、タクシーに乗る大藪をつけたのは間違いないだろう。小笠原稔を脅し、からかい、灸《きゅう》を据えるつもりだったのかもしれない。大藪は、彼らと対峙《たいじ》し、どういう流れでこの場所まで来たのかは分からないが、とにかく、全員を殺害した。首の骨を折ったのだ。

大藪自身の死因は分からなかった。もしかすると背中あたりを見れば、流血の痕《あと》があったり、服を調べれば、銃で撃たれた形跡が見つかるのかもしれなかった。もしくは、心不全であるとか、そういった突然の魔が大藪を貫いたのかもしれない。が、小笠原稔は死体をあらためる必要を感じなかったため、正確に言えば、その勇気がなかったため、男の身体にべたべたと触れることはせず、這ったまま、ただ後ずさった。

廊下を戻り、靴を履く。そこでどうにか立てた。玄関を出て、ドアを閉めるとあまりの混乱で朦朧《もうろう》としたまま、マンションから遠ざかる。

自分が何をすべきなのか、どこに行くべきなのかも判断できず、見知らぬ歩道を進みつづけた。途中で小さな喫茶店に入り、遅い昼食にありつく。考えまいとすればするほど、頭には首の曲がった死体の絵が浮かんだが、意外なことに嘔吐《おうと》するような気持ち悪さはなかった。現実味を感じられなかったからかもしれない。

疲労が身体《からだ》中に広がっていて、カウンター席で突っ伏すように眠った。目が覚めると夕方になっていたが、店主は怒ってこなかった。寛大なのか、それとも自分の体格に怯《ひる》んでいるのかは分からない。

店を出て、目的もなく歩いていた時だった。後ろから、「あ」と声が聞こえた。自分とは無関係の呻《うめ》きだと思い、最初は気にしなかった。念のためと身体を向けると、こちらに向かって駆けてきた学生服の少年が転ぶところだった。みっともなく、顔面を打っている。

小笠原稔はさすがに引き返し、「大丈夫？」と言った。

いじめられている少年

中島翔は自暴自棄な気分だった。目の前に立つ山崎久嗣やその先輩たちと向き合いながら、震える脚で立つだけで精一杯だ。こいつガタガタじゃねえか、と誰かがからかってくる声が、とても遠くで聞こえている。そうか、俺は震えているんだな、と思う意識も遠くにあった。脳に膜がかかり、感情もぼんやりとしか把握できない。視界がとても狭い。自分の横から背後までは真っ暗にも感じられた。

「十万出せよ」語尾は、「出せや」だったかもしれないが、山崎久嗣の隣の、痩《や》せた先輩がにやつきながら言ってきた。

おい聞いてるのかよ、と別の男が、中島翔の胸を小突いた。どん、と身体を押され、よろめいた。誰かが笑っている。

また、胸を押された。

後ろへ下がり、尻《しり》から転んだ。途端に、靴が飛んできた。次から次、上から蹴《け》られた。蹴られるというよりは踏まれた。やめてくれ、と手で頭を庇《かば》うが、足はしばらく降ってきた。顔を上げると、山崎久嗣が端にいて、むすっとしている。彼が攻撃に加わってい

伊坂幸太郎
Kotaro Isaka

ないことが、唯一《ゆいいつ》の救いに感じられた。

怖い、と思うこともできないほど、怖かった。

立ち上がれず、うずくまる。腹をつま先で蹴られ、息ができなくなった。両手を地面にようやく突き、踏ん張ろうとしたらその手を払われ、顔から地面に落ちた。自分の存在が次々と否定されていくような、屈辱を感じる。

地べたに頭をこすりつけ、横を向くと、人の姿が見えた。ずいぶん離れた場所ではあるが、先ほどの大男が歩道からこちらをじっと見ている。「見守っててやるから」と先週、大男が言っていた言葉を思い出した。本当に見守るだけじゃないか。仁王立ちとも棒立ちとも言える恰好《かっこう》で、まさに、見物しているだけだ。地面からゆらゆらと陽炎《かげろう》が立ち昇るような、どこか手ごたえのない姿にも見えた。

が、そこで少し、落ち着くことができた。恐怖はあったが、自分たちの世界の外に傍観者がいて、自分の恐怖はあの、大男が立っている歩道までは及ばないのではないか、と思うと、不思議とほっとしたのだ。

お金を払って許してもらおう、親のキャッシュカードを差し出そう、という意識は消え、駐車場の地面に転がっている石をつかんでいた。

ぎゅっと握ると、その石をばらまくようにして投げた。

一番手前にいた上級生の顔面に当たった。ほんの一瞬だけ、彼らの動きが止まった。

中島翔は立ち上がり、持っていた鞄を振り回す。顔を押さえていた男にぶつかる。「てめえ」と他の学生服の、サングラスをかけた男がすぐに飛びかかってきたが、彼に殴られることはなかった。中島翔に近づく直前で、その男が転んだからだ。綺麗に、地面に滑った。

山崎久嗣が足を出し、サングラスの男を引っ掛けていた。

「おまえ、何やってんだよ」と誰かが、山崎久嗣に目を見開く。山崎久嗣も狼狽していた。あ、いや、としどろもどろに返事をし、両手をひらひらとさせている。

するとその時、空を切る風の音がした。ぶうん、と低く獣が吼えるかのようだ。何事かと思えば、長い鉄の棒が、中島翔の前で振られていて、持っているのはあの大男だった。目を強張らせ、鼻の穴を膨らませた彼は、正気を失ったかのようにその棒を振り回している。無言で、大振りしていた。

狂ったような素振りだ。

金髪の男の肩に、その棒が衝突した。鈍い音がして、男は倒れる。顔が痛みで歪んでいる。大男はすぐに、その金髪頭を蹴り飛ばした。まるで容赦がない。

中島翔はぽかんとしてしまいそうになるが、すぐに、目の前の上級生にぶつかった。誰かが横から、制服を引っ張ってくるが構わなかった。興奮で、景色が把握できない。目の隅に、やはり無我夢中の表情で、上級生と殴り合ってがむしゃらに腕を振り回す。

いる山崎久嗣が見えた。

ぶうん、と大男の振る鉄の棒が、宙を走る。中島翔の顔面にぶつかりそうにもなった。間一髪、避ける。何が何だか分からない。必死で、とにかく、じたばたと身体を動かすしかない。血の臭《にお》いが、鼻の奥でする。

気づくと、中島翔は地面に亀《かめ》のように身体を丸くしていた。暴れてはみたものの、途中からは案の定、劣勢になり、防御するだけとなってしまった。顔を上げると、山崎久嗣も隣で同じ恰好をしていた。大男は延々と、鉄の棒を振っている。上級生と他の同級生、四人ほどがやはりその場に、倒れている。残りはいなくなっていた。

ゆっくりと中島翔は身体を起こす。身体中が痛かった。頬が腫《は》れている。学生服は土で汚れ、肘《ひじ》や脇《わき》のところは破けてもいた。

腕が引っ張られた。大男がいつの間にか横にいて、脇から抱えてくれたのだ。

彼は、ふうふうと呼吸を荒くしていた。目は充血し、口からは涎《よだれ》のようなものが出ている。鉄の棒を放り投げた。駐車場に落下し、音を立て、少し弾んだ。

中島翔は興奮で、自分の血液の温度が少しだけ高くなっているような気分だった。顎《あご》をかたかたと鳴らしつつ、周囲を見渡す。

大男は、近くにいる金髪の男を立ち上がらせ、「いいか」と言った。「もう、あいつを苛《いじ》めるな。そう言っても、おまえたちの気が済まないのは知っている。だけど、面倒なことは避けてくれ。あいつが苛められたら、また、俺が来る。俺じゃなくても、俺に似た男が来るかもしれない」

それは脅しではなく、お願いに近く、中島翔は奇妙に感じた。おかしみすら覚えたが、笑うことはできなかった。顔を上げた山崎久嗣と視線が合った。彼は特に何も言わず、ただぶすっとしている。どうして自分の味方になってくれたのか、と質問しようとしたが、やめた。たぶん、彼自身も理由は分からないような気がしたし、分かっていたにしても答えてくれるとも思えなかった。

中島翔は駐車場を後にし、家の方角へと歩きはじめた。すると大男が隣にやってきて、「大丈夫か」と訊《たず》ねてくる。助けてくれたことに礼を言おうと思ったが、口がうまく動かない。そもそも、あの常軌を逸した大男の暴れ具合は、中島翔のためではないようにも思えた。

「まあ、頑張れよ」大男が肩を叩《たた》いてくる。痣《あざ》でもできているのか、痛みが走った。

「どうして？」と訊ねた。どうして、そんなに強く叩くのだ、と言いたかったのだが、大男は質問の内容を勘違いしたらしく、「俺に伝染したんだ」と謎《なぞ》めいた返事をした。

「伝染って何が」

「誰かの役に立ちたい病」

はあ？　と答えるしかない。

「こんな言い方は何だけれど、苛めはあれじゃあ終わらないよ」男が言う。

「分かってるよ」中島翔は答えた。そんなことはとてもよく分かっている。苛められている自分が、『窮鼠《きゅうそ》猫を嚙《か》む』を実践したところで、事態が急激に良くなるはずがなかった。でも、密閉された息苦しさに風穴を開けることはできた。それは間違いない。息を詰めているよりは、呼吸ができるだけでも充分、良かった。

「謝ったほうがいいぞ」とも大男は言った。「あの先輩たちに早いところ謝って、顔を立たせてやるほうがいい。面子《メンツ》があるからな」

中島翔は笑ってしまう。「だね」

大男の彼が歩いていこうとした。「あ」と中島翔は声を発している。

何だ？　と言わんばかりに大男は首をかしげた。

「大人になっても、人生はつらいわけ？」

観《み》たことのある映画か漫画の台詞《せりふ》が頭に甦《よみがえ》ったのかもしれない、そんなことを口走る自分が恥ずかしく、赤面したが、言ってしまったからには仕方がなく、相手の返事を待った。

少し、無言の間がある。

瞼《まぶた》を切っていたからか、目尻に血が染《し》みた。まばたきをすると相手がそのまま消えてしまうような気がした。なんだかぼんやりとした人だ、と思ったところで、大男が口を開いた。「大人のほうが楽だ。椅子《いす》に座って、何十分も授業を受けることはないし、買い食いもできる。つらいことは多いけど、少なくとも、中学生よりはマシだよ」

嘘《うそ》にしか聞こえなかったが、気が楽になったのは確かだった。

よたよたと歩いていると、制服のほつれた糸が垂れているのが見えた。母親に何と説明しようか、と考えた。

疑う夫婦

体格のいい若者は、安永純平の顔を見ると、「ああ、お隣の」と表情をいくぶんかやわらげた。山手線が到着したばかりなのか、階段の下から乗客が昇ってきて、安永純平たちは川の急流で必死に立つように、その場に立っていた。せっかく乗ろうとしていたところを邪魔してしまった、と慌《あわ》てたが、彼はそれを察したらしく、「暇だから、大丈夫ですよ」とうなずいてくれる。

「たまたま、見かけたから、つい追ってしまったんだ」嘘ではないが、ずいぶんいかがわしい説明だと自分でも思った。

「そうですか」と彼は言う。

安永純平は、「さっきそこで偶然、見てしまったんだが」と喋《しゃべ》りはじめた。後ろめたさを隠そうとするばっかりに、早口になってしまう。「切符売り場のところで」

男の顔が曇る。曇った後で、すぐ、明るくなる。「ああ、さっきのお婆《ばあ》さん」と言った。笑ってはいなかった。が、不愉快そうでもない。脇を会社員が走って通り過ぎ、彼の身体に少しぶつかったが、彼は気にも留めていなかった。

安永純平は首肯する。「君は怒っていた」

「お婆さん、目が悪くて、動作が遅いんですよ」

「老人とはそういうもんじゃないか」安永純平は声を荒らげてしまう。言ってから、まずい、と思った。その場で、男がむっとして、突き飛ばされてもおかしくはない。身構えてしまう。

「その通りですよね」

「なのに、あんな風に怒って」

男は小さくうなずいた。

ここまで来たら、途中では引き返せない。安永純平は、「銀行でも見かけたんだ。君は、子供づれの母親に向かって」と厳しい口調で言った。若者に説教する自分が、とても醜くも感じた。通行人たちの視線が突き刺さってくる。

「あれも同じです」男は平然と答える。

「何であれくらいのことが我慢できないんだ」

「あれは、わざとで」

「わざと？」

「さっきのお婆ちゃんも、銀行の母親も、列に並んでる時に、言ってあげたんですよ。『ゆっくりやっていいですから』って」

安永純平は相手の言うことが理解できず、眉《まゆ》をひそめたまま、彼をじっと見上げた。

「昔、俺が子供の頃、母親が、赤ん坊と弟も連れていて、さっきの切符売り場みたいなところで手こずっていたんですよ。そうしたら、後ろから怒る男がいて、母親がびびってしまって。そのうち、酔っ払った男が、早くしろよ、って近寄って、まくし立ててきて。母親がおろおろしているのが、悲しくて。あれは、嫌な記憶です」

「だが、君のやってることは」それと同じではないか、と続けたかった。

「そうしたら、ある時、ある人から教えてもらったんですよ。そのやり方を」

「怒り方をか」

「そうじゃなくて、うまく収めるやり方ですよ。先に、誰かが怒ってしまえばいいんです」大男は、その台詞を自分に教えた何者かに思いを馳《は》せるようでもあった。

「誰かが怒ってしまえば、ってどういうことだ」

「たとえば、苛々《いらいら》している人が大勢いる時、誰かが文句をつけはじめれば、他の人間はもう言わない。そうなることが多いんですよ。他人の怒りに便乗する奴《やつ》もいるけれど、基本的には、逆に冷静になるくらいで」

「先に怒る？　君が？」

「お婆ちゃんには、『時間がかかるようだったら怒るふりをしてあげる』と言うんです。俺はこんなでかい身体《からだ》だから、他人から怖がられる。でも、やらせだと分かってれば、お婆ちゃんも安心かもしれない」

「そんなことがあるわけがない」

「効果的なのかどうかは分からない。俺も、こういうやり方があるって聞いた時は、どうかと思ったけれど、でも、さっきのお婆ちゃんも愉快そうにはしていたし」

あの老婆は財布をいじりながら、おどおどと焦《あせ》っているようにしか見えなかった。笑いを嚙み殺していたようには、とても見えなかった。この男はでっち上げた話をしているのだろうか、と疑いたくなる。

「つまり君は、他の人間を怒らせないために、怒ったふりをしてみせる、というのか」

「その通り」

「だが」安永純平は何度目かのその言葉を口にする。「そんなことをするくらいなら、さっきのお婆さんが切符を買うのを手伝ってやったほうが早いんじゃないか？　小銭の使い方から機械のボタンまで、教えてあげれば」

「それじゃあ」男は肩をすくめる。少し、言葉を選んだ。「それじゃあ、俺が本当に、いい人みたいに見えるじゃないですか」とはじめて、歯を見せ、笑った。

駅構内の雑踏の中、安永純平は困惑し、立ち尽くす。どこまで彼が本当のことを喋っているのかはっきりしないが、それ以上、ぶつける言葉も失ってしまった。

「そうだ、昨晩、奥さんが、俺の部屋に来たんですよ」先に口を開いたのは、体格のいい彼のほうだった。

安永純平はそれを聞き、青褪《あおざ》めた。血の気が引くとはまさにその通りで、身体の力が抜けてしまう。

あいつがいつの間に？　夜、自分が眠った後だろうか？　まるで気づかなかった。

「何かと思ったんですけど、果物をくれて」

「変なことを言わなかったか」

「言いました」男は即答した。真面目《まじめ》な面持ちになり、安永純平は射すくめられる。

「あいつは少しおかしいんだ」

「たぶん、俺を誰かと間違えていたのかもしれません」

「誰かと？」

「この間から、よく間違われるんです」という男は、用意していた言い訳をそのまま口に出しているだけにも見えた。「とにかく、奥さんは、『うちの人が、仕事の依頼に来て

伊坂幸太郎
Kotaro Isaka

も、引き受けないであげてね』と言ってましたよ」

「何だそれは」安永純平はとぼけたわけではなかった。思ってもいない答えだった。

「テレビのことじゃないのか」

「テレビ？　それはなかったですよ」

「俺が？　俺がどうして仕事を頼むんだ？」安永純平の頭を過《よ》ぎっていたのは、安永智子に先物取引を勧め、財産を失わせた、怪しげな営業マンのことだった。もし、自分に何らかの力があるのだとしたら、あの男を痛い目に遭わせたいと思ったことはある。否定しない。が、だからと言って、首を折ってもらいたいかといえば、別の話だ。安永純平は噴き出してしまった。

目の前の大男は、安永純平と妻とのやり取りや抱えているものをすべて了解しているようでもあって、「いい奥さんですね」とうなずいた。「でも、人違いです」

間違われた男

小笠原稔は、大藪の死体を発見した翌日、つまりは見知らぬ中学生の苛めの現場に遭遇した次の日、パン工場の仕事を休み、繁華街に出向いていた。

あの、大藪のマネージャーに会えないだろうかと思ったのだ。これ以上、首を突っ込むのは良くないと承知していたが、じっとしていられなかった。大藪が死んだことを、あのマネージャーは知っているのか、そして、ブルドッグを連れたあの男は結局どうなったのか、仕事を依頼してきた瓜顔《うりがお》の男は何を考えているのか、知りたいことがいくらでもあった。ただ、そうそう簡単に、男に遭遇するわけがなく、結局は空振りだった。

街頭のゴミ入れに入っていた新聞を拾い、記事に目を通した。あの金融会社のことは載っていない。首を折られた大量の死体は、発見されればかなりの大騒ぎになるはずだから、ようするにまだ見つかっていないということなのだろう。ブルドッグを連れた男がどこかで殺害されたというニュースもない。安心する一方で、あれは現実にあったことなのか、と悩む。

アーケード通りを歩いていると、前から男たちがやってきた。自分よりは若いかもしれないな、と眺めながら、道を塞《ふさ》ぐ様子に嫌悪感《けんおかん》を抱いた。お酒が入っているのか、じゃれ合いながら、横一列になっている。

小笠原稔はそこで自分が、避ける気のないことに驚いた。いつもであれば、瞬間的に恐怖や防衛意識が働き、さり気なさを装《よそお》いつつ、たとえば並んでいる店の品物を確かめるようなそぶりで、脇《わき》に移動するのだが、そういう気分ではなかった。

俺に似た男がいた。恐ろしくも、不可解で、怪物のような男だった。会った時にはすでに死んでいたが、小笠原稔は、その男のエネルギーを受け継いだ感覚でいた。同じように生きようとまでは思わない。ただ、「あの男に似ているのだから大丈夫だ」とでも言うような、得体の知れない自信に満ちていた。

横一列で歩いている男たちの真ん中を通ったため、二人の男と肩がぶつかった。小笠原稔は立ち止まり、その男たちを睨《にら》んだ。彼らは目を三角にし、喧嘩《けんか》腰《ごし》の口調で何かを言ってきたが怖くは感じなかった。その場で、そのうちの一人を殴りつけてしまおうかどうしようかと悩む余裕まであった。

知らず、自分が笑みを浮かべていたのかもしれない。男たちは戸惑いを見せ、腰が引けた恰好《かっこう》で、消えていった。

立ち去る彼らの背中を見送りながら、小笠原稔はふと、誰かのために何かができるのではないか、と思いはじめる。

大藪にはそういう部分があったのだと、マネージャーと称する男は言っていた。自分の仕事の罪滅ぼしというわけでもないだろうが、他人に親切にすることがままあった、それでバランスを取ろうとしていたのではないか、と。

知り合いの老人についてまわり、その老人が素早く行動できず、周囲を苛立たせる場面になると、怒ったふりをする。そんなことをよくやっていたらしい。そうすると他の人間の怒りや不満を解消することができるのだ、と。

本当だろうか？　面白いことを考えるなあ、と小笠原稔は感じた。自分でもやってみようかとそんな思いがむくむくと湧《わ》き上がってくる。大藪も誰からか、そのやり方を教わったという話だった。

繁華街のスロット店に入った。最近はあまりやっていなかったが、理由もなく、「今、自分はついてるんじゃないか」と予感を抱いていたからだ。根拠はない。ただの、直感だ。

店に入る直前、お金が入ったら、引っ越しをすべきかもしれないと思った。新しく出直すことに興味が湧いた。

つらいことは多いが、中学生の頃よりはマシ、自分で言っておいてなんだが、その通りだと思う。たとえば、気楽に、スロットもできる。

いじめられている少年

中島翔は、閉店したコンビニエンスストアの駐車場で殴り合いをした翌日、学校を休んだ。顔が腫《は》れ、傷が多かったこともあるが、母親が泡を食ってしまい、「何があったのだ」と大騒ぎしたからだ。隠し事をする気力もなく、一通り説明をし、「苛《いじ》められている。だけど、大丈夫だと思う」と話した。もちろんそんなことで、母親が納得するはずはなかったが、「もう少し様子を見て、駄目だと思ったら、正直に相談する」と言って、宥《なだ》めた。

母親の狼狽《ろうばい》はかなりひどく、鬱陶《うっとう》しかった。ただ、少なくとも、自分のことを心配している人間がいるという事実はそれなりに、中島翔を勇気づけた。

登校した時、同級生は噂話《うわさばなし》か何かで、ことの次第を知っていたのか、痣《あざ》だらけの中島翔を見てもさほど驚かなかった。もちろん、話しかけてもこなかった。山崎久嗣もいたが、彼も孤立しているようではあった。彼の友人たちも、山崎久嗣の近くには寄り付かない。

一週間ほど経《た》つと、少し状況は変わった。一つには、中島翔が、自分が殴りかかった先輩に謝罪に行ったためだ。先輩は、笑って許すような態度は見せなかったが、あからさまに面倒臭そうで、「もういいよ、おまえは」と顔をしかめた。

さらにもう一つ、新聞やテレビを賑《にぎ》わせた、謎《なぞ》の怪死事件のニュースのこともあった。分譲マンションで発見された、首の折れた死体六体と、外傷がなく死亡していた大柄な男のことだ。警察は、そのマンション内で何が起きたのか把握していないようだったが、その大柄な男が首折り殺人犯ではないか、と睨んではいるようだった。

中島翔を驚かせたのは、その犯人の顔写真だった。事件があったと思《おぼ》しき当日、街の防犯カメラに映っていた姿らしかったが、それは明らかに、自分が遭遇した大男だったのだ。鉄の棒を振り回していた、あの男だ。

そして、防犯カメラや状況証拠から特定された、その事件の日時が、中島翔の背筋を寒くした。

コンビニエンスストアの駐車場で中島翔が喧嘩をした日よりも以前の日付だったのだ。つまり、あの大男はすでに死んでいたはずなのに、あの場所へ現われ、鉄の棒で暴れていたことになる。

「じゃあ、あの時、あそこにいたのは誰なんだ?」

中島翔は思い悩むよりも、恐怖するよりも、ただ呆然《ぼうぜん》とした。爽快感《そうかいかん》すらあった。思えば、あの時に見た大男は、くたびれたような、はかなげな空気をまとっていたな、と納得したくなる。

ニュースを見た翌日、学校の休み時間、中島翔は思い切って、勇気を振り絞り、山崎久嗣に話しかけた。事件のことやあの大男の話を一通り喋《しゃべ》った後で中島翔はこう言った。

「ごめん、幽霊って、いるのかも」

伊坂幸太郎（いさか・こうたろう）

一九七一年千葉県生まれ。一九九六年サントリーミステリー大賞で、『悪党たちが目にしみる』が佳作となる。二〇〇〇年『オーデュボンの祈り』で、第五回新潮ミステリー倶楽部賞を受賞しデビュー。二〇〇三年『アヒルと鴨のコインロッカー』で第二十五回吉川英治文学新人賞を、二〇〇四年「死神の精度」で第五十七回日本推理作家協会賞短編部門を受賞した。巧緻極まる伏線と忘れがたい会話、構築度の高い物語世界などで、絶大な人気を誇る。二〇〇八年には、『ゴールデンスランバー』が第五回本屋大賞、第二十一回山本周五郎賞を受賞した。

著作リスト（刊行順）

『オーデュボンの祈り』（新潮社）
『ラッシュライフ』（新潮社）
『陽気なギャングが地球を回す』（祥伝社）
『重力ピエロ』（新潮社）
『アヒルと鴨のコインロッカー』（東京創元社）
『チルドレン』（講談社）
『グラスホッパー』（角川書店）
『死神の精度』（文藝春秋）
『魔王』（講談社）
『砂漠』（実業之日本社）
『終末のフール』（集英社）
『陽気なギャングの日常と襲撃』（祥伝社）
『フィッシュストーリー』（新潮社）
『ゴールデンスランバー』（新潮社）
『モダンタイムス』（講談社）

伊坂幸太郎
Kotaro Isaka

プロトンの中の孤独

近藤史恵

Fumie Kondo

目の前の男はにこりともせずに、こう言った。

「赤城《あかぎ》さん、俺のアシストしませんか?」

不思議なことに、そのとき自分がどう思ったのかは、今になってみるとまったく思い出せないのだ。

驚いたことは確かだ。そのことばは、あまりにも唐突だったから。だが怒りを感じたのか、彼を愚かだと思ったのか、それとも笑い出したくなったのか、なぜか少しも思い出せない。

それなのに、そのときの彼の、俺の返事などどうでもよさそうな顔だけははっきり網《もう》膜《まく》に焼き付いている。

まるで昨日のことのように。

※

たとえば、こんな話をする人がいる。

五〇〇年前の人間は遺伝子の存在も、原子や電子の存在も知らなかった。その頃の人間に、「物質はすべて目に見えぬほどの小さな粒子でできている」といえば、頭がおかしいと思われるだろう。

不可能だと思われたフェルマー予想も証明され、エレガントなやり方と言えなくとも四色問題にも答えは出た。人間の知性というのは間違いなく進歩している。

だから、あと何十年かすれば、霊魂の存在や神の存在すら、科学で証明できるに違いない。

そんな話を聞くたびに俺は思った。ならば、不穏な空気や険悪さなども、いつかは質量を量ることができるのではないかと。

少なくとも、あの頃の「チーム・オッジ」でそういうものを量れば、計器の目盛りは盛大に振り切れるだろう。

その頃のオッジは、まだできて三年のチームで、ひとことでいうと迷走していた。

国産フレームメーカーが、商品をアピールするために作った自転車ロードレースのチームだった。一年目、二年目と、まだ選手の数が少ないときに、思った以上に好成績をあげ、宣伝効果もあったため、三年目には今までよりもたくさんの資金が注ぎ込まれた。

だが、そのことがチームに暗雲をもたらすことになったのかもしれない。

もちろん、その頃の俺にそんな冷静な分析ができたはずもなく、ただひたすら自分に降りかかる火の粉を払うだけで精一杯だったのだけれど。

その頃の俺――二十八歳の赤城直輝《なおき》ならこう言っただろう。

「くだらないことなど考える必要はないさ。自転車選手なら、ただペダルを踏んでりゃいいんだよ」

本当はもう気づいていたのだ。ペダルを踏むだけでは、到達できない場所があるということに。だが、それを認めるのは恐ろしかった。

二十四で俺はスペインに渡った。目標はただひとつ、ヨーロッパでロードレースの選手になることだ。

だれもが無謀な行為だと言った。もちろん十代の頃から自転車には乗っていたが、それまでの成績はさほど華々しいものではなかった。ジュニアのレースで何度か優勝したことはあったが、世界選の日本代表に選ばれたわけでもなく、輝かしい将来を期待されていたわけでもない。

だからこそ、俺はスペインに行く決断をしたのかもしれない。このまま普通にやっていれば、せいぜい実業団のチームのアシストが関の山だ。なんとかして自分を追いつめなければ、壁を破ることなどできない。

スペインには三年半いた。バスク地方のサン・セバスチャンという都市に住み、地元のアマチュアロードレースチームに加わった。

バスク人は、ほかの地方のスペイン人たちのように、やたら陽気なわけではなく、無口で少し気難しい。そこが好ましく感じられて、馴染《なじ》めそうな気がした。

最初の一年は、貯《た》めた金を切り崩しながらスペイン語を勉強し、次の年から日本人向けのガイドをして糊口《ここう》をしのいだ。

だが、三年経《た》っても、なにも変わりはしなかった。

ときどき、チーム内でエースとして走ることはあったが、夢に描いていたように、どこかのプロチームからスカウトされるようなこともなく、自慢できるような華やかな勝利実績もない。

少しでも未来に希望が持てれば、今がつらいことには耐えられる。恐ろしいのは先が見えないことだ。

夜、狭くて小さなベッドにもぐり込むたびに、息苦しさに喘《あえ》いだ。

この先もなにも変わらない。自分はただのアマチュア自転車乗りのまま、この異国で少しずつ朽ち果てていくのだと思った。スペイン語はうまくなったが、ただそれだけだ。

大した経歴もないまま日本に帰っても、働き口が見つかるとは思えない。だからといって、スペインに骨を埋める覚悟もなかった。

そう考えはじめれば、なにもかもがつらくなる。

乾いた空気も、スペイン語の響きも、舌を刺すように鮮烈なオレンジの味も。このままでは、自転車に乗ることすら苦しくなるような気がした。そんなとき、オッジからスカウトの話がきた。負け犬のように逃げ帰るのではなく、プロになるために日本に帰れる。俺は一も二もなく、その話に乗った。

そのことを後悔するわけではない。だが、ときどき思うのだ。自分は逃げたことに変わりはなく、そして逃げはじめた人間は逃げ続けなければならないのだと。

ペダルが急に重くなった。

坂に差し掛かったのだ。たぶん、歩いていれば意識もしないほどわずかな勾配《こうばい》だ。だが、ペダルの感触はあきらかに違う。そう、それは劇的なほどの変化だ。先ほどまでくるくると回すだけで動いていたペダルに、急にしこりのような抵抗が生じる。

もちろんこの程度の坂で速度が変わることもなく、息が乱れることもない。だが、感触の違いは脚に伝わってきて、それがおもしろい。徒歩ならば気づかないことが、自転車に乗っていればわかる。

ロードバイクに乗り始めて、すでに十年以上経つ。今では、歩くよりも、ただ立っているよりも、自転車の上にいる方が楽だ。そう言えば多くの人は驚く。

身体《からだ》が自転車によって変えられるのだ。自転車に、乗る人間の癖がつくのと同じことだ。歩くのに必要な筋肉は次第に衰え、ペダルを回す筋肉だけが発達してくる。

「あいつ、また……かよ」

チームメイトたちが交わしている会話が耳に飛び込んできて、俺は眉《まゆ》を寄せる。

日本に帰ってから、いちばん不快に感じたのが、聞きたくもない会話を聞かされることだ。

電車の中、ふと入った喫茶店の中、そしてこんなふうに練習中でも、会話は耳に飛び込んでくる。

スペインではそうではなかった。仲間たちと酒を飲みながら談笑し、理容店で髪型の注文をつけられる程度にはスペイン語が達者になっても、頭のスイッチはいつでもオフにできた。聞こうとしなければ、通りすがりの会話など耳に入ってこなかったのだ。

なぜか日本語はどうやっても、スイッチを切ることができない。それが不快な会話であるほど、暴力的に耳に侵入してくる。

チームメイトは、今ここにいないひとりの選手について語り続けている。

「先週も休んでただろ」

「乗鞍《のりくら》に行ってたらしいぜ。あっちで見かけた奴《やつ》がいるらしい」

「いい気になってるんだろ。ちょっと名前が売れただけで」

俺は周囲に聞こえないように小さく舌打ちをする。

日本人は陰湿だ、と言う人間がときどきいる。それには正直なところ同意しかねる。スペインにも陰湿な奴はいた。日本人は他人に影響を受けすぎる。つまり、陰湿さは簡単に伝染していく。

彼らが話しているのは、石尾豪《いしおごう》という新人のことだ。

今年、オッジに入ったのは俺と石尾のふたりだけだ。そして、ふたりとも同じようにうまくチームに馴染めずにいた。

スペインに行っている間も、インターネットを使って日本の自転車界のことはチェックしていたが、石尾の名前は聞いたことがなかった。

なんでも、ジュニアのチームにも、大学の自転車部にも属していなかったという。

「ヒルクライム荒らしだったらしいぜ」

チームで唯一《ゆいいつ》親しくなった熊田《くまだ》という選手がそう言った。

アマチュアも参加できるレースで、プロ顔負けの成績を残していく。そんな石尾に、オッジの山下監督は興味を持ってスカウトしたのだという。

だが、彼は頭からチームメイトたちとうまくやっていく気などないようだった。理由も、ほとんど口をきかない。チームメイトだけではなく、一緒に入った同期とでも言うべき俺とも、ほとんど口をきかない。

「まるで山猿だ」

チームのエースである久米《くめ》が、吐き捨てるように言ったのを聞いたことがある。久米に決して好感を抱けない俺も、「うまいことを言う」と思った。

小柄で細く、やけに手足が長いクライマー体型は確かに猿を思わせたし、平坦《へいたん》の練習を嫌い、山岳にしか興味がないところはたしかに山猿だ。だが、それだけではなく石尾には、どこか人に馴れぬ獣のようなところがあった。

空気を読むことや歩調を合わせることに、まったく関心がないようだった。久米やその取り巻きたちに反発するわけでもないが、かといって自分のペースも崩さない。陰でなにを言われているかも、気にしてないように見えた。

普通ならばそんな協調性の欠片《かけら》もない態度は、監督から注意を受ける。実際に、山下監督も何度か言ったらしいが、それでも石尾の様子は変わらなかった。

しかし、オッジに入って三ヵ月も経たないツール・ド・ジャポンで、彼はめざましい活躍を見せた。新人にもかかわらず、山岳ステージで海外の有力選手たちと激しいデッドヒートを繰り広げ、三位に食い込んだのだ。ノーマークだったからこそ、できた活躍だったのは確かだが、それでも資質がなければ戦いの舞台にあがることすらできない。

近藤史恵
Fumie Kondo

まだ二十四歳の若者の活躍に、ジャーナリストたちは色めき立った。

山では「まぐれ」は存在しないのだ。石尾に才能があることは疑いようのない事実だ。結果を出せば、監督の矛先も自然と鈍ることになる。

本当のところ、俺にもわからない。石尾が好き勝手に振る舞うのは、もともとそういう性格だからなのか、それとも血が滞《とどこお》って澱《よど》んだようなこのチームの空気が不愉快だからなのか。

少なくとも、俺はたった数ヵ月ですっかりこのチームに嫌気がさしてしまっていた。そういう意味では、石尾のふるまいを痛快に思わなくもなかった。

久米たちが、石尾だけではなく、俺のことも受け入れようとしないのは、俺のそんな内心を感じ取ってのことだろう。

このチームのことは少しも好きになれなかった。だが、なにより嫌になるのは、たった九人かそこらの集団ですら、居場所を作ることのできない自分だ。

スペインにいるときは、なにかうまくいかないことがあっても、自分に言い聞かせることができた。俺は異邦人だからだと。

今ではそんな言い訳はできない。

もちろん言い訳を探そうと思えば、いくつか探すことはできただろう。日本人の気質のせいだとか、久米と性格が合わないことや、石尾がいるせいで生じる不穏な空気のせいだとか。

だが、もう俺は気づいてしまっていた。結局のところ、そんなのは自分を宥《なだ》めるだけに過ぎない。うまくいかないのは、ほかのだれでもなく俺のせいで、それはスペインにいるときだって同じだったのだ。


その日、練習が終わってから監督に呼び止められた。

「赤城、少し話がある。食事にでも行かないか」

佐野が見咎《みとが》めるように、ちらりと視線を投げかけた。久米の腰巾着《こしぎんちゃく》のような男だ。どうせご注進に及ぶつもりなのだろう。

山下監督とは、まだスペインに渡る前、実業団のチームにいたときに知り合った。彼がスペインにやってきたときにすべての旅程を手配し、ガイドを務めたこともある。さほどつきあいが深いわけではないが、不思議と波長が合うところがあった。

シャワーを浴び、着替えを済ませてから監督と一緒に出かけた。連れて行かれたのは、居酒屋と定食屋のちょうど中間といった感じの店だった。

店の隅のテーブルで、俺は監督と向かい合った。ビールと料理をいくつか注文してから、監督は話をはじめた。

「おまえに、石尾のことで少し頼みがあるんだ」

俺は少し驚いて、濡《ぬ》れたビールのジョッキから手を離した。てっきり俺がチームに馴染めてないことについて、なにか言われると思っていた。

「石尾がどうかしたんですか？」

彼は俺のその質問には答えず話を進めた。

「石尾とはよく話をするか？」

「あまり……というより、ほとんどしませんね」

監督は失望したような顔をした。

「気が合わないか？」

「合うか合わないかもよくわかりませんよ。自分から話をするわけでもないですし。何度か話しかけたことはありますが、あまり会話も続きませんでした」

石尾は必要なことしか喋《しゃべ》らない。だが、本当に必要な会話などさほど多くはない。

監督は、つきだしのきゅうりと穴子を箸《はし》でかき混ぜた。

「実は石尾の相談役になってやってほしい」

「俺がですか？」

監督は頷《うなず》いた。

「あいつが相談役を必要としているようには思えませんが」

「だが、この状況で悩まない奴などいないだろう」

エースである久米に目の敵にされ、そしてほかのチームメイトも久米の側についている。

不快でないはずはない。久米もさすがに、目に見える嫌がらせをするわけではないが、石尾に対する不快感を隠そうとはしない。そのことでチームの中に、ぴりぴりとした嫌な緊張感が張りつめている。

俺は少し考え込んだ。石尾は悩んでいるのだろうか。今の状況を歓迎しているわけではないだろうが、それでも悩んだり、ストレスをためたりしているようには見えない。

監督はビールを半分ほど飲むと、音を立ててジョッキを置いた。

「正直に言う。石尾を手放すなというオーナー命令が出た」

頼んでいた金目鯛《きんめだい》の煮付けや、サラダなどが運ばれてくる。俺たちは少し黙った。

「どういうことですか？」

監督は、魚の身をほぐしながら言った。

「おまえとは二年の契約だが、実のところ石尾とは一年しか契約を結んでないんだ。海のものとも山のものとも知れなかったからな」

だが、石尾はツール・ド・ジャポンで予想外の活躍を見せた。ほかのチームの者たちも彼に目をつけたはずだ。よそからの移籍の話もくるかもしれない。そこで、オーナー命令が出たというわけだ。

「契約の延長を提案すればいいじゃないですか」

「したが、シーズン後半まで決めるつもりがないと言われた」

「へえ」

少し興味が出てきた。彼が答えを先延ばしにしたのは、久米との関係がうまくいってないせいかもしれないが、もしかすると自分を高く売ることを考えているのかもしれない。

「久米さんとの契約はどのくらい残っていますか？」

そう尋ねると監督は苦い顔をした。

「あと二年だ」

「なるほど」

自然に笑みが漏れた。監督はそんな俺を冗談めかしてにらみつけた。

「相変わらず勘のいい奴だな。そうだよ。だから困ってるんだ」

石尾にこの先、契約の延長を受け入れさせるには、エース扱いを約束するしかない。ほかのチームはその条件で石尾を取ろうとするはずだ。だが、久米との契約も残っている。

もちろん大きなチームならば、エースがひとりだと決まっているわけではない。しかし、久米もクライマータイプで脚質はほぼ同じだ。脚質が同じエースは、ふたりも必要ないのだ。

「誤解するなよ。久米の契約を切るつもりはない。彼が走れないわけではないし、違約金を払うことになるのは痛い」

つまり、最低でも来年一年、チームは久米と石尾をダブルエースとして置いておきたいというのだ。

「久米さんが納得しますかね」

「するはずないだろう。だから、石尾を説得するしかないんだ」

あくまで久米がエースであるという条件で、それでも石尾に契約を延長させる。そんなことができるのだろうか。

「久米さんと石尾の関係が良好なら、まだ可能性があるんですけどね」

今の状況では、どう考えても石尾は別のチームからの誘いに乗るだろう。

「久米の性格からして、奴から歩み寄るのは無理だな」

監督はそう言ったが、俺から見れば、石尾だって似たようなものだ。彼が久米に尻尾《しっぽ》を振るとは思えない。

「それとも、はっきりとどちらが本当に強いか勝負がつけば……ふたりとも納得するかもしれないな」

ひとりごとのように監督がつぶやいた。

どきりとした。
監督が本当にわかって口に出したのかどうかはわからない。だが、その希望を叶《かな》える
ために導き出される答えはひとつしかないのだ。
久米が石尾を負かして力を見せても駄目だ。それでも石尾の資質を欲しがるチームは
あるだろうから、石尾は出ていくだろう。
石尾が久米を叩《たた》きつぶして、はじめて望む結果になる。久米は負けたとしても契約が
あるから動けない。彼が自分から契約を破棄してチームを出ていけば、チームは違約金
を払う必要もない。
だが、それは簡単なことではない。自転車ロードレースの選手のピークは二十代後半
から三十代はじめである。久米は今三十歳でちょうど選手としてのピークの時期に当た
る。石尾がいつか彼を追い越すことは確実だとしても、それは今ではないだろう。
「まあ、おまえに石尾を説得することまで頼むつもりはないよ。それでもあいつと親し
くなって、愚痴を聞いたり、面倒をみたりしてやってくれないか」
「それは別にかまいませんが……」
ふと思った。監督がこんな話をするのは、やはり俺のチームでの位置のことを心配し
たのかもしれない。久米の天下はもう長く続かないのだとわかれば、多少は居心地の悪
さも減る。

まあ、石尾とうまくやれるかどうかもわからないが。

山猿を手なずけるには、どんな方法が効果的だろう。

そんなことを考えて、俺はひとり笑った。


坂の下から見慣れた自転車が登ってくる。俺は飲んでいた水をボトルケージに戻した。

手足の長い特徴的な体型や、身体《からだ》を振るようなダンシング。ヘルメットやゴーグルを身につけていてもすぐに石尾だとわかる。

「よう」

俺に気づくと、彼は驚いたように目を見開き、足を止めた。

「偶然ですね」

口許《くちもと》がかすかにほころんだ。挨拶《あいさつ》程度の笑顔だが、少なくとも嫌な顔はされなかったことにほっとする。

石尾が休みの日、よくこの山を登っているという噂《うわさ》は聞いていた。昼間の日差しが強い真夏では、練習に向くのは早朝だ。偶然を装《よそお》うことは難しくない。

石尾はまたペダルを踏み始めた。立ち話をするつもりはないらしい。あわてて、俺も後に続く。

縦に並んで坂道を登った。次第に勾配《こうばい》が険《けわ》しくなってくる。

後から石尾を観察する。

胴が短く手が長いせいで、小柄な割に自転車とのバランスは悪くない。全体的に見れば、華奢《きゃしゃ》だと言っていいのに、太股《ふともも》と尻《しり》の筋肉だけがやけに発達し、張り出している。まだ若いのに、ベテランクライマーのような身体だ。

それだけ練習を重ねているのか、それとも生まれつきこうなのか。

次第に勾配がきつくなる。息が乱れはじめるのを感じて、俺は眉間《みけん》に皺《しわ》を寄せた。

ピレネーを練習場所としてきたから、こんな山程度どうってことはない。だが、石尾のペースが速すぎるのだ。

——マジかよ。

先頭交代をするとき顔を見たが、石尾は特につらそうでもなかった。どちらかというと、力を抜いてリラックスしたような表情で、俺に張り合って無理をしている様子もない。

だんだん、先頭に出ることも苦しくなってくる。俺が先頭に出ても、すぐに石尾が追い抜きにくる。俺のペースでは不満なのだろう。

今までチームの練習では、こんなに圧倒的な力の差を感じたことはなかった。協調性がないと思っていたが、石尾は石尾なりに合わせようとしていたのかもしれない。

石尾が後ろを振り返った。俺が苦しんでいることに気づいたようだ。少しペースを落とす。

俺は手で、「先に行け」と合図を送った。情けをかけられているようで気分が悪かった。

石尾は、正面を向くとギアをインナーに入れた。俺は息を呑《の》んだ。まだ足に余裕があるらしい。

石尾の背中は少しずつ離れていった。どうあがいても追いつくことはできない。

遠ざかる背中に向かって、小さくつぶやいた。

――化け物め……。

猿のような背中はやがて見えなくなった。

先に行ってしまったかと思ったが、石尾は山頂で待っていた。

「速いな」とも「すごいな」とも言いたくはなかった。負けは明らかだったとしても、プライドはある。

俺はメッセンジャーバッグの中を探って、アルミホイルに包んだサンドイッチを石尾に差し出した。

「食うか？」

「いいんですか？」

「ああ、多く作りすぎたんだ。嫌じゃなきゃ食えよ」

石尾は素直に受け取って、アルミホイルを開いた。挟まれているのは、カリカリに炒《いた》めたじゃがいもを入れてみっしりと焼いたトルティージャだ。糖質とたんぱく質、そして多すぎない脂質とバランスがいい。

一口囓《かじ》って彼は言った。

「うまいな」

「餌付《えづ》け成功」と心でつぶやく。

自分の分のサンドイッチを食べながら、俺は言った。

「石尾、ロードレースってのは団体競技だよ」

石尾は驚いたように俺を見た。

「知ってますよ」

そして刺々《とげとげ》しく付け加えた。

「だから嫌いです」

直球を投げられて、俺は少し笑ってしまった。

「そうか、嫌いかあ」

彼はちょっと拍子抜けしたように俺を見た。

「嫌いです。正直、ヒルクライム以外は興味ないんです。集団とうまくやっていく自信もないし、アシストするのも向いてない」

彼の自己分析はたぶん正しい。

「じゃあ、どうしてオッジに入ったんだ」

「監督にはそう言って断りました。でも、それでもいいからと言われたんです。たしかにツール・ド・ジャポンなどはプロでなければ出られないレースだから、興味はあった」

どうやら、俺が思っていた以上に山下監督は石尾に執着していたらしい。オーナー命令というのも嘘《うそ》ではないだろうが、彼が焚《た》きつけたのかもしれない。

だが、先ほど一緒に走ってよくわかった。俺が監督でも同じことを言ったかもしれない。集団に入ってしまえばそれなりに馴染《なじ》んでいくしかないし、力があれば多少のわがままは通るだろう。

「そうか。嫌いか」

そう言いきれる石尾がなぜか羨《うらや》ましかった。

「俺は駄目だな。さっさと諦《あきら》めた方がいいと思っているのに諦めきれない。嫌いになればいいのにと思うよ」

「どうしてですか？　赤城さんならプロとしてやっていけるでしょう」

そう、うまく立ち回り、高望みをしなければぎりぎりプロを続けていくことはできるかもしれない。だが、それが俺の望んだ未来だとはとても思えなかった。

俺のことはどうでもいい。アルミホイルを丸めると、俺は石尾に尋ねた。

「来年はどうするつもりだ。辞めるのか」

「一応、よそから打診はあります。でも、まだ決めてない。どこに行っても結局は同じかもしれない」

オッジに残ることは選択肢には入っていないようだった。久米が専制君主のように振る舞うオッジでは、確かに石尾の居場所はない。しかも、ロードレースを続けるかどうか迷っているというのなら、なおさらだ。

もっと条件のいいチームで我慢してみるか、それとももうすっぱりとやめるか。

石尾はしゃがんで俺を見上げた。

「監督に頼まれたんですか。俺に説教しろって」

「ん、ああ。でも、説教しろと言われたわけじゃない。おまえがもし悩んでいるなら話を聞いてやれと言われただけだ」

石尾はなぜか笑った。目つきの険しさが消え、急に幼い顔になる。

「嘘はつかないんですね」

「ついてもしょうがないだろう」

石尾は立ち上がって、自分の自転車に手をかけた。

「じゃあ、俺、もう行きます。サンドイッチ、ごちそうさまでした」

これ以上言うことはないという合図だろう。俺は頷《うなず》いた。

「ああ、またな」

坂を下っていく石尾の背中を見送る。なぜか胸にちりちりとした痛みを感じた。


日本ではまだ自転車ロードレースはメジャーなスポーツとは言えない。自治体の協力も得られにくいことから、公道レース自体がさほど多くはない。

その中で「北海道ステージレース」は、ツール・ド・ジャポンと並ぶステージレース——数日間に渡り、宿泊しながらレースを続け、総合優勝者を決めるレース——である。

この北海道ステージレースには、もちろんチーム・オッジも参加することになっていた。発表された参加選手の六人には、石尾と俺も選ばれていた。

もしかすると、監督はこのレースで石尾がツール・ド・ジャポン以上の活躍を見せることを望んでいるのではないか。

今年は、三日目が羊蹄山《ようていざん》、四日目がニセコというふたつの山がコースにあり、クライマーたちの活躍に注目が集まっている。

ツール・ド・ジャポンでの活躍は、チーム内ではビギナーズラックで片付けられた。だが、ここで石尾がもう一度久米を負かせば、チームの空気は確実に変わる。チームメイトも今ほど久米の味方ばかりをすることはなくなるはずだ。

ほかにも大きいレースはあるが、いずれも十月以降になる。そのときまでには、石尾は来年どうするかの結論を出しているだろう。

石尾がどう考えているかは、山下監督には伝えた。監督は渋い顔をして頷いただけだった。

参加選手の発表やコースレイアウトの説明が終わり、ミーティングルームを出たときに、だれかが俺の耳許で囁《ささや》いた。

「少しスペインで走っていたからって、いい気になるな」

驚いて足を止めた俺の横を、彼は通り過ぎていった。佐野だった。

彼は今回の出場メンバーに入っていなかった。正直、さほど実力のある選手ではないから、不思議だとも思わなかった。

後で低い笑い声が聞こえた。振り返ると、石尾が壁にもたれていた。

「嫌み言われましたね」

「別に大したことじゃないさ」

選ばれたからこそ、妬《ねた》みも受ける。だが、選ばれなかったもののつらさはそんなものではない。

あの「餌付け」から、ときどき石尾とは話をするようになった。だが、それでも彼が無口で、なにを考えているのかわからないことには変わりはない。

石尾は佐野の背中を見送りながらつぶやいた。

「自分の頭で考えることのできる奴《やつ》じゃない」

「辛辣《しんらつ》だな」

「彼が言っているわけではなく、ボスがそう言っているんですよ」

石尾は不快そうにそう言った。久米のことだ。

確かにありそうな話だった。目標に到達できず、逃げて帰ってきたことは俺のコンプレックスだったが、それでも海外のチームにいた実績があるというだけで「それを鼻にかけている」と思う奴はいるかもしれない。

「そう思われるような行動を取ったのかもしれないな。気をつけないと」

石尾はまた笑った。

「赤城さんは人がいい」

「保身に長《た》けてるだけだ」

久米のことを考える。たしかにやっかいな男だった。

実力はある。これまでの勝利実績もあるし、なにより三年前にできたばかりのオッジを引っ張ってきたリーダーは間違いなく彼だ。

だが、彼はリーダーというのにはあまりにも権力を振りかざしすぎる。

まるで、付き人のようにチームメイトに自分の雑用をさせる。普通なら、選手が自分でつけるゼッケンなどもチームメイトにつけさせるし、練習後の自転車のメンテまで押しつける。正直、尊敬できるような人間ではない。

「ああいう男は、自分がいちばんでないときにはどう振る舞うのかな」

今は確かに久米がいちばん強い。だが、そうでなくなったとき、彼の態度がどう変わるのか興味があった。

石尾は軽く肩をすくめた。

「さあ。そうなってみないとわかりません」

俺は石尾をまじまじと見た。

「なんですか?」

「いや、なんでもない」

本当は思ったのだ。この男がエースになったとき、彼も変わるのだろうかと。

北海道ステージレースの一日目は、スプリントステージだった。スプリンターを抱えていないオッジは、集団の中で息をひそめるようにその日をやり過ごした。久米か石尾が勝負に出るのなら、それは三日目と四日目だ。そこにいたるまで力を蓄えておかなければならない。

二日目もコースは平坦《へいたん》だった。だが、この日は一日目のようなわけにはいかない。

チームタイムトライアルだ。

通常のタイムトライアルは、ひとりで決まった距離を走る。チームタイムトライアルは、チーム全員でその距離を走りきるのだ。そして、その成績はそのまま総合成績に反映される。

つまり、チームタイムトライアルで優勝したチームから一分遅れると、そのチームの選手全員が総合成績で一分の遅れを取ることになる。差がつきやすい競技だから、その結果は確実に総合成績に響いてくるのだ。

オッジは決してタイムトライアルに強いチームではない。ここで勝つことは無理だが、それでも少しでも上を狙《ねら》うのなら、タイム差は最小限に抑えなければならない。

オッジの出走順は、ちょうど真ん中あたりだった。

スタートの合図とともに、全員が飛び出した。

チーム全員がひとかたまりになって速度を上げていく。

通常の練習や、集団から逃げている最中ならば、全員が均等に先頭交代することが必要だが、チームタイムトライアルはそうではない。

力のあるものが少しでも長く引くこと。それが必要なのだ。

俺もスペシャリストではないが、比較的この中では独走力はあるほうだ。なるべく前に出て、チームを牽引《けんいん》する。

石尾はしれっとした顔で、いちばん後にくっついている。それでもなにも言われないのは、石尾が引けばペースが落ちることをみんな知っているからだ。

チームタイムトライアルの特徴はもうひとつ、成績は四人目の選手がゴールした時間で決まるということだ。レースの参加人数によっては五人目、六人目のこともある。

つまり、ひとりかふたり、強い選手が独走しても、それでレースは決まらない。必ず四人目まではひとかたまりでゴールしなければ意味がない。

逆に言えば、ふたりまでは遅れてもいいことになる。落車やパンクなどのアクシデント、また力尽きるものがいても、ふたりまではチームタイムトライアルの成績に響かない。もちろん、遅れた選手自身の総合成績には響いてくるが。

コースの中程に、小さな丘があった。上り坂になったとたん、石尾が前に出た。

どうやら、彼は彼なりにチームに貢献しようと考えているらしい。

チームがばらばらではこの競技は成績を残せない。あくまで一丸となって戦わなければならないのだ。

正直、スタートを切る前は、この二日目がいちばんの難所だろうなと思っていた。ぎくしゃくしたままでは、成績はひどいものになるだろう。

だが、悪くない。額に滲《にじ》む汗を感じながら、俺は笑った。

少なくとも利害が一致すれば、ひとつになることはできる。

石尾は団体競技だから嫌いだと言った。だが、俺にとってはそうではない。仲間と走ることに喜びを感じるから、などという理由ではない。

団体競技だからこそ、戦略はひとつではなく無数に広がる。ひとりなら、ただ全力を尽くしてそれで終わりだ。

コースは残り五キロ地点に差し掛かった。一位とのタイム差はまだ三十秒。まだこの先強豪チームが控えているとはいえ、今の時点では悪くない成績だ。

幸い、ここまではだれひとり欠けず、六人でやってきた。だが、ここにきて石尾が遅れがちになる。

脚がもう限界なのだろうか。振り返ると、前五人と石尾との間に、わずかな間隔が空いていた。

ここにきて、石尾に合わせるわけにはいかない。遅れたのは彼の問題だ。俺は前に出て速度を上げた。

最後の力を振り絞って、ペダルを回す。後を見ると、石尾は少し間隔を空けたままついてきていた。完全に力尽きたわけではなさそうだ。

残り二キロのマークを横目で確認する。さすがに脚は疲れ切っている。後にまわろうと速度を落としたときだった。

ギアのあたりに鈍い衝撃が伝わった。バランスを崩した自転車は、横倒しになる。

息を呑《の》んだ。だが考える前に、馴れた身体《からだ》からは自然に力が抜ける。

落車だ。肩が強く地面に打ち付けられ、バウンドした。自転車が遠心力で滑っていくのが見える。

チームカーが止まり、監督が飛び出してくるのが見えた。

「おい、大丈夫か」

ゆっくりと起きあがり、関節を回してみる。脇腹《わきばら》は痛んだが立ち上がることもできる。

とりあえずは、大丈夫のようだ。

俺の無事を確認すると、監督は新しい自転車をチームカーから下ろした。俺はそれにまたがった。見れば、石尾も足を止めていた。

ビンディングペダルにシューズをはめて漕《こ》ぎ出すと、石尾もついてくる。残り距離は少ないが、ひとりで行くよりはふたりで行く方が速い。

石尾が小さく言うのが聞こえた。

「やられましたね」

俺は頷いた。

「ああ」

なにかに躓《つまず》いたわけでも、タイヤが滑ったわけでもない。あの瞬間、俺の自転車をだれかが横から蹴《け》ったのだ。

唇をきりきりと嚙《か》んだ。ゴールゲートが見える。

こんなに苦いゴールは生まれて初めてだった。


チームタイムトライアルの成績に必要なのは四人。

つまりふたりは必要ない。石尾は黙っていても切れたから、あとは気に入らない俺に鉄槌《てっつい》を喰らわすチャンスだと思ったのだろう。

別のチームならばもちろん反則だ。だが、同じチーム内でそんなことを訴えても、醜態を晒《さら》すだけだ。

ホテルの部屋に戻ると、俺は傷を確認した。肩と肘《ひじ》、そしてふくらはぎを見事に擦りむいている。肩には青い打撲痕《こん》も残っている。脇腹もずきずきと痛んだ。

だが、骨折がなかっただけでも良しとしなければならない。

ルームメイトは石尾だった。そのことにほっとする。蹴ったのがだれかは確認できなかった。だが、こんなことがあったあとで、久米の一派と同じ部屋で眠るなんてできそうもなかった。

少し遅れて戻ってきた石尾に尋ねた。

「気づいていたのか?」

「え？」

「だから、わざと遅れたんだろう」

おかしいと思ったのだ。離れてついてくる脚があるのなら、切れることはない。一緒に走る方が楽なのだから。

石尾は首を傾《かし》げた。

「確信があったわけじゃないです。でも、遠野《とおの》さんがじろじろと俺のペダルやギアのあたりばかり見ていたから、少し気持ちが悪かった」

なるほど、遠野か。いつも久米の使い走りをやらされている男だ。

最初に狙っていたのは石尾だろう。だが、石尾が遅れたから、俺がターゲットになった。こんなことはチームタイムトライアルのときしかできない。ほかのチームの選手に目撃されるわけにはいかない。

石尾は吐き捨てるように言った。

「もうたくさんだ。こんな面倒な競技ごめんです。ひとりで坂を登っている方がどんなにいいか」

俺は、ぼんやりと天井を眺めた。

ひどいことをされたのは事実で、眠れないほど腹が立っているのも事実だ。だが、一方ではっきりとわかった。たとえこんなことがあったとしても、俺はロードレースを嫌いにはなれない。

ここまでくれば、ただの執着なのかもしれない。自然に笑みが漏れた。

「赤城さん、どうかしましたか？」

「石尾、ツール・ド・フランスに出たくないか？」

彼は驚いたように目を見開いた。

「出られるわけないじゃないですか。赤城さんは出られると思っているんですか？」

「そうだよなあ。出られるわけないよなあ」

そう、スペインから逃げ帰ってきたときからそんなことはよくわかっている。結局、あそこまで行っても、俺は夢に指先すら触れることはできなかった。まだこんなことを言うのは、月を欲しがって泣く子どもと同じだ。

「でも、出たいんだよ。あそこで走ってみたいんだ。可能性としたら、〇・〇〇一パーセントくらいかな。でも、おまえだったら〇・〇一くらいは可能性があるんじゃねえの？」

「どちらも限りなくゼロに近いことは一緒ですよ」

「でも百倍違う」

石尾は指折り数えて笑った。俺はベッドに倒れ込んだ。

「なあ、石尾。俺をツール・ド・フランスに連れてけ」

「無理ですって」

沈黙が部屋を支配する。ふいに、石尾に激しい怒りを覚えた。

俺が石尾なら、ロードレースをやめたりしない。たしかに彼の言うとおり無理かもしれないが、それでも彼の才能があれば、俺よりも先まで行ける。それは確かだ。

——むかつく。

石尾がなぜか、ふうっとためいきをついた。ゆっくり起きあがった俺に、彼はこう言った。

「じゃあ、赤城さん、俺のアシストしませんか」

Story Seller

翌日のゴールは羊蹄山の山麓《さんろく》だった。

完全な山岳コースとは言えないが、アップダウンの多いコースでクライマーにも可能性はある。

ミーティングは、久米中心に戦略が組まれた。あくまでも全員で久米をアシストすること、彼のペースに合わせること。監督はそう言ったが、俺は知っている。たとえ、石尾が暴走しても、監督は彼を止めないだろう。

そして俺のことも。

傷は痛むが、むしろその痛みが俺を奮い立たせる。だからまだ戦える。

ミーティングが終わると、熊田が話しかけてきた。

「大丈夫か？」

その後では、塩谷も心配そうな顔をしてこちらを見ていた。

その視線で気づいた。久米はやりすぎたのだ。

ただ追従しているだけの人間も、やり方が汚すぎると不快感を抱く。

そう考えれば、昨日のあの事件も悪いことだけではなかったのかもしれない。

「ああ、大したことじゃない。鎮痛剤ももらったから、あとで飲むよ」

俺はそう言って笑った。

スタートが切られ、俺たちはまた走り出す。

石尾は俺の少し後についていた。視線を合わせる。

俺はそっと脇腹を撫《な》でた。薬で抑えても、じくじくする痛みはまだ残っている。せめてこれがひどくならないようにと祈る。

走りながら思った。北海道の景色は、ヨーロッパに似ている。俺が住んでいたピレネー近くでもときどきこんな景色があったし、たまにレースで遠征したドイツなどにはもっと似たところがあった。

牧場や、遥《はる》か先まで見える平野、そしてなだらかな山も懐《なつ》かしい風景を思わせる。心に描いてみる。ここがヨーロッパで、自分がその中で走っているのだと言い聞かせてみる。

ひんやりとした風が耳や首筋をなぶっていく。その心地よさに身をまかせた。

車も好きだが、それでもこの感覚は自転車でなければ味わえない。風とひとつになるような感覚。

数人の選手がアタックしては、またつかまる。それを繰り返しながら大集団《プロトン》は進んだ。

最大の登りに差し掛かったのは、スタートを切ってから三時間半が経《た》ったあたりだった。

石尾がすっと俺を追い抜いた。俺もギアをインナーに入れて、ペダルに力を込める。

俺たちは、ほぼ同時に飛び出した。

ほかの選手たちも反応する。石尾はツール・ド・ジャポンの活躍で注目されている。

あのときのようにノーマークの存在ではない。

追いつかれても気にしない。俺は前に出て速度を上げた。石尾を引く。

風景が俺たちの横を流れていく。追い風だから、ペダルが軽い。

耳許《みみもと》で、監督の声がした。

「久米がついていけてない。速度を落とせ!」

俺は無線を耳から抜いた。後ろを振り返ると、石尾も同じことをしていた。

すでに大集団は下の方だった。ついてきている選手も七人ほどだ。

俺もまだまだいける。そう思って、自然と口許が緩んだ。少なくとも日本では、充分プロとして通用する。

隙《すき》があったのだろう。ほかの選手が横から飛び出した。アタックだ。オランダチームの選手だった。

あわてて、速度を上げて彼をつかまえる。アタックを許すようではまだ遅い。俺はギアを軽くして、その分脚の回転を速めた。

だが、これ以上速度は上がらない。ぎりぎりだ。

少し後に、久米の姿が見えた。大集団から抜け出して、必死についてこようとしている。距離はそれほど離れていない。

汗が額から流れ、顎《あご》をつたって落ちる。忘れていた脇腹が熱っぽく疼《うず》いた。

ふいに耳許を風が通りすぎた。

はっと顔をあげて気づいた。石尾が前に飛び出していた。彼は軽やかに坂道を登っていった。

あの、はじめてふたりで走った日と同じように。

ほかの選手たちが石尾を追っていく。もう、俺には追えない。追う必要もない。

ずきずきとまた痛み出した脇腹を押さえながら、俺は遠ざかる石尾の背中を見送った。

嫉妬《しっと》と爽快感《そうかいかん》の混じった、ひどく複雑な感情だけが残った。

その日、石尾は三位だった。

優勝したのはオランダチームのエースで、優勝候補と言われている選手だった。オランダチームとは、チームタイムトライアルで一分半もの差をつけられていた。まだ二十四歳の新人にしては、充分すぎる活躍だ。

久米も意地を見せて、三十秒差の五位に留まったが、それでも石尾に追いつくことはできなかった。

近藤史恵
Fumie Kondo

だが、ゴールしたあとの久米がどんな態度を取ったのか、俺は知ることができなかった。

ゴールした時点で、脇腹の痛みは耐え難いものになっていた。すぐに病院に行き、レントゲンを撮影してはじめて、肋骨《ろっこつ》が折れていることがわかった。

全治一ヵ月。この先のステージはリタイアするしかない。

だが、さほど失望はなかった。やるべきことはこの二日間で充分やった。怪我《けが》など自転車選手には付き物だ。後々まで引きずるものではなかったことを、むしろ感謝していた。

テーピングをしてもらい、ホテルに戻った。部屋に入る前にロビーで飲み物を買っているときだった。

エレベーターが開いて、久米が降りてきた。俺に気づくと、はっと顔を強《こわ》ばらせる。

久米はまっすぐに俺の方に歩いてきた。小さな声で言う。

「調子に乗るのもいいかげんにしろよ」

陳腐なことばだ。思わず噴き出しそうになる。

浅黒い顔に、さっと朱が差した。

「ふざけるな」

俺はあわてて、腹部を手で防御した。今殴られてはたまらない。

少し身体を引いて言う。

「大人しくしますよ。肋骨が折れてるんですよ。明日からはリタイアです」

彼は驚いたように目を見開いた。どうやら、俺が病院に行ったことも知らなかったようだ。

その横をすりぬけて、俺はエレベーターへと向かった。彼は追ってこなかった。

エレベーターの扉が閉まると、俺は深く息をついた。

すぐ近くで見た、久米の目には見慣れた感情が宿っていた。

それは恐怖だった。

まったく嫌になる。そんな感情はいつだって鏡で見ているのだ。

怖いか。ああ、だれだって恐ろしいさ。

明日のレースで再起不能になる怪我を負うかもしれない。そうでなくても、才能のある若手は次から次へと出てくる。チームだっていつなくなるのかわからない。

もし久米が、石尾や俺の存在にはじめて恐怖を感じているのなら、言ってやりたい。

今頃気づいたのかと。

もともと、俺たちの足場なんて、ぼろぼろでいつどうなるのかわからない。見ないふりをしているからやっていけているだけで、真剣に見てしまえば足がすくんで動けなくなる。

今まで気づいてなかったのだとしたら、おめでたいにもほどがある。

だれだって恐ろしいのは一緒だ。

だが、それでも俺たちは突き動かされて走るのだ。


エレベーターを降りると、俺は熊田の部屋を訪ねた。ちょうどルームメイトの塩谷はいなかったから中に入れてもらう。

「医者はどう言ってた？」

「肋骨をやられた。全治一ヵ月だ。まあ、のんびり休むよ」

彼は顔を歪《ゆが》めた。

やったことは同じでも、被害が大きくなればやらせた人間の罪は重い。俺がけろっとしているよりも、久米たちの立場は悪くなる。

「そういや、さっき監督から聞いたんだが……」

「なんだ？」

「チーム側は来年もなんとしても石尾を手放さないつもりらしいよ」

熊田は少し驚いた顔をした。

「だが、久米さんの契約はまだ残っているだろう」

「ああ、だから、久米さんがエースふたりという立場で満足するか、それとも自分で契約を破棄するかどちらかだろうな」

あえて、石尾がまだ答えを保留しているということは黙っておく。嘘《うそ》をつくわけではない。情報を小出しにするだけだ。

熊田は険しい顔で考え込んだ。

ほかにもどうでもいい話をいくつかして、俺は熊田の部屋を出た。

この話は静かにチーム内に広がり、石尾を守るだろう。来年以降石尾が残り、久米がいなくなる可能性があるのなら、久米にこびへつらう者も少なくなる。

専制君主は、この先も君臨するからこそ専制君主でいられるのだ。

自室のドアフォンを鳴らすと、石尾がドアを開けた。

こちらがなにか言う前に口を開く。

「監督から聞きました。災難でしたね」

「まあな」

俺は中に入って、ベッドに腰を下ろした。さっき飲んだ薬のせいか、眠気と倦怠感《けんたいかん》が強い。ごろりと横になる。

「役に立たないアシストで悪いな」

「そんなことないですよ。今日は本当に助けられました。もともと、明日はひとりで仕掛けるつもりでしたから」

そのことばを聞いて驚いた。

今日、あれほど好成績をあげたのにまだ満足していなかったのか。

「総合を狙《ねら》うつもりなのか？」

「まさか。今日、二位に入ってもまだ総合では十一位ですよ。しかも、総合上位は強豪ばかりだ。今から二分近い差を埋めるのは簡単なことじゃない」

ならば、もう一度ステージを狙うということか。今日、すべての力を使い切ったわけではないらしい。

睡魔が押し寄せてくる。俺は布団《ふとん》を引き上げた。

どちらにせよ、明日には俺の仕事はもうない。

翌日は雲ひとつない快晴だった。

俺は青でべた塗りしたような空を、忌々《いまいま》しく見上げた。こんな日に走れれば、さぞ気分がいいだろう。

帰らなければならないと覚悟していたが、朝、監督に言われた。

「痛みがひどくなければ、マッサーの仕事を手伝え。あとでチームカーに乗ってもいいから」

どうせ、家に帰ったって用事もなにもないし、看病してくれる女の子がいるわけでもない。ならば、レースを最後まで見届けられる方がいい。

マッサーの仕事は、単に走り終わった選手にマッサージをするだけではない。ボトルと補給食の準備や、補給地点で補給をするのも大事な仕事だ。

自転車ロードレースの選手は、食べることも仕事のうちだ。朝、充分にカロリーを摂取しなかったり、補給を取るタイミングが遅れると、ハンガーノックがやってくる。

俺も経験があるが、ただ「食べなかった」というだけで全身の力が抜け、ペダルを踏むことができなくなる。意志の力でどうなるものでもない。

だから、補給食もただエナジーバーだけではなく、サンドイッチや握り飯、あんぱんや羊羹《ようかん》などの甘いもの、エナジードリンクなど多種用意する。種類が少なければ、選手の好みや体調に対応できない。

マッサーと一緒にボトルにスポーツドリンクを用意した。粉末タイプのドリンクをボトルに入れ、水で溶く。

マッサーたちの話題の中心は石尾のことだった。

「ツール・ド・ジャポンのときは、まぐれの可能性もあると思っていたが、ありゃあ本物だな」

「ゴール地点が手前なら優勝だったのにな。惜しかったよ」

昨日のゴール前には平坦《へいたん》区間があった。石尾はゴール前の峠こそ一位で通過したものの、ゴールスプリントで負けたらしい。

自分のチームからスターが出て欲しいのは、スタッフみんなの思いだろう。だからといって、それは少し身びいきが過ぎる気がして、俺は言った。

「相手は経験も実力も上ですからね。山頂ゴールならそれはそれで戦略を変えてきますよ」

「おっ、赤城くん、厳しいねえ」

「そりゃあ、嫉妬もありますから」

俺のことばに、みんなは笑った。冗談だと思ったのだろう。

「そう言えば、昨日久米さんをマッサージしているとき、気まずくて困ったよ。ああいうとき、石尾の話をしていいもんかねえ」

「いやあ、それはまずいだろ」

ロードレースは団体競技だから、本当ならば選手ひとりの勝利はみんなの勝利だ。だが、いつもそうシンプルに物事が運ぶわけではない。

補給食の準備を終えると、今度は車で補給地点に向かう。ほかの選手たちはすでにスタートを切り、コースを走っている最中だろう。

補給地点は、ちょうどコースの中間あたりに設定される。路肩に車を停め、サコッシュと呼ばれる布袋に補給食を詰めた。

道路に立って、集団がやってくるのを待つ。走っているときよりも、時間の流れがゆるやかだ。

最初にやってきたのは五、六人の逃げ集団だった。オッジの選手は中に入っていない。

それから二分も経《た》たないうちに大集団がやってきた。チェーンの音が響く。

痛みのない方の手を伸ばし、サコッシュを差し出す。集団の中でも、石尾はひときわ小柄だからすぐわかる。

一瞬、目があった。彼は俺の手からサコッシュを受け取った。

後から久米もやってくる。久米の目はかすかに泳いだが、それでも俺からサコッシュをもぎ取る。

本当は少し取りにくくしてやろうかと思ったが、さすがに大人げないので止《や》めた。

集団はあっという間に通り過ぎていった。続いてチームカーがやってくる。

監督が手招きをするのが見えた。俺はマッサーたちに手を振ると、チームカーに乗り込んだ。

この後、マッサーたちはホテルに先回りして、帰った選手のために、洗濯やマッサージの準備をする。

監督が運転し、助手席にはメカニックが乗っている。空いている後部座席に座る。

監督は振り向かずに言った。

「石尾はなんか言っていたか？」

「今日もやる気みたいでしたよ」

顔は見えなくても監督が笑ったのがわかった。

「若いから回復力があるな。必要なのは経験と戦略か。まあ、そんなものはあとからついてくる」

俺は窓の外に目をやった。

石尾のために、スタッフたちはみな幸福な高揚感を味わっている。それでも石尾はまだロードレースが嫌いだというのだろうか。

車の座席には風は届かない。俺は羨《うらや》ましいような気分で、前を走る集団を見つめた。

山の麓《ふもと》に入る頃には、逃げ集団は吸収されてしまっていた。これから、三つ峠を越える。ゴール前は昨日と同じように長めの平坦だ。

石尾が勝てるとしたら、平坦区間までに登りで引き離して逃げ切るしかない。だが、二日続けて同じ手は通じないだろう。

ふいに、レース進行を告げる無線が言った。

「ゼッケン106、石尾が飛び出した」

息を呑《の》む。だが、一瞬思った。早すぎる。

監督も同じことを考えたのだろう。舌打ちをする。

数人の選手が石尾に続く。いずれも強豪選手揃《ぞろ》いである。昨日と同じ展開だ。

この早さではアタックは決まらないと思った。だが、石尾はぐんぐん集団を引き離していく。みるみるうちに、一分以上の差がつく。

——嘘だろう?

まだゴールまでは三十キロ近くある。アシストも連れずに、このまま独走するつもりなのか。

下手をすれば自殺行為だ。後で力を溜《た》めたほかの選手に追い抜かれる可能性もある。チームカーは大集団を追い抜いた。石尾にトラブルが起きたとき、すぐに対処するために彼の後にいなければならない。

追い越すときに久米の顔が見えた。思ったほど動揺していない。

石尾は頂上をトップで通過し、そのまま下りに入る。

下りは体重の重さが武器になるから小柄な石尾は不利だ。だが、彼はうまく身体《からだ》を小さくして、坂を下っていた。追い付かれることはない。

ほどなく、次の登りがはじまる。また石尾が、リードを広げる。

俺の頭の中で黄信号が点《とも》る。ペースが速すぎる。いくら石尾に力があっても、このまま最後まで行けるのだろうか。

監督が無線を手に取った。

「無理はするな。大丈夫なのか？」

そう言ったあと、片手でハンドルを叩《たた》いた。

「無線外してやがる……」

強豪選手たちは必死で石尾を追う。昨日のレースでわかっている。石尾を逃がすわけにはいかない。

石尾がまた速度を上げる。登りとは思えない速さで坂を登っていく。

俺は小さくつぶやいた。

「化け物め……」

あまりのペースの速さに、強豪選手たちも脱落していく。いったいなにが起こっているのかわからない。

監督が額の汗を拭《ぬぐ》った。

「これがあいつの実力なのか？　だったらすげえぞ」

いつの間にか、俺の手のひらも汗でびっしょりと濡《ぬ》れていた。

だが、興奮のせいだけではない。どこかがおかしいのだ。

最後の登りがやってくる。石尾についていけているのは、たったふたりの選手だけだった。

石尾はまた先頭のまま坂を登った。スピードは落ちない。

ひとり、またひとりと石尾の速さについていけずに脱落していく。最後は独走だ。

監督がうわずった声で叫んだ。

「行け！　そのまま突き放せ！」

その声が聞こえたのだろうか。石尾は、振り返ってにやりと笑った。合図のように、手をひらひらとさせる。

だが、次の瞬間、石尾のスピードはがくんと落ちた。

「なんだ？　どうしたんだ？」

監督が不思議そうにつぶやく。

まるで急に力尽きたように見えた。まっすぐ坂を登ることもできないほどに。

「ハンガーノックか？」

俺は気づく。違う。そうではない。

チームカーの横をひとりの選手が登っていく。オッジの白いジャージ、グリーンのメットは久米のものだ。

彼はゆっくりと石尾を追い抜いていった。

その日のステージ優勝は久米だった。

ほかの強豪選手は、石尾に引っかき回されて、すっかりペースを崩してしまった。自分の実力以上の速さで登ることは、想像以上に体力を消耗する。アシストたちを連れ、自分のペースを最後まで守った久米が、最終的に勝利を手にしたのだ。

その日の夕食は祝賀会になった。まだ残るステージもあるからバカ騒ぎをするわけにはいかないが、この後は平坦ステージばかりで、オッジが勝つのは難しい。最後のチャンスに最高の結果を出せたことで、チーム全員が喜びに浸っていた。

中心にいるのは久米だったが、彼の笑顔には複雑な感情が見え隠れしていた。それを確認して俺は少しほっとする。

この勝利の意味に気づかないようならば、久米は救いようもないほど愚かな男だ。だが、彼は気づいている。あとは、それを消化するだけだ。

石尾の姿が見えない。俺は立ち上がって宴会場を出た。

石尾はロビーにいた。中庭に面したソファで、ぼんやりと外を眺めている。

「いつから考えていた」

石尾がゆっくりと振り返った。

「なんのことですか？」

「今日の作戦だ。わざとだろう。全部」

偶然に石尾が暴走し、偶然に久米がいいペースを守った。ただ、それだけだと考えるのには無理がある。

先ほど、熊田に聞いた。今朝、熊田は石尾から言われたのだという。

——久米さんにはどんなことがあってもペースを乱さないように、と言ってください。

だから、石尾が動いても久米は動かなかった。アシストたちが交互でペースを作り、いちばんいい形で彼を走らせた。

もともと、石尾は久米を勝たせるつもりだったのだ。

石尾は少し皮肉っぽく唇を歪《ゆが》めた。

「赤城さんが言ったんですよ。ロードレースは団体競技だって」

「ああ、そうだったな」

チームメイトの勝利は、自分の勝利である。それがロードレースなのだ。

「昨日のレースも、計算のうちだったんだろう」

もし、昨日のレースがなければ今日の石尾の作戦はうまく運ばなかった。昨日のレースで、石尾が怖い存在だと思わせたからこそ、強豪選手たちは石尾の揺さぶりに反応してしまったのだ。

「うまくいくかどうかは、賭《か》けだったんですけどね」

石尾は膝《ひざ》の上で手を組んだ。

「こういう戦い方もできるんだ、と思ったら、ロードレースに興味が出てきました」

「来年はどうするんだ?」

「まあ、このままやってみますよ」

俺は思う。この男と一緒ならば、今までと違う景色が見えるかもしれない。ツール・ド・フランスには行けなくても、風を感じることはできるかもしれない。

石尾がこちらを向いた。真剣な顔で言う。

「赤城さん、俺、勝ちましたよね」

俺は笑う。

「当たり前だろ。バカ」

近藤史恵（こんどう・ふみえ）

一九六九年大阪生まれ。大阪芸術大学文芸学科卒。一九九三年、『凍える島』で、第四回鮎川哲也賞を受賞しデビュー。複雑な人間心理を描く細やかな筆致に定評があり、『ねむりねずみ』『桜姫』『二人道成寺』など、歌舞伎を題材にしたシリーズで知られる。二〇〇八年には、『サクリファイス』で第十回大藪春彦賞を受賞し、同作は第五回本屋大賞の第二位にも選ばれた。

近藤史恵
Fumie Kondo

著作リスト（刊行順）
『凍える島』（東京創元社）
『ねむりねずみ』（東京創元社）
『ガーデン』（東京創元社）
『スタバトマーテル』（中央公論新社）
『散りしかたみに』（角川書店）
『演じられた白い夜』（実業之日本社）
『カナリヤは眠れない』（祥伝社）
『アンハッピードッグズ』（中央公論新社）
『茨姫はたたかう』（祥伝社）
『この島でいちばん高いところ』（祥伝社）
『巴之丞鹿の子――猿若町捕物帳』（幻冬舎）
『遙かなる夢ものがたり――小説・遙かなる時空の中で』（光栄）
『桜姫』（角川書店）
『遙かなる時空の中で〈2〉』（光栄）
『ほおずき地獄――猿若町捕物帳』（幻冬舎）
『青葉の頃は終わった』（光文社）
『天使はモップを持って』（実業之日本社）
『シェルター』（祥伝社）
『狼の寓話――南方署強行犯係』（徳間書店）
『小説　遙かなる時空の中で2　八葉幻夢譚』（光栄）
『二人道成寺』（文藝春秋）
『モップの精は深夜に現れる』（実業之日本社）
『小説　遙かなる時空の中で　花がたみ』（光栄）
『賢者はベンチで思索する』（文藝春秋）
『黄泉路の犬――南方署強行犯係』（徳間書店）
『にわか大根――猿若町捕物帳』（光文社）
『ふたつめの月』（文藝春秋）
『モップの魔女は呪文を知ってる』（実業之日本社）
『サクリファイス』（新潮社）
『タルト・タタンの夢』（東京創元社）
『遙かなる時空の中で3　紅の月』（光栄）
『ヴァン・ショーをあなたに』（東京創元社）
『寒椿ゆれる――猿若町捕物帳』（光文社）

ストーリー・セラー

有川浩

Hiro Arikawa

「仕事を辞めるか、このまま死に至るか。二つに一つです」

＊

医師は淡々と宣告した。

宣告を受けているのは彼一人で、彼の妻に関する宣告だった。

「あなたの奥さんは、かつて症例がない病に罹《かか》っています。我々はそういう結論に達しました」

「思考に脳を使えば使うほど、奥さんの脳は劣化します」

「健忘症や認知症になる、ということではありません。奥さんは最後の最後まで明晰《めいせき》な思考力を維持するでしょう。――死に至るその瞬間まで」

「劣化するのは『生命を維持するために必要な脳の領域』です」

「つまり、奥さんは思考することと引き替えに寿命を失っていくのです」

何だ、その安いSF映画みたいな設定は。内心でそう突っ込みつつ、彼は黙って医師の話を聞いていた。

「治療の方法はありません。複雑な思考を強いる今の仕事を辞め、日常生活でもできるだけ平易な思考を保つ——できれば、あまり物を考えないことが肝要です」

考えるな。物を思うな。

それを人に求めるのは、その人に人として在《あ》るなということと同じではないのか。

特に、彼の妻に対しては。

「日常生活で考える程度のことなら考えても大丈夫です。テレビを観《み》て笑う、本や漫画を楽しむ。それは刺激に対する反応ですから。しかし、そこから『何故《なぜ》これは面白いのだろう』などと感想を突き詰めて考えることはお勧めできません。『ああ面白かった』、そこで終わるのが重要です」

「会話も日常的な範囲なら大丈夫です、しかし議論などは危険です」

言うだけなら簡単なことを――実際あんたなら、あんたたちならできるのか？

外界に接して物を思わないなどということが。

彼は初めて質問した。

「彼女がそういう生活を維持できたとして、余命はどのくらいですか？」

「分かりません」

「分かりませんってあんたなぁ！」

思わず腰を上げた彼に、医師はあくまで冷静だった。

「奥さんがこの病気に罹ってからどれくらい『寿命』を使ったか分かりませんし、本来なら奥さんがどれくらいの寿命を持っていたかなど、現代の医学では分からないのですよ」

ただ、このまま思考を続けていれば奥さんの『寿命』は確実に失われていく――それだけははっきりしています。

医師はまたその宣告を繰り返し、

「選択はあなたがたの自由です。あくまでも今の思考量を維持したままで生活したいというのであれば、向精神薬の処方がある程度の助けになると思います」

殴りつけたくなるほど淡々とそう言った。

＊

病室の寝台で妻は点滴を受けていた。

彼が戻ってくると笑顔になって上半身を起こした。妻は今日、精密検査を受けるために紹介された大学病院を訪ねており、彼はその付き添いだった。

「ああ、あなた。どうだった？」

どうすればいい。どう答えればいい。

こんな漫画みたいなバカバカしい話。

家に帰ってから話すよ。そう言おうかとも思ったが、そうしたら彼女は家に帰るまで検査の結果を気にして『思考する』だろう。精密検査は今日で六回目なのだ。その度に丸一日を潰《つぶ》し、彼が付き添い、検査結果はなかなか出ない。彼女はもう、自分に何かが起こっていることを知っている。

「仕事を辞めたほうがいいって言われたよ」

「そう……」

思ったより落ち着いているのは予想（『思考』）していたのか、それとも点滴の精神安定剤が利《き》いているのか。

「何で？」

病室は個室だ。もうここで話したほうがいいだろう。

「君は世界でたった一人の病人だ。──思考することで死に至る、という病気の」

「……何、それ」

「致死性脳劣化症候群、と名付けられたそうだよ」

彼の妻のためだけに名付けられ、彼の妻のためだけに使われる病名。

「複雑な思考をすればするほど君の脳は劣化する」

彼女は怯《おび》えたように顔を上げた。

「認知症になるってこと？」

「いいや」

強《こわ》ばった彼女の顔がほっと緩《ゆる》んだ。そしてその反応で彼は彼女の選択を既に知る。

「自然な老化による痴呆《ちほう》が始まらない限り、君は死に至るその瞬間まで、明晰な思考を保ち続けるそうだ」

「何が致死性なのか分かんないよ」

「劣化するのは『生命を維持するために必要な脳の領域』だそうだ。――つまり、君は思考することと引き替えに寿命を失っていく」

一番ひどいことはあなたから教えて。

彼女が検査に応じたときに頼み、彼が誓った。

彼女は黙って話を聞いている。

「治療の方法はない。悪化させないためには、努めて物を考えないこと。テレビを観るのはいい。映画を観るのも本を読むのも。けど『ああ面白かった』で終わること。どこが面白かったか、どう面白かったか考えちゃいけない。会話もしていい、でも『議論』になっちゃいけない。極力複雑な思考は避けること」

「……それで、あたしの寿命はどれだけ延びるの」

「分からない。君がこの病気にかかった時期は推測できても、そこから今までどれだけ『寿命』を使ったのか分からないし、本来なら君がどれだけの寿命を持っていたのかも分からないから」

科学番組を観ながら、老化を司《つかさど》ると言われているテロメアDNAについて二人で興味深く話をしたこともある。

そんなこともうできなくなるのだ。彼女の余命を保とうとするなら。

「……何ソレ」

いつの間にか再び俯《うつむ》いていた彼女が激しく顔を上げる。

「何観ても何読んでもろくにあなたと話もできなくなって、面白いねー面白くないねー、ふーん、へーえ、そーおって中身のない会話だけあたしにしてろってか！　物考えたらいけないからって二人で興味のあるテレビ観たり感想話したり、そういうことも辞めて四六時中ぼんやりしとけってか！　映画も！　本も！　漫画も！　雑誌も！　ニュースも！　あたしは一体どこのお人形だ、どこのショーケースに入ってればいいのか言ってみろ！」

彼女は職業柄、感情の振り幅がでかい。特に怒りにスイッチが入ったらどんどん思考が加速して加速して——

「その医者ここに連れてこい！　あたしに息だけして生きていけってか！　あたしの前でそう言ってみろ！」

彼女は枕《まくら》をつかんで振り上げ、その腕に刺さっていた点滴の針が抜けて管が躍った。透明のチューブが空に弧を描く。

「落ち着け！」

血痕《けっこん》の飛んだ枕を投げつけられてから、彼は彼女を思い切り抱き締めた。

今、こうして怒っていることで、彼女の脳がどれだけ思考のために回転しているのか。想像するだに恐ろしかった。

彼女は一瞬で沸点に達したのが嘘《うそ》のように、彼の腕の中に肩を縮めて収まった。その肩が細かく震えている。

恐《こわ》いから彼女は怒る。怒れば怒るほど彼女は恐がっている。それが分かるまでに何年かかっただろう。

こんなに怯えている彼女を初めて見る。

「一番ひどいことだから俺が言った。君がそう頼んだ」

彼女はうなだれるように頷《うなず》いた。

「大丈夫だ。どんなひどいことになっても俺がいるから」

――最後まで。

「だから家に帰ろう」

「……家、帰って、どうするの」

電池が切れかかったように、切れ切れに彼女は尋《たず》ねた。

「取り敢《あ》えず今までと変わらないよ。毎日きちんと薬を飲んで、無理せず暮らす。通院はいつもの病院で、診断書や処方箋《しょほうせん》なんかは今日ここの受付でもらえるから、それを次の通院のときに出せばいい。――仕事を辞めるか辞めないかは、これから時間をかけて考えよう。焦《あせ》って『思考』するのが一番脳に負担がかかるらしいから」

そして彼はナースコールのボタンを押した。

点滴の針が抜けたまま、彼女の腕からは血がだらだら流れている。診察服にも真っ赤な染《し》みがあちこちついていた。

「すみません、ちょっと点滴の針が抜けてしまいまして」

それだけ告げてコールを切り、彼は彼女を寝台に寝かせた。

「点滴が終わったら家に帰ろうな」

——こんなことになると知っていたら。

彼は横になった彼女の髪を撫《な》でながら思った。

俺は、絶対、あのとき君にあんなことを勧めなかったのに。

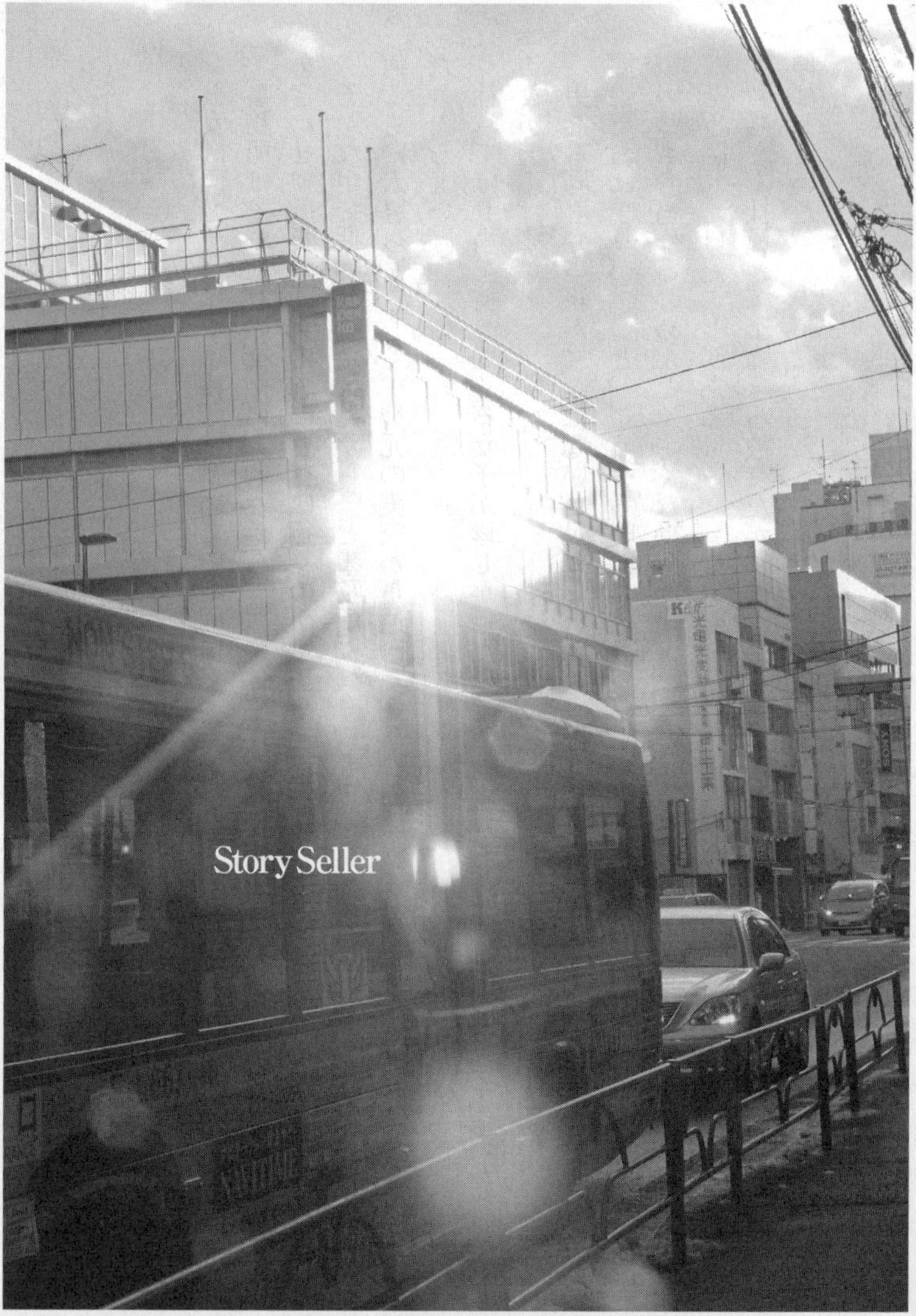
Story Seller

＊

彼女は同じデザイン事務所に勤めていた同僚だった。

事務所はそれなりの街中にあったから、昼の休憩になると女子社員たちは適当に時間を合わせ、近所で評判の店に食べに行くのが主流だった。

そんな中で彼女は「金欠だから」と事務所に残り、弁当を食べていることが多かった。何でも一人暮らしらしく、地元の実家から通っているほかの女子社員に比べて締まり屋だったらしい。

社内では弁当を持ってくる女子が珍しかったので、何度かちらちらその弁当を覗《のぞ》いたことがある。

男なら同じ弁当箱が二つはないと足りないという控えめなサイズの弁当箱に、小さく握ったおにぎりが二つと、どうやら晩飯の残り物らしいおかずが定番だった。

「いつも弁当作るのめんどくさくない？」

そう話しかけたことがある。

おじさん社員とはよく喋《しゃべ》る彼女だが、彼が話しかけるといつも緊張したように背筋を伸ばしていた。

「あ、でも晩ごはんのときに多目に作っとけばいいだけだから……煮物とかは一週間分まとめて作るし。だから、実はいつも手抜きなの。瓶詰めの佃煮《つくだに》とかお漬け物で水増ししてるし」

恥ずかしいからあんまり見ないでね。彼女はそう言って照れたように頭を掻《か》いた。

あまり女の子らしくない、少年っぽいその仕草がちょっと印象に残った。

「でも毎日飯作ってるなんてすごいよな」

「別にすごくはないよ。一人暮らしだと切り詰められるのってエンゲル係数しかないし、やっぱり欲しい物とかいっぱいあるし」

ふっとそこで彼女との会話に妙味《みょうみ》を覚えた。

――エンゲル係数。

普通の会話の中なら普通に「食費」と来そうなものだ。

堅苦しい単語を何気なく使う子だなと思った。彼女と理屈っぽい会話をしたらどんなふうになるのかな、とも。

地元通いの女子に比べて、一人暮らしの女子は「切り詰める」ところが多いらしい。

彼女はほかの女子社員に比べるとやはり地味だった。

「やっぱり服飾費とか娯楽費とかね、あんまり潤沢《じゅんたく》に使えないよね」

服飾費。娯楽費。贅沢《ぜいたく》じゃなく潤沢。相変わらずぽんぽん出てくる微妙に口語らしくない単語。

気づいているのは多分、彼だけだ。

地味な彼女は若い男からは完全ノーマークだったが、華やかな女子には引いてしまうおじさんに相変わらず人気があった。おじさん転がしが巧《うま》いらしい。仕事の手が早いということもある。自分でデザインができる訳ではなくアシスタントだが、仕事が的確で早い。

いずれは自分でデザインを、と意欲を燃やす若い社員は男女問わず多く、そんな中で彼女は常にアシスタントに徹していた。自分のデザインを採用されたいとか、いずれはデザイナーとして一本立ちしたいというような野心もなく。

確かに彼女の採用条件はアシスタントだったが、他にアシスタントで採用された社員もいて、彼らはアシスタントを足がかりにデザイナーという目標への登攀《とうはん》を狙《ねら》っている。淡々とアシスタントに徹しているのは彼女だけだった。しかも使える。ある意味貴重な人材だった。

出社して彼女の頭を蹴飛《けと》ばしたことがある。床に寝袋を広げて眠っていることに気がつかなかったのだ。

彼女の机は出入り口に近く、机の下に寝袋を敷いて潜り込んでいた。

「ごめん！」

女性の頭をこともあろうに土足で。彼は焦ったが、彼女が蹴られたところをガリガリ搔きながら起き上がった。

「いえー。おかげさまでいい目覚ましでした」

「ごめん、俺、土足で……ふ、風呂《ふろ》とか行ってくる？　この辺に銭湯とかあるかどうか知らないけど」

「ネットカフェに行けばシャワーがありますねー。でもこれ上げたら家帰れますんで。もう少しだからいいです」

彼女は会社の備品になっている寝袋を畳み、自分の机に向かった。日頃パンツルックが多いのはこうした事態を想定してか。

「せめてソファで寝ればよかったのに」

「ソファ、たばこ臭いじゃないですか。こっち禁煙区画になってるから床のほうがマシです」

彼女はスタンバイにしてあったパソコンをさっさと立ち上げて、マウスをいそがしく動かしはじめた。

「誰がこんな仕事押しつけてったの」

仮にも若い女性に。終電がなくなって家に帰れなくなるような徹夜仕事を。

「課長です」

「あ、そう……」

さすがに上司が相手では嚙《か》みつく訳にもいかない。彼のテンションは無駄に上がって
無駄に下がった。

「終電までには上がると思ってたんだけど、ちっと手強《てごわ》かったですねー。でもまぁ私は
一人暮らしなんで家で心配する家族もいないし。終電で帰るよりは泊まって帰るほうが
安全っちゃ安全っていうか」

仮眠明けのせいか、いつもより言葉が雑だ。いつもは多少猫を被《かぶ》っているらしい。

ふと思いついたフレーズがつい口をついて出た。

「――猫、剝《は》げかけ」

彼女が画面上のデザインに細かい仕上げを施《ほどこ》しながら小さく吹き出した。

「何ですか、それ」

「今の君。いつも被ってる猫が剝げかけてるなって。意外と男らしかった」

猫、剝げかけ。猫、剝げかけ。猫、剝げかけ――彼女は口の中でそのフレーズを何度
か転がし、ふむ、と頷いた。

「面白いです、それ」

いただき、と小さく付け足された。どういう意味だろう。

そういえば、デザインではアシスタントに徹していたが、キャッチコピーや何かでは彼女から意外なセンスが出てきて凌《しの》いだことが何度かあったなと思い出す。

彼女の後ろ頭は寝癖だらけだ。雑居ビルの事務所に洗面所くらいあるが、まだ顔すら洗いに行っていない。

「そんなに根詰めて仕事するのに、デザイナーになりたいとかいう欲はないんだ」

「ないです。私より他のみんなのほうがセンスあるのは絶対だし。みんなはいずれ成功したらいいなと思いますよ、でも私は私なりに給料分のプライド持って裏方やってますんで」

選手ばっかじゃ試合できないでしょ、マネージャーも要るでしょ。

アシスタント業を極めるということかな、とそのときは理解した。

彼女はその日、課長が出社するまでに指示された仕上げを終わらせ、洗面所で申し訳程度の身支度を整えて昼前に帰っていった。

「便利だなぁ、彼女は」

悪気なくだろうがそう呟《つぶや》いた課長にむっとした。

「こんだけ根詰めてくれた部下に便利呼ばわりはないんじゃないですか？　仮にも女性にこんな無茶押しつけて、便利の一言で済ますのはどうかと思いますよ」

女子を一人で泊まり込みさせるなどということはさすがに今までなかったはずだ。

「そうですよぉー」

近くの女子社員たちが加勢してくれた。

「彼女だから何とかしてくれたけど、これ当たり前にしないでくださいよねー。自分はのうのうと重役出勤でー。便利とかってあり得なーい、ありがとうとか助かったでしょフツー」

女子たちも彼女に急場を救われたことが多々あるらしく、ちょっとしたブーイングが沸いた。

課長はほうほうの体で「分かった分かった」と逃げ出した。

＊

相変わらず「デザイナーへの登用もあり」という社員募集の文句に引っかかってくるアシスタントが多い中、彼女は相変わらず「デザイナー」への野心をまったく見せないアシスタントのプロだった。

「今日は早く帰ったら」

昼間から微妙に具合が悪そうだったことには気づいていた。気づいていた理由は――認める、その頃には彼女が微妙に気になる存在になっていた。

彼しか見たことのない「猫、剝げかけ」の彼女。会話に何気なく会話っぽくない単語が混じる彼女。他の誰も気づいていない。自炊のおかげか、薄化粧なのに肌がきれいなことも。

「あ、じゃあすみませんけどよろしくお願いします。指定表、これですから」

「猫、剝げかけ」状態を見たことのある彼にとって、彼女のお行儀のいい物腰は微妙に面白かったが、彼女は「猫、剝げかけ」を公式キャラにする気はないようなので、彼もその味のあるキャラは胸にしまっている。

サブに徹することを立ち位置にしている彼女が素直に彼の勧めに従ったということは、やはり具合はあまりよくなかったのだろう。頰も赤く、足元が少しふわふわしている。熱がありそうだった。

「マシンそのまま使っていいのかな」

「構いませんよ。納期まだ先ですからキリのいいところで終わってください」

君のほうがキリのいいところで終わって帰ればいいのに。苦笑しながら彼女の背中を見送った。週末のためか、もう社内には誰も残っていない。

彼女の席に座ってふと手元を見ると、USBメモリが転がっていた。

社内でUSBメモリの使用は（大した規模の会社でもないくせに）許可されていない。データのやり取りは常にサーバーを通じてだ。

まさか彼女の？

この会社に他社に流れて困るほど大きな仕事はまったくない。全国誌のデザインでも取っていたら大事《おおごと》だが、メインの仕事はタウン誌やパンフレット、チラシ類だ。細かい仕事何でもやります、のフットワークが命である。

しかし、どんな小さなデザインでも、そのデザインはそのデザイナーの意匠《いしょう》だ。もし彼女が外部へデータを持ち出していたとしたら。

いやまさか彼女に限って。

そもそも彼女のものだと決まったわけではない。

とにかく職場で使用が禁止されているＵＳＢメモリがあった、中身を確認しなくては

――理屈は述べたが、結局のところ認める。

安心したかった。

不正に使われているものではないと。

彼女は潔白だと。

ＵＳＢの差し込み口にメモリを挿した。

フォルダは作られておらず、ファイルが無造作に詰め込まれていた。

一番上の「メモ」と題名のついたファイルを開く。

終電
川面の手
グローワーム
消えるヴィジョン
上昇する稲妻
小惑星
不死の概念
……
意味不明、いや単語一つ一つの意味は分かるのだが、何故《なぜ》それが羅列されているのか
さっぱり分からない単語の羅列。
そして最後の行に、
猫、剝げかけ
とあった。
間違いなく彼女のものだった。

有川 浩
Hiro Arikawa

彼と彼女しか知らない言葉だった。

一瞬目の前が暗くなった。しかし、画像データをいくつも持ち出すにしてはメモリの容量が小さい。

それに保存されているのはすべてテキストファイルだった。一瞬、企画書や見積書の持ち出しを疑ったが、それにしてはタイトルがすべて——何かの本のタイトルのような。事務関係とは思えない言葉がつらなっている。

いや、それもフェイクなのか？　とにかく安心したい。その思いから適当なファイルをクリックした。『兎《うさぎ》の月』とタイトルがついていた。

ファイルがワードで立ち上がる。

そして画面に開いたのは、——文章だった。

企画書でも見積書でもなく、会社関係のどんな無味乾燥な書類でもなく。

ただ、文章だった。厖大《ぼうだい》な。

一行目から吸い込まれた。するすると目が文章を追う。いや、目が文章に吸いついて離れない。文章に連れて行かれるように——意識が持って行かれる。

それは小説だった。

バタバタとけたたましい足音が廊下から近づいてきた。

うるせぇなとしか思わなかった。——邪魔だ。

そして足音以上にけたたましい音を立ててドアが開いた。

「すみません、私忘れ物っ……！」

飛び込んできた彼女は自分のマシンにワードが開いているのを見て悲鳴を上げた。

警備員がすっ飛んできそうな悲鳴で、彼は慌《あわ》てて彼女を室内に引っ張り込んでドアを閉めた。

「イヤ────ッ！　私物ですそれ、閉じてぇッ！」

「ちょ、黙って！　警備が来ちゃうだろ！」

「見ないでぇ！　っていうかどこまで見たんですか────！」

「うるさい！」

いいから、俺に続きを読ませろ！

彼女の両手首を摑《つか》んで閉めたドアに押しつけ、──唇を塞《ふさ》いだ。

彼女はびくっと硬直し、竦《すく》んだように動かなくなった。静かになったのだからそこで終わればいいものを、彼のほうも思わぬところで自覚させられた感情に制御が利《き》かず、そのまま長いキスになった。

開始は一方的だったが、途中から彼女の舌も応《こた》えた。最終的には合意になったものとする。

有川 浩
Hiro Arikawa

どうしてこんなこと、と唇が離れてから彼女がかすれた声で訊《き》いた。

「こっちが今まさに恋に落ちた瞬間に戻ってくるほうが悪い」

「どうしてあたしなの」

「最後の決定打が君のマシンの横に転がってた」

「だからそれは私物で」

「会社ではＵＳＢメモリの使用は禁止されてる」

「だから私物なんです！　会社のマシンには挿してません、これ！」

彼女は自分のバッグの中から業界最小のノートパソコンを出した。

「昼休みとか、公園で……趣味でテキスト叩《たた》いてただけです！　バックアップ取ってただけで」

だから最近オフィスで弁当を食べることが減っていたんだなと納得する。会社の近くにはいい感じに緑が多い公園がある。「エンゲル係数」を削ってまで欲しかったそれを携えて時間のあるときに出かけていたのだろう。

テキスト叩いてたなんて、

「そんな素っ気ない言い方しなくてもいいだろ。小説書いてたんだろ」

「やだ、言わないでっ」

「何で。小説だろ、これ」

「……全然ヘタで、恥ずかしいから」

自分のマシンへ駆け寄ろうとした彼女の手首を掴んで止めた。ぎくっと体をまた硬くした彼女の動きを封じるのは簡単だった。

「最後まで読ませて」

「い、嫌だって……言ったら」

「読ませる気になるまで、さっきよりすっごいことをする。君がたばこ臭いから泊まり込みでも寝るのが嫌だって言ったソファに連れ込んで」

「──ひどい」

「ひどいの？　さっきのは合意になったよね」

彼女の顔が赤くなった。──多分熱だけでなく。

「読ませる気にさせてからのほうがいいなら俺はそれでも一向に構わないけど」

「こんな素人《しろうと》文章読むためだけにあたしとそういうことできるんですか！」

「読むためだけじゃなくてもしたいことはしたいよ。言ったろ、恋に落ちたって」

彼は彼女のマシンの前に陣取って、また画面をスクロールさせはじめた。彼女は警戒しているように彼から距離を取っている。

「こんなもの読むためにあたしと寝られるなんて安い感受性」

「あのさ」

彼はくるりと彼女に事務椅子《いす》を向けた。

「読ませてくれるんだったら邪魔しないでくれる。俺の感受性がどうこうってのも余計なお世話。会社では話題にしてないけど、俺は昔から読書が好きで、面白そうなものは手当たり次第に読み漁《あさ》って、それでも君の書いた小説よりもキモチを持ってかれた本は今までないんだ。俺は誰にも邪魔されずにこの小説を読みたいだけ」

小説という言葉を重ねる度に、彼女の顔が羞恥《しゅうち》に染まっていく。今にも泣き出しそうだ。彼女にとってそれは自分に向けられるととても恥ずかしい言葉らしい。

「これ以上何かぐちゃぐちゃ言うなら、読む前に何かすっごいことをされたいって意思表示だと受け取って実行に移すよ。それが嫌なら黙ってて」

ようやく静かになった彼女を一度も振り向かずに、彼はワードの基本フォーマットで書かれたその小説を読み終えた。

五十頁《ページ》ほどの短編で、物語はここに落ちてほしいと思ったところへすとんと心地好《よ》く着地した。その心地好い余韻のまま大きく息をついて、——彼女を振り向いてぎょっとした。

彼女は俯《うつむ》いて、声を殺して泣いていた。

「……何で泣いてんの」

「こっちが訊きたいです」

彼女はキッと顔を上げて彼を睨《にら》みつけた。まだぼろぼろ涙がこぼれる瞳《ひとみ》で。

「何であたし、私物のメモリ忘れただけでこんな恥かかされないといけないんですか」

恥!? 何で!?

「面白いから邪魔しないでくれって言ったのに？」

「何で、勝手に読むんですか」

「うちの会社はUSBメモリの使用は禁止されてる。中身が会社関係のデータじゃないかどうか確認した。うちみたいな小規模な会社でそんなことして何かの利益があるとも思えないけど、データ持ち出しに君が関わってないかどうか確認せずにいられなかった。だから見た」

「会社関係のデータなんか一つも入ってないってすぐ分かるでしょう！」

「タイトルだけならフェイクの可能性もあるし、このメモリが君の物だって分かる証拠が見つかった。だから君が背任行為をしていないって確認して安心したかった」

「あたしの物だと分かる証拠って……」

「猫、剝《は》げかけ」

彼女が何かに打たれたように肩を跳ねさせた。

彼女も覚えているのだと分かった。彼との共通の記憶として。彼女にとっても特別な言葉だったことが何かの特権のように思えた。

「じゃあ——じゃあ、ファイル一つ開けたまでは仕方ないと納得します。でも開いたら会社のデータなんかまったく関係ない、素人の下手くそな文章だって分かったはずです。何でそこで閉じてくれないんですか。あまつさえあんなっ……」

彼女が口に出しかねているのは口を封じた手段だろう。

「——そこはごめんとしか言えない。俺、割と温厚なほうだと思うけど、一つだけ邪魔されたらキレることとあって、それが読書なんだよね。読みかけでいいとこ邪魔されたりしたら、」

「ああいうことするんですか。そのうえ脅迫までして、あたしの目の前で最後まで一本読み切って」

「ああ、脅迫になってたんだ。それはごめん。キスは驚かれたけど嫌がられてないって思ったし、告白も拒絶されてないと思ったから口が過ぎた」

「二度も！　二度も脅迫されました！　そうしたらもうやめてなんて言えない。まるであたしが何かしてほしくて邪魔をしてるみたいになるから。そんなふうに思われるのは不本意だから」

「君だって余計なこと言ったろ。人の感受性、安いとか」

「捨て台詞《ぜりふ》くらい吐きたくもなるでしょう!?　こんな恥かかされて！」

彼女がまたぼろぼろ涙をこぼした。

恥をかされて。その感覚が彼には分からない。そして何故だか状況はどんどん悪化している。彼は一番言いたいことをまだ言えていない。

彼はどうやら彼女にとてもひどいことをしたということになっているらしいので。

「……気が済んだんなら返してください。もういいでしょう？」

「ごめん、まだ気は済んでない。できれば俺は、このメモリに入ってる君の小説が全部読みたい」

彼女はこれ以上ないほどの屈辱を受けたかのように目を瞠《みは》った。

空気の中に張り詰めた糸がぷつんと切れる音が聞こえたような気がした。

「分かりました。読んだら全部消去してください。それだけ約束してください」

「え、そんな、困るだろデータ消えたら」

メモリには大量のタイトルが入っていた。こんな面白い物語が全部消えたら、それはきっともう書き直せない。

「ノートにもデータがありますから。空になったメモリは差し上げます。私、」

さっきまで「あたし」だったのが「私」になった。直感的にまずいと思った。

線を引かれた。

「近いうちに身辺整理して会社辞めますから」

「待てよ！」

とっさに立ち上がって彼女を摑まえようとしたが、今度は摑まらなかった。力任せに鞄《かばん》を振り回し、彼を近寄らせまいとする。

「寄らないでッ！」

鋭く叫ばれて、その音階は思いのほか深く彼の胸をえぐった。

「もういいでしょう!? いい職場だったし、あなたのことも嫌いじゃなかった！　本当は少し気になってた！　でももういい！　こんな恥かかされるくらいなら、もうみんな捨てる！」

「ちょっと待てって！　……くそ、」

ひどいことひどいことひどいこと。何がどうひどいのか未《いま》だにさっぱり分からないが、そこまで自分が重ねたんだったらもう一つくらい重ねても変わりゃしない。

力任せなら結局は男が圧倒的に有利だ。彼は強引に彼女を摑まえて抱き締めた。

彼女がとっさに唇を引き結んで顔を背ける。さっきみたいな展開にはさせないという彼女の意志表示だろう。

「面白かった！」

彼は怒鳴った。

「面白かった面白かった面白かった面白かった！　言わせろよ先に！　面白かったから最後まで邪魔されずに読みたかった！　他にもあるなら読みたかった！」

たったそれだけのことが何で分からない。伝わらない。

「悪いけど君の感覚が全然分からない！　こんな面白いもの書いといてそれを読まれるのが恥だとか！」

彼の腕の中で頑《かたく》なに強ばっていた彼女の体から僅《わず》かに力が抜けた。だが油断はしない。ここで逃がしたら終わりだと直感が告げている。

「俺、今までずっと本を読んできて、君の書いた話が一番好きだと思った。だから、今すごく興奮してる。俺が一番好きな話を書く人がプロじゃないけど目の前にいるんだと思って。俺は読む側の人間だけど、初めて『書く』側の人に会ったんだって。しかも俺のすごく好きな作風の人に。だからもし君がずっと誰にも見せずに今まで書いてきたんなら、俺は君の最初のファンだ」

いつの間にか背けていた彼女の顔が、正面でうなだれていた。

「読書が好きだったら一回くらい書いてみたいと思うだろ。俺も書いてみたことあるんだよ。でも全然書けなかった。もう、学校の作文以下で」

彼女の重みが寄りかかった。肩にことりと頭が落ちる。それは預けられたのか疲れたのか。

用心しながら彼女を抱き締める腕を少し緩めてみる。彼女が振り切って逃げるようなことはなかった。

有川 浩
Hiro Arikawa

「そのとき分かったんだ、世の中には書ける人と書けない人がいるって。どれだけ本が好きでも書けない人間は絶対書けないし、書ける人は『生まれて初めて書きました』って一作でも作家になれるくらい書けちゃうもんなんだって。そんで俺は、今まで趣味のレベルでも何でも『書ける側』の知り合いがいなくて、『書ける』っていうのがどんな感じなのか訊いてみたくて仕方なかったんだ。そこへ持ってきて君だったから、すげぇ興奮した。『書ける』人の話が聞けるって。しかも、プロじゃないのに俺が一番好きな感じの話を書く人。そのうえそれがちょっと気になってた女の子だったら、そりゃもう落ちるよ。真っ逆さまに」

――恋に。

「……それならどうして」

彼女が彼の肩に頭を落としたまま呟《つぶや》く。

「あんなひどいことするの」

「ごめん、ひどいことって何なのか分からない。キスしたこと？」

ちがう、と彼女は小さく呟いた。

かなり強引なことにしてしまったがそれはイヤじゃなかったのかな、とそんな考えが頭をかすめた。

「あたしの……目の前で、読むなんて」

「……ごめん、それがそんなにひどいことなのかな」

彼にはどうしてもそれが理解できなかった。

これほど面白いものが書けるのに。それは『書けない側』からするとすごいことで、読まれることは誇りでありこそすれ恥だとかひどいとかいう感覚は理解できない。

「『書ける側』の感覚、聞きたいって言ったでしょう。私が『書ける側』だとしたら、読ませる決意もできてないのに勝手に読まれたなんて、裸を見られるくらい恥ずかしい。それもやめてって言ってるのに拒否できないような釘《くぎ》打つなんて、卑怯《ひきょう》よ」

卑怯、という言葉が胸に刺さった。

今まで読んできた中で一番好きだと思った話を、その話を書いた本人から卑怯な手段で奪って読んだ、ということになるのか。

おぼろげながら「ひどい」の理由が分かりかけてきたところに立て続けに反撃が来た。

力ない声で。

「あなたの思ってる『書ける側』の人がどんな人なのかは知らない。でも私は私の話の中ではすごく無防備なの。『書く』って技術だけじゃなくて、当たり前だけど自分の心も入ってて……もちろん一番柔《やわ》くて脆《もろ》いところも入ってて……もし誰かに読ませるなら何度も何度も手直しして、何度も何度も自分で読み直して、これなら読んでもらってもいいって自分で決心できてから読んでもらう。そうじゃなかったら絶対」

彼女の言葉はそこで途切れたが、どんな言葉が続くかは大体見当がついた。

絶対、読ませない。

「アクシデントがあったのは仕方がないから、それは私もうっかりしてたから諦《あきら》める。でもあなたは、あたしのことなんかお構いなしで、読みたいから読ませろってムリヤリ読んだ。私に、……あんな釘打って動けなくして」

これ以上何かぐちゃぐちゃ言うなら、読む前に何かすっごいことをされたいって意思表示だと受け取る。

それで何も言えなくなるほど彼女は生真面目《きまじめ》な女の子だったのだ。

彼女の一人称は「あたし」と「私」の間を揺れ動いて定まらない。

「こっちが心の準備ができてないのに無理矢理読まれて、メモリ返してもらえないから黙って待つしかなくて、あたしの目の前で丸々一本、最後まで読まれて、……心の中、レイプされてるって言ったら分かってもらえるかなぁ」

痛《い》った――――……

彼は反射のようにきつく目を閉じた。

そんなつもりじゃなかった。なかったのに。

俺は、今まで読んだ中で一番好きだと思った話と、その話を書いた人の心を陵辱《りょうじょく》したようなものなのか。

だとしたら、俺が言う「面白かった」なんて。レイプしてから相手に「よかった」と言うようなものだ。

「……分かんないか。男の人はそういう恐《こわ》さは切実じゃないもんね」

頼む待って！　それが分からないってくらい想像力が死んでると思われるのはさすがに痛い！

とはいえ、ここで抗弁は許されるのか。実際そんなことをしてしまった後で。

恋に落ちたと宣言しながら相手をめちゃくちゃにするような真似《まね》をして。

「巧《うま》い喩《たと》えが見つからないや、ごめんなさい」

「いや……分かったから」

思い知ったから、むしろこれ以上は勘弁してください。

「メモリ、返して……」

呟いた彼女の体が急に重くなった。彼に倒れかかったのだ。あわてて支えた体は熱を持っている。

バカ、俺。

具合が悪そうだから早く帰れと勧めたのは自分だった。それなのに気持ちにも体にも負担をかけさせるだけかけさせて、こんなところまで追い詰めて。

「か、返すから……ちょっと待ってて」

彼女を壁にもたれさせると、そのままずるずる床にしゃがみ込んでしまう。

「わっ、待った！」

そのまま床に横倒しになる寸前をつかまえ、抱き上げて彼女の席に座らせる。彼女を支えながらＵＳＢメモリを抜き、キャップを閉めた。ついでにマシンも閉じる。

「返すよ、分かる？」

彼女はその瞬間だけ敏捷《びんしょう》になってメモリを引ったくり、鞄に突っ込んでファスナーを閉めた。そしてまたぐったりと頭を落とす。

彼女がメモリを引ったくるとき、彼は手を引っ掻《か》かれた。これほど具合が悪そうで、それでも返すと言われたら必死に取り返しにくる。彼の手を引っ掻いたことにすら気がつかないほど。

返すと言われたとき取り返しておかないと、いつ返してもらえるか分からないから？

全く信用されていないその態度に傷つく資格など自分にはもうないのだろう。

「ど、どうする？　会社泊まってく？」

家に帰る、と答えた声はもう声になっていない。

「送る」

彼女は彼の申し出に頭を振った。方向は横だ。

どうせもう嫌われた。だったらやっぱり――これ以上嫌われても変わりゃしない。

「一人じゃ帰れないだろ、もう。会社に泊まり込んで俺に付き添われるか、黙って俺に送られるか、二つに一つだ」

言いつつ彼女の腕を支えて立ち上がらせると、彼女は渋々という感じで立ち上がった。

会社を出た表通りで、車を拾うか拾わないかの押し問答があった。

電車で帰ると言い張る彼女を押し切って車を拾い、もう運転手まで声が届かない彼女に代わって囁《ささや》かせた住所を伝える。

タクシー代は彼が払った。彼女はもう寝落ちしていたし、この場面で彼女に払わせる気はなかった。

車を降りるときはもう彼女を背負わなくてはならなかった。

背中で揺すり上げたり声をかけたりしてようやく起こし、年季の入ったワンルームの一階が彼女の部屋だと聞き出して鍵《かぎ》を出させる。

シンプルな部屋だった。――物があまりない、ともいう。つましく暮らしている印象だった。

上がり込んで、まずはベッドに彼女を寝かせた。熱はかなり高い。

部屋に鍵をかけ、コンビニを探しに出かけた。ありがたいことに最近はコンビニでもちょっとした薬や外用薬を扱うようになっている。

道を覚えながら探し当てたコンビニで、熱冷ましの冷却シートとスポーツドリンク、ゼリータイプの栄養補助食品を買った。風邪薬も買おうかと思ったが内服薬は少し恐い。もし何かアレルギーでもあったら今度は救急車を呼ぶ羽目になる。

部屋に戻ると彼女はすっかり眠っていたが、寝顔は安らかではなかった。取り敢《あ》えず前髪を上げてその額に冷却シートを貼《は》り、それから去就《きょしゅう》を迷った。

外から鍵を掛け、郵便受けかドアポケットに鍵を放り込んで帰るとしたものか。だが、女性の一人暮らしでドアチェーンも掛けずにそんな処置で帰るのは憚《はばか》られた。そうかと言って、戸締まりをさせるために彼女を起こすのもためらわれる。

理由ならいくらでも並べられるが、つまりは彼女が心配だった――などと言う権利は残されているだろうか。

ここまで来たらどこまで嫌われても変わりゃしねえ。

最終的にその開き直りが去就を決めた。

明け方、早い時間に彼女が起きた。その気配で目覚めるほど彼の眠りも浅かった。

彼は座布団《ざぶとん》を枕《まくら》に拝借し、部屋の隅で横になっていた。彼女が起きたので起き上がる。

彼女は悲鳴でも上げるかと思ったが、黙って彼を見つめていた。

「……驚かないんだ」

「車に乗るとこくらいまで覚えてるから」

「メモリ返したのも？」

彼女が頷《うなず》きながら、やや不安な顔になった。取り返したまでは覚えているが、どこにしまったのかが曖昧《あいまい》なのだろう。

「昨日持ってた鞄《かばん》の中」

言いつつベッドの下に置いた鞄を指差す。彼女はまた頷き、鞄の中を確認しようとはしない。

メモリを奪い返されたときの引っ掻き傷が、思い出したようにひりひり痛んだ。

「誓って君が寝てる間にパソコン立ち上げてメモリ読もうとかしてません」

彼女はまた頷いた。三回目だ。

「取り敢えず水分摂りなよ。それから朝飯。少し買ってきたから」

彼は台所に立ち、冷蔵庫からスポーツドリンクとゼリーを取り出した。それから冷却シートも一枚。コップは流しの水切りにあったものを一つ取る。

「薬はアレルギーとか分からなかったから買わなかった」

言いつつ冷却シートを渡すと、彼女は無言で貼り替えた。

コップに注いだスポーツドリンクを渡すと、ゆっくりとだが息継ぎなしで飲み干した。

やはり喉《のど》が渇いていたのだろう。

有川 浩
Hiro Arikawa

「ゼリー飲める？」

「後にする。飲み物もう一杯ほしい」

二杯目を飲みながら彼女が伏し目のままで言った。

「タクシー代とこれのお金、返すからいくらだったか言って」

「勘弁して。君のことあんだけ泣かせたんだからお詫《わ》びくらいさせて」

もう好きだなんて言える立場も資格も失った。

内心怯《おび》えながら、窺《うかが》うように尋ねる。

「……会社、辞めないよな」

彼女は黙ってスポーツドリンクを飲んでいる。

「辞めないでほしい」

返事がないことが焦《あせ》らせる。

「君が辞めるくらいなら俺が辞める」

「……どうして？」

問い返されて一瞬窮《きゅう》した。だが。

「今さらいけ図々《ずうずう》しいって言われたら本当にその通りなんだけど……俺、あんなふうにしたかったわけじゃないんだ。君からしたらその、精神的なアレで、ひどいことだったのかもしれないけど。いや、ひどいことだったんだけど。俺、ホントに君の話が好きで、滑り出しの瞬間からものすごく好きだと思って、最後まで読みたい、邪魔されたくないと思って、それは嘘《うそ》じゃなくて」

こんなに言い訳めいた言い訳も他にない。情けなかったが、それでも他に言いようがない。

「『猫、剝《は》げかけ』のところを見たことあるのも俺しかいなくて、みんな気づいてないけど君はけっこう男らしくて、被《かぶ》った猫とのギャップがおもしろくて、今それは俺しか知らなくて」

男らしくて、恥をかかされるくらいなら会社を辞めるなんて即断できる彼女。

しかも身辺整理をしてからと去り際《ぎわ》も男らしく決意していた彼女。

「あんまりイマドキの女の子が使わないような単語、何気によく使うのも気がついてた。エンゲル係数とか、服飾費とか、娯楽費とか。ほかにも色々、意味は分かるからみんな何気に流すけど、会話でそんな使わないよね。服とか遊びとか言うよね。潤沢って言葉が出るより先に贅沢《ぜいたく》って言うよな、大体の人は。それも多分俺しか気づいてなくて」

苦しまぎれに話が横へ横へと滑っていく。

「面白い子だなって思ってた。この子はけっこう面白いって知ってるのは俺だけだってことがちょっと自慢で、そんで多分『猫、剝げかけ』の頃から気になってた。それからもう一つ思ってたんだ」

彼女はコップにときどき口をつけながら俯《うつむ》いている。

頼む。こっちを向いてくれ。今、どんな顔してる。俺のみっともない必死の言い訳、どんな顔して聞いてる。

少しでもほだされてくれているのか、それとも。

「俺、読書が好きだって言っただろ。だから君もひょっとして読書が好きだったりするんじゃないかなって。俺が『ん？』って思うような言葉が出てくるのも本をよく読む人なら納得できるから。そしたら『書ける側』の人だったから、つい大興奮しちゃって。そういえば、デザインは助手に専念してるけどキャッチコピーとか急場に君がさらっと出してきた案で凌《しの》いだことが何度もあったなって。それくらいできるはずだよ、だって『書ける側』の人だったんだから」

辛抱たまらず、彼はとうとう土下座した。

「お願いします辞めないでください！」

「えっ、ヤダ」

彼女が初めて慄《おのの》いたように顔を上げた。

「顔上げて、困るそんなの」

「困るって何が、辞めないでくれっていうのが？」

「土下座が！」

彼は恐る恐る頭を上げた。

「だから、要するに俺は君のことが好きで、そんなこと言っといてあの暴挙は何だって感じなんだけど。俺のこと嫌いになってくれていい、いやむしろ嫌いになってくださいって感じで。今さら色よい返事がもらえるなんて思ってないし会社でもできるだけ君と接点持たないようにするし。けど、俺は君から何もかも奪いたかったわけじゃないんだ。それだけは分かってほしいんだ。君を傷つけて傷つけて傷つけて、そんで仕事まで奪いたかったわけじゃないんだ。だから、君が辞めるくらいなら俺が辞める。俺がいっとう好きな話を書いてた好きな女の子を辞めさせるくらいなら俺が辞める。頼むよ」

彼女はしばらく黙っていたが、やがて口を開いた。

「辞めない。から、あなたも辞めないで。寝覚め悪いから」

ああ。こんなときでもやっぱり男らしいんだな。

この局面で出てきた「寝覚めが悪い」という言葉に聞き惚《ほ》れた。この期《ご》に及《およ》んで余計好きになった。——それは少し辛《つら》くもあったが。

彼女がちびちび飲んで空になったコップを膝《ひざ》の上に置いた。

それをそっと取り上げて床に下ろす。

「あたしは、恐慌《きょうこう》状態だったの」

今日初めて聞いた一人称が「あたし」だったことで少しほっとした。

「あなたのこと意識してた、それは確かなの。でも、あんな形で強引に読まれたから、どうしたらいいか分からなくなったの。だって、あたしはあたしの話を誉《ほ》められたことなんか一度もないから、面白いとか言われても信じられないの」

「誰かに読ませたことあるの!?」

それならどうして誰にも誉められたことがないなんてことがあり得るのか。

俺が商業作家を差し置いて一番好きだと思ったほど面白いのに？　彼は自分の嗜好《しこう》がそれほど偏《かたよ》っているとは思えなかった。

「誰に読ませたの」

「ごめん、今そういうこと話したくない」

「あ、ごめん……」

そんなことを訊《き》く権利もなかった。

彼女が布団の上から膝を抱えた。

「ごめん、もう帰って。辞めないから」

もちろん抗《あらが》う権利などあろうはずもない。彼は言われるままに立ち上がった。

「……お大事に」

それくらいしか言えずに玄関に向かった彼を、「ねえ」と彼女が呼び止めた。

「時代小説とか、読む人？」

「……割とハマってたことある」

「イマドキ『いけ図々しい』とか『色よい返事』とか普段の会話で使う人も、そんなにいないと思う」

どういうつもりで彼女がそう言ったのかは分からなかった。

＊

それから数日間が過ぎた。自分と同じ職場で働くことが彼女の負担になっていないか、それだけが気がかりだった。周囲から見て不自然でない程度に接点を断った。

そんなある日、彼女から社内のメッセージシステムで伝言が届いた。

彼女の登録ネームを告げるポップアップに心臓が飛び跳《ポップアップし》ねた。

開いたメッセージには、

『ご自宅のメールアドレスがあったら教えていただけませんか？　ご迷惑でしたら結構です』

まだ先日の軋轢《あつれき》を微妙に引きずっているのか、他人行儀な文面だった。

彼女のほうは即レスだ。気の利《き》いた一文でも付け加えたかったが、何をどうしても蛇足にしかならないのでやめた。

『xxxxxx@xxxxxx.ne.jpです』

彼女からはまた『ありがとうございました』と返事があって、そのときのやり取りはそれだけだった。

帰宅してメールチェックをしてみると、タイトルで名乗って彼女からメールが届いていた。

会社のアドレスではない。どうやら自宅からだ。

『ご自宅のアドレスを教えてくださってありがとうございました。

あれから色々考えたのですが、初めて私の話をおもしろいと言ってくれたあなたに、他の話も読んでみてほしくなりました。

添付してあるファイルは私が「これならお見せしてもいい」と思えるまで推敲《すいこう》した作品です。気に入ったら感想をください』

——夢みたいだ。

彼は両手で顔をパンと叩《たた》いた。

もう読めないと思っていたのに——彼女にももう触れないと思っていたのに、

また読めるなんて。また話せるなんて。

彼は添付されていたテキストファイルをもどかしく開いた。

やはり一行目から引き込まれて好きだと思った。

読み終えた勢いのままで書き殴って送信した感想は、翌日に起きて読み返すとまるで出来損ないのラブレターのようだった。

好きだ、好きだ、好きだ、好きだ、どこがよかった、あのキャラが好きだ、あの台詞《せりふ》がよかった、このシーンが好きだ、
やっぱり君の書く話が好きだ。

うわ、と彼は思わず頭を抱えた。——これ送ったか、俺は。

と、自動立ち上げのメールチェッカーが着信音を鳴らした。見ると彼女からで、時間は感想を送ってわずか三十分後だった。


『ありがとうございました。

感想、嬉《うれ》しかったです。

本当に嬉しかったです。

また今度、何か送っていいですか?』

返事を書きたかったが、メールを書いていたら電車を乗り過ごす。出社が早い彼女は多分もう会社に来ている。

彼は超特急で支度を調えて、彼女より雑然としたワンルームの部屋を飛び出した。

狙《ねら》い通りに出社は二番目だった。彼女はもう自分の席で作業に入っていた。

タイムカードを押しながら声をかける。

「……おはよう」

あれからずっと会釈《えしやく》するだけで声はかけていない。

彼女は会釈しながら――返事をした。おはようございます、と。

彼女だけに向けられた声はあれ以来だった。

それだけで俺が今どれだけ舞い上がってるか、君は分かるだろうか。

「待ってる。いくらでも読みたい」

そう言うと、彼女はややはにかんだように頷《うなず》いた。

それ以上べらべら喋《しやべ》るのはまだ「いけ図々しい」ような気がしたので、彼も会釈だけを返して自分の席へ向かった。

＊

数日に一度、あるいは週に一度。

仕事の混み具合で、彼女から送られてくるメールの頻度は変わった。一週間以上空くと二重の意味で寂しい。色んな意味でお預けを食らっている犬のようだった。

そんなことが三ヶ月ほども続いただろうか。

クリスマスカードや年賀状、セールチラシの受注で、会社は小規模ながら怒濤《どとう》の年末進行に入った。十二月は仕事納めまで丸々いっぱい、彼女からの楽しみなメールが届くことはなかった。

忘年会など考える隙間《すきま》もないほどの忙しさだった。業者や客先からの招待に、社長や重役たちがやっとの思いで這《は》うように参加しにいくだけだ。

仕事納めの日も仕事が上がった者から慌《あわ》ただしい挨拶《あいさつ》を残し、飛ぶように帰っていく。それぞれ帰省する切符の時間があったり、家族サービスがあったり、デートがあったりと忙しい。この繁忙期《はんぼうき》で家庭不和が起こった、恋人に振られたという話には事欠かない会社なのでみんな必死だ。

そんな中、特に予定の詰まっていない彼と彼女は自然と最後まで事務所に残って後を引き受けることになった。

あれ以来、こんな状況になったことはない。

こんな状況になることを、彼は注意深く避けていた。せっかくもう一度近づくことを許されたのだ、もう二度と地雷を踏みたくはない。

「先に帰ったら。後、俺やっとくから」

そう振ってみたが、彼女は笑って首を振った。

「後もうちょっとだし。二人で片付けたほうが早いでしょ」

二人で簡単な掃除をして、タイムカードを押すともうすぐ日付が変わる時間だった。電車もあまり残っていないだろう。

事務所に鍵《かぎ》をかけ、エレベーターはもう止まってしまったので階段で下りる。事務所は三階だ。

「こういうときって独り身で予定が入ってないと損だよな。後始末押しつけられちゃうから」

「でも、正直社長とかいても邪魔だし……」

彼女の率直な発言に彼は思わず吹き出した。

社長は仕事を取ることにかけては凄腕《すごうで》だが、現場では非常に困った存在だった。現役から離れているのでソフトを巧《うま》く使えない、そして必ずデザインセンスがクライアントの要望からずれている。

思いつきだけで完成寸前のデザインに変更を入れられて「やっぱり違ったな」などと戻されると繁忙期には殺意が沸く。

ビルの裏口から出て、表通りまで一緒に歩く。

「終電、まだ大丈夫？」

彼女は腕時計を見ながらこくりと頷いた。

「じゃあ、よいお年を。冬休み中に新作が読めるの期待してる」

手を挙げて挨拶すると、背中を向けたところでジャケットの裾《すそ》が突っ張った。

振り返ると、彼女が裾を引っ張っていた。

俯《うつむ》いたまま、硬い声が――いや、緊張した声が呟《つぶや》く。

「もし、暇だったらうちに寄っていきませんか」

いろんな期待と邪念が交錯して、とっさに返事ができなかった。

「今まで、すごく執拗《しつよう》に推敲してたんですけど……あなただったらもういいかなって。書き上がったそのままに近い状態でも読んでもらっていいやと思って。だから」

うちに来て、読んでいきませんか。

彼女は多分、決死の思いでそう言った。

「……君の前で読んでもいいの」

どれほどのことを許されているのか、さすがにもう分かっている。

有川 浩
Hiro Arikawa

初めて彼が強引に読んだあのとき、彼女は心をレイプされているようなものだとまで言ったのだ。

彼女は頷いた。顎《あご》に決意の梅干しができている。

「俺の終電もあんまり時間ないよ」

彼女がまた頷く。

「俺、きっと全部読み終わるまで帰らないよ」

また。

「泊まりになるよ、多分」

また。

「俺が君のこと好きだって覚えてる？」

それでその提案だったら、何もしないでいられる自信なんかない。そう含ませた質問に、彼女は彼の裾を強く引いた。

やばい。

そんな強く引いたら、──切れるんだぞ糸は。

人通りが少ないことも背中を押した。彼は振り返りながら彼女を抱き締めた。

糸を切ったのは君だ、好きだって言ってあっただろ。

二度目のキスは最初から彼女の舌が応《こた》えた。

結局ことは後先になった。

流れに任せてそうなって、彼女も拒否はしなかった。

今までね、と彼女は同じ布団《ふとん》にくるまったままでぽつりぽつりと話しはじめた。

「あたしの書いた話を好きだって言ってくれた人、一人もいなかったの」

「それが信じられないんだよなぁ」

彼は顔をしかめた。確かに小説には嗜好《しこう》がある。しかし、複数の誰かに読ませたことがあるなら、誰も彼女の話を好きにならなかったなんてあり得ない。

彼女の話を俺しか好きにならなかったなんて、そんなはずはない。

「でも、誰もいなかったよ」

「どんな人に読ませたの」

「大学の頃、文芸部入ってて……それまでずっと一人で書いてて、誰にも読ませたことなかったんだけど、そこの男の子と付き合うようになって。彼の書くものは私には難し過ぎてあんまりよく分からなかったけど、下読みを頼まれるたびにずっと読んでて……『君は書かないのか』って訊《き》かれたから、思い切って読んでもらったの。そしたら」

小説は趣味にしといたほうがいいんじゃないの、と鼻で笑われたという。三十頁《ページ》ほどの短編を頭から終わりまで延々駄目出しされ、小説と呼べるレベルじゃない、と。

「初めて付き合った男の子だったし好きだったからすごくショックだった。小説なんて自分の一番脆《もろ》いところをさらけ出して勝負してるのに、なんで付き合ってる相手の一番脆いところを叩きのめすようなことができるんだろうってびっくりして。その子は部の中心にいて最後は部長にもなったような子だったから、部の会誌にも私の作品は一度も載せてもらえなくて。載せるレベルに達してないよなってみんなに言われて」

なるほど、それがトラウマかと納得する。「小説書いてるんだろ」と彼が訊いたとき彼女が浮かべた羞恥《しゅうち》の表情。お前にとってそれは身のほど知らずな恥ずかしい趣味だ、とその連中によってたかって叩き込まれたのだ。

「それで部活も途中で辞めちゃって、その子とも別れて。小説を書くこともやめようと思ったんだけど、やっぱり好きだったからやめられなくて」

そしてあの厖大《ぼうだい》なタイトルの群れが出来上がったわけか。

「あのさぁ」

彼は彼女の髪を撫《な》でながら口を開いた。

「その部活がどういう趣旨の活動してたか知らないけどさ。『読む側』の立場から言うとすごい矛盾してるんだよな」

どういうこと、と彼女が首を傾《かし》げる仕草だけで訊く。

「『読む側』の俺たちは単純に自分の好きなもんが読みたいんだよ。だから自分の好きじゃないもんに当たってもハズレだったって無視するだけなの。ベストセラーでも自分にとってはハズレのこともあるし、その逆もあるし。楽しめなかったらどんどん流していくの。さっさと次の当たりを引きたいし、つまんなかったもんにかかずらわってる暇なんかないの。そんな暇があったら、次の当たりを見つけたいの。時間は有限なんだ、当然だろ。自分にとっての外れなんかさっさと忘れるだけだよ、覚えてるだけ脳の容量がもったいない」

『読む側』として自分が当然だと思っている理屈を説明して、彼女のトラウマに慎重に触れる。

「その彼氏、たかが三十頁の君の短編に頭から終わりまで執拗にケチつけたって言っただろ。それはね、そんだけ君の作品に引っかかっちゃってるんだよ。本当にどうしようもないと思ってたら、『まあまあじゃない?』の一言で終わるよ。流せなかった時点で負けてるんだよ、その彼氏。自分も『書く側』のつもりだったから——『書ける側』の人間のつもりだったから、君の書いたたった三十頁の短編を徹底的に叩きつぶさないと気が済まなかったんだ。君を否定しないと自分の『書く側』としてのアイデンティティが崩壊するからだ。彼氏にとっては君の小説がそこまで脅威だったんだよ。周りの奴《やつ》らにとっても」

君、読ませる相手を間違えたんだよ。

言い聞かせるように囁《ささや》く。

「俺みたいな奴に読ませてたらよかった。『書けない側』で『読む側』の奴に」

「早く会いたかった、な」

身をすり寄せてきた彼女を抱きかかえる。

「今会えた」

彼女が眠たげな顔になったので枕《まくら》を譲る。

「起きたら全部読ませて。全部読みたい」

最後にそうせがんで彼女も眠りに落ちた。

朝食を食べてからパソコンを立ち上げてもらい、その中にしまわれた物語に思う存分没頭した。

近年ついぞないほどの至福だった。

そしてわずかに残った冷静さが内心で舌を巻く。

推敲《すいこう》なんて要らないじゃん、これ。

それは一発書きに近いから荒いけど見逃して、などと彼女は横から不安そうに言い訳してくるが、誤字脱字もほとんどないようなレベルのものばかりだった。もし誤字脱字があったとしても、多分文章の流れに乗せられて脳内で勝手に補整がかかっている。

今まで執拗に推敲していたというのは、その笑い物にされた過去が少しの齟齬《そご》もないようにと作品を神経質なほど修正させていたのだろう。

読み入っていると、彼女がシャツの背中をツンと引っ張った。

振り返ると俯いた彼女が正座していて、控えめに主張した。

「……できれば、一本ずつ感想聞きたい」

「ああ、そうか。ごめん」

彼女は学生時代に笑い物にされてから、自分の前で作品を合意で読まれるのはこれが初めてなのだ。

「おもしろいから止まらなくなってた」

読んだものを一本ずつ、彼は自分の乏しい表現力で懸命に伝えた。

彼が読み、少し離れたところで彼女がそわそわした様子で待つ。彼が読み終わると、彼女はおっかなびっくり近づいてきて、隣に正座する。

そうして読んでは感想を述べるの繰り返しでその日は暮れた。

楽な着替えや洗面道具を買い込み、彼女の部屋には連泊になった。ずるずる居続けて、新年も一緒に迎えた。

その間に彼女が洗濯してくれた仕事納めの日の服で初詣《はつもうで》に出かけ、その帰りにやっと別れた。最後まで離れがたく、いじましく彼女の手を握っていた。

有川 浩
Hiro Arikawa

何だか仕事納めからの数日間が自分に都合のいい夢を見ているようで。

「今度は俺の部屋にも。片付けとくから」

「じゃあ休みの間に一回行きたい、予定ないし」

躊躇《ちゅうちょ》のない彼女の返事でやっと夢ではないのだと実感が湧《わ》いた。

そしてようやく別れ際《ぎわ》の手を離せた。

＊

二年付き合って結婚した。

式は身内だけでこぢんまりと挙げた。彼女の親族は、彼女いわく「何も起こってないときに普通に付き合ってる分には普通の善良な人たちだよ」とのことだった。

何かを含ませたその説明に、彼女が帰ろうと思えば気軽に帰れる距離の実家にあまり帰らない理由が読めたような気がした。

実際、結婚の挨拶や式ではごく普通の家族だった。――彼らが後に彼女を追い詰める原因の一つになるのだが。

彼の実家はといえば、三人兄弟の三男坊で兄二人も既婚、子供もすでに生まれている環境だったので、両親の彼に対する関心は悪気なく薄かった。その関心のなさが彼には気ままでよかったし、彼女にも負担をかけずに済みそうだった。実際、結婚してからも彼の実家が彼女に負担を強いることは滅多になかった。

結婚しても彼女は仕事を続けることになった。今までも互いの部屋を行ったり来たりだったので生活パターンが極端に変わることもなく。家が同じになったのでむしろ時間的には余裕ができたくらいだ。共働きが破綻《はたん》するのは夫婦のどちらか、あるいは双方が「楽になる」と期待するせいだと彼は考えていて、彼女にもそう説明した。

お互いの一人暮らしが縒《よ》り合わさるだけ、生活の労力が楽になるとは考えない。結婚の最大のメリットは精神的に支え合える相手が常にそばにいることだ。彼女もその考えには同意してくれた。

家事の分担は敢《あ》えて決めなくても手の空いている者が動けばいい。仕事が混んでいるときの食事なんか、どうせ独身時代でもコンビニ飯だったのだ。それが卵かけごはんと味噌汁《みそしる》に変わっても何も問題ない。仕事が混んでいなくても手を抜きたいときは抜けばいい。お互いアレルギーもないので、掃除だってそれほどこまめにしなくても――繁忙期なんか二週間や三週間は。さすがに一ヶ月経《た》ちそうになると彼女のほうが音を上げてハタキをかけ始めるので、彼も掃除機を出す。

子供が生まれるまではそれで充分だ。彼としては風呂《ふろ》上がりに穿《は》くパンツが常にある、という状態を彼女が維持してくれているだけで大満足だった。

さすがに彼女にも話せていないが、独身の頃は風呂を上がってから洗濯済みのパンツがないことに気づき、慌《あわ》てて洗濯機を回しながらノーパンでジーンズを穿いてコンビニに買いに行ったことが何度も——焦《あせ》ってジッパーを上げ、毛を挟み込んでしまったときの地獄といったら！　いや、とても彼女には話せない。

彼女が書き溜《た》めていた小説は全《すべ》て読み尽くしてしまったので、彼は彼女が家事に精を出してくれるより新しい作品を書いてくれるほうがよほど嬉《うれ》しい。

だから彼女がパソコンでテキストを打ちはじめたら、家事は自然と引き受けた。

そして彼というたった一人の読者のために彼女がたまに小説を書きながら、ささやかで幸せな家庭は維持されていた。

＊

「なあ、これ出してみたら」

何の気なしの一言がその後の運命を変えた。

そのころ、彼は好きな作家が連載していた小説誌を毎月買っていた。その雑誌が長編短編問わず、またジャンルも不問の小説賞を始めたのである。

その雑誌を購読しながらいつも思っていた。

ここに彼女の小説が載っていても全く遜色《そんしょく》はないのに。自分だけが彼女の読者だ、という密《ひそ》やかな至福も捨てがたかったが、彼女の小説を――自分の一番好きな世界を書く彼女を世の中に出したいという欲求も心の片隅に常にあった。

どうだよ、彼女。すごいだろう？　俺が一番先に見つけたんだ。彼女を見つけた俺のセンスはけっこうなもんだろう？

そんな子供っぽい自慢も含まれていなかったとはいえない。

しかし、彼女の書く小説がこの世にあることを知らず、知らないままに何かないかと待っている自分のような本読みは他にもいる、と――そして、自分のような誰かと作品を共有したいという本読みとしての純粋な欲求もあった。


なあ、○○って作家知ってる？

いや知らない。

ちょっと読んでみろよ、絶対おもしろいから。

――おい、読んだ読んだ。いいな、ちょっと。

そうだろ、ちょっといいだろ。

昔からの友達とは未《いま》だに続いているそんな本の勧め合い。

そして彼が今一番勧めたい作家は、世の中に出てすらいない、筆名さえ持っていない彼女だったのだ。

「えー、無理だよ」

彼女は当たり前のようにそう言った。

「面白いって言ってくれるのはあなただからだよ。身内の欲目だよ」

彼女は彼にだけ読ませるという環境にすっかり満足していた。しかし、それではもう彼の側が物足りないのだ。

彼女は書くごとに巧《うま》くなる。一作ごと確実に。自分という読み手を得たからだと思うのは傲慢《ごうまん》かもしれないが、それでも自分の視線が彼女をどんどん昇華させているような気がしてならない。

書き溜めていた小説は面白かった。すでに彼を魅了するセンスを持っていた。そう、最初に彼女の小説をあんな強引なやり口で読み切ってしまったほど。

しかし、今の彼女がもう一度同じ話を書いたら。しかも元のテキストを見ながらではなく記憶に残るイメージや構成だけを頼りに書き直したら――

それはきっと、一段と研ぎ澄まされたものになる。それは彼女の最初のファンであり読者である彼の確信だった。

なあ。君は今、自分がどれほどすごいものを書いてるか分かってないよ。

俺には分かる。決して『書ける側』にはなれず、好きな作品を飢えたように探し回る『読む側』の俺には分かる。

君はドアを開けて世界に出ていける人なんだ。

「最初に俺が君の作品を読んだときは単なる同僚だった。それでも俺は君の心を犯してまで読んだんだ。読みたいって欲望を止められなかったんだ」

胸を掻《か》きむしりたくなるほど痛くてむず痒《がゆ》い始まりだった。今ではその痛さの中に、痛さに起因する甘さが混じる。

「あのころ読ませてもらったもの、全部おもしろかったよ。それは絶対に嘘《うそ》じゃない。今でもおもしろいと思ってるしプロでもこれよりおもしろくない作家なんてざらにいると思った」

彼女は彼の食い下がり方に少し戸惑っているようだった。

「でも、君は今のほうがもっとすごい。たった二年だ。たった二年で、君はあのときの俺が一番好きだと思った作品をぶち抜いた。もちろん全部好きだ、君の書くものは全部好きだけど、けど、君はいつでも次に書くものが一番すごいんだ。君は、世の中で勝負できる人なんだ。それほどの人が一体世間にどれだけいると思う？　その立場がほしくてもがいてもがいて、結局諦《あきら》めなきゃならない人がどれだけいると思う？　――ああもう、俺すごくクサイこと言うけど笑うなよ」

説得しているうちにテンションが上がってきて、彼も止まらなくなっていた。

「君は翼を持ってるよ。俺は君が飛んでるところを見てみたい」

――彼女は笑わなかった。

彼を見つめて静かに尋ねた。

「ホントにあたしが飛べると思う？」

「ああ」

「あたしが飛ぶところをあなたは見たいと思う？」

「ああ」

彼女はしばらく考え込んだ。部屋に古いユーロビートが低く流れている。彼女が小説を書くときに好む曲だ。単調で耳に障《さわ》らないので筆（キーボード？）が進むという。

「……じゃあ、今書いてるのがそれの締切りに間に合ったら出してみる」

「ホントに!?」

「でも約束して」

彼女は真顔で彼を見つめた。

「あたしが飛べなくても、あたしの小説を好きでいてね」

それは彼にとって当たり前すぎる前提だった。もし彼女が飛べなくても、それは彼女が飛ぶ要件を満たしていないからじゃない。

世界が彼女を飛ばせない要件を整えていたのだ。どんなに才能があってもそんなことはある。それはどんな世界も同じだ。

そして、世界が気まぐれにもたまたま彼女を飛ばせなかったからといって、本当なら彼女が飛べることを知っている自分が彼女の小説から興味を失うなんてことはあるはずがない。

「飛べても飛べなくても君は何もなくさない。俺は一生君のファンだ」


結果として彼女はその賞で大賞をかっさらった。

賞金の百万円は、新婚家庭には大きな臨時収入だった。つましく貯金する。

授賞式は始まったばかりの賞にふさわしいささやかな規模で、式の前にさっそく担当編集と顔合わせがあったという。

「共働きって言ったら、絶対仕事は辞めないでくださいねって言われたよ。作家で食える人なんてほんの一握りだから、受賞した人の人生設計に責任持てませんからって」

それはまあもっともな話だ。

彼女は確かに彼の見込みのとおりデビューはしたが、それと小説で「どのくらい食えるか」は別の問題だ。正直、作家としての収入は不安定なものだろうと思っていたし、共働きを辞めるのはまだ苦しい。

二人にとって、作家になる――「飛ぶ」ということはほとんど自己満足の境地であり、それに人生設計を載せる気などさらさらなかった。

飛べたことがただ嬉しい、それだけの話であって、仕事や生活に無理のないペースで書き続けていけたらよかった。そのために協力できることがあれば彼は喜んで協力するつもりだったし、それ以外は何も変わらないと思っていた。

そして、編集部が彼女にそんな釘《くぎ》を刺したのなら、二人と出版社の思惑は完全に一致している。

そのはずだった。

Story Seller

＊

唯一《ゆいいつ》の計算違いは「彼女を待っていた人」が予想以上に多かった、ということになる。

結局彼女は、二年を待たずに会社を辞めることになった。

兼業が難しいほど小説関係の仕事が舞い込んでくるようになり、二年目でついに会社年収を超えたのである。

初めての本が出版されて、それは新人としては破格の部数だと説明された。その印税だけで彼女のかつての平均年収を超えたというのに、立て続けに重版がかかった。その辺りで彼の年収さえも追い越した。

本格的に「将来」を考えなくてはならなくなった。兼業はもう不可能だ。会社か作家か。どちらかを取らねばならない。どちらかを選ばないとどちらにも迷惑がかかる。

「どうしたい？」

彼が尋ねると、彼女は慄《おのの》いたように身を縮めた。

「……安定を考えるなら作家を辞めるべきだと思う」

彼女は苦悩しながらそう呟《つぶや》いた。自分を説得するように。

「だけど、もう終身雇用制は当てにならないよ。会社に残っても、安定と呼べるほどの安定はないかもしれない」

彼にはもう分かっている。

彼女は自分が飛べることを知った。だとすれば飛びたくないはずはない。

「でもずっとこのまま作家で巧くいくかどうか分からないし」

「あのさ」

　彼はテーブルの上で組まれた彼女の両手を包んだ。

「俺の本読みとしての勘。君は当分巧くいく。その間の収入も今年と同じくらいは期待できるし、専業になるんならもっと稼げるかもしれない。確かにどこかで失速するかもしれないよ、だけどそのときは俺がいる」

　強《こわ》ばっていた彼女の手がほぐれた。

「あくまで俺の本読みとしての勘だけどね。君が失速するとしてもうちの昇給率で計算すればその頃には俺の収入だけで奥さんを養えるようになってると思うんだ。で、専業になっても今と変わらずつましく暮らしていけばいい。そしたら失速してもしなくても何も変わらない。短期間で蓄えができる分、よその家庭より楽なくらいだ。それに失速したって作家を辞めることにはならない。作家の仕事を選ぶなら『今は』専業じゃないと無理だ。だけど作家の仕事が減ってきたら、また再就職なりパートなりして兼業作家に戻ればいいだけだろ？　違う？」

「でも……子供ができたりしたら」

「そのときはそのときのことだろ。子供できたら大抵の女性が出産と育児に一段落つくまで身動き取れないんだから。それに、俺もいるんだから何とかなるよ。よその家庭で何とかなってること、うちで何とかならないはずないだろ」

ああだこうだと歯切れの悪い彼女に、彼は違う方向からボールを投げた。

「君は作家になる気なんかなかった。俺が強引に背中を押したからなっちゃっただけだ。君がもともと持ってて失うものは何もない。だから、心配することなんか何もないよ。飛びたいだけ飛んで、下りたいときに下りたらいい」

「だけど、失速なんて一年か二年でするかもしれないんだし、そしたら安定した仕事を捨てるなんてすごくワガママなような気がする」

違う、と彼は強く否定した。

「君に飛んでほしかったのは俺だ。君は俺の頼みを聞いて飛んでくれたんだ。飛びたいと思ってるなら下りないでくれ。飛ぶ喜びだけ味わわせて、状況が読めなくなってきたから下りろなんて、俺をそんな身勝手な男にしないでくれよ」

彼女の頬をつうっと涙が滑った。

「書きたい。書くのが楽しい。世間の人みんながあたしを要らないって言うようになるまでは書いていたい」

「そうなったらまた俺が独り占めするだけだ」

彼はそう言って彼女の涙を指先で拭《ぬぐ》った。

＊

そうして専業作家になった彼女は、とてもとても運がよくてとても運が悪い作家だった。

仕事はとんとん拍子。引き合いは多く、全《すべ》て引き受けきれないほどだった。

そして専業になると決意した彼女は、やはり仕事の進め方も男らしかった。

一度受けた仕事には決して穴を開けない。それが編集部の一方的なミスで彼女に無理を強いる納期になったとしてもだ（納期という用語が小説の世界で正しいのかどうか彼は知らない。ただ、彼も彼女もその年まで社会人として過ごしていたので、二人で彼女の仕事について話すとき殊更《ことさら》に「作家らしい」言葉を使うことはなかった）。

今から五日で百枚の中編を一本くれ。手違いで予告はもう打ってしまった。

そんな仕事でも彼女は淡々と引き受ける。ただし、黙って引き受けないことが恐らくあまり作家らしくない。

こうした不測事態が客先責任で発生したら「交渉」に持ち込むものだということを、彼女は会社員時代に上役を見て学習している。

彼女が今から無理をする。それが分かっていても、彼女の「交渉」は面白い。事務所の社長や上役と粘り腰がそっくりだからだ。

「分かりました。私がその納期に間に合わせた場合、見返りとして何がもらえますか？　その条件如何《いかん》によってお受けします」

そして彼女は無理の代わりに自分の販促になる企画をもぎ取ってくる。

「謝られても拝まれてもそりゃタダですからね。無茶な納期で人を動かそうってんならこっちにも具体的なメリットを頂かないと不公平ってもんでしょう。そっちは口だけ、こっちは体に鞭打《むちう》つってのはいくら私が新人でも公平じゃありません。新人でもこっちは一応個人事業主なんで」

そんなときはもう猫剝《は》げかけだ。そして、社長とそっくりの粘り腰で彼女は妥協点を見つけ、決まり文句を口にする。

「納得のいく条件がいただけましたので、この案件についてはこれで手打ちということで結構です」

彼女がそう言ったら、手打ちの案件はもう必ず手打ちなのだ。彼女は必ず納期を守り、編集者はそれに引け目を感じる必要はない——のだそうだ。

一方的に奉仕してるわけじゃない。ちゃんと見返りをもらってるから。

彼女は五日間風呂《ふろ》にも入らないような状況に突入しながら、手打ちになった案件には決して不満を漏らさない。その後もその案件をちらつかせて恩を着せることはない。

猫が完全に剝げるときは、もう何をどうしてもリカバリーの利《き》かない状況を編集側のミスで作られたときだ。そんなときは、激怒したおっさんの霊でも降りてくるらしい。そんなときの彼女は怒った社長より恐ろしい。

夜中の電話で彼女が「来るな！」と怒鳴ったことがある。

どうやら大変なミスをしでかした編集が、終電で謝りにくると言い出したらしい。

「あんたに来られて一体何のメリットがある！　こっちゃ住宅街の２ＤＫに夫婦共働きでつましく暮らしてんだ、近所に話のできる店なんかねえんだよ！　明日も仕事がある旦那《だんな》がいる家に上がり込んで一体何を詫《わ》びるつもりだ、迷惑に迷惑重ねるだけだろが！　そもそも帰るときもどうする気だ、終電なんかもうねえのにタクシーで何万かけて帰る気だ！　ほかにもやらかしててお詫び行脚《あんぎゃ》があるなら止めねえよ、けど私一人に詫びるためにそんな金遣うようなバカバカしい真似《まね》、私の目が黒いうちは絶対許さんしそんなことを詫びとは断じて認めん！」

すげえ。おっさんだ。

具体的にはうちの社長だ。完全に降りてるよ。口調まで。

怒鳴られている編集者には災難だが、傍観している分にはおもしろい。

有川 浩
Hiro Arikawa

怒り狂っているくせに、その怒りは決して彼女の中に厳然とある倫理を踏み外すことはない。

彼女は常に理屈を怒鳴るのだ。

「そもそもこんな夜中にあんたみたいな若い娘に来られたら許すしかなくなる！　潔《いさぎよ》く私の気が済むまで怒らせろ！　そんで来月の『お詫び』が少しでも大きく掲載できるように走り回れ！　こっちゃあんたのミスで株下げて言い訳もできねえ商売やってんだ！」

これだけ怒鳴って後に響かないかと心配になるが、不思議と彼女が「干される」ことはなかった。むしろ彼女が怒れば怒るほど相手は彼女と親しくなる。タメロで話すようになるのは彼女が喧嘩《けんか》をした回数が多い順だった。

どれだけ怒り狂っても、理不尽なことは言い出さない。

そして、同時に彼女は常に捨て身だった。その様子は外野から見ていると殴り合って分かり合う昔の少年漫画のようだった。

そしてそこには彼が彼女に言い聞かせた理屈も入っているらしい。

「いいか、こっちはこんな商売に就けるなんて微塵《みじん》も思っちゃいなかったんだ！　私が今書けるって幸運はまぐれで手に入ったんだ、そのまぐれがなくなったって元の生活に戻るだけで私が失うものは何もないんだ！　だから悪いけど恐《こわ》いもんなんか何もないんだよ、最初っから私は何にも持ってないんだ！　刺し違える覚悟はもうできてる、そういう奴《やつ》とサシでやって勝てる自信があるならどっからでもかかってこい！」

不思議なことに、そんなトラブルが発生するのは必ず夜中で、彼もベッドには入っていても眠れるわけはない。目を覚ましてその推移を聞くことになる。

そして彼女は最後に指示を出し切ってから電話を叩《たた》き切り、寝室へやってくる。その消耗した様子で、怒ることには体力が要るのだと改めて思い出す。

「ごめん、うるさくて」

「うん、いいよ。何かあったんだろ」

彼女は仕事をしている。そして、理不尽に夜中の電話で声を張り上げるような人ではない。

「寝る？」

布団を開けると彼女はもそもそ入ってきて彼の隣で丸くなる。

会社勤めの頃から男らしかった。

強引に彼女の小説を読んだ彼に、身辺整理してから辞めると言った。辞めないでくれ、と土下座した彼に寝覚めが悪いからそっちも辞めるなと言った。

その男らしさは今も健在で、専業作家——彼女いわく「個人事業主」になってからというもの磨きがかかっているようだ。伊達《だて》に長年言葉をいじくり回していない。

彼女は勝てる喧嘩しかしない、そして「最初から何も持ってない」と言い放つ彼女にとって勝てる喧嘩とは自分に理がある喧嘩すべてだ。そして、言葉を操ることに長《た》けている「作家」という人種が本気で勝てる喧嘩に勝ちに行くのならそれは必ず勝つのだ。もっともそれは、元々失うものは何もなかったと頭から開き直っている彼女ならではの勝ち方かもしれないが。

後ろにあなたがいるからだ、と彼女は言う。

あなたが支えてくれるから書けるし、戦えるし、立てる。

けれど、こうして電話が終わるなり丸くなって眠りに落ちる彼女は無傷で勝っているわけではないのだ。まるで野生の動物が傷を癒《いや》すように丸くなる彼女は。

傷だらけになっても彼がいるから立てる。

戦うことで信頼のおける相手を増やしている事実も確かにある。しかし彼がいるから、なまじ立てるから彼女は余計な傷を増やしているのではないかと思うときもある。

それでも彼女は待たれていた。二人が思っていたよりたくさんの人に。

そして、それはもう彼の最初の予想を超えて彼女の書く力になっていた。

*

そして彼女はとても運が悪い作家だった。

一見つまずきがないように見える。仕事上で通るべきだと思った理は譲らない。この先のことなど知ったことかとおっさんを降ろして丁々発止の喧嘩をして、しかも書ける場が減らない。

他人からは好き勝手にやってしかも順調にいっているように見えただろう。

だが、それは彼女の「運のいい」側面でしかなく、それは彼女の捨て身が連れてくる結果でしかない。順調に見えている彼女が常に捨て身で傷だらけであることは彼女に直に関わった人々しか知らない。

そして、あるときからろくでもないグループに摑《つか》まった。

取材を申し入れられて、本来なら事前に原稿チェックをさせてもらえるはずが、一向に原稿は回ってこなかった。仲介した彼女の担当編集者や営業部が何度も相手の雑誌をつついたが、梨《なし》のつぶてだ。

そして結局チェックはできないままにその雑誌は発売された。彼女に関する特集は、悪意の固まりと言っても差し支えなかった。彼女を傷つけるための言葉が選りすぐって使われていた。

そして、彼女が公表していない経歴が公開されていたことで事情は分かった。

彼女が出身大学で文芸部に所属していたことが触れられていたのだ。

「到底プロになれるようなレベルではなかった。今も所詮《しょせん》主婦の手慰みのレベル。この作家がデビューできたこと自体に、当時の彼女を知る関係者は首を傾《かし》げている。よほど強力なコネがあったのか、あるいは……」

仲介した出版社と担当編集者は激怒した。そして他社の担当編集者も。

だが、雑誌の版元を確認するとその雑誌はムックという形式で、一号のみでも出せるらしい。

そして版元はそのムックに関して「ムックは編集プロダクションに委託してあるのでこちらでは事情は分かりかねる」の一点張りだった。つまりは出し逃げだ。

そして編集プロダクションに問い合わせると「人手が足りず、フリーライターを数人外注してまかせた」とのことで、そのライターたちの名刺はといえば聞いたこともない筆名に携帯番号とメールアドレスしか刷られておらず、それらは全て不通になっていた。まるで最初から逃げを決め込んでいたかのように。

彼女が書いても他人に見せなくなった、そのトラウマになった大学時代の連中の仕業だった。彼女の所属していた部活から作家になった者はいなかった。

代わりにフリーライターになった者が何人かいたらしい。

そうして彼らは、彼らがなりたかった者になった、彼らが過去に踏みつけにした彼女を見つけたのだ。

「真っ当な連中じゃありません。まともなライターなら自分の名前に信頼を載せていくということを知っています。こいつらは身勝手な仕事をして筆名なんか悪評が積もってきたものから適当に捨てていけばいいと思ってるような連中です」

彼女の担当は皆そう吐き捨てた。

仕事を通した出版社と担当編集は気の毒なくらい萎《しお》れていた。

「今思えば、ゲラのチェックを渋っていた時点で、仕事そのものをキャンセルするべきでした。大きく特集にするという話だったし、版元は大きかったので欲が出てしまった。すみません」

「いえ、当然の判断だったと思います」

彼女は冷静にそう答えた。

「少し順調にいっているとはいえ私はまだ無名です。販促のチャンスを逃がしたくないという判断は私があなたでもしたと思います」

それから彼女への取材の申し入れは、出版社が直接制作責任者となっているところ、そしてライターの素性が確認できるところに限定されることになった。

ゲラのチェックをさせない雑誌は、発売直前であっても取材許可を取り下げる契約を事前に取り交わす。

今回のようにたらい回しで責任の所在を曖昧《あいまい》にさせないためだ。

「こんな仕事をする編プロやライターは、どうせメインストリームには出られません。フリーでしっかり仕事をする者ほど、信頼の大切さを知っています。ライターや編プロがすべてこうだと思わないでください。彼らの助けがないと本は作れません。しかし、こういう業界ゴロのような連中がいることも確かで、それを見分けて作家を守らねばと思います」

担当編集たちはそれぞれ宣言し、少なくとも彼女と同じ大学の文芸部に所属していたライターは、確かにメインストリームでは仕事ができなくなった。私怨《しえん》でこんな仕事をするライターには他の作家も任せることはできないからだ。

もともとメインストリームで仕事をしていたか、というとそうでもなかったようだが、少なくとも彼らは自身の手で住む世界を狭くした。

それでも事前に許可を取らない慣例の書評は止めようがない。創刊してすぐに潰《つぶ》れていくような雑誌で彼らは執拗《しつよう》に彼女を貶《おとし》め続けた。

彼はネット上でそれらの情報をチェックし、書評の内容に目を通し、できる限り情報を集めた。

今の時代、フリーで仕事をするなら余程の大御所か、すでにある程度の人脈があるかでないとネットに窓口を設けず営業することは難しい。

そして調べ上げた情報は全《すべ》て彼女の担当に渡した。

彼女を踏みたいのなら好きなように踏めばいい。俺はお前たちが彼女を踏むたびに、こうしてお前たちの情報を集めて集めて集めて集めて、「メインストリーム」に流してやる。名前を変えてもURLを変えても書評からたどればすぐ分かる。

お前たちほど彼女を不公正に踏む奴はほかにいない、俺はもうお前たちの論法も文章のクセも全部覚えた。どういうジャンルをメインにして、どういう作家を持ち上げて、どういう作家を軽んじてるか。俺は今、日本中でお前たちの仕事に一番くわしい。持ち上げる論法も軽んじる論法も彼女を踏むためのとっておきの悪意の論法も全部覚えた。

『読む側』の人間を舐《な》めるな。

すぐに廃刊になった雑誌だからって安心するな、国立国会図書館って便利だよな。

俺の探索を振り切りたいならお前らはネットの窓口を閉じるしかない。だけどそれは不可能だ。

お前たちは金のかからないネットで営業打たなきゃ仕事を続けていくことはできないからだ。検索避《よ》け？　そんなもん仕込めば窓口の意味がなくなる。

お前たちが彼女を踏む限り、俺はお前たちを追尾する。彼女の仕事先が広がる分だけお前たちが「メインストリーム」へ割り込む余地はなくなる。

何故《なぜ》なら、今どう考えても「メインストリーム」にいるのは彼女で、隅っこでゴロを巻いてるのはお前たちだからだ。

お前たちが隅っこで何を吠《ほ》えても、彼女の名前を傷つけることはできない。でも俺は彼女を踏んだお前たちを許さない。

いいか、人を踏むっていうのはそういうことだ。それだけの覚悟を持ってお前たちは彼女を踏んだか。学生のころバカにしてた彼女が作家になったのが許せない、その程度で彼女を踏んだあの企画がここまで執拗な追尾者を作ることまで覚悟してたか。

俺は常にお前たちの最新の名前を知ってるよ。編プロに所属した奴はその編プロも。

そして、それは常に「メインストリーム」に筒抜けだ。それがお前たちが彼女を踏む代償だ。

彼には彼の怒り狂う訳があった。

彼女は大学時代のトラウマをいだけほじくり返されて、心を病んだ。軽度ではない鬱《うつ》病だった。

彼女は笑えなくなった。

仕事の合間にテレビで科学番組やドキュメントを観《み》て彼と話したり、休みの日に二人で散歩に出たり。

そんなとき、他愛《たわい》のない話から急に小説のアイデアやイメージが湧《わ》いて、

「こういうのどう?」

と、わくわくした様子で話しかけてくる。

彼女の作る世界に参加しているようで、彼にも楽しいディスカッションだった。

ディスカッションにならなくても、ただ会話をしているだけで楽しい。

しかし、そんなこともうなくなった。

ろくでもない企画に摑まってから、三ヶ月が経《た》った。彼女は自分から精神科へ行くと言い出した。

「こんなふうになったら、まだ大丈夫とか大袈裟《おおげさ》になりそうで恐いとか思わないですぐに行けって、友達に言われてたの思い出した」

早ければ早いほどいいのよ。こじらせたらあたしみたいになるから。

その友達は彼と会ったときはもう回復していたが、三年通院して仕事も辞めたという。

「三ヶ月、自然に笑えないのっておかしいと思う。だから行く」

大袈裟になりそうで恐い。

そう思っていたのはむしろ彼のほうだ。ずっと腰が引けていた。

精神科を勧めたら却《かえ》って傷つくのじゃないかとか、労《いたわ》っていれば回復するのじゃないかとか。

けれど、こんなときでも男らしいのはやっぱり彼女のほうだった。自分がおかしいと判断して、自分から診察を受けに行くと決めた。

せめて付き添いたかったが、会社はこんなときに限って総動員がかかる忙しさだった。たった一人、彼が半休で抜けるだけの余裕もなかった。

終電で帰ると、彼女は泣き腫《は》らした目をしていたがいつもより明るかった。

「先生の前で泣いちゃった」

それは驚くべきことだった。医師とはいえ初めて会う人の前で彼女が泣くなんて。

筆名は言わずに職業だけ言って、何をされたか打ち明けたという。

医師は静かに話を聞いて、「酷《ひど》い人たちがいたものですね」と言ったそうだ。

「あたしのことを知らない人に、あたしが何をされたか聞いてもらって、それで『酷いことだ』って言ってもらえて、すごくほっとした。今まで感情が固まったまま動かなくなってたような感じだったんだけど、やっと動いた、みたいな。それでたくさん泣いて。話す端から声が震えて」

診断は鬱病だった。抗鬱剤を中心に数種の薬が出て、それは欠かさず飲むように指示されたそうだ。

そして彼女はとても真面目《まじめ》な患者だった。また、理性的な患者だった。

最初は二週間ごとだった通院が、三ヶ月目から一ヶ月ごとの通院に切り替わったこともそのためだろう。

自分を精神病患者だと認めたがらない人や、詐病《さびょう》で医者を振り回す人が多い中、彼女は患者として優等生だった。

自分が患者だと認識し、薬を飲まねばならない必要性を認識し、指示された通りに薬を飲める患者。そして出された薬も体質に合っていた。

だが、彼女の運の悪さはこれ一つではなかった。

彼女には質《たち》の悪い親戚《しんせき》が増えた。

彼女が会ったこともないような遠い親戚から金を無心する電話がかかってくる。だが、そんな者はまだかわいい。彼女が自宅の電話に出なければ済むだけだ。彼や友人、仕事関係の連絡は、すべて携帯電話に移行することで片付いた。――ちなみに彼女はこんな状態でも仕事をしていた。書いているほうがいっそ楽しいらしい。それほど彼女の現実の環境は悪くなっていた。

悪化した現実の環境の一つ、しかも大きな一つは遠縁よりは近縁、更に家族、中でも父親である。

何も起こってないときに普通に付き合ってる分には普通の善良な人たちだよ。

彼女はかつて自分の身内をそう評した。身内に対しての評としては辛辣《しんらつ》で、その理由は何故かということは、その何かが起こってから分かった。

彼女が作家になったことも「何かが起こった」うちに入っていた。

彼女の親類にはどうやら父親を筆頭として文学青年崩れが多いらしく、彼女が作家になったことは年寄り連中のいい暇潰しの種だった。

電話で、あるいは予告もなくふらりと訪ねて。

お前の小説はなっちゃいない。

文学とはこうあるべきだ。

こんなものを書いているからお前は駄目なんだ。

まるであの酷い企画の続きのようなことを彼女の身内がよってたかって。しかも彼女を腐す筆頭は父親だ。

所詮お前の書くものは子供だましだ。

本当の作家というものは。

滔々《とうとう》と語る父親に彼女がキレた。

「あんたたちが今までの人生で一度でも作家だったことがあるのか」

肉親からの心ない、無責任な言葉だからこそ彼女の受ける傷は深かった。

「あたしはあたしが書きたいものを書くために作家になった！　あんたたちの代わりに書くためじゃない！　あんたたちに書きたいものや作家の理想像とやらがあるんなら、あんたたちが自分で作家になって書け！　あたしの作品に文句をつけたいだけなら二度と会わない、電話にも出ない！　出ていけ！」

そうなると父親や親類の矛先が向くのは彼だ。

あんなことを言う子じゃなかった。

お前と結婚したから悪くなった。

昔なら素直に言うことを聞いたはずだ。

彼女の作品を、生き方を酒の肴《さかな》にしようという彼らに何の遠慮も親愛も湧く筈《はず》がない。

彼は押しかけてくる彼女の身内を淡々と追い返して、電話は取り次ぎもせず切るようになった。

「酔っ払いの言うことだ、まともに聞くな」

彼の膝《ひざ》にすがりついて泣く彼女をあやす。しかし、彼女は身内をやはり愛していて、彼らからの言葉を酔っ払いのたわごとと聞き流すことはできないのだ。

そしてそんな間にも、彼女は処方された薬を飲み続けた。

毎日、きちんと、真面目に。

変わったことがあったらすぐに病院に来てください。

そう言われた通りに、そんなことがあったら彼女は翌日には病院へいき、医師はその度に彼女の話を聞いて薬の処方を細かく調整した。

彼女は父親の携帯と実家の電話、そして親類の電話番号を着信拒否にした。

彼らは酒の席で彼女にどんな粗相をしているか酔いが醒《さ》めるとともに忘れ、何度でも同じことを繰り返したからだ。

両親、兄、姉——実家の彼女の家族で彼女の理解者は母親だけだった。兄姉《きょうだい》は彼女の小説自体に興味がなく（そのほうが父親の何十倍もマシだが）、母親だけが彼女の作品を素直におもしろいと楽しんでくれ、彼女が作家になったことを心底喜んでくれていた。

だから彼女は母親とはこっそり連絡を取り合っていた。

「お母さん？　今度○○社で短編が載るけど、お父さんたちには知らせないでね」

そこは恐らく彼女の父親や親戚筋の文学青年崩れが知ったら土下座するような出版社で、彼女がそこへ少なからず寄稿するようになっていると知ったら手のひらを返すことは目に見えていたが、彼女の怒りは深かった。

あの作家は俺の娘だ。

俺の姪《めい》だ。親戚だ。

そういう自慢を彼らには決してさせないと彼女はもう決めていた。

「分かってるよ。あの人たちにはあんたを自慢する権利はないからね」

だがある日、父親はとんでもないことに彼女を巻き込んだ。

とある地域の民生委員を名乗る婦人が、アポイントを取って自宅に訪ねてきた。

この地域ではなく、彼女の実家の地域の民生委員で、連絡先は彼女の母親から教えてもらったとのことだった。

怪訝《けげん》にその民生委員を迎えると、思いも寄らない話を聞かされた。

古い持ち家で一人暮らしをしていた彼女の祖母が認知症になり、徘徊《はいかい》はもちろん徘徊中に外で排泄《はいせつ》などをするので近所からも苦情が出ているという。

ところが、それを訴えても彼女の実家の父親は一向に動こうとしないのだそうだ。

「もう施設に入所しないと素人《しろうと》の介護では対処できないレベルです。施設の空きも手配できます。ですが、息子さん……お嬢さんにとってはお父様ですね、お父様が仰《おっしゃ》るには説得しても本人がイヤだと言うので仕方ない、と。話すときもしっかりしているので、妻が通いで世話をしている分には大丈夫だ、と。こういう話はよくあることなんです。いわゆるまだらボケという症状で、確実に痴呆《ちほう》は始まっているんですが、一日中ボケているわけではない。特に自分のテリトリーである自宅などではしっかりしているように見えます。それは何度もご説明させていただいたんですが、理解していただけなくて。それに、いくらおばあさんご本人が大丈夫だと言ってもその、あの状況で老人を一人で放置しておくのはもう虐待《ぎゃくたい》と言っても過言ではない状態で」

彼女は話を聞きながら途中で目を閉じて、何もかも諦《あきら》めきったような深い深い溜息《ためいき》をついた。

「……私は、何をすればいいんでしょうか」

「おばあさんを施設へ入所させるようにお父さんを説得していただければ、と……伺いますと、奥様の言うことは聞き入れてもらえないとのことで。それでお嬢さんの連絡先を伺いました」

「分かりました。一番早く入所できるのはいつですか。その日に入所させます」

「有料になりますが、施設が入所をお手伝いするサービスもありますが」

「利用させていただきます」

そして民生委員と彼女は事務的な相談を詰めて、民生委員が帰ってから彼女は母親に電話した。

母親と電話を終えてから、彼女が事情を説明できるまでにたっぷり二時間はかかった。

概要は民生委員が説明した通りである。

「何も起こってないときに普通に付き合ってる分には普通の善良な人たちだよって前に言ったよね」

彼女はそう前置いて話し出した。

うちの家族はね、私以外の皆が皆、現実に向き合う能力のない人たちなの。

困ったことや悪いことが起きても、じっと息を潜めて我慢してたら、無視してたら、いつか何とかなるって思ってて、誰かがなんとか片付けなきゃどうにもならないことをいつまでもいつまでも先送りにする人たちなの。父は強がってるけどその筆頭で、王様なの。たとえば母が「これはさすがに何とかしなきゃまずいでしょう?」って言っても怒鳴りつけて黙らせる人なの。

父には何を言っても無駄なの。だから家族は昔から父には何も言えなかったし、今更もう何も言わない。そのくせ父は、引っ張って引っ張ってこじれきってから「どうにかしろ」って家族の誰かに問題をなすりつけるのよ。

そして、そういうとき現実を処理できるのは私だけだったの。誰も自分からは動こうとしない、結局私が後始末をするの。母だって今回、民生委員に教えたのは兄や姉じゃなくて、私の連絡先だったでしょう? 兄や姉じゃ何もできない——してくれないって分かってるからよ。

このままじゃいつかこの人たちに使い潰《つぶ》されると思って、私は逃げたの。逃げて一人で暮らすことにしたの。

さっき母に訊《き》いたけど、入所金も月々の費用も、祖母の貯金と年金で充分賄《まかな》えるのよ。それが分かっていても動かないの。誰もよ。まだらボケの老人の「意志」を尊重してると言い張って、結局虐待に近いようなことにしてる。近所の人にも迷惑かけてるのに、すぐに動けない言い訳はぐずぐずたくさん言って、今回も困ったことが通り過ぎるのを待ってる。

祖母を施設に入れない限り、問題を解決できるのは祖母が死ぬことだけなのに。結局私が動かなかったら、祖母が人様に迷惑かけながら死ぬのを黙って待ってるだけなのよ。それまでごまかしてやり過ごすことすら母に押しつけて。

「ごめん、手伝ってくれる？」

「当たり前だろ」

この問題が片付かない限り、彼女は今唯一《ゆいいつ》すがれる生き甲斐《がい》——敢《あ》えて仕事とはもう言うまい、生き甲斐である小説を書くことさえもできないのだ。

民生委員と母親の話によると、彼女の祖母はもう三年近く風呂《ふろ》に入っていないという。一人ではもはや風呂に入れず、かといって家族が風呂に入れようとすると「殺される」「助けて」などと近所中に響き渡るような声で叫びだして、手がつけられなくなるほど暴れるからだ。

彼女が介護の入浴サービスを頼めと何度もアドバイスし、実際に介護サービスの連絡先や料金も調べて教えていたらしいが、困ったことには目をつぶってやり過ごす人々である彼女の家族は、誰も彼女のアドバイスを聞いて動こうとはしなかったという。

その日を目前に控えて、彼女は彼に買い物を頼んだ。もう彼女は通院以外での外出はできなくなっており、買い物などは休みの日に彼が引き受けるようにしていた。

「安いジャージとスニーカーをあなたと私の二人分。それから安いタオルを何枚かと、まとめ売りの軍手と雑巾《ぞうきん》」

全部その日を終えたら捨てることになると思う、と彼女は付け加えた。

そして実際、彼女の祖母の家の惨状は凄《すさ》まじかった。


平屋だが立派な庭のある広い家だったのだろう。

今は廃屋と言って差し支えなかった。あるいはテレビのニュースで見かけるゴミ屋敷。よく今まで地元ローカル局の槍玉《やりだま》に上がらなかったものだ。

施設が迎えに来るまでに、この中に籠《こ》もっている祖母を外に引っ張り出さなくては。

家の外にまで既にかすかな異臭が——運営を放棄されて放置されている動物園のような異臭がした。

想像以上に大変なものを見ることになる、とその臭気が予告する。

タオルを首や口元に巻いて、軍手を着けていた彼と彼女に、近くで様子を窺《うかが》っていたらしい婦人が話しかけてきた。

「あのー、ここのおばあちゃん、どうかなさるの？」

「今日、施設に入れます。長らくご迷惑をおかけしてすみませんでした」

彼女が頭を下げると、婦人は重ねた。

「早く終わらせてくださいね。ご家族の方、おばあちゃんに会いに来るとき換気で窓を開け放すでしょう。正直ね、臭くてたまらないのよね……失礼ですけど。奥さんは数日おきにお世話に来られるんだけど、そしたら近所はみんな窓を閉めるのよ、ご存じ？ 奥さんは謝ってくださるけど、謝ってくださったところで……ねえ？ 直接のお身内は旦那《だんな》さんでしょうに……」

我関せずとばかり道端で煙草《たばこ》をふかしている父親を、婦人は軽蔑《けいべつ》の眼差《まなざ》しでちらりと睨《にら》んだ。

「あの状態の老人をよくもここまで放置してきたものだと……私たちも民生委員さんに訴えていたんですけどね」

「すみません」

彼女の落ち度ではないのに彼女が頭を下げる。

「今日、何とかしますから。今日は何とかこらえてやってください」

彼も一緒に頭を下げた。彼女が頭を下げるなら、それが理不尽なことであっても彼女と分け合うのが彼の義務だ。

それで彼女の負担がどの程度マシになるか分からないが、少なくとも彼女を一人にはしない。

門を開け、父親が荒れ果てた庭に入った。

彼と彼女が続くと母親が後ろから声をかけた。

「足元気をつけて」

制止は一歩遅く、彼の靴の裏がぬるりと滑った。鼻を突く異臭。人糞《じんぷん》だ。ぞっとした。身内であってもその排泄物に触れることには躊躇《ちゅうちょ》する人は多いのに、彼女の祖母と彼とは血が繋《つな》がっていない。

「お母さん！ そんな注意があるなら早く言って！ 彼わざわざ手伝いに来てくれてるのに！」

彼女の声も尖《とが》っている。彼女の母は善良には違いないが（兄や姉に至っては手伝いにすら来ていない）、気が利《き》くタイプではなかった。

「ごめんね、おばあちゃんもうだいぶ前からおトイレも使わなくなっちゃってて、庭でしちゃうのよ。くみ取りの和式が恐《こわ》いのかと思って洋式の便座を被《かぶ》せたんだけど、それでも使ってくれなくて」

彼は黙って靴の裏を土の上でこすった。彼女には彼を巻き込んだという引け目がある。それに耐えてこの状況の指揮を取る。

叶《かな》うものなら、彼女から指揮権を取り上げて全《すべ》て彼が仕切りたい。そのほうがずっと早く終わる。だが、それをしたら彼女と実家の間に決定的な溝ができることも確実で、彼女もさすがにそこまではと躊躇して自分が仕切ることを選んだ。

「お母さんは庭でおばあちゃんの粗相したものを片付けて。臭《にお》いがご近所の迷惑になるから」

母親は庭に置いてあった掃除道具で、汚物を拾いはじめた。慣れた様子だった。世話で訪ねてくるときも庭の始末から始めるのだろう。

そしてさっさと玄関先へ逃げた父親は、きっとそんなことを手伝ったこともない。

父親が玄関を開けると――彼女は慄《おのの》いたように一歩退《ひ》き、彼にもたれかかった。彼は彼女を支えるために退《しりぞ》かなかった。

そこはもはや、人間の住むところではなかった。獣の巣。――いや、それ以下だった。獣だって自分の巣はもっと清潔に保つに違いない。

浮浪者がみっちりと集っているガード下と同じ臭いが家の奥から襲いかかってきた。タオルで顔にマスクをしていてもそれを貫いて届く臭い。

あちこちにゴミ袋が散乱し、ある程度分別しようとした努力の跡はある。通いで世話をしている母親がゴミ出しなどはできる限りしたのだろう。

しかし、部屋の至るところに総菜の食べカスや、すり切れるまで着続けたのであろう下着が散乱し――

こんな状態は人が住んでいるなどとは言わない。こんな状態にゆるやかに落ちていくまで彼女の父親は祖母を――自分の母親を放置したのか。

まだらボケの老人の「意見を尊重」して。彼女がどれだけ父親に失望し幻滅したか、言葉も交わさずに分かった。

彼女が当然のように土足で家に上がろうとすると、父親が渋い顔をした。

「靴くらいは脱がんか、ばあさんの家に上がるのに」

「ふざけんな」

彼女は低い声でそう言って父親を睨んだ。

「こんな家が家なんて呼べるか。ここは、あんたが無責任におばあちゃんを放し飼いにし続けた単なる檻《おり》だ。彼は庭先で出会い頭におばあちゃんのウンチを踏まされたのよ。家の中にだって何が転がってるか知れたもんじゃない。掃除だってどれだけしてないの。どこもかしこもダニだらけよ。あんたが小綺麗《こぎれい》だったおばあちゃんの家をこんなふうにしたのよ。そんなところに靴脱いで上がれって言うの？　あたしたちは今日の服も靴も下着も靴下も、全部捨てる気で来てるの。それだけひどい状態だって、民生委員さんに教えられたから」

彼女はそうまくし立てて土足で框《かまち》に上がり、彼にも「いいから」と上がらせた。

奥の間に進むとともに、動物臭が強くなった。

そして――奥の間に敷きっぱなしで煎餅《せんべい》になった布団《ふとん》の上に、背中の湾曲した老婆《ろうば》が正座していた。その老婆が動物臭の中心だった。

老婆はぼんやりと彼女を見上げ、彼女はむせるような動物臭の中でタオルを取ったが、彼女は諦めたようにまたタオルを巻いた。見るに耐えない――とはきっとこういう状態だ。すり切れてあちこち穴が開き、まだ分解していないのが不思議なほどの着衣。動物臭は本物の動物園よりもひどく、臭いもまとわりついている。そして、人間が三年風呂に入らないということはこういうことかと思い知る――

奇妙な形の帽子を被っている、と思ったら違った。頭皮が何層にも重なって剝《む》けた、帽子状のフケだった。髪がクッションになり、その巨大なフケが砕けずに形を保っているのだ。

顔も肌も全体が垢《あか》じみて、――これに触れるのかと思うと鳥肌が立った。

ごめん。彼女が低く呟《つぶや》いた。

「あたしも触りたくない。あなたはもっとだよね。でも父は絶対手伝わない。ごめん」

部屋も凄《すさ》まじかった。布団の周りに散乱しているレジ袋の中身は、全て着替えた下着か、あるいは食べ散らかした総菜のパックだった。彼女の母親が作って持ってきたものだろう。起きてゴミ箱まで行くのが面倒なので、寝たまま出来るだけ遠くへ放り投げるらしい。いつもなら彼女の母親がそれを片付けて、せめて布団の周りだけ少し掃除して帰るのだろう。

家全体には到底手が回らない。むしろ取り壊して更地にしたほうが手っ取り早いほどの惨状だ。自宅の家事をしつつ定期的に通っていたという母親は、困ったことを黙ってやり過ごす人々である実家の中では努力していたほうだろう。

そして施設からの迎えが来た。

彼女が言った通り、父親は手伝おうとはしなかった。

「殺されるぅぅぅ――――！　誰か助けてぇ――――！」

喉《のど》も裂けよとばかりに叫び、暴れまくる祖母を押さえつけ、触りたくないなどと最初に思っていたことはすっかり忘れた。骨が脆《もろ》くなっている老人が力の限り暴れるのを、若いこちらが全力で押さえつけたら大怪我《おおけが》をさせてしまう。

だからといって手加減すれば押さえ込めず、力加減が難しい。暴れる祖母を玄関まで運び出したのは彼と彼女だった。玄関からは彼女の母も手伝い「おばあちゃん、大丈夫だから、大丈夫だから」と声をかける。

だが、施設の係員に引き渡すと嘘《うそ》のように大人しくなった。

よろしくお願いしますと頭を下げて（さすがにそのときは父親もいた）、施設の車が走り去ってから父親が吐き捨てた。

「あんなに嫌がってるものを無理矢理に……家には土足で上がるし、お前たちには情というものがないのか」

さすがに母親が「お父さん！」と父親の袖《そで》を強く引いたが、彼のほうが限界だった。

この父親の暴言に彼女をさらしておくことが。

「お言葉ですが、こんな家にあんなお年寄をたった一人今まで放置していたことが虐待《ぎゃくたい》ですよ。彼女はあなたの虐待からおばあさんを救い出したんです。民生委員さんだってあなたが頼りにならないから彼女を頼りに来た。僕らは感謝されこそすれ、そんな暴言を受ける謂《いわ》れはありません」

「大体、送迎サービスなんて余計な金がかかることを勝手に決めて。誰が払うと思ってるんだ。ばあさんがいつまで生きるか分からんのに、俺に一言の相談もなく勝手に無駄遣いを決めて」

彼女が無言で二人の車にとって返した。助手席から鷲摑《わしづか》みにして戻ってきたのは彼女の財布だ。

そして彼女は札入れに入っていた札をすべて摑み出し、父親の顔に投げつけた。

「それで足りなきゃ請求書でも寄越せば!?」

父親の顔が呆気《あっけ》に取られてから憤怒《ふんぬ》に染まった。

「お前、親に向かって何様のつもりだ！」

「無駄遣いって言ったわね！　無駄遣いって！　あんたがちゃんと手伝ってたら、手は充分足りてたのよ！　本音が透けて見えてんのよ、この期《ご》に及んで汚いおばあちゃんに触りたくなかったんでしょ！　嫌がってるのにかわいそうだっておためごかしで、結局おばあちゃんはどうなった⁉　この家はどうなった⁉　昔は仲良くしてくれてた近所の人にも白い目で見られて、この家の窓を開けたら臭うから早く閉めてくれって頼まれるほどになってんのよ！　そうしたのはあんたよ！　他人の彼があたしでも触りたくない状態になってるおばあちゃんを抱えて運んだのに、あんたは見てるだけだった！　玄関開けた以外何にもしなかった！　そんで、たかだか数万の送迎費が惜しいならあたしがくれてやるわよ！　親子の縁ならあたしから切ってやる！」

「ちょっと文章で稼げるようになったからって親の顔を金で叩くようなことしやがって、お前の書くものなんか、」

その先は言わせるものか。

彼はとっさに父親の胸倉を摑み上げた。さすがに父親が息を飲む。

「あんたの娘かもしれない。ですが俺の妻です。——俺の妻を侮辱するなら殴ります。たかが数万、おばあちゃんを安全に送迎するためのお金を惜しんで難癖をつけるあなたは尊敬できる義父《ちち》ではありませんから、容赦はしません」

そして、彼は父親の胸倉を強く突き放した。父親は周囲に散らばった札の上に尻餅《しりもち》を突いた。

「帰ろう」

有川 浩
Hiro Arikawa

彼は彼女の肩を抱いて車に戻った。彼女の顔色は真っ白で、まるで夏服で真冬の雪原に放り出されたようにがくがく震えていた。

彼女が心を病んでいることを実家の家族は知っている筈《はず》なのに。母親はおろおろするばかりで彼女を庇《かば》ってはくれなかった。兄も姉も彼女に押しつけて知らん振りで、父親に至っては。

何も起こってないときに普通に付き合ってる分には普通の善良な人たち。

そんな家族なら要らない。彼女のためにそんな家族は要らない。

「君には俺がいるよ。実家とはもう付き合いを絶とう」

車が走り出しても彼女の震えは止まらなかった。

そして家に帰ってきて、最初の兆候は起こった。

見慣れた新婚向けの２ＤＫ、決して広くないその間取り。帰ってきてほっとした。

「先にシャワー浴びろよ、俺も着替えて脱いだもん捨てるし」

ゴミ袋を取りに台所へ向かった彼の背中に、心許《こころもと》ない声がかかった。

「お風呂場《ふろば》って、どこ……？」

背中に氷を詰め込まれたように背筋が冷えた。

玄関に飛び出すと、彼女は玄関に上がったところでやはりがくがく震えていて、——

目の焦点はどこか遠くに合っている。

「わか、わかんない、ドア、ドアがいっぱい、ありすぎて、部屋がいっぱい、」

「おい!」

この家のドアなんて玄関まで含めたって四枚しかない。そして襖《ふすま》が四領だ。部屋なら2DKにトイレと風呂。

彼が支えるより先に彼女は棒のように廊下に倒れた。ゴトンと頭から落ちた音がした。

あぁ……

彼女の唇から音階の外れた声が漏れ、そしてそれは始まった。

「あはは!」

まったく抑揚のない一本調子の、しかし強く高い笑い声。

そして彼女は水揚げされた魚のように激しく全身を痙攣《けいれん》させはじめた。跳ねる手足が狭い廊下のあちこちを打つ。

有川 浩
Hiro Arikawa

「しっかりしてくれよ、おい！」

無意識にあちこちが病的に跳ねる体は、彼女の祖母より押さえ込むことが難しかった。抱き上げても予期せぬ痙攣で取り落としそうになる。

ようやく彼女をベッドに転がし込んで、その間彼女はずっと笑っていた。どこで息を継いでいるのか分からない、もう笑いではないのかもしれない。ただもう絶え絶えの息になって横っ腹がビクビク波打っている。

そして彼は生まれて初めて、救急車を呼ぶことを一切の躊躇《ちゅうちょ》なく決めた。


日曜日の夕方、彼女は一時間近くも病院をたらい回しにされた。

その理由は後に詳しい友人が教えてくれたが、精神科や心療内科に通っている患者は、それだけで受け入れを拒否されるのだという。

たとえ倒れた原因が脳卒中や心臓発作かもしれなくても、精神病による通院歴があるだけで「精神病で急を要する症状は出ないので受け入れできない」と一まとめに弾《はじ》く。

彼はそんなことは知らなかったので、一一九番のオペレーターの指示のまま彼女の現在の通院状況と病歴や投薬内容を告げた。

救急隊員は途中で機転を利《き》かせてくれ、彼女に関する説明を切り替えた。

現在の症状はてんかんに見える、と。

そしてようやく内科のある病院に搬送を許された。

その頃にはもう彼女は気を失っていて、病院での処置は点滴だけだった。

彼女の状態さえも聞いてはもらえず遮《さえぎ》られた。

それは明日にでも行きつけの病院で担当医師にお話しください。点滴が終わり次第、お帰りになって結構です。

淡々とした医師の、看護師の口調が不愉快だった。

あんたたちは、彼女がどんな状態だったか見ていないから。

たった2DKの部屋の間取りを彼女は忘れたんだぞ、たった一日で。どのドアが風呂でどのドアがトイレかさえ分からずに。

気が狂ったのかと思ったほど唐突に垂れ流された笑い声——呼びかけても反応は全くなく、ただ体だけが激しく跳ねて。

彼は点滴の針が刺さっていない彼女の腕を取り、ジャージの袖をまくった。既に腕中に紫色の痣《あざ》が飛び散っていた。きっと胴も足も、固いところにぶつけた部分は体中。

やがて点滴が切れて、病院を追い出された。目覚めない彼女を負ぶって病院を出た。

タクシーを摑まえて、自宅まで夜間料金で二万円。

帰り着いてから彼女をベッドに寝かせ、服も下着も全部脱がせた。体を拭《ふ》いて着替えさせる。

昼間、あの惨状を片付けて暴言を食らい、帰宅して彼女自身もこの惨状に陥った。もう昼間の作業で身につけていたもの、使っていたもののすべてが彼には穢《けが》れとしか思えなかった。清めの儀式のように彼女を世話し、それから彼も着ていたものをすべてゴミに分別してシャワーを浴びた。

＊

――そして、話は冒頭に戻る。

てんかんのような症状はその後もたびたび彼女を訪れるようになった。彼が帰宅して、彼女の姿が見当たらなかったら大抵部屋のどこかに力尽きたように倒れている。

彼女の通う病院で紹介状をもらって何度も検査をし、結局原因は分からなかった。

薬の組み合わせの問題かもしれないし、ストレスかもしれないし、体質かもしれないし、それらが融合して引き起こされたものかもしれない。

とにかく彼女は、思考した分だけ生命力を削られるという奇病に冒されたのだ。

致死性脳劣化症候群と名付けられたその病に。

おそらくは、彼女が死に至ればその病名を必要とする者が誰もいなくなる孤独な病に。

そしてその病気にとって、彼女の作家という仕事は最も不適切な職業だった。

彼女は物語を考える。考える。考える。——そしておそらく力尽きて倒れているのだ。まるで携帯の電池が切れるように。

そして、いつか揺り起こしても目覚めなくなる。

作家を辞めるか。続けるか。それを決めるまでは、少なくとも安静な生活をしようと約束した。それが可能かどうかは分からないが、彼女は極力物事を深く考えないようにして、家事をルーチンワークとしてこなし、一見普通の主婦のように生活した。深く思考に没入しない助けとして薬も処方され、それも欠かさず飲んでいた。

言っても仕方がない。そんなことは分かっていながら言わずにはいられなかった。

「ごめん。俺があんなこと勧めなかったら」

小説、応募してみれば。

「ううん」

彼女は鎮静剤のせいか常におっとりと笑うようになっていた。

「作家になれて嬉《うれ》しかった。あたしの作品が好きだって言ってくれる人はこんなにいたんだって、すごく嬉しかった。あたしは飛べないと思ってたのに、飛べるよって教えてくれたのはあなたなの。それに、作家になったことは病気に関係ないかもしれないよ」

そんなことはない。そんなことはあるはずがない。彼女は作家になったことで喜びが増えたかもしれない。だが重荷も確かに増えたのだ。

こんなことになるなら、彼女の読者は俺だけでよかった。そうしたら彼女は通り魔のような連中に傷つけられることはなかった。

妙な昔の連中や、彼女自身の身内であることで余計に彼女が救われない勝手な言い草を垂れるおっさんどもに。

薬、ストレス、体質。どれが原因か特定はできない。だが恐らくそれらは不可分で、それらを分かちがたく結び上げたのはストレスの可能性が高いと言われた。

それなら、全《すべ》てがよってたかって彼女の思考を殺すのだ。魅力的な物語を紡《つむ》ぎ上げていた彼女の思考を。

「作家辞めたら、子供作ろうか」

彼女はそんなことも言った。

「前から思ってたの。あなたをお父さんって呼べる子は幸せだろうなって」

「そんなこと……」

「あるよ。優しくて、身勝手じゃなくて、困ったことが通り過ぎるのを黙って待ったりしない。あなたがお父さんだったら子供は幸せになれると思う」

決めた、と彼女は呟《つぶや》いた。

作家を辞めることになったら子供作ろうね。

彼にもちろん異存はない。だが——君は？

君は、我慢ができるのか？　職業としての作家を辞めたとしても、小説を書かないという人生を君は選べるのか？

君は書くことそのものを捨てられるのか？

彼女にその命題を突きつけることはできなかった。それは、彼女が決めなくては意味がない。

いや、彼女が気づかなくては意味がないのだ。彼はもう知っている。

それが金になってもならなくても、彼女が書かずにいられない人種だということを。

＊

体調不良ということですべての仕事を断って、三ヶ月ほど経《た》っただろうか。

観《み》ても観なくてもどうでもいいようなテレビ番組を観ながら、彼女の頬をつうっと涙が伝った。

「……ごめん」

ああ。やっと気づいたんだね、君は。

彼女は固まったようにテレビのほうを向いたままで呟いた。

「作家を辞めるかどうか、じゃなかったね。……あたしが書くのを辞められるかどうか、だった」

そうだよ。その通りだ。

「それで、あたしが一番読んでほしいのは、いつでも必ずあなたなの」

それは彼にとってとても誇らしく、同時に痛い。

「作家を辞めたって、一番読ませたい人と暮らしてるのに、お話書くのを辞めるなんてできない」

分かってたよ。

そう答えると、彼女は彼にすがりついて号泣した。

それは、彼女が緩やかにいつ降りてくるか分からない死を受け入れた瞬間だった。

「言っただろ？　最後までそばにいるから」

同じ書くなら仕事は辞めない。彼女はそう宣言した。

彼女は医者と相談して、書く時間の限度を調べた。書きはじめる前にカメラをセットして、倒れるまでの時間を計る。二週間で平均を取り、休憩時間などを抜くと約五時間が限度だった。

その五時間に余裕を持たせ、一日に書いていいのは四時間。タイマーでこまめに残り時間を管理する。気分が乗らない日は無理をして書かない。

そして執筆の緊張を緩和するための薬を処方してもらうことになった。

仕事先にも事情を説明して、仕事の方式も書けたものを順次卸していく形に変更した。小説に集中するためにエッセイやコラムなどは一切の例外なく断る。

その体制でいつまで続くのか。

彼は仕事の合間、自宅の彼女に電話を入れる。午前中と昼休みと午後、それから帰る前だ。

無理はしてないか。——そして、生きているか。出るのが間に合わなかったら、彼女から折り返す。折り返しがなく、彼が家に帰ったことが一度あった。

どうしても欲しいものがあったので買い物に出て、電波が繋《つな》がらないところにいたというオチだった。

何が欲しくてこんな状態で一人で外に出たんだよ。心臓がつぶれるような思いをしただけに彼は彼女を詰《なじ》ってしまったが、買い物の内容は教えてもらえなかった。

仕事を終わらせるときは強い鎮静剤を飲む。眠るときもやはり強い睡眠導入剤を。

彼女の脳は自律性をほとんど失っていて、それはブレーキの壊れた電車のようなものであるらしい。そしてブレーキが薬だ。

もう彼女の脳は薬の力を借りないと止まらないのだ。

彼女の脳は「休息」を求める信号を感知できず、薬で強制的に鎮静させない限り完全に覚醒《かくせい》した状態で彼女を酷使し続ける。

肉体も。

脳自体も。

不眠は以前から訴えていたが、まさかそんなことになっているとは思わなかった。

人間が痛覚を失うことは生存に関わるという。そんな話を小説や何かで彼はたくさん読んでいた。

痛覚はセンサーなのだと。ここが痛いですよと体が本人に教えているのだと。

ここが痛いですよ――ここがやばいですよ。

早く処置をしてくださいよ、と。

もし痛覚がなくなったら致命的な怪我《けが》を負っても気づくことができず、たとえば腸がはみ出ていても目で見ないとその怪我を認識できないのだという。

彼の曾祖父《そうそふ》の話である。癌《がん》の末期でいよいよモルヒネも効かなくなった。痛みで本人も家族も苦しんでいたところへ、医者から提案があった。

脊髄《せきずい》で神経を切断することができる、と。今であれば、いや当時でもおそらく違法の処置だ。

神経を切断するのだから、体の痛みを伝える電気信号は脳へ伝わらない。だが、切断した神経はもう接続できない。そして神経束を切断したら、その後は植物状態になる。

本当に末期で、もう助からない患者への処置だという。

曾祖父はもう危篤《きとく》寸前だった。曾祖父と家族はその処置を選んだ。亡《な》くなるまで数日だった。曾祖父の家族は眠る曾祖父を世話して静かに過ごしたという。

親戚《しんせき》の中には生きているのに植物状態にするなんて、と家族を責める者もいた。だが、いっそ殺してくれと泣き喚《わめ》くほど苦しんでいたという曾祖父に、最後の最後まで痛みを感じてあげけというのか。最後まで意識を保っていてほしいということは、家族が一番願っていた。その家族がその処置を選んだのだ。

痛覚という生きるためのセンサーを失う代わりの安楽を。そしてその安楽と引き替えの植物状態を。家族でない者がどうこう言える問題ではない。

そして「疲労」というセンサーも同じなのだろうか。そのセンサーを失った彼女は、薬で制御しない限り死ぬまで止まらず動き続けるのだろうか。

いつか車輪がレールから外れて転倒するまで。

彼の曾祖父は、末期にモルヒネが効かなくなった。

彼女は一体最後にどうなるのか。

……ああ、ごめんね、ここまでだ。ごめんねこれだけは仕上げたかったけどもう無理
みたい
　おかえりなさい　ごめんなさい
　あなたがすきあなたがすきあなたがすきあな
たがすきあなたがすきあなたがすきあなたがす
きあなたがすきあなたがすきあなたがすきあな
たがすきあなたがすきあなたがすきあなたがす
きあなたがすきあなたがすきあなたがすきあな
たがすきあなたがすきあなたがすきあなたがす
きあなたがすきあなたがすきあなたがすきあな
たがすきあなたがすきあなたがすきあなたがす
きあなたがすきあなたがすきあなたがすきあな
たがすきあなたがすきあなたがすきあなたがす
きあなたがすきあなたがすきあなたがすきあな
たがすきあなたがすき　いままでありがとう　ごめんね　さよなら　幸せになってね
（ＸＸ年四月絶筆）

Story Seller

＊

……そして僕の家には今、正絹《しょうけん》で包んだ白木の箱で眠っている彼女がいる。

まだ納骨する気にはなれなくて、寝室のサイドボードの上にいてもらっている。

葬儀は密葬にして、彼女の身内からは彼女の母親だけに来てもらった。

最後まで書けても書けなくても、その原稿はその担当編集に渡してほしいと言われていた。その人に渡す番だから、と言っていた。最後まで生真面目《きまじめ》で男前な彼女だった。

完成していてもしていなくても、発表するかしないかその担当氏の好きにしてほしいとのことだったので、そのまま伝えた。

担当氏は自社の小説誌に載せた。反響は、いろんな意味で凄《すさ》まじかったそうだ。死者を冒瀆《ぼうとく》する行為だ、と息巻いて怒鳴り込んでくる人もいたらしいが、彼女はきっと歯牙《しが》にもかけないと思う。

あたしが好きにしていいって言ったのに、何で他人のあなたが怒るの？

今日はその担当氏が、彼女の最後の本を届けに来てくれていた。

今まで彼女がその出版社で書いた短編と絶筆原稿を合わせて一冊にしてくれたらしい。

「コラムやエッセイもまとめさせていただきました。他社の分と合わせたらエッセイ集にできるかもしれませんが、実現がお約束できないのでひとまず」

「ありがとうございます。きっと喜ぶでしょう」

「それで印税のほうなんですが……」

そうか、受け取る人がいなくなってしまった。こういう場合はどうなるのだろう。

「ご主人を受取人にすることになっています」

僕はそのとき、よっぽど怪訝《けげん》な顔をしたらしい。

担当氏は窺《うかが》うような口調で言い添えた。

「各社担当、全員その指示——というか、遺言を預かって手続きをしているはずですが。今後の重版分も全部。ご存じありませんでしたか」

ご存じありませんでした。

担当氏とは彼女を偲《しの》ぶ話を少しした。

そして彼は帰り際《ぎわ》に僕に尋ねた。

「最後の『ストーリー・セラー』は——どこまで本当だったんですか？」

誰もが聞きたがった話だ。担当編集者は、不治の病だとしか説明されていない。彼女の手持ちの時間が残り少なかったということだけしか。

「どこまでだったと思います？」

僕は笑った。

僕が墓まで持っていくつもりだと分かったのだろう、担当氏も笑って会釈《えしゃく》した。

担当氏を送り出してから、彼女が生きていた頃の言葉を思い返した。

もし、あたしがいなくなったらあたしのノートパソコン立ち上げてね。

近い将来の「もし」はもう来てしまった。

強いて言えば、それが僕への遺言になる。

今までその遺言は実行できなかった。彼女がいなくなったことをいよいよ認めないといけないようで、今まで触《さわ》れなかった。

だが、彼女が頼んでいったことだ。引っ張るのもそろそろ限界だろう。

僕は彼女がサブマシンとして使っていたノートパソコンに、実に何ヶ月ぶりかで電源を入れた。

立ち上がりが重い。そろそろまたメンテナンスしてやらなきゃな——などと考えて、もうそんな必要もないことに気づいてどっと肩が重くなった。

立ち上がると、デスクトップに分かりやすく新規フォルダが作られていた。

あなたへ。

クリックして開くと、短いテキストが立ち上がった。

『私の箪笥《たんす》の下着の引出しを探してください』

弾《はじ》かれたように立って、彼女の箪笥の下着入れを漁《あさ》った。下着の下から封筒が二通。
完全に盲点だった。洗濯には分担があった。彼女は畳むのが嫌いで僕は干すのが嫌い。
洗い上がった洗濯物の取り込みと片付けは最後まで彼女がやっていた。必然的に、僕が
彼女の引き出し――それも下着の引き出しを開け閉めすることはなかった。
一通は正式な遺言書のようで、彼女の実印で封がしてある。立ち会いの弁護士の連絡
先なども付箋《ふせん》で貼《は》り付けてあった。
もう一通は、洒落《しやれ》た柄のレターセットだ。彼女の趣味で選んだと分かった。
手が震えた。
間違っても中身の便箋を切らないように、カッターで丁寧に丁寧に封を開けた。
もうこの世にはいない彼女からの、最後の言葉がここにある。
開くと見慣れた彼女のくせ字が綴《つづ》られていた。

有川 浩
Hiro Arikawa

『私の大好きな大好きなあなたへ。

最後の手紙になるのでかわいいレターセットにしようと思って、思い切って外に出て、一日中街で探し回りました。気に入ってくれた？

でも、いざとなるとなかなか文章が出てきません。小説ならあんなにすらすら書けるのにね。

共白髪になるまで一緒にいたかったです。

あなたをお父さんと呼べる幸せな子供も生みたかった。

でも、それは無理になってしまったので、私は私のできることでありったけのものをあなたに遺《のこ》します。

私の書いたものはすべてあなたのものです。

私の書いたものに発生するすべての権利はあなたのものです。

今まで書いてきたもの、これから残り時間で書くもの、すべてあなたに捧《ささ》げます。

どうかあなたが受け取って、あなたが幸せになるために遣ってください。

あなたが受け取ってくれることを信じて、私は私の残り時間で、書ける限りの物語を売ります。

けれど、一番初めの読者はあなたです。

私が作家になれたのは今まで読んできた小説の中で一番好きだと言ってくれたあなたがいたからです。

だから、最初の読者はいつまでもあなたです。

あなたがいてくれるから、こんなことになっても最後まで書けます。

あなたのために書く権利をくれてありがとう。

私がいなくなったら幸せになってください。

私は書くことが一番で、結局あなたのためにも書くことを辞められませんでした。

今度はあなたを一番に思ってくれる素敵な誰かを見つけて幸せになってください。

一つだけわがままを言っていいなら、その人が私の本を嫌いな人でなかったらいいな。

最後まで支えてくれてありがとう。

私を幸せにしてくれてありがとう。

どうか元気で。

それでは。

あなただけの作家より』

有川 浩
Hiro Arikawa

誰かが泣いていた。うるせぇなと思って、気づいたら僕が泣いているのだった。

担当氏を笑顔で煙に巻くほど冷静だった僕が身も世もなく号泣していた。

最後まで支えてくれて。——僕は彼女の最後には間に合わなかったのに。

その日、家に帰ると彼女はもう眠るように逝《い》っていた。机でうたた寝をするように。

最後まで入院するのは嫌だと言った。

死ぬならこの部屋で、僕と過ごした数年間が詰まったこの部屋で死ぬと。けれど無理にでも入院させておいたら、今際《いまわ》の際《きわ》には間に合ったんじゃないのか。

それでは。

結びの言葉に「さよなら」と書けなかった彼女が愛《いと》おしくて愛おしくて、
君はずるい、自分のほうだけ言いたいことを全部遺して、僕は改まったことは何一つ言えなかった。

きっと言わなくても伝わっていたけど、もっと口に出しておけばよかったこと。

いつでも言えたのに胸に押し込めていた言葉たち。

どうして何度でも伝えておかなかった。僕は何て弱かったのか。

改まって伝えたら、伝えられなくなる日が来ることに向き合わなくてはならないから、
それが恐《こわ》くて目を逸らした。君はちゃんとその日の準備をしていたのに。

君は最後まで何て男らしかったんだろう。そんなきみがすきだ、

きみがすきだ
いままでありがとう　ごめん　でもさよならはまだいいたくない

きみがぼくをさいしょのどくしゃにしてくれていたことを
いつもほこりにおもってた

有川 浩
Hiro Arikawa

有川浩（ありかわ・ひろ）

二〇〇四年、第十回電撃小説大賞〈大賞〉受賞作『塩の街』でデビュー。『空の中』『海の底』と続く、通称「自衛隊三部作」を次々と発表して注目を浴び、『図書館戦争』は「本の雑誌」の二〇〇六年上半期ベスト1に選ばれた。『図書館内乱』『図書館危機』『図書館革命』と続いて完結した「図書館戦争」シリーズは、その独自の世界観と恋愛要素で絶大な人気を誇り、アニメ化もされた。

著作リスト（刊行順）

『塩の街』（アスキー・メディアワークス）
『空の中』（アスキー・メディアワークス）
『海の底』（アスキー・メディアワークス）
『図書館戦争』（アスキー・メディアワークス）
『図書館内乱』（アスキー・メディアワークス）
『レインツリーの国』（新潮社）
『クジラの彼』（角川書店）
『図書館危機』（アスキー・メディアワークス）
『図書館革命』（アスキー・メディアワークス）
『阪急電車』（幻冬舎）
『別冊図書館戦争Ⅰ』（アスキー・メディアワークス）
『ラブコメ今昔』（角川書店）
『別冊図書館戦争Ⅱ』（アスキー・メディアワークス）

有川 浩
Hiro Arikawa

玉野五十鈴の誉れ

米澤穂信

Honobu Yonezawa

1

わたしの弱さは結局生まれつきのものだったのだと、いまになって思う。

最後の時まで、わたしは抗《あらが》うということをしなかった。何もしないのが正しいのだ、従うのがいちばん良いのだと、わたしは自分の前に百の理由を並べ立てた。

彼女は……、玉野五十鈴《たまのいすず》は、そんなわたしを助けたかったのだろうか。

五十鈴の誉れとは、何だったのだろう。

わたしは、小栗《おぐり》家のただ一人の子だった。親族の誰もが、今度こそ男の子を望んだのだという。しかしわたしは女に生まれてしまった。

同じようにただ一人の女として生まれ婿《むこ》を取った母は、わたしに接するに愛ではなく、おそらくは同情をもってした。同じ境遇を味わわねばならないわたしを、母ははじめから、憐《あわ》れんでいたように思う。

無言の力が、母に第二子を産むことを迫っている。次こそ、次こそ男子をと。母がかろうじてそれに耐えていられるのは、お祖母《ばあ》さまがその責めに加担しないからだ。跡継ぎのことについてだけは、お祖母さまも母を責めない。お祖母さまは母のほかに、男ばかり三人を産んだ。戦争と病気と事故で、それぞれ死んでしまったと聞いている。どうやらお祖母さまは、結果として小栗家に男子を残せなかったことを、ご自分の罪と思っているらしい。だから、男を産まないことについては、お祖母さまも母を責めない。

しかしその他のことについては、お祖母さまには容赦がなかった。わたしが生まれる前に亡《な》くなったお祖父《じい》さま、その威光を一身に受け継いで、お祖母さまは小栗家の王として振る舞った。

小栗家は、駿河《するが》灘《なだ》に面した、高大寺《こうだいじ》という土地に根づいた一族だ。わたしの部屋からは、高大寺の街と海とを眺め下ろすことができる。古いということでは、小栗家は高大寺でも群を抜いている。かつてはそれこそ王のように君臨し、高貴な客を一度ならず招いたこともあったという。お祖母さまの手配りにより、わたしが人の噂話《うわさばなし》を耳にする機会は、ほとんどない。それでも、小栗の家がかつてに比べれば下り坂だということは聞こえてくる。いまでも小栗家は種々の宝を有し、有り余る土地からの賃料で山海の珍味を思うさま並べることができる。いまを凌《しの》ぐ往時とは、どれほどのものだったのだろう、と思う。

その往時を知るからこそお祖母さまは、あれほどに苛烈《かれつ》なのかもしれない。

家の中でも黒い着物をぴしりと着こなし、確かに美しい所作でもって、お祖母さまは小栗の家を見まわる。家を出ることはほとんどない。わたしに向けては、よくこんなことをおっしゃった。

「純香《すみか》。お前の母がこのまま男子を産まなければ、この小栗の家を守るのはお前です。『鵠《こく》は日に浴せずして白し』という。生まれつきの本性は変えられぬということです。お前には詠雪《えいせつ》の才があります。身を慎み良く学び、必ずや、小栗の家を再興しなさい」

わたしは実際、学ぶことは嫌いではなかった。典籍《てんせき》を繙《ひもと》くことは興奮に満ちていたし、数字の世界の神秘にも魅せられた。しかしなにより、学校というところは楽しかった。同い年の、気の置けない友と交わることができるのだから。

しかし、お祖母さまはいかにしても、わたしの交友を認めてくれることはなかった。わたしは友を家に招くことはなかったけれど、お祖母さまはいつも全《すべ》てを知っていて、こう言うのだった。

「『直《なお》きを友とし、諒《まこと》を友とし、多聞《たぶん》を友とするは益なり』。それなのに、あの者にはそのどれもが欠けています。『其《そ》の子を知らざれば、其の友を視《み》よ』という言葉を、知らぬお前ではないでしょう。あのような者との交わりは、以後、禁じます」

そして、小栗家の権勢を存分に振るって、お祖母さまはわたしの友を遠ざけた。何度繰り返しても同じこと。最も親しかった子は、高大寺の地を離れることにすらなった。

そうしてわたしは孤高になった。そうなりたいわけではなかったのに。

物心ついて、わたしは母のことを知る。母はまるで、魂を抜かれた人形のようだ。瞳《ひとみ》に光がなく振る舞いに覇気がなく、ただ唯々諾々《いいだくだく》と従うだけ。お祖母さまが好きな引用を真似《まね》れば、婦人に三従の義有りて専用の道無し、ということになる。嫁《か》しては夫に従い、というところだが、母は父に従っているのではない。母を従わせその魂を抜いてしまったのはお祖母さまだ。

わたしもまた、強くはない。離れてしまった友を思い、あたたかく抱きしめてくれる母を思い、時に枕《まくら》を濡《ぬ》らす弱い女子に過ぎない。それではわたしも、いずれ魂を抜かれてしまうのだろうか。

いつからかわたしは、その怯《おび》えを抱いて生きるようになった。

あれは、わたしが十五になった日のことだった。

座敷は親類で埋められ、小栗家の土地を借りている人々からは祝いの品が山と届けられた。親類たちの美辞麗句にわたしは胸を悪くした。贈り物は何一つ、取るに足るものはなかった。掛け軸も時計もカステラも、小栗家にあるものから格落ちすること甚だしい。いくらかは使用人に与えられたのだろうけれど、残りは屋敷の裏の焼却炉で、灰にされることになる。

息の詰まるような祝いの席が終わり、部屋に下がろうとしたわたしを、お祖母さまが引き止めた。

「待ちなさい、純香。あなたに与えるものがあります」

わたしはお祖母さまから、多くの贈り物を受けていた。あるいは文房四宝《ぶんぼうしほう》であったり、あるいは稀覯書《きこうしょ》であったりした。わたしはそれらを喜ばないわけではなかったが、お祖母さまがそれを通じてわたしに求めているもののことを思うと、暗然としたものだった。だがわたしには、ただ一つの言葉しか許されていない。

「はい。ありがとうございます、お祖母さま」

しかし、お祖母さまが手を鳴らし襖《ふすま》が開かれると、わたしははっとした。そこには物ではなく、人の姿があったからだ。女の子だった。正座をしてかしこまり、額を畳につけんばかりに深々と、頭を下げている。小栗家には何人かの使用人がいる。けれど、これほどにへりくだられたことはない。お祖母さまが告げる。

「あなたも、そろそろ人を使うことを覚えた方がいいでしょう。この子をあなたにつけます」

そして女の子に命じて、

「さあ、挨拶《あいさつ》をなさい」

女の子は小さく「はい」と答えると、顔を上げた。きりりとした眉《まゆ》に、引き結ばれたくちびる。年のころはわたしと同じぐらいと見えた。あ、綺麗《きれい》な子、とわたしは思った。

「玉野五十鈴と申します。今日から、ご当家にお仕えすることになりました。何卒《なにとぞ》、よろしくお願いいたします」

その声は柔らかく、丁寧でありながら媚《こ》びた感じはしなかった。あがるふうもなく、虚勢を張るわけでもなく、つつましくも堂々としていた。このときわたしは既に、この子とは小栗家の座敷ではなく、どこかの路傍で会えたならよかったのにと、そう惜しむ気持ちを持っていたと思う。そうであったら友達になれたのに、と。

「五十鈴は身元の確かな子で、諸芸もひととおりわきまえています。あなたが連れ歩いても、恥をかかせるようなことはないでしょう。住み込みで部屋を与えましたから、いつでも、用を言いつけなさい」

およそお祖母さまが、外の人間を褒めることはない。使用人を良く言うことなど、考えられもしなかった。しかしお祖母さまは、五十鈴を認めている。この子とならいっしょにいてもいいんだ。そう思い、わたしは知らず、頰を緩めた。

しかしお祖母さまは、そんなわたしをじろりと睨《ね》めつける。

「純香。古来より使用人は、『之《これ》を近づくれば則《すなわ》ち不遜なり、之を遠ざくれば則ち怨《うら》む』といいます。思い上がらせるようなことがないよう、気をつけなさい」

本人がかしずいているのに、満座の中で言う。わたしは思わず五十鈴の顔を見やったが、彼女は色をなすこともなく、ただ静かに座っている。その内心をわずかでも読み取ることは、わたしにはできなかった。

親類たちの間から、「さすが良い贈り物」とか、「そうですな、純香君もそろそろ」とか、お追従《ついしょう》の言葉が上がる。お祖母さまがそんな言葉を聞くかどうか、彼らも知らないわけではないだろうに。

一方わたしは、戸惑いを隠せないでいた。わたしはこの子を、どうすればいいのだろう。どうすれば、お祖母さまの思惑にかなうのだろう。考えあぐね、お祖母さまに返事をすることも忘れたわたしに、助けの言葉が差し出された。母だった。

母は疲れと恐れの滲《にじ》んだ声で、しかし優しく、こう言ったのだ。

「良かったわね、純香。でも、あまり意地悪をしてはいけませんよ。『己の欲せざる所は人に施す勿《な》かれ』とも、言いますからね」

「香子《きょうこ》、お前は余計な口出しをするな」

もちろん間髪を容《い》れず、お祖母さまの叱声《しっせい》が飛ぶ。わたしはいつものように身を硬くして、それをやり過ごした。

五十鈴の立ち居振る舞いには無駄がなく、見ていて美しいほどだった。茶道か華道か、そうしたものを習っていたのだろう。

座敷を後にしたわたしの後を、五十鈴はついてきた。わたし付きの召使いということだけれど、会ったその日に、自分の部屋に入れる気にはなれなかった。

わたしの部屋は離れにあって、母屋《おもや》と離れを繋《つな》ぐのは一本の廊下。その廊下の手前で、わたしは歩みを止めた。部屋は有り余っている。適当な部屋の障子を開け、わたしは五十鈴に座るように言った。

月明かりが部屋を照らしていた。五十鈴の顔を見られるぐらいに夜は明るく、それなら明かりはいらないと思った。滅多に使わない部屋なので、座布団《ざぶとん》もどこにあるかわからない。わたしと五十鈴は青い畳に正座して、向かい合った。

「改めて」

と、わたしは切り出した。

「はじめまして、玉野五十鈴さん。わたしが、小栗純香です」

わたしはむりやり、笑みを作った。しかし五十鈴は、眉一つ動かさない仮面のような顔のまま。三つ指をつくと、深々と頭を下げる。

「玉野五十鈴でございます。どうぞ、よろしくお願いいたします」

物腰は丁寧で申し分ない。

しかしわたしは、拒まれている、と感じた。五十鈴は礼儀正しいのではなく、心を開かずかたくなになっている。生来あまり人付き合いということをしてこなかったわたしにも、それぐらいのことはわかった。わたしは驚き、微《かす》かに不快を感じ、大いに戸惑った。……だがどこかで、わたしは五十鈴の拒絶に、嬉《うれ》しいような思いも覚えていたと思う。

物心つく前の無邪気な時期はいざ知らず、長ずるにしたがって、周りの人間のわたしへの接し方は決まりきったものになっていた。敬して遠ざけられるか、媚び諂《へつら》われるか。わたしはいつもそれで、身の置き所がなくなってしまうのだ。

五十鈴は、それらとは違った。彼女のそっけなさは、もっと、人間的なものであるような気がしたのだ。

気づくとわたしは、知らない間に、指をもぞもぞと動かしていた。はしたないことだ。きゅっと自分の手を握りしめる。

「あの」

つい、言葉が濁ってしまう。

「五十鈴さんは、おいくつかしら。わたし、今日から十五なの」

言ってから、五十鈴は当然知っているだろうと気がついた。何しろ誕生日を期してわたしに紹介されたのだから。もちろん五十鈴は、知っていますなどとは言わなかった。

ただ短く、

「十五になります」

とだけ答えた。

五十鈴は友達ではないのだと、わかってはいた。お祖母さまはそれを許しはしないだろう。ただそれでも、同い年の子がそばにいるようになったことを、わたしはひそかに喜んだ。ただお祖母さまは、「人を使うことを覚えよ」とおっしゃった。それは、わたしになにをせよとの命令なのだろう。そんな思いが、口をついて出てしまう。

「五十鈴さんは……。ここで、何をしてくれるの」

すると五十鈴は、再び指を畳についた。

「お嬢さまがお望みになることを」

透き通り、抑えられた声。わたしは、とん、と胸を衝《つ》かれたような気がした。目の前の同い年の女の子に、心の奥底を見抜かれたようで。

望みのままに。お祖母さまの望みはわかりきっている。わたしが、この小栗家を継ぐに相応《ふさわ》しい者として成長すること。……では、わたしは。わたしは、気丈らしい目を立場のゆえにじっと伏せているこの子に、何をしてもらいたいのだろうか。

月の冴《さ》えた晩だった、という憶《おぼ》えがある。中庭に植えた松の、ぐねりと歪《ゆが》んだ姿が、黒々と障子に映し出されていた。欄間《らんま》から吹き入る涼しい風が、首筋をなでた。わたしは自分の心がわからなくなった。

あまりに長く黙っていたので、さすがに訝《いぶか》しく思ったのだろう。五十鈴はおもむろに顔を上げた。その黒目がちの瞳が真正面からわたしを捉《とら》えると、わたしはもう、何かを言える気がしなくなってしまった。不思議そうにしている五十鈴が、「どうしましたか、遠慮などせず、思いのままを言えばいいのに」と責めてきている気がして、わたしは頬に血が昇るのを感じた。

苦しく、そして恥ずかしいようなひとときだった。

それを破ったのは、僅《わず》かな足音と障子に映った影。そして、不意にかけられた言葉。

「純香。そこにいるのか」

障子を開けたのは父だった。痛々しいまでに瘦《や》せた姿で、月を背にしている。

これまで完璧《かんぺき》な振る舞いをしていた五十鈴が、須臾《しゅゆ》の間ためらうのを、わたしは見た。入ってきたのが誰なのか、わからなかったのだ。無理もないことだ。先程の座敷にも、親類たちに紛れて、父は座っていた。しかし、お祖母さまは入り婿《むこ》である父のことを、まるで気にもかけないのだ。小栗家においてお祖母さまが見ないものは、それだけで影が薄くなる。

さすがに、五十鈴はすぐに座礼する。わたしは父を見上げた。

「お父さま」

父は力なく微笑《ほほえ》んでいた。

「どうしたんだ、純香。こんな暗いところで」

そう言って父は明かりをつけた。月明かりは振り払われ、暗がりに慣れたわたしと五十鈴は、同じように目を細くして、手庇《てびさし》を作る。眩《まぶ》しさに耐えながら、わたしは答えた。

「今日から手伝ってもらうんですもの。挨拶をしていたのよ」

「ああ、そうか。それはいいことだ。だけど座布団も敷かず、それでは足が痺《しび》れるだろう」

言いながら、父は五十鈴のそばに屈《かが》みこむ。

「玉野五十鈴君、だったね」

「はい」

父の言葉は、どこか、願いごとをするようだった。

「義母《はは》はああいうひとだから、君も苦労が多いと思う。だがこの家で、本当の意味で純香の味方になってやれるのは君だけだ。どうか純香と、仲良くしてやってくれ」

そして一揖《いちゆう》する。頭を下げられ、五十鈴は少々、慌《あわ》てたようだった。

「顔をお上げください、旦那《だんな》さま。お言いつけは、確かに、肝に銘じましたから」

「そうか。なら」

「はい」

五十鈴はわたしに向かい、姿勢を正した。

「お嬢さまさえ、お許しくださるのでしたら」

わたしは、自分が思いがけず父の言葉に救われたことを知った。先程までの緊張が去って、自然に五十鈴を見ることができた。微笑みさえも浮かんできた。

「もちろんよ、五十鈴さん。仲良くしてくださいね。……それと、お嬢さまというのは、どうかやめてね。寂しくなるの」

五十鈴はほんの少し首をかしげたが、やがて悪戯《いたずら》っぽい光を目に宿し、こう答えたのだった。

「はい。……純香さま」

2

それからの数年、わたしは本当に幸せだった。

中学校を出た後、わたしは上の学校に進んだ。お祖母《ばあ》さまは、どうやら本心では、それを喜んでいなかったらしい。やはりどこかで「女が学問なんて」と考えておられるようだった。小栗家再興のためならば止《や》むを得ずというところだったらしく、五十鈴も一緒に入学させたいとわたしが言い出したときには血相を変えた。

「使用人ごときに教育をつけさせて、いったい何になるというのですか。屠龍《とりよう》の技《ぎ》を学ぶとは、まさにこのことです。余人ならいざ知らず、このわたしの目の黒いうちは、そんなみっともないことは許しません」

それは残念だったけれど、わたしも五十鈴も、実のところお祖母さまが認めてくれるとは思っていなかった。いわば、言ってみただけのこと。そんなことが出来るようになったのも、五十鈴が来てからだ。

こうして、昼間わたしは学校へ通い、五十鈴は屋敷で雑用をすることになった。帰れば五十鈴がいるのだと思うだけで、わたしは孤独ではなくなった。たったそれだけで、わたしは少し、変わったのだと思う。構えずに笑うことが出来るようになったし、級友たちとのお喋《しゃべ》りを、楽しいと思うようにもなった。

しかしなによりも五十鈴だ。五十鈴といるとき、わたしはこれまでの取るに足らない人生では知ることのなかった、安らいだ気持ちになることができたのだ。

五十鈴は利口だった。五十鈴は小栗家に仕える忠実な使用人で、わたしに対しても完全な服従と我《が》を殺した態度をもってした。お祖母さまはそんな五十鈴に満足を覚え、彼女を使いこなすわたしを、褒めることさえあった。

そして二人きりになると五十鈴は膝《ひざ》をつめて、わたしの話を聞いてくれた。学校であったこと。お祖母さまに叱《しか》られたこと。かわいそうな母のこと。五十鈴はわたしの喜びを喜び、悲しみを悲しんでくれた。

それに何より五十鈴は、わたしに新しい世界を見せてくれたのだ。

ある日のこと、離れにあるわたしの部屋で、わたしと五十鈴はそれぞれ本を読んでいた。わたしは文机《ふづくえ》に向かって。五十鈴には書見台を貸したけれど、あの子はそれを使わず、座椅子《ざいす》にかけて気ままに読んでいた。こうしたときはお互いに黙って、ときどき五十鈴が気を利《き》かせて飲み物を用意してくれたりするほかは、風鳴りや虫の音だけが部屋を満たすのが常だった。しかしその日、ほんの思いつきのように、五十鈴が訊《き》いてきた。

「純香さま、何を読んでいるんですか」

わたしは、手の中の本を見せた。五十鈴は、あきれたような敬服したような、その両方のような変な顔をした。

「『荘子』。学校で使うんですか」

「そうね、でも、だから読んでいるわけではないわ。楽しいの」

読みさしの『荘子』を文机に置いて、今度は私が訊く。

「五十鈴は何を読んでいたの」

「小説です。これは」

と言いかけふと口を閉じると、いまはもう見慣れた悪戯っぽい目で、五十鈴は自分の本を差し出した。

「一晩だけ、交換しませんか。きっと楽しいと思います」

それは素敵な提案だったけれど、わたしはためらわざるを得なかった。

「でも……」

言葉を濁して、

「お祖母さまが選んだ以外の本を読むと、叱られるのよ。それに小説なんて」

五十鈴は、わたしが何を言っているのかわからない、という顔をした。

「秘密にすれば、よろしいのでは」

「……それもそうね」

そしてそういうことになった。五十鈴が勧めることは、たいてい、わたしの心を捉えて離さないのだ。

五十鈴が貸してくれたのは、エドガー・アラン・ポーだった。その晩わたしは、これは何が書かれているのだろうと戸惑い、やがて注意深く頁《ページ》をめくり始め、最後に熱中した。神秘の中に合理性があり、厳粛と諧謔《かいぎゃく》が入れ替わり立ち替わりあらわれる。わたしは翻弄《ほんろう》され、酔った。得体の知れぬ恐怖やえもいわれぬ美しさを畏敬《いけい》しながら、どこか冷徹な観察が混じる感覚は、これまで知らないものだった。一晩の約束だった交換は三日に延びて、わたしはその間に、幾たびも溜《た》め息《いき》をついた。本を返すとき、五十鈴が訊いてきた。

「どうでしたか」

わたしはいろいろ考えた末、一言でそれに答えた。

「驚いたわ」

五十鈴はそれだけで、深く満足したらしかった。そういえば見たことのなかった満面の笑みで、「はい」と頷《うなず》く。それが何だか嬉しくて、わたしもつい、笑顔になった。

礼儀として、こちらからも尋ねる。

「五十鈴は、どう」

「面白かったです。『轍鮒《てつぷ》ノ急《きゆう》』の話など、手を打って笑いたくなったほどです」

わたしは首をかしげた。

「『荘周忿然《ふんぜん》として色を作《な》して曰《い》わく、周、昨来たるとき、中道にして呼ぶ者有り。周、顧視すれば、車轍中に鮒魚有り』……。あれは、時宜《じぎ》を得るということについて教える逸話だったはずよ。それがどうして、おかしかったのかしら」

五十鈴は涼しい顔でこう答えた。

「借金を断られた腹いせに、まわりくどい喩《たと》え話で延々と相手をなじる。そんな荘子が滑稽《こつけい》で、楽しかったんです」

わたしは思わず、左右を窺《うかが》った。お祖母さまがどこかで聞いてはいなかったかと、どきりとしたのだ。もとより誰もいるはずはなく、部屋にはわたしと五十鈴の二人きり。それを確かめてから、わたしも大いに、笑いだした。五十鈴にはかなわない。五十鈴にかかれば、『荘子』も笑い話だったのだ。

それからわたしは、何冊もの本を読んだ。春宵《しゅんしょう》、お祖母さまの目を盗んで中庭に下り、街明かりと月明かりを頼りに読んだ。炒《い》られるような夏の日、五十鈴の団扇《うちわ》にそよそよと煽《あお》がれながら読んだ。鈴虫が鳴く秋、じっと噛《か》み締めるように、果てしなく長い長い物語を読んだ。一つの火鉢を二人で囲む冬、かじかむ指をあぶりながら読んだ。

わたしはあたかも、五十鈴に手を引かれる幼な子のようだった。五十鈴はわたしに、シュペルヴィエルを、ゴーゴリを、チェスタートンを教えた。彼女の選択は取りとめがないのか、それとも何か彼女なりの好みがあるのか、それすらわたしにはわからなかった。ただ、一冊としてわたしに驚きを与えないものはなかった。

また、彼女はこんなことを言いもした。

「純香さまは、和漢のものがお好きなようですね。でも、読み物はいかがでしたか」

「お祖母さまがお好きでないから……」

「『志異《しい》』や『紅楼夢《こうろうむ》』、『宇治拾遺《うじしゅうい》』に『雨月《うげつ》』ぐらいなら、大奥さまもお許しになるのではないですか」

そうかもしれないと思い、わたしはそれらを手に入れて読んだ。『宇治拾遺』から芥《あくた》川《がわ》というのも定石です」と言われて、それも読んだ。『雨月』は中国に範をとったもの

米澤穂信
Honobu Yonezawa

が多いです。『剪燈新話《せんとうしんわ》』など、いかがですか」と言われて、それも読んだ。そうして読んでいくうち、「これは中国の小説の中でも、最良と言われるもののうちの一つです」と言われ、まんまと乗せられて読んでしまったのが『金瓶梅《きんぺいばい》』だった。翌朝、わたしは顔を真っ赤にして何も言わず、足音を立てて五十鈴を追い、何度も何度もぶった。五十鈴は笑いながら「ごめんなさい、ごめんなさい。この本を差し上げますから、許してください」と一冊の本をくれた。そうして読まされたのがバタイユの『蠱惑《こわく》の夜』だったものだから、わたしはもうすっかり臍《へそ》を曲げて、三日も五十鈴に口を利《き》かなかった。どうやら五十鈴はマルキ・ド・サドも用意したようだったけれど、さすがに反省したらしく、それは出してこなかった。

わたしは五十鈴の主《あるじ》だったけれど、五十鈴はわたしの、一面の師であった。そしてなにより、わたしの思い込みでなければ、わたしたちはたぶん友達だったのだと思う。ところが、わたしは五十鈴のことを何も知らなかった。それはわたしにとって不満なことであり、引け目でもあった。

あれは確か、霖雨《りんう》降りそぼつ六月のことだったと思う。用を聞きに来た五十鈴に、わたしは何気ないふうを装《よそお》って、訊いた。

「いいえ、飲み物はいらないわ。ところで五十鈴は、どこの生まれなの」

「わたし、ですか」

五十鈴は敷居の前で三つ指をついていたが、顔を上げると目をしばたたかせた。わたしは五十鈴のことを本当に何も知らなかったので、もしや悪いことを訊いてしまったのではないかと不安に襲われた。

「もちろん、話したくなければ、いいんだけど……」

「いえ。ただ突然のお尋ねだったので、驚いてしまって。生まれはこの高大寺で、松原《まつばら》です」

「ああ、松原なの。松原なら、よく行くわ」

松原は高大寺の中でも高台にあって、良いお屋敷が並ぶ一角。お祖母さまに付き従って何軒か訪問したことがある。五十鈴はどこかのお屋敷で、奉公人の子として生まれたのだろうか。

ほかにも、訊きたいことはいろいろあった。わたしは五十鈴を手招きする。五十鈴は一礼して敷居を越えると、半身になって襖《ふすま》を閉めた。

「五十鈴はずいぶん本が好きで、珍しいものも読んでいるわね。わたし、まだ知らないんだけど、特に好きなものはあるの」

五十鈴は照れたように目を伏せて、

「わたしごとき、本が好きだなんて恥ずかしいです。でもそうですね、やっぱりポーでしょうか」

「そうなの。もしかしたら、とは思っていたわ」

「はい。あの生き埋めの息苦しさが恐ろしくて、素敵です。日本では火葬ばかりで、生きたままの埋葬は考えられませんけれど」

わたしは、微笑《ほほえ》むしかなかった。

「そうした本は、どこで読んだのかしら」

「はい。家にあったものを読みました」

「家。ご実家のこと？」

「はい」

ふと気がついた。十五の誕生日から五十鈴はずっと、わたしのそばにいた。藪入《やぶい》りのころ、ほかの使用人たちが里に下がっても、五十鈴だけは小栗家にいてくれた。

「そういえば五十鈴は、まだ一度もご実家に帰ったことがなかったわね。どんなお家なの」

わたしは五十鈴のことを知らなかったのだ。五十鈴のことが好きだから、知りたいと思ったのだ。だから彼女が、

「焼けました」

と口にしたとき、わたしは腹を打たれたように感じた。

察することもせず愚かなことを訊いてしまった。そのことを悟り、恥じ、取り乱した挙句に、わたしはもう一つ愚を重ねてしまった。

「ご家族は」

「ですから、焼けました」

それからわたしが何を言ったのか、憶《おぼ》えていない。たぶん許しを乞《こ》いはしたと思うのだけれど、それが言葉になっていたかどうか。何が悲しいといって、いまのいまに至るまで五十鈴のことを知ろうともしなかった自分の心ほど、悲しいものはなかった。それで友を得たと喜んでいたことが悲しかった。気がつくとわたしは泣きじゃくり、五十鈴の膝に頭を乗せていた。五十鈴はぎこちない手つきで、わたしの髪を撫《な》でていた。そうしながら彼女は、何度も何度も、同じことを繰り返していた。

「大丈夫です。大丈夫です、純香さま。どうか泣かないでください。大丈夫ですから、大丈夫に悲しまれては、わたしはどうすればいいかわかりません。純香さまにそんな
……」

ようやく顔を上げたわたしは、困った駄々っ子をあやすような、慈《いつく》しみのある五十鈴の笑顔をそこに見た。

「純香さまとの毎日が幸せすぎて、昔のことなど、もう忘れました」

さあ、お座りになって。そう促され、わたしはしゃくり上げながら身を離す。五十鈴

はわたしを安心させるように微笑んでいたが、やがて、すっと真顔に戻った。青畳に指をつき最初の晩のようにかしこまって、五十鈴は言った。

「そういうわけですので、わたしは一人です。ですが、幸い小栗家に雇い入れられ、純香さまにめぐり合うことができました。幸せなことだと思っています。

わたしは、忠実にお仕えいたします。ですから純香さま、どうか……。どうか五十鈴を、長く置いてくださいませ」

わたしは、なおも零《こぼ》れる涙を指で拭《ぬぐ》った。言うまでもないことだった。飾る言葉は何一ついらず、わたしはただ、自分の本心を五十鈴に伝えた。

「もちろんよ。ずっとずっといつまでも、わたしのそばにいてね。わたしはあなたを離さないから、あなたも離れないでいてね。お願いよ、五十鈴」

さわさわと、雨は降り続いていた。

歳月は夢のように過ぎて、わたしも一つの岐路を迎えることになる。

高等学校に通う間に、父と母の間に男子が生まれることはなかった。お祖母《ばあ》さまはわたしに、卒業から間を置かず婿《むこ》を取らせ、小栗家の安泰《あんたい》を図りたいようだった。

わたしは、大学に進むことを考えていた。学ぶことが好きだったからであり、高大寺しか知らない自分に不安を覚えたからでもある。そしてもう一つ、お祖母さまには決して明かせぬ理由もあった。

お祖母さまはわたしを座らせ、自身は立ったままで一喝した。

「何を言うかと思えば、馬鹿《ばか》らしい。お前には充分、時を与えたはずです。この上、大学などと心得違いも甚だしい。忘れたのですか、お前は小栗家を守り、盛り立てるためにいるのです。それが学者なぞになって、どうしようというのです」

同席した母が、消え入りそうな声で、それでもわたしに味方してくれようとする。

「純香は何も、学者になろうと言っているわけでは」

「黙っていなさい。わたしは純香に話しているのです」

そう決めつけられると母は悄然《しょうぜん》として、わたしにちらりと視線を送ると、うつむいてしまった。

以前はわたしも、母と同じだった。お祖母さまの前に出るとたやすく打ち据えられ、恐ろしさに指の先まで痺《しび》れて物も言えなかった。

しかし、いまやわたしは二つのものを得ていた。ひとつは、なけなしの勇気。五十鈴と交わったことで笑顔を取り戻し、人の輪の中に入ったことで手に入れた、ささやかな心の力がわたしにあった。わたしはお祖母さまを仰ぎ見て、その射るような目に必死に耐えた。

もうひとつ、かつてのわたしになかったもの。それは、狡猾《こうかつ》ということ。五十鈴はお祖母さまの前では愚直であり、わたしの前では友となってくれた。その如才なさをわたしは学んだ。わたしは言った。

「お祖母さま、お叱《しか》りはごもっともです。ですがわたしは、小栗家を継ぐものとして、自分にどうしても足りないところがあると思うのです」

お祖母さまは、眉《まゆ》をぴくりと動かした。

「……言ってみなさい」

反論など何一つ許さなかったお祖母さまが、耳を傾けてくれるのだ。わたしは、自分の心臓が早鐘のように打つのを感じていた。口の中が渇いていた。逃げ出したい気持ちを堪《こら》えながら、わたしはその恐れを悟られぬよう、必死だった。

「はい。わたしは高大寺で育ちましたが、未《いま》だ有徳の人と交わるということをしていません。このまま婿を取りましても、高大寺の外の者には見識を侮《あなど》られるのではと、不安を覚えずにはいられません」

実際、小栗家の土地を借りる者は、このところ高大寺の外の人間が増えていた。高大寺に名だたる小栗家というだけでは、箔《はく》がつかなくなってきていたのだ。お祖母さまの焦《あせ》りの元のひとつは、そこにある。わたしはお祖母さまの泣き所を突いたのだ。

「大学を望むのは、学問の道を究めるためではありません。選りすぐられた人々の中に加わることで教化を得る、『芝蘭《しらん》の室に入るが如《ごと》し』ということがあるのではと思うのです」

お祖母さまは、頭ごなしに否《いな》もうとはしなかった。不快に思っていることは眉間《みけん》の皺《しわ》から明らかでも、考えてくださっていた。わたしは固唾《かたず》を呑《の》んで、お祖母さまの言葉を待った。

「確かに……」

と、やがてお祖母さまは切り出した。

「お前の言うこと、一理なしとはしません。いまの小栗家には、あのような男でも当主がいますから、わたしもお前の結婚を急いではおりません」

あのような男、とは、つまりわたしの父のこと。父は、わたしの行く先を決めるこの場に、呼ばれもしていない。それがお祖母さまの、父への接し方なのだ。

「『玉《たま》琢《みが》かざれば器《き》を成さず』ということもあります。高大寺の有象無象ばかりを相手にしていたのでは先行きが思いやられる気持ちも、わかります」

お祖母さまがこれほど人の意見を容《い》れたことはない。わたしは知らず、膝《ひざ》を乗り出していた。

「では、お祖母さま」

「ただし」

じろりと睨《にら》んで、

「お前はもちろん、『鮑魚《ほうぎょ》の肆《し》に入るが如し』という言葉も知っているでしょう。良き者と交われば、お前は良く学んで戻ってくるかもしれない。しかしわたしの目の届かぬところで、下賤《げせん》の輩《やから》といらざる交友を結んでは、すべては台無しです」

「でしたら」

と、すかさず言葉を挟みます。この時を、わたしは待っていたのです。

「目付けをつけてください。わたしも、ひとりで高大寺を出るより、使用人を連れて行く方が安心できます」

お祖母さまは再び考え込んだけれど、今度の沈黙は、長くはなかった。

「……いいでしょう。誰か、五十鈴を呼んできなさい」

わたしは飛び上がりたいぐらいに嬉《うれ》しかったけれど、つんと澄まして、そんな思いはおくびにも出さなかった。わたしは狡猾ということを学んでいたのだ。

こうしてわたしは、高大寺を出ることになった。

お祖母さまは五十鈴に、十日に一度、わたしの行状を記した報告を書くことを言いつけた。祐筆《ゆうひつ》も勤まるほど字に達者な五十鈴にとって、それはさしたる負担ではなかった。

高大寺を出るその日、お祖母さまはわたしのために祝宴を設けた。いつものように多くの贈り物が積み上げられ、そのほとんどが捨てられたけれど、たった一つ卓上灯だけは気が利《き》いていた。本を読むのに便利なものだ。

わたしは、自分が夢を見ているのではないかと思った。これまで母を、わたしを縛りつけていたお祖母さまの軛《くびき》が、こうも易々《やすやす》と外れるとは。この世でただひとり信じている五十鈴と、二人で暮らせるとは。もちろん、大学を出るまでのことではあるけれど、わたしは自由を手に入れたのだ。

それになにより、わたしはお祖母さまを説得できるとわかった。お祖母さまは決して、逆らい得ぬ絶対の王ではなかったのだ。一度の抵抗が成功したいま、二度目、三度目があり得ないということはない。己の器量で運命を切り拓《ひら》いた、そんな高揚感にわたしは酔った。

　本当に幸せだった。

つまりわたしは、まだお祖母さまのことを、よく知ってはいなかったのだ。

Story Seller

3

わたしが高大寺を離れた期間は、二ヶ月に満たなかった。

その短い間、わたしは、これまで以上の幸福を予感していた。大学で、「バベルの会」に属することができたのだ。

趣味人たちの倶楽部《クラブ》。「バベルの会」は、読書を愛する者たちの集まりだった。わたしはそこで、本物の知性と教養、そして品格を備えた人々にめぐり合うことができた。お祖母さまの前で話した『芝蘭の室』の喩《たと》えは、遠からず本当のことになりそうだった。

そして、いずれ劣らぬ「バベルの会」会員の間でさえ、五十鈴は輝きを失わなかった。

大学のサンルームで開かれた、ある日の会合。わたしは別の用があって、五十鈴を伴って加わることになった。白い円卓についたわたしの、斜め後ろに五十鈴が控える。それを見て、副会長が声をかけてきた。

「あら。小栗さん、後ろの方はどなたですか」

わたしの誇りである玉野五十鈴を、わたしは胸を張って紹介した。

その日の「バベルの会」の世話には、五十鈴が加わった。彼女はいつも通りに仕事をした。つまり、差し出がましいことをせずあくまで控えめに、しかし誰かが何かを望んだときには、既に用意を済ませていた。お茶は適温で、カップを運んでも水面にさざなみひとつ立たない。いつもの五十鈴だった。

それだけではなかった。円卓の反対側で、ちょっとした騒ぎがあった。先輩にあたるお二人が、ある名前が思い出せないということで悩んでいたのだ。すると五十鈴が滑るように動き、そのそばに立ってこう囁《ささや》いた。

「僭越《せんえつ》ながら、それは折竹孫七《おりたけまごしち》ではなかったかと存じます」

お二人の愁眉《しゅうび》が、ぱあっと開かれる。

「ああ、そうだったわ」

「そうね、どうして出てこなかったのかしら」

その様子を見ていた副会長が、わたしに向けてくすりと笑った。

「素敵ね、あの五十鈴さんという子。さしずめ、あなたのマーヴィン・バンターといったところかしら」

笑顔を返したけれど、わたしはそれは違うと思っていた。セイヤーズは読んでいたけれど、五十鈴はバンターよりも、もっと……。

その場では、わたしは何も言わなかった。時間はある。「バベルの会」の会員に五十鈴のことをわかってもらうのは、いまでなくてもいいと思ったのだ。

アパルトマンに戻ると、わたしは五十鈴に笑いかけた。

「今日は面目を施したわね。副会長もあなたのことを褒めていたわ。こうなったら、夏までにはぜひ、料理を覚えてもらわないとね」

使用人としては完璧《かんぺき》に思えた五十鈴だったが、二人で暮らして初めてわかる欠点があった。料理ができないのだ。これはわたしには意外だった。なにしろ、御飯を炊《た》くこともできないのだ。五十鈴が炊くと、米は生米のままか、糊《のり》になった。そのことをいじめると五十鈴はいつも頰を染め、ぷいとそっぽを向くのだった。

「でも、慣れないんです」

「五十鈴、『始めちょろちょろ、中ぱっぱ。赤子泣いても蓋《ふた》取るな』、よ」

学校で級友から聞いた七五調を、五十鈴に聞かせる。彼女は感心して聞いていたけれど、やがてくすくす笑い出した。

「使用人のわたしが教わるなんて、逆ですね」

それもそうだと思った。わたしは五十鈴から多くのことを教わった。お返しができないぐらいに。それなのに、わたしが五十鈴に初めて教えたのが、よりにもよって御飯の炊き方だなんて。わたしたちは声を出して、笑いあった。

笑いすぎて浮かんだ涙を拭《ぬぐ》い、五十鈴は言う。

「でも、はい、肝に銘じます」

「そう。じゃあ、言ってみて」

五十鈴は苦い顔になった。

「始め……」

「ちょろちょろ、よ。五十鈴、じゃあ、七歩詩《しちほのし》は」

「『其《まめがら》は釜下《ふか》に在りて燃え、豆は釜中に在りて泣く。本《もと》是れ同根に生ぜしに。相煎《い》ること何ぞ太《はなは》だ急なる』」

「素敵よ。じゃあ、『始めちょろちょろ』、はい、どうぞ」

五十鈴は背を向けて、逃げ出してしまった。

「純香さま、意地悪です！」

その日以来、アパルトマンのキッチンから、歌声が聞こえてくるようになった。

どこかで聴いた旋律だと思っていたら、どうやらそれは一高の寮歌の一つだった。その音楽に乗せて五十鈴が口ずさむのは、『始めちょろちょろ、中ぱっぱ』……。忘れないよう、歌にしたらしい。

五十鈴の声はよく澄んで、歌も上手だった。書見や学業の合間に、五十鈴がそれを歌い出すのを聞くと、そろそろ食事ねと思うようになった。もっともその歌の効き目は、あまりなかったようだ。五十鈴の料理はなかなか上達せず、わたしはときどき五十鈴を連れて街に出た。

ある日、洋食屋で、おいしいものを二人で食べるために。

「夏までには、もう少し形にしてね」

とお願いしたところ、五十鈴はクロケットをフォークに刺したまま、目を伏せた。

「……努力はします」

毎年の慣例として、「バベルの会」は夏に読書会を行う。各々《おのおの》が最上と思う本を持ちよって、蓼沼《たでぬま》という避暑地で小説や詩に耽溺《たんでき》する数日を過ごすのだという。わたしは入会直後から、その読書会が楽しみでならなかった。

読書会には、世話をする人間を連れて行っても不思議ではない。五十鈴を連れて行けるのだ。

しかし、破綻《はたん》は、夏の遥《はる》か手前で訪れた。

五月の末の、朝から綺麗《きれい》に晴れた日のことだった。五十鈴の淹《い》れてくれたお茶を飲みながら、わたしは新聞に目を通していた。なんという気もなくしていたことだったが、記事のひとつに、わたしの目は釘付《くぎづ》けにされた。

「五十鈴、五十鈴!」

悲鳴を聞きつけて、五十鈴が飛んできた。

「どうしました、純香さま」

「見て、これ。高大寺で」

米澤穂信
Honobu Yonezawa

記事は、ひとつの殺人事件を報じていた。

場所は高大寺、松原。ある裕福な屋敷に押し込み強盗が入り、老夫婦を縛りあげ金品を奪い、折悪《おりあ》しく帰宅した孫二人を刺殺して逃げたという。単純粗暴な犯人は、程なく捕まった。蜂谷《はちや》大六《だいろく》、五十歳。犯行を認めている。

五十鈴もさすがに、息を呑《の》んだ。

「純香さま、蜂谷というと」

「ええ」

何かの間違いであって欲しかった。

小栗家に婿《むこ》養子に入った父の旧姓は、蜂谷。わたしの記憶するところによれば、蜂谷大六とは父の兄の名前。つまりこの殺人者は、わたしの伯父ではなかったかと思うのだ。

伯父が人を殺した。わたしは、漠とした不安を覚えた。何が起こるのか見当もつかず、悪い夢の中を彷徨《さまよ》うような気分だった。こんなとき、いつもならば五十鈴が柱となってくれる。わたしをしっかりと支えてくれる。しかし今度ばかりは五十鈴も、黙ってかぶりを振るだけだった。

何が起こるかわからない。そんな状態は、しかし長くは続かなかった。蜂谷大六の殺人は、わたしに速やかに影を落とした。その日の昼には、お祖母《ばあ》さまからの電報が届いたのだ。

『カエレ』

短くも断固とした命令。前後を失ったわたしは、ふらふらとそれに従った。

車と汽車を乗り継いで、ようようのことで高大寺に帰り着くころには、とっぷりと日が暮れていた。

駅には出迎えもなく、わたしと五十鈴は、流しの車を拾わなければならなかった。小栗家へと続く、長い長い上り坂。黒塀。鋲《びょう》を打たれた門。門柱にかけられた提灯《ちょうちん》の、ゆらめく明かり。見慣れたはずの我が家が、このときはわたしをおののかせた。飛び石も老松も、新月の夜空も、すべてが不吉を思わせるようだった。

家に帰ったわたしは、奥座敷ではなく、なぜか客間に通された。初めてのことだった。わたしと五十鈴を先導した使用人はどこかよそよそしく、何かを恐れているよう。遠路を戻ったわたしは、茶の一杯も出されることなく、客間の上座を空けてひたすらお祖母さまを待った。

小半時も経《た》っただろうか。ようやくのこと現われたお祖母さまは、わたしを一瞥《いちべつ》して、ふんと鼻を鳴らした。

わたしは総毛立った。お祖母さまがわたしの行状に眉《まゆ》をひそめることは、よくあった。むしろ、この世の何もかもが気に入らないのではと思うほどに、お祖母さまはいつも不快そうな顔をしていた。

しかしわたしにははっきりとわかった。このとき、お祖母さまはわたしを、蔑《さげす》んだのだ。いつもと違う。それがわかった。

席を占めると、お祖母さまは低い声を出した。

「純香」

「はい」

「わたしはお前に小栗家を継がせるつもりだった。良い婿さえあてがってやれば、小栗家は安泰、再興もかなうと。そのために、お前の口車に乗って、大学まで入れてやった。しかしすべては無駄だった」

わたしは、何もしていない。お祖母さまのご機嫌を損ねるようなことは、何も。そう思いはしたが、口を挟むことは出来なかった。お祖母さまは顔をしかめ歯を剝《む》き出しにし、その形相は鬼のようになっていた。もう克服したつもりだった恐れが、わたしの体を貫く。指先まで痺《しび》れる、あの恐れが。

じろりと目だけで、お祖母さまはわたしを睨《にら》む。

「あの穀潰《ごくつぶ》しの親族が人を殺したことは、知っていよう。要するに蜂谷の血は、人殺しの血ということだ。純香。お前はその血を継いでいる。そんな者は小栗家にはいらぬ！」

螺鈿《らでん》で飾られた机を、びしりと叩《たた》く。わたしは幼な子のように縮み上がる。

「きゃつは離縁させた」

「え……」

離縁という、馴染《なじ》みのない言葉にわたしは戸惑った。しかし、その意味するところは明らかだった。

父は追い出されたのだ。昨日今日の事だというのに、こんなにも早く。

では、わたしは。

「お前もこの家には置いておけないところだが、口惜《くや》しいことに、お前には代わりがいない。しばらくは置いてやろう。ただし、小栗家の者として人の目につくことは決して許さん」

そしてお祖母さまは、「五十鈴」と呼びかける。五十鈴は客間の隅で、座布団《ざぶとん》もなく正座している。お祖母さまの前ではいつもそうするように、かしこまっている。

「純香付きの役目を解く。明日からは勝手向きの仕事をしてもらうから、そのつもりで」

伯父が人を殺したことより、父が追い出されたことより、この一言がわたしを打ちのめした。お祖母さまはわたしから、五十鈴を奪おうとしているのだ。わたしの五十鈴を!

わたしは恐怖を忘れた。いきなり吹き上がった怒りに、目が眩《くら》んだ。あとほんの少しで、わたしはお祖母さまに飛び掛るところだった。そうすればあんな細首、一息に折ってしまえたに違いない。

しかし、次の瞬間、わたしは全身の力を失った。五十鈴が、まるで薪《たきぎ》を取って来いとでも言われたように平然と、こう言ったからだ。

「はい。かしこまりました、大奥さま」

お祖母さまの前だということも忘れて、わたしは恐る恐る、五十鈴を見た。だが五十鈴はじっと目を伏せていて、表情を窺《うかが》うことはできない。

「お祖母さま!」

すべてを忘れ、わたしはお祖母さまに叫ぶ。言いたいことはいくらもあった。伯父は人を殺したかもしれない。しかしそれは父がやったことではないし、わたしがしたことでもない。人殺しの血だなんて、どうしてそんなことを思いついたのか。

わたしは高大寺を離れて、素晴らしい先輩たちに囲まれて日々を過ごしていた。「バベルの会」の夏の読書会を、わたしは本当に楽しみにしていた。でも、それは構わない。外に出るなと言うなら、出ない。小栗家を出て行けというなら、出て行く。だから、だからわたしから、五十鈴だけは奪わないで!

お祖母さまは、悔やむように呟《つぶや》くだけだった。

「『烏《からす》は日に黔《けん》せずして黒し』とは言うが、汚れた血を引くと知っていたら、お前になぞ期待しなかったものを」

ああ。そうか。

お祖母さまにとって、わたしは未熟ではあるが、ゆくゆくは完璧になる者だったのだ。しかしいま、その壁に瑕《きず》を見つけた。お祖母さまはそれで、わたしを投げ捨ててしまおうとなさっているのだ。

お祖母さまはもう、わたしを見ることもしない。五十鈴に向けて短く命じる。

「これを部屋へ」

「はい」

衣擦《きぬず》れの音。五十鈴がわたしの肩に、後ろから手を置いた。

「さ、お立ちください。どうぞお部屋へ。……お嬢さま」

わたしの心は淀《よど》んでいるのに、空の澄んだ晩だった。

中庭の池には星が映え、火の入らぬ春日灯籠《かすがどうろう》の影が長く伸びていた。頼りない足元を見つめながら、わたしは二ヶ月ぶりの自分の部屋へと向かう。まるで五十鈴に曳《ひ》かれるようにして。

ある部屋の前で、わたしは足を止める。ここは、わたしの十五の誕生日、五十鈴と二人で初めて話した部屋。

あの日からずっと、五十鈴はわたしのそばにいてくれた。

そうだ、いつだって、五十鈴はわたしの味方だったのだ。ぐらつくわたしの心が、すうっと落ち着いていく。お祖母さまが何か言ったぐらいで、わたしと五十鈴の絆《きずな》は揺らいだりはしない。そう気づくと、自分が恥ずかしかった。お祖母さまの前で五十鈴が従順を装《よそお》うのは、いつものことだったのに。

顔を上げて、先を行く五十鈴を呼び止める。

「ねえ、五十鈴。待って。この部屋、憶《おぼ》えてる？」

五十鈴は足を止め、半身になって振り返る。星明かりにほのかに浮かび上がる、その表情。

ときどき見せる、こちらがどきりとするような悪戯《いたずら》っぽい笑みでも、仕事だからやりますよと取り澄ました顔でもない。五十鈴の横顔に現れているものが何なのか、わたしにもわかる。

それは底なしの無関心。ひっ、と悲鳴がわたしの喉《のど》でくぐもった。

五十鈴は部屋を横目で見ると、

「はい」

とだけ言った。

まさかの思いに、声が震える。

「ねえ、五十鈴。困ったことになったわ。わたし、しばらく外には出してもらえそうもない。でもあなたは、来てくれるわよね」

五十鈴の声は、わたしのものとは裏腹に、落ち着き払っている。

「わたくしは明日からお勝手向きの手伝いをいたします。大奥さまのお言いつけがあれば、御用を伺いに参ります」

「どうしたの、五十鈴。お祖母さまは、ここにはいないわ。意地悪はやめて、こんな、怖いときに。いつもみたいに笑ってよ」

「それは、お言いつけですか？」

言葉が途切れると、耳が痛くなるほどに静かだった。この広い広い小栗家に、まるでわたしと五十鈴しかいないように。

五十鈴に笑ってと言ったのに、笑ったのはわたしだった。息が苦しいけれど、わたしはむりやり、五十鈴に笑いかけようとした。そうすれば、すべてが冗談になるとでもいうように。

「ねえ、どうしたの、いきなり。おかしいわ、五十鈴。おかしいわよ」

「そうでしょうか」

これまで半身だった五十鈴が、わたしに向き直る。すると二人の距離は思いがけず近くて、わたしは知らず、後ずさる。

「意地悪で申しているわけではありません。聞けば、先の旦那《だんな》さまは放逐《ほうちく》されたご様子。お言いつけもこれまでと思います」

「お父さまが？　お父さまが五十鈴に何か言ったの」

ついと首をめぐらせて、五十鈴は中庭を見る。それから、普段使わない部屋を閉め切る障子を。

「お忘れですか、お嬢さま。お嬢さまもいらしたではないですか。この部屋で、先の旦那さまがわたくしにお言いつけになったではないですか」

父と、わたしと、五十鈴とで。

ああ、それは最初の日のこと。わたしの十五の誕生日。思い出が甦《よみがえ》る。そうだ、父は確かに、五十鈴に言った。

「お嬢さまの味方をせよ。……お嬢さまと仲良くせよ、と」

では五十鈴は、その言葉を守っていたのか。

その言葉を、守っていただけだったのか。

父がそう命じたから。仲良くしてくれと言ったから、五十鈴はわたしに微笑《ほほえ》みかけ、話を聞いてくれ、本を勧めてくれたのか。

五十鈴は言う。

「先の旦那さまがいなくなり、大奥さまからお嬢さま付きのお役目を免ぜられたいま、これまでのようにはいたしかねます」

「五十鈴」

「わたくしは、小栗家のほかには行くところとてない身。言いつけを愚直に守り、ひたすらに役目を果たすことが、わたしの誉れ。いえ、そうしなければ、生きてはいかれないのです」

お祖母さまの寵《ちょう》を失い失脚したわたしには、優しくする価値もないと言うのだろうか。共倒れはごめんだと、五十鈴はそう思っているのだろうか。

そんな。そんなことって。

五十鈴、わたしの五十鈴。わたしの使用人。わたしの、たったひとりのともだち。

喉に声が絡《から》みつく。わたしは、必死で、言葉を搾《しぼ》り出す。五十鈴に伝えたくて。

「わ、わたし、わたしは。あなたはわたしの、ジーヴスだと思っていたのに」

暗い夜のせいで見間違えたのだろうか。ほんの少し、五十鈴の表情が動いた気がした。

「勘違いなさっては困ります。わたくしはあくまで、小栗家のイズレイル・ガウです」

そう言うと踵《きびす》を返し、五十鈴はもう二度と、振り返りはしなかった。

米澤穂信
Honobu Yonezawa

4

それからの日々を、どう表したものだろう。

地獄はつらいところだという。苦しいところだという。では、わたしがいたのは、地獄ではなかった。高大寺を見下ろす小栗家の家屋敷、その一角に部屋を占め、わたしはただひたすらにそこで時を過ごした。与えられるはずだった時は失われ、ほかの多くのものも失われた。わたしは日々、眠り、食べ、すすり泣いて暮らした。それを苦痛と呼ぶのは当たらないように思う。それは無為。いつ果てるとも知れない、無為だった。

わたしの部屋の近くには、湯殿《ゆどの》と手水場《ちょうずば》が作られた。お祖母さまの配慮だとすぐにわかった。わたしのための配慮ではない。わたしが屋敷の中を動いて、他人の目に触れないようにとの配慮なのだ。毎日の食事は、中年の使用人が運んでくる。何か言い含められているのか、話しかけても碌《ろく》な返事もしない。献立は粗末になった。一汁三菜が揃《そろ》えば、贅沢《ぜいたく》な日。味の薄い吸い物と一膳飯《いちぜんめし》、それに梅干だけという食事も少なくなかった。

毎日毎日が、信じられないほど早く過ぎていく。あの運命の日から三ヶ月ほどが経《た》った夏の日、母屋《おもや》から宴《うたげ》の喧騒《けんそう》が聞こえてきた。盆には遅く、秋祭りには早い。それにその日は、わたしの食事にも紅白の蒲鉾《かまぼこ》が出た。無駄かもしれないと思いつつ、膳を下げにきた使用人に訊《き》いた。

「今日は、何かあったの」

使用人は、累《るい》が及ぶのを恐れるようにそそくさとしていたが、一言教えてくれた。

「奥さまが再婚されました」

ああ、と思った。

身内から人殺しを出した父は家を追われた。そして代わりに、別の男が婿《むこ》になったのだ。お祖母さまの差し金に違いなかった。お祖母さまは、「汚れた血を引く」わたしの代わりを求めている。母に新しい子を作らせるつもりなのだ。きっと新しい婿は、さぞ良い血統に連なっているのだろう。

わたしは母を可哀想《かわいそう》に思い、父をみじめだと思った。しかし誰よりも気の毒だったのは、新しく小栗家に入った婿養子。あのお祖母さまがいる限り、顔も知らぬその男の立場は、累卵《るいらん》の危うきにある。

季節はさらに巡っていく。わたしの部屋には火鉢がある。よく、五十鈴とふたりで囲んだものだった。しかし、いまのわたしには、炭のひとかけらも与えられることはなかった。染《し》みとおる冬の寒さを、わたしは布団をかぶることでじっと凌《しの》いだ。どこからか聞こえる龍笛《りようてき》の音色と、高大寺の街に揚がる凧《たこ》を見て、いつの間にか暦が正月を迎えたことを知った。

書架の本は読みつくされ、増えることはなく、減ることもない。わたしに食事を運ぶ使用人は何度か入れ替わり、中には、多少言葉を交わしてくれる者もいた。ある日、無理を押して頼み込み、反故紙《ほごがみ》の束を持ってきてもらった。何ヶ月ぶりだろう、わたしは喜びに顔をほころばせた。これに何かを書こうと思ったのだ。漢詩か、でなければ何か小説のようなものを書くつもりだった。

かつてお祖母《ばあ》さまから贈られた墨や硯《すずり》が、こうして役に立つとは思わなかった。わたしは墨を磨《す》り、筆を取った。すりきれた心を研いで、わたしは紙に向かい合う。その夜、わたしは一晩中、文机《ふづくえ》に向かっていた。

翌朝。わたしは自分の書いたものを見て、声を殺して泣いた。一晩を費やしてわたしが書いたのは、こんな文字ばかりだった。

〝五十鈴

五十鈴

五十鈴

五十鈴〟

春を迎えても、五十鈴がわたしの部屋を訪れることは、一度としてなかった。

最初は、恨むこともあった。次にわたしは、心配した。わたしがこのような仕打ちを受けていて、五十鈴は果たして、無事でいるだろうか。お祖母さまにいじめられてはいないだろうか。しかし最後には、その気持ちも失《う》せた。どんな形でもいい。つれなくされてもいい。五十鈴に会いたかった。

使用人が食事を運んでくる。玉野五十鈴を知っているか。いまどうしているか、知っているか。答えを訊《き》くのが怖くて、わたしはこれだけのことを、なかなか尋ねられずにいた。一杯の雑炊が朝餉《あさげ》のすべてだった、ある夏の日。ようやく勇を鼓して、訊くことができた。

そのときのわたしの食事番は、ずるそうな顔をした女だった。

「五十鈴。はあ、いたような、いなかったような」

「わたしと同い年の子よ。お勝手向きの手伝いをしているはずなの」

「そうはおっしゃってもねえ。お嬢さまと口をきいたのが知れたら、わたしも叱《しか》られますから」

わたしは机の中から、龍をかたどった文鎮を取り出した。女はわたしの手からそれをもぎ取ると、にやにやと笑った。

「知ってますよ。馬鹿《ばか》の五十鈴のことでしょう。何を言われても『はい』『はい』ばかり。誰の言うことでも聞くのは便利ですけどね。そのくせなんにも知らなくて、『始めちょろちょろ、中ぱっぱ』なんてよく言ってましたけど、口ばっかり。芋の皮剝《かわむ》きから皿洗いまで、叱られずに出来ることは何一つないんですよ。いまじゃあ、お勝手のごみを集めて焼くばかりがあの子の仕事ですよ」

ふと、あの歌声が耳に甦った。一高の寮歌の替え歌。いまとなっては桃源郷《とうげんきょう》のようにも思えるあのアパルトマンで、五十鈴がよく歌っていた。いまも五十鈴はそれを口ずさみながら、お勝手にただひとり、佇《たたず》んでいるのか。

わたしに係わっていたから、お祖母さまの不興を買ったのだろうか。あれほどの才知を備えていながら、こんな女にまで見下されている。

女は、わたしからせしめた文鎮をしげしげと見て、もう一度口の端をつりあげる。

「もうひとつ、いいことを教えて差し上げましょうか。まんざら、お嬢さまにかかわりない話でもありませんよ」

五十鈴のほかは、わたしにはどうでもいいことだ。

しかし、種々の宝もまた、無用のものだった。わたしは蒔絵《まきえ》の櫛《くし》を与えた。女は上機嫌で、ぺらぺらとしゃべった。

「奥さまが、男の子をお産みになりました。大奥さまの喜びようといったらもう、馬鹿らしいぐらいでしたねえ。太白《たいはく》とかいったと思いますよ、名前は」

覚悟はしていた。いずれこの日が来るとわかっていた。再婚から一年足らずでとは、思ったよりも早かったけれど。

これでわたしは小栗家にとって、まったく無用の者となったのだ。

新しい跡継ぎが生まれたら、その日にでも父のように追放されるのではと思っていた。しかし案に相違して、何を言われることもなかった。わたしはその理由を考えた。たぶんお祖母さまは、わたしのことを、すでに忘れているのではないか。

かつてお祖母さまが相手にしなかった父は、小栗家の中で軽んじられること甚だしかった。いちおうは小栗家の主《あるじ》と見られるだろう父でさえ、そうだったのだ。まして、既に後ろ楯《だて》を失ったわたしを気にかけるものなど、誰もいないだろう。

太白という男児が産まれたと聞いてから、わたしの扱いは目に見えて粗略になった。お茶が温かいまま出されることはなくなった。茶碗《ちゃわん》一杯の白米すら、あたらないことが増えた。「バベルの会」の会合、日の光に満ちたサンルームで談笑していたわたしが、よもや沢庵の尾で白粥《しらかゆ》をすることになろうとは。

しかしそれらは、ただ扱いが悪いというだけのこと。わたしをこの上さらに驚かせたのは、いつの間にか廊下に格子《こうし》が作られていたことだ。幽閉の間、わたしは一度として、母屋に出向こうとはしなかった。庭に下りることさえなかった。これ以上お祖母さまの勘気に触れてはどうなるかわからないと、恐れていたから。

しかしお祖母さまは、わたしが身を慎んでいるかどうかなど、考えもしなかったのだろう。しつらえられた格子は、わたしを離れに押し込めた。逃げようなどと思いもしなかったのに、わたしは逃げ道を塞《ふさ》がれたのだ。

いや。本当に逃げようと思えば、道はいくらでもある。廊下が塞がれたなら、庭に下り足を汚して逃げればいい。そんなことは、お祖母さまも百も承知だったろう。それでも格子を作らせたのは、わたしに何かをほのめかすためではないか。出す気はないぞと、伝えるためではないか。

だとすればお祖母さまは、わたしを忘れてしまったのではないのだ……。

やがて庭からは、笑い声が聞こえてくるようになる。幸せそのもののような声。それは、赤子をあやす声だった。

「ほうら、太白ちゃん。ばあ、ばあ、ばあ」

「いい子だよ、太白ちゃんは本当に、いい子だよ」

「ほうら、ばあばだよ。ばあばだよ……」

お祖母さまが赤子を連れ、庭を歩いている。

にわかには信じられないことだった。母の間違いではないかと思った。しかしわたしは、一度ならず見た。草履を履いて、搔巻《かいまき》にくるんだ赤子を抱いたお祖母さまの姿。目《め》尻《じり》を下げ、だらしなく口を開けて、わたしの弟をあやすお祖母さまを。

そうしたとき、わたしは隠れた。障子を閉じ、隠れて、お祖母さまをやり過ごした。

眠れない日が増えた。

飼い殺し、という言葉が頭に渦巻いて、眠れなかった。

お祖母さまはわたしを飼い殺しにするおつもりだ。わたしはここを出られない。五十鈴に会うこともできない。

わたしの弟、太白がいる限りは。お祖母さまが生きてある限りは。


しかし、わたしはどこまでも、お祖母さまのことを知らなかった。

木枯らし吹く晩秋、思いがけない相手が、わたしの部屋を訪れた。

夢にまで見たその姿。襖《ふすま》の向こうで三つ指をついているのは、誰あろう玉野五十鈴だったのだ。

いつもの食事番だと思っていたわたしは、虚を衝《つ》かれた。あまりの驚きに気が遠くなった。五十鈴はこの一年あまりで、どことは言わず体のそこかしこに、疲れを染みつかせたようだった。もっともそれを言えば、わたしはもっと変わっていたはず。自分の指が骨かと思うばかり細くなり、頬もげっそりとこけていることを、わたしは知っていた。それが恥ずかしく、わたしは思わず、袖《そで》で顔を隠した。

「五十鈴……。どうして」

五十鈴は顔を上げなかった。自分は敷居を跨《また》ぐことなく、徳利と杯の載った膳を、わたしに寄越す。

「大奥さまからです」

もう一度会うことがかなったら、ああも言おう、こうも言おうと考えていた。なのに、こうして五十鈴を目の前にして、わたしは何も言えなかった。あまりに突然で、あまりに意外で、あまりに嬉《うれ》しくて。

そんなわたしの逡巡《しゅんじゅん》の間に、五十鈴は顔を伏せたまま、訥々《とつとつ》と口上を述べる。

「大奥さまは太白さまの先を案じられ、後顧《こうこ》の憂《うれ》いを除くため、お嬢さまに毒酒を渡すよう、わたしに命じられました」

「毒」

五十鈴にかける言葉を、わたしは見失った。まさか毒とは。

ここに至り、わたしはようやくお祖母さまの真意を解する。わたしを追放せず、閉じ込めておいたわけを。太白という子にとって、小栗の家を奪いかねないわたしは、絶対の邪魔者なのだ。そのわたしを目の届かないところに逃がすわけにはいかなかったのだ。

太白のために、わたしに死ねと言っているのだ。

……それはわかった。良くわかった。いまさら小栗家に未練など無いとわたしがどれほど言い立てても、お祖母さまは聞く耳をもたないだろう。毒酒を賜《たまわ》るとは、古典かぶれのお祖母さまらしいやり方ではないか!

しかし、お祖母さまに人の心はないのか。

どうして五十鈴なのか。なんで、この役に五十鈴を任じたのか。五十鈴と会えば最後の心残りも氷解し、心置きなく毒を仰ぐとでも思ったのか。嫌といえない五十鈴に、わたしを殺す手伝いをさせるとは。

鬼め。

「どうぞ、ご賢察ください」

五十鈴は最後まで、顔を上げなかった。襖を閉めかける五十鈴を呼び止める術《すべ》は、わたしにはない。

怒りなのだろうか。悲しみなのだろうか。やつれはてたわたしの喉《のど》が、小さくうごめく。助けて、五十鈴。

それが言葉になったかどうかさえ、わからなかった。だからわたしが聞いた声は、たぶん、わたしの弱い心が聞かせた幻。襖の向こうに、わたしは五十鈴の声を強く望んでいた。

「はい」

とだけ、言ってほしかった。

わたしは毒酒を飲まなかった。徳利も杯も、庭に放り投げた。翌朝には、どちらも綺《き》麗《れい》になくなっていた。誰かが片づけたのだろう。

その見返りは、食事に現われた。もうこれよりひどくはなるまいと思っていたのに、食事の量そのものが、大きく減らされた。

一日に一度、仏前に盛るほどの飯が与えられるだけになった。一瓶の塩が添えられたことが、たった一度だけあった。

殺すなら殺せ、と思った。干殺《ひごろ》しにするつもりならば、一粒の米も、一滴の水も与えねば良い。お情け程度の食べ物で、しかしわたしは命を繋《つな》いだ。

冬の寒さが体に染《し》みた。食べ物が減ったのはつらかった。しかし、よりむごいのは、湯殿だった。湯が用意されないことはなかったが、それはぬるま湯で、浸《つ》かれば浸かるほど体が冷えるようなものだった。

わたしは歯を食いしばった。体を壊してしまえば、そのまま死ぬと思った。

しかしわたしは死ななかった。幽鬼のように痩《や》せ細りながら、年を越し、冬を越した。

ここまで生き延びたわたしは、強かったのだろうか。

違う、と、わたしにはわかっていた。

わたしは弱かったのだ。

抗《あらが》う機会はいくらでもあったのに。

この離れから、逃げることができた。

電報を受け取っても、高大寺に帰らないこともできた。

お祖母さまと争って、小栗家の主の座を奪うことだって、できたのだ。

わたしは五十鈴のおかげで勇気を得て、一度はお祖母さまを説き伏せて、高大寺を出た。それなのに、結局、その勇気を持ち続けることはできなかった。何もしないのが正しいのだ、従うのがいちばん良いのだと、わたしは自分の前に百の理由を並べ立てた。

そうしてわたしは生きることも、死ぬこともできず、ただ弱っていくだけ。

それを強いと呼ぶことは、決してできない。

春が来た。障子はもう開けられることはなかったけれど、鶯《うぐいす》の声で春を知った。

庭から、お祖母さまの声が聞こえる。楽しげに。

「太白ちゃん、どこかしら。こっちに隠れて」

「こっちかしら。こっちに隠れたの」

「ほらほら、ばあばが見いつけた。悪い子ねえ、こんなところに隠れて」

わたしはここだ。わたしは、悪いことはしていない。

梅雨の季節。途絶えることのない雨音は、わたしに残された命を穿《うが》っていくよう。

小瓶の塩が、湿り気で固まる。もう、あまり残っていない。

米澤穂信
Honobu Yonezawa

いつの間にか、床に臥《ふ》せっていることが多くなった。頭の中に霞《かすみ》がかかったようで、何もできる気がしない。ただ、わたしはときどき、かすれた声で歌った。それは楽しい旋律で、ひび割れたわたしの心にはつらく響いたけれど、それでも歌った。

わたしが教えた言葉を五十鈴が歌ってくれた、あの旋律を。あたかもそれが何かの呪《まじな》い歌で、絆《きずな》で、歌えばあの夢のような毎日が戻ってくるとでもいうように。

かすかな歌声は、しかし雨音に掻《か》き消される。

そして、夏。

焦熱の中で、わたしの、最後の火が消えていく。腕も上がらず、瞼《まぶた》も重い。首を捻《ひね》ることさえできない。

乾いたくちびるが動く。

最期《さいご》に及んでも、わたしが呼ぶ名前はひとつだけ。わたしの生の中で、たったひとり、心を分かち合った名前。

「五十鈴……」

そのくちびるが、ひんやりと冷える。水気が口の中に染《し》みとおってくる。

末期《まつご》の水、という言葉を思い浮かべたわたしの耳に、言葉が届く。

「ここにおります、純香さま。玉野五十鈴は、ここにおります」

また、幻。でも、良い幻。
わたしは微笑《ほほえ》み、気を失った。

米澤穂信
Honobu Yonezawa

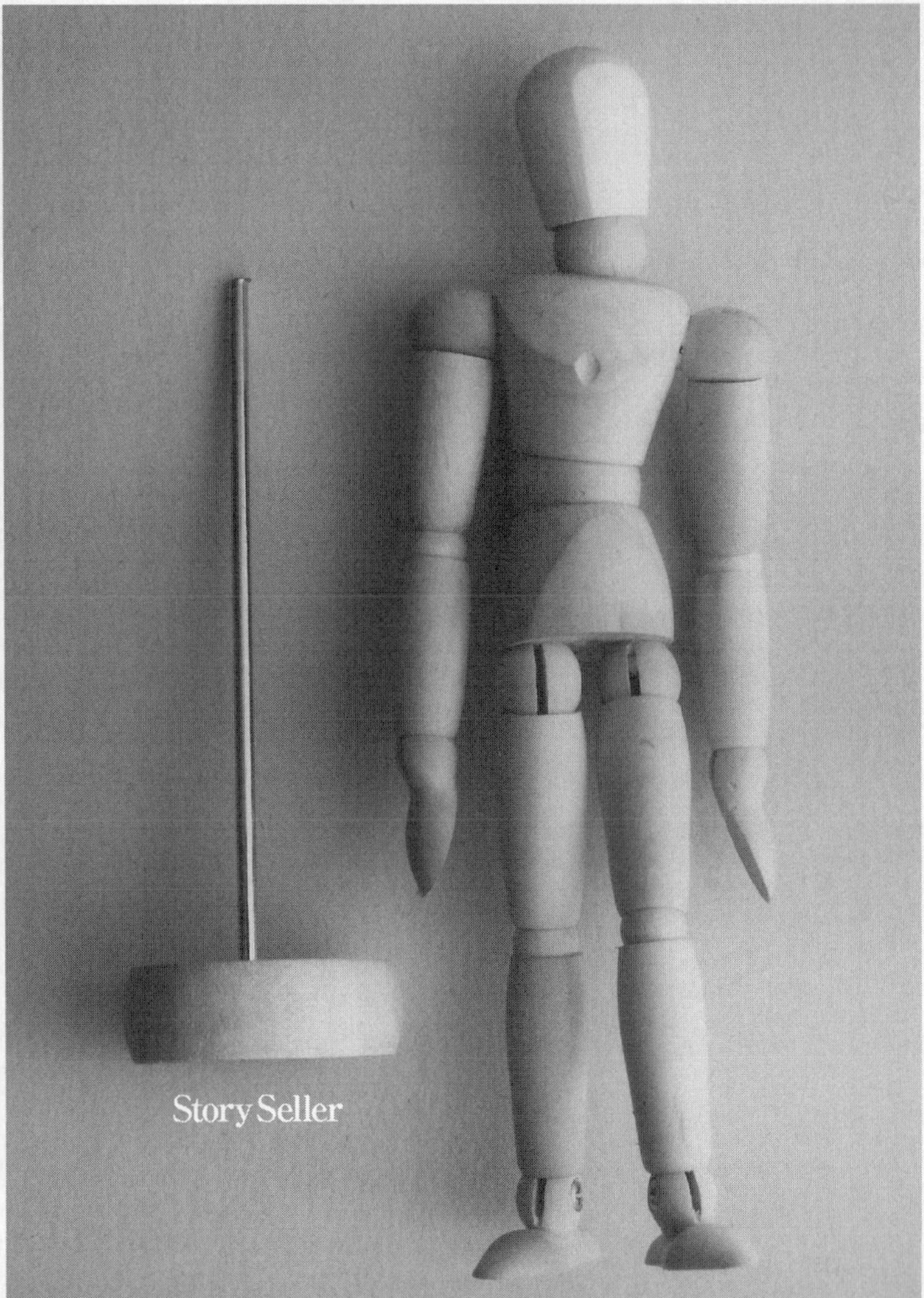
Story Seller

5

わたしは三日三晩、幽明《ゆうめい》の境をさまよったらしい。

名医が呼ばれ、手が尽くされた。わたしの衰弱は甚だしく、一度は心臓も止まったと聞いた。

目を開けたとき、最初に見えたのは母の顔だった。わたしは、ここはあの世だろうかと思ったりはしなかった。ただこれは本当のことではないだろうとは思った。母がわたしにすがりつき、

「ああ、よかった！　ごめんね、ごめんね純香。よかった、神さま！」

と、泣きに泣いたからだ。母はお祖母さまに魂を抜かれ、喜怒哀楽を失った。大声を出すこともなければ、わたしを抱きしめることもなかった。だからこれは、本当のことではないのだと。

もうひとつある。母の傍らに父がいて、何度も頷《うなず》いていた。父は追い出されたはずだ。だからこれは、本当のことではない……。

体を起こし、粥《かゆ》が喉を通るようになったのは、さらに三日後のことだった。二年の間に粥は食べ飽きたと思っていたが、このときの白粥は、しみじみおいしかった。

米澤穂信
Honobu Yonezawa

わたしの体を気遣いながら、母が話をしてくれた。

「お祖母さまが、亡《な》くなったのよ」

そうだろうと思っていた。でなければ、わたしが救われることなど、なかったろうから。

あれほど気丈だったのに、不意に昏倒《こんとう》し、そのまま帰らぬ人となったという。葬儀は既に済み、遺体は荼毘《だび》に附《ふ》された。

たぶんいまごろは地獄だろう。

「お祖母さまが倒れてしまうなんて、何かあったのですか」

そう尋ねると、母は言葉を濁した。

「もう少し元気になったら、話してあげるわ」

「すみません、お母さま。知りたいのです」

母はなおもためらっていたが、小さな溜《た》め息《いき》をつくと、目尻《めじり》を拭《ぬぐ》った。

「太白がね。かわいそうに、あの子が、死んでしまったの」

「え」

太白はわたしの弟であり、母の子だ。たしかに、太白のためにわたしは命を危うくした。だけど、顔も知らないけれど、弟だ。

死んでしまったのか。

「事故だったのよ。仕方がなかったの。でもそれで、お祖母さまは叫び散らした挙句に気を失って……。そのまま亡くなってしまったわ。

ごめんなさい、純香。お祖母さまに逆らえなくて、あなたを死なせてしまうところだった。弱い母を許してちょうだい……」

さめざめと泣く母を、わたしはぼんやりと見ていた。母はたしかに弱かった。そのためにわたしが死にかけたことも確か。しかしわたしは、それを詰《なじ》ることはできなかった。わたし自身の弱さもまたわたしを殺しかけたのだと、知っていたから。

もう一つ、尋ねる。

「新しいお父さまは、どうしたのですか」

すると母は、顔を歪《ゆが》めた。思い出すだけでおぞけが走るのか、自分の体を抱きしめる。聞いたこともない憎々しげな声で、こう吐き捨てた。

「あんな男、お祖母さまが亡くなった次の日に、無一文で放り出したわ!」

それで、父がここにいる理由もほぼわかった。

その晩。病床のわたしに薬湯《やくとう》を持ってきてくれたのは、父だった。

「具合はどうかな」

「ずいぶん良くなりました、お父さま」

綿布団《わたぶとん》の中で半身を起こし、そう答えるわたしの声は、しわがれている。父は痛ましそうに眉をひそめた。

「すまなかった。ぼくは、お前がこんな目に遭っていることを知らなかった。これまで通りに暮らしていると思っていたんだ」

わたしはつい、

「ご存じだったら……。助けてくれましたか」

と呟《つぶや》いてしまう。その声は小さかったので、父はよく聞こえなかったらしい。

「なんだい」

「いえ、なんでもありません。お父さまも、ご苦労なさったのではと思いまして」

父はそれを、額面通りに受け取った。

「ぼくの苦労なんか、取るに足らない。本当にたいへんだったのはお前と香子だ。お前が気がついたのを見て安心したのか、香子も寝込んでしまったよ」

「お母さまが。悪いのですか」

「医者は、恐ろしく神経が疲れていると言っていた。いまは、二つ隣で休んでいるよ」

さもありなん、と思う。

わたしは祖母と弟を失った。あまり悲しくはない。しかし母は、親と子を失ったのだ。もともと母は、これほどの衝撃に耐えられるひとではない。しばらくは、起き上がることもできないだろう。

ならばその分、わたしが速く恢復《かいふく》しなければならない。

わたしの沈黙をどう受け取ったのだろうか。どこか執り成すように、父が言った。

「だけど、香子は言っていたよ。太白があんなことになってしまったことは、本当に悲しい。けれどお前が生きて戻ってきて、こんなに嬉《うれ》しいことはないと。太白の命は短かったけれど、きっと、お前を助けるために天が遣わしてくれたんだと、そう言っていた」

それを聞いてどう思えばいいのか、わからなかった。わたしの命は、太白の命で贖《あがな》われたものではない。むしろわたしは、太白のために殺されかけたのだ。物心さえつかないうちに死んだ弟を、可哀想《かわいそう》とは思う。しかし母のように考えることはできない。

母もたぶん、そんな道理が通ると思って言ったわけではないだろう。そう考えることで母の苦しみがやわらぐのだとすれば、わたしは何も言わない。

「……お祖母さまのことは、何か言ってらしたかしら」

そう問うと、父はかぶりを振った。

「いや。何も」

それはかえって、少し意外だった。

薬湯はかなり熱くて、口をつける気にはならない。こんなに熱く、誰が淹《い》れたんだろうと思う。白濁した薬を、ただじっと見つめている。

「純香。何か欲しいものがあったら、言いなさい」

父がそんなことを言ってくれた。

わたしが望むものは、もちろんただひとつ。

「五十鈴を、ここに……」

けれどわたしは、言葉を呑《の》み込んだ。

わかっているのだ。

たとえ五十鈴を呼んだとしても、わたしが本当に望むものは、もう手に入らない。わたしたちを襲った運命は数奇に過ぎたし、過ぎた歳月の間に二人とも、年をとってしまった。あのアパルトマンでの日々も、食事の支度をする五十鈴の歌声も、「バベルの会」の読書会に二人で行く夢も……。何も、戻ってはこないのだと。

会わない方が、いいのかもしれない。幽閉されてから初めて、わたしはそんなことを思った。

しかし父は、わたしの願いを聞いていた。

「玉野君は、もういないよ」

「……え」

思わず、手の中の湯呑みを取り落としそうになる。

「玉野君だけでなく、いま小栗家に、使用人は一人もいない」

わたしは、自分の喉《のど》が弱っていることも忘れ、叫んでいた。

「どういうことですか」

突然の昂奮《こうふん》に父は驚き、わたしを宥《なだ》めるように手を振る。

「落ち着きなさい。薬がこぼれてしまう。ぼくも家にいたわけじゃないから、詳しいことは知らないんだよ」

父は考える間を取り、やがて話し始める。

「もう少し恢復してから話すつもりだったが。お前も、前後の事情は知っておいた方がいいだろう。事の起こりは、太白の誕生日だった。小栗家長男の、一歳の誕生日。ここぞとばかり、たくさんの人が贈り物を持ってきた」

その景色には、わたしも見覚えがある。お祖母さまに諂《へつら》うために、趣向を凝らした贈り物を用意する人々。しかし、

「お前も知っての通り、小栗家にはたいていのものは揃《そろ》っている。この日も、最上のいくつかを除いて、残りは捨てられた。ところが太白は、その捨てられる贈り物に執心だったらしい。

香子の子でありながら、ぼくは太白のことは何も知らない。お前と同じだ。だけど自分の足で歩けるようになって以来、屋敷のあちこちに隠れ潜むようになったとは聞い

た」

今年の春、庭から聞こえてきたお祖母さまの声を思い出す。出ておいで。悪い子ね、こんなところに隠れて。

「太白は、贈り物を探してか、それとも隠れんぼのつもりだったのか、庭に出て狭いところに入り込んだ。ただ、そこは焼却炉だった。祝宴の後始末で、使用人たちは忙しく働いていた。何人もが屋敷と焼却炉を往復していて、誰かが蓋《ふた》を閉じ……。誰かが、火をつけてしまった。太白は骨になって見つかったらしい」

わたしは瞑目《めいもく》する。

太白が死ぬかわたしが死ぬか。それはわかっていた。しかしこうして、生きながら焼かれたその無惨《むざん》な最期《さいご》を聞けば、やはり哀れでならない。小栗家などに生まれなければわたしたちは、仲のよい姉弟になれたかもしれないのに。

「……むごいこと」

「本当に、不幸なことだ」

父は大きく頷いた。

「だけどお義母《かあ》さんは、ただの不幸な事故とは考えなかった。使用人たちの不注意を責め、お義父《とう》さんの軍刀を持ち出して、使用人たちに斬《き》りかかった。香子が逃がさなかったら、死人が出ていたかもしれない。

騒動が収まると、いつの間にか、お義母さんが泡を吹いて倒れていた。そのまま亡くなってしまったそうだよ」

では、あれは。喪心《そうしん》するわたしのくちびるに水を含ませ、ここにいると励ましてくれたあの声は。五十鈴は。

やはり、幻だったのか。わたしの儚《はかな》い望みが見せた、幻覚だったのだろうか。それにしては、あの喜びは生々しかった。いまでも胸の中があたたかい。

「お義母さんのなさりようは、やはり少し、常軌を逸していたと思う。悲しみはわかるけれど、炉の中で赤子が寝ているだなんて、誰が思うだろう。急なご最期だったというし、もしかしたらどこか、ご病気だったのかもしれないな」

そんな風に父は言う。

しかしわたしは、別のことを考えていた。

結局お祖母さまは、なぜそんなに急に亡くなったのだろう。急な病気という扱いで、葬儀はもう済んでいる。ご遺体は荼毘に附されてしまったのだから、死の原因はもう永遠にわからない。ただお祖母さまは、毒をお持ちではなかったか、と思うだけ。

太白は贈り物を求めて、あるいは隠れんぼで、焼却炉に入ってしまったのだというけれど。もしその焼却炉にお勝手のごみが捨てられていたら、それはこの暑気で少なからず腐っていただろう。悪臭もこもっていただろうに、いくら物心のつかない赤ん坊でも、そんなところに入り込むだろうか。つまり、太白が焼却炉に入ったときは、まだお勝手のごみは捨てられていなかったのではないか。

そしてもう一つ。火がついたとき、太白は父が言うように、眠っていたのだろうか。もしかしたら、開かない蓋の内側で、赤子は泣いていたのではなかろうか。

「それから使用人は、一人も戻ってこない。そういうわけで、玉野君もいないんだ」

その声で、わたしは我に返る。父は優しく言ってくれた。

「お前は玉野君が気に入っているみたいだね。お前が望むなら、あの娘を探してもいい」

「……そうね」

「玉野君は、よく言うことを聞いたかね」

夏の夜は、どこかざわめきに満ちている。わたしは微笑《ほほえ》む。

「ええ、お父さま。とてもよく。五十鈴は、何でも言うことを聞いてくれました」

暗がりの中、いくつかの姿が見える。取り澄ました五十鈴。笑う五十鈴。こんな暑い晩に、五十鈴はきっとポーを読んでいる。

「呼び戻してください。是非。あの子がわたしの望みを叶《かな》えてくれないことは、一度たりともありませんでした」

彼女自身が言っていた。

それが玉野五十鈴の、誉れだったのだ。

細い月が障子を照らしている。暗がりの中、光るように白い布団に半身を起こし、わたしは薬湯を吹く。

薬湯はもう、すっかりぬるんでいる。それでも吹く息がいつしか拍子をつくり、旋律に変わる。強張《こわば》った頬でぎこちなく。

わたしは微笑んでいる。耳には歌声が甦《よみがえ》る。

――始めちょろちょろ、中ぱっぱ。赤子泣いても蓋取るな――

米澤穂信
Honobu Yonezawa

米澤穂信（よねざわ・ほのぶ）

一九七八年岐阜県生まれ。二〇〇一年、『氷菓』で第五回角川学園小説大賞奨励賞（ヤングミステリー&ホラー部門）を受賞しデビュー。独自の視点で「青春」を描き、かつミステリとしての構築度も高い作品で定評がある。『氷菓』『愚者のエンドロール』『クドリャフカの順番』『遠まわりする雛』と続く「古典部」シリーズと、『春期限定いちごタルト事件』『夏期限定トロピカルパフェ事件』と続く「小市民」シリーズなどで高い人気を誇る。

著作リスト（刊行順）

『氷菓』（角川書店）
『愚者のエンドロール』（角川書店）
『さよなら妖精』（東京創元社）
『春期限定いちごタルト事件』（東京創元社）
『クドリャフカの順番』（角川書店）
『犬はどこだ』（東京創元社）
『夏期限定トロピカルパフェ事件』（東京創元社）
『ボトルネック』（新潮社）
『インシテミル』（文藝春秋）
『遠まわりする雛』（角川書店）
『儚い羊たちの祝宴』（新潮社）

米澤穂信
Honobu Yonezawa

333のテッペン

佐藤友哉

Yuya Sato

1

全長三百三十三メートルの東京タワーの塔頂部で男が死んだという一つの事件は、またたく間にという表現が大げさであるとしても、第一報から四時間ほどでトップニュースとしてあつかわれた。各テレビ局はニュース映像を流す際、『上空から謎《なぞ》の墜落死？』やら『あの名所でミステリー！　東京タワーの怪！』やら『東京タワーで何が？　男性不審死』やらといった仰々《ぎょうぎょう》しいテロップを貼《は》りつけて、事件を扇情《せんじょう》していた。

イカロスの墜落とロズウェル事件を知っているため、この程度のイベントで騒ぐ気にはなれず、それよりも職場が目立ってしまったことへの不安を和らげる目的で、事件発生から数時間が経過した午後五時、東京タワー内にある我がすばらしき職場『たいもん商会』の店番をしながら、小型テレビでニュースを観《み》た。見慣れた東京タワーを背景に喋《しゃべ》るレポーターの言葉をまとめると、本日午後二時ごろ、東京タワーの塔頂部に何かが乗っているという通報を受け、警備会社に降ろさせたところ、それが死体だった、死体は三十代から四十代の男性で、身元は判明していない、また、男性がどのように東京タワーの塔頂部にたどりついたのかも、どのように死んだのかも判明していない、警察は事件と事故の両面から捜査をつづけている……とのこと。

何かを考えようということを考えようとしたがうまく行かず、云《い》ってしまえば失敗に終わった。当たり前の話だ。今ある情報だけで推理を組み立てることはできないし、CGやらDNAやらが横行している現代にトリックなどクソの役にも立たないし、そもそもオレは警察でもなければ探偵でもない。寂《さび》れた土産物屋でアルバイトをする二十六歳のフリーターには、自分の職場で起きた事件に参加する資格などないのだ。

「こまった」だからオレは素直につぶやいた。「本当にこまった」

「こまったからと云って、その事実をいちいち口に出したところで解決はしませんが」

オレとともに店番をしている同僚の華野《はなの》が、無愛想と突慳貪《つっけんどん》を合わせたような声で指摘した。

「承知の上でも云いたくなったんだよ。華野さんにはそういうのないのか？」

「ありませんよ。幼稚ですね」

「未熟と云って欲しいもんだ」

「幼稚と未熟は類義語ですが」

華野はレンズの分厚さに関しては天下一品の眼鏡を押し上げた。

こういう云い回しはあまり好きではないが、こいつは『華野』なんていうロマンチックな名前と人格がまるで合っておらず、サバサバがサバサバを着て歩くような女だった。華野の名前が『夢子』や『桃子』だったら笑ってやるつもりでいるのだが、なかなか聞き出す機会がない。

「土江田《とえだ》さん」そんな華野に名前を呼ばれた。「ちょっとよろしいですか」

「何？」

「東京タワーで事件が起きて、なぜ土江田さんがこまらなければならないのですか？」

「いい質問だな」

「妥当な質問です」

「自分の周りで事件や物語が動くのが嫌いなんだよ」オレは並んで座る同僚に向けて云った。「映画や小説じゃあるまいし」

「解《わか》ります」

「本当に？」

「嘘《うそ》です」華野は表情筋をぴくりとも動かさなかった。「まったくの嘘です」

「………」

「お、二人がテレビを観てる」バックルームから、きわめて漫画的な好々爺《こうこうや》が出てきた。『たいもん商会』の主人だ。「珍しいね。というか、はじめてのことだね」

「あ、すいませんバイト中に」

オレは小型テレビの電源を消した。

「責めちゃいないよ。それより、嫌になっちゃうなあ」

「すいません」

「責めちゃいないってば。嫌になってるのはきみたちの勤務態度じゃなくて、殺人事件」

「警察がそう云ってたんですか？　テレビじゃ殺人事件とは断言してませんでしたけど」

「さっき、ちょっと小耳に挟んでね。自殺ならまだいいけど、殺人事件となると大変だよ。タワー、閉鎖とかにならなきゃいいけどね。あと、お客さんの入りが減ったりとかさ」

「むしろ増えるんじゃないでしょうか」オレは思ったことを口にした。「日本人なら誰でも知ってる東京タワーのてっぺんで殺人事件ですからね。そこそこセンセーショナルですから、誰もが興味を持つはずですよ」

「土江田君もそう思うの？」

「いえ。ただの一般論です」

「一般論というのも、なかなか思い至らないものだよね。びっくりしたところなんだよ。というのも、事件が起きて楽しんでる連中がいてね。警察から事情を聞かれたと云って喜んでさえいたよ」

「どうせ北村《きたむら》のやつでしょう？」

オレは東京タワー内にあるコンビニエンスストアでアルバイトをしている生意気なガキの名前を口にした。

「へえ……良く解ったね」

「そういう当たり前の発想を持てないのは、素人《しろうと》の証拠です」

警察から事情を聞かれたければ、まだコウノトリを信じているような少女から子宮を引きずり出して交番に届ければいい。嫌というほどの質問攻めに遭うだろう。忘れたはずの黒い発想がごく自然に浮かんだことで、オレは自分自身がひどく苛立《いらだ》っていることに気づいた。

「それよりきみたち、今日はもう帰ってもいいよ」店の主人は云った。「お客さんは外に出されて、中にいるのは警察だけだ。今日ほど店番がいらない日はない」

「警察がキーホルダーや木刀を買ってくれるはずもありませんしね」オレは肩をすくめた。「だけど、大丈夫ですか」

「何が？」

「勝手に帰っても」

「たとえ土江田君が犯人だったとしても、事件初日に土産物屋の店番に目をつけて事情を聞きにくる警察はいないだろう。そいつは優秀すぎるよ」

オレはまったくその通りと思ってうなずき、明日はどうしましょうかと聞いた。

「営業できるようなら事前に連絡するよ。ま、望みは薄いから、休暇ということでいいですね？」

「では、働けるようでしたらまた明日」

というわけでバックルームで支度を済ませ、店の主人に挨拶《あいさつ》をして一階まで降り、そのまま華野と別れた。それから東京タワーの一階にあるコンビニエンスストアに入ると、缶コーヒーをレジに置いた。

「いらっしゃいませ」店員の顔はにやついていた。「おい土江田、なんでもう帰りなんだよ。早くねえか？」

「客に向かって馴《な》れ馴れしいぞ」

「笑える。何が客だ。いつも缶コーヒー一本しか買わない癖にお客様ヅラしやがって。で、質問に答えろよ」

「事件のせいで客がこないから早仕舞いだとさ」

「お前んとこの店、どんなときだって客いねえだろうが」

「そこに関しては否定できないな」

「くそ、うらやましい。コンビニはそうはいかねえよ。客がいなくても警察が買いにくるんだ」

そう云って店員……北村は、しきりに舌を打った。

こいつはオレよりも年下（確認していないが、明らかに十代）なのだが、いつだって
このような喋り方をするので、近いうちに殺害しなければならなかった。

「店員、舌を打つ暇があったらレジを打て」オレは不満と殺意を言葉にこめた。「コー
ヒー、冷めるだろ」

「笑える。いいこと教えてやろうか。缶のままレンジに突っこんで温めるといいぜ」

「そこでやってもいいか？」

オレは店内に置かれた電子レンジを指差した。

「なあ土江田」北村は勝手に話を進める。「事件のことだけど、何か新情報はないか？

めっちゃ気になってるんだよ。すげえよなあ、殺人事件だぜ殺人事件。しかも東京タワ
ーのてっぺんで。不思議だよなあ」

「楽しそうだな」

「当たり前だろうが。身近なところで殺人事件が起きたら楽しいだろ、普通」

「身近なところで殺人事件が起きたら面倒だろ、普通」

「笑える。お前もしかして、良識ぶってるのか？　全然似合ってないぞ」

「北村、お前は警察に事情を聞かれたんだろ？」

「なんで知ってるんだよ」

「警察にはどんなことを聞かれたんだ」

「どんなことって……別に普通さ。不審者を見かけませんでしたかとか、そういうの」

「解った」俺はうなずき、目撃者としても参考人としても平凡すぎる北村にがっかりして話題を終わらせた。「さっさとレジを打て」

「あ？　自分から聞いておいてその態度はなんだよ」北村はバーコードスキャナを缶コーヒーに近づけた。「二度打ちしてやろうか」

「それよりも早くお前を殺せるぞ」

「お客様、袋にはお入れいたしますか？」

「お願いします」

ビニール袋をぶら下げて、コンビニエンスストアを出た。

空撮しているテレビ局のヘリコプターがやかましい。警察に呼びとめられることはなかったが、出入口前で待機しているマスコミがカメラとマイクを向けてくるのにはこまった。当然コメントなどしなかったから、オレの姿が公共の電波に乗ることはないだろうが、念のため顔は隠しておいた。

『マリオンクレープ』東京タワー店の横を通過し、芝公園方面の通りに出て、増上寺の境内が見えてきたあたりで振り返る。

東京タワーで働くようになってから、その動作を飽きずにくり返していた。日課と称される文化を自分が持つとは思ってもいなかった。オレは趣味もなければ女っ気もないし、立脚点もなければ信仰心もない。腹も減らず、感情も動かない。自分をロボットと思うには歳《とし》を取りすぎているが、一日のどこかに日課が入るのを素直に認めるほど老いてもいなかった。

とはいえ、振り返った自分は認めなければならないし、振り返った自分が嫌いなわけでもないので、首の角度を三十度ほど上げて視線を微調整する。すっかり暗くなった夜の中に、百七十六灯の投光器によって白くライトアップされた巨大な東京タワーの上部が見えた。一度知ってしまうと、日課はなかなかやめられない。

2

日課で思い出したので、カラフト犬の話をしよう。

東京タワーを支える四つの塔脚の一つ、一階案内所付近にある第一塔脚のすぐ横には、十五頭のカラフト犬の像とともに、『南極観測ではたらいたカラフト犬の記念像』と彫られた石碑が建てられている。東京タワーが完成したのと同じ年の昭和三十三年、南極に向かった第二次南極地域観測隊は、悪天候のために観測船を接岸させることができなかった。厚い氷に閉じこめられ、さらにはスクリューも破損していた。そのため越冬を断念して引き返し、一方の南極では、第一次南極地域観測隊に置き去りにされた十五頭のカラフト犬が、鎖につながれたまま第二次南極地域観測隊を待ちつづけた。そして翌年の昭和三十四年、第三次南極地域観測隊が上陸すると、十五頭のうち七頭は餓死、六頭は行方不明になっていたが、そのうち二頭がまだ生きているのを確認した。あの有名なカラフト犬、タロとジロだ。同年、財団法人日本動物愛護協会により、当時は話題の場所だった東京タワーに記念像が作られた。その記念像は、東京タワーまでくれば中に入らなくても見ることができる。心細いような励まし合っているような十五頭のカラフト犬を見ることができる。

オレは東京タワーに入る前に、必ずカラフト犬の像の前に立ち寄ることにしていた。何かをするわけでも、何かを考えるわけでもないのだが、とにかく立ち寄ることにしていた。そうして十五頭のカラフト犬に視線を向けてから(日によっては十頭だったり十三頭だったりするかもしれないが)職場に向かうのだ。

例の事件が起きてから東京タワーの一般公開が禁止され、今日で三日目になる。

つまり警察は、事件から三日目を迎えても……犯人を逮捕できていないわけだ。

だからオレは月島にある自宅マンションの一室で、だらだらと一日を消化しなければならなかった。テレビのチャンネルを回して事件の続報をさがしたが、どこの局も賑々《にぎにぎ》しく報道するだけで、新情報をもたらしてはくれなかった。

東京タワーのてっぺんで起きた殺人事件は、暇な人間からそう暇でもない人間までが常に気にかけている、久方ぶりの国民的事件となっていた。

陰惨《いんさん》かつ陰鬱《いんうつ》な事件に、いい加減ぐったりしていた視聴者からしてみれば、被害者や加害者の心情なり信条なりを想像しなくても面白がれる今回のような事件を、心底求めていたのだろう。実際、テレビ画面に映るコメンテーターたちは、東京タワーの塔頂部で人を殺すトリックをあれやこれやと議論し、インターネットの掲示板では、探偵を気取った一般人たちが推理合戦を展開させていた。そんな『頭の体操』が好きな国民が盛り上がっている殺人事件の、現在までに判明している詳細はこうだ。

西暦二〇〇八年九月十八日午後一時三十三分、東京タワーの塔頂部に誰かが乗っているという通報を受け、職員二人が双眼鏡で確認すると、人のようなものが確かに見えたため、すぐに警備会社の作業員に降ろさせて、男性の死体を回収した。死体の身元は所持品から都内在住の会社員、新居久道《あらいひさみち》三十六歳ということが判明した。事件前日の新居の行動は、十七日午後十一時まで同僚たちと神田で飲み、その後タクシーに乗って浜松町駅で降りたところまでは確認されている。死体は新居自身のベルトによって東京タワーの避雷針にうつ伏せに固定されていた。死亡推定時刻は十八日の午前九時から午後一時の間。死因は感電死。強力な電流を体内に流されたと推測されている。新居の自宅は吉祥寺にあり、同僚と別れた後に浜松町に向かった理由は不明。また事件前日から当日にかけて、東京タワーに接近する不審な飛行物体（ヘリコプターやハンググライダー）は確認されていない。以上。

　テレビを消してベッドに横たわり、そういえばテレビの電波を流すのも東京タワーの仕事の一つだということを考えているうちに、いつの間にか眠っていた。夢は見なかった。オレは夢を見たことがない。実際には見ているのだろうが記憶に残らないのだ。それは実感としては無獲得と同義なので、夢を見たことがないと堂々と他人に云うことができる。他人に云ったことは一度もないが。

　翌々日の早朝、店の主人からの電話で、営業を再開するとの連絡を受け、オレは東京タワーに向かった。マスコミと警察は事件当日よりは少なくなっていたが、来塔者の数は軽く二倍を超えているように見えた。それでも我らが『たいもん商会』の売り上げ額と来客数は変わらなかったので、オレと華野はいつものように店番をし、沈黙してすごした。

　ちなみにオレの職場は正確には東京タワーではなく、東京タワーのアーチにすっぽりと入っている、フットタウンと呼ばれる四階建ての建造物だ。以前は近代科学館と呼ばれ、展示場などがあったらしいが、今はレストランや土産物店、それから『ギネス世界記録博物館』や『蠟《ろう》人形館』など各種施設が入っていた。つまり、展望台以外のすべてがこのフットタウンに集約されているわけだ。さらに今日は事件後はじめての営業日。このような商売に最適の日にもかかわらず『たいもん商会』に客が寄りつきもしないのは、商品のラインナップが原因だろう。キーホルダー、木刀、絵葉書、Tシャツ……。外国人観光客と修学旅行生以外、果たして誰が買うのだろうかといったものばかりなのだ。人がほとんどこない職場は助かるが、それでもここまで閑古鳥が鳴きつづけていると心配になってくる。

「今日も暇だね」

まったく危機感のない声でそう云うのは、『たいもん商会』の主人だった。バックルームから出てきて、店番をしているオレたちに蜜柑《みかん》を渡し、退屈そうに首を回している。話のすべてを信じるなら、『たいもん商会』は東京タワーが開業した昭和三十三年から現在までここに存在しているとのこと。半世紀も店をつづけていられるのだから商才はあるはずだが、この惨状しか知らないオレからしてみればすべてが嘘臭い。

「いただきます」オレは蜜柑の皮を剥《む》いた。「タワー自体は大繁盛《だいはんじょう》してますけどね。オープン初日よりも多いんじゃないですか」

「そんなことはないだろうよ。初日はロビーに入りきらないどころか、芝公園にまで列があふれてたはずだったから」

「見たんですか?」

「あのころは、『たいもん商会』はもちろん、ほかの店も活気があってね」店の主人はまぶしそうに目を細めた。「ずいぶん忙しくて、本当に嫌だったなあ」

「嫌だったんですか？」

オレはおどろいて聞いた。

「当たり前じゃないか。なんでそんな、汗水垂らして仕事しなくちゃならないんだい」

「老人が今どきの若者みたいなことを云うと、とてつもない違和感がありますね……」

「土江田君も、わたしと同じ考えの持ち主だと思ってたけど。そうじゃなきゃ、こんな店でアルバイトなんかしないだろうからさ」

「否定はしません。人並み程度の稼ぎがあればそれで結構です。東京タワーの展望台から見えるような立派なビルに住むなんて野望はゼロですし」

「男らしさを見せる場所は、そこじゃないからね」店の主人はうなずいた。「それにしても、土江田君は枯れてますね。現代に生きる二十代は、みんな土江田君みたいなものなの？　華野さんはどうだい？」

「私は安定を好みます」

華野は前を向いたままで最小限の言葉を返した。

「安定か。意外だね」

「そうですか」

「なんとなくだけど、安定という言葉と華野さんは合わない気がするからさ」

「そうですか」

この女にはサービス精神が欠如している。

「成り上がり精神ってのは前時代的なものになってしまったんだね」店の主人は気にするでもなくつぶやいた。「いい世の中になった証拠かな」

「不満なんですか」

オレは質問した。

「まったく逆さ。だって、野望を持ったまま失速しなくてすむからね」

オレは特に返事はせず、蜜柑の皮をすっかり剝くと三等分にして、その一かたまりを口に放りこんだ(蜜柑を完全に分割して食べるのは素人の証拠だ)。そうして蜜柑をたちまちのうちに食べてから時計を確認した。正午になろうとしている。

「そうだ、二人にも伝えておかないと」店の主人は不意に両手を合わせた。「どうもね、探偵がやってくるらしいよ」

「探偵?」思わず声が裏返った。「探偵って、まさか探偵のことですか?」

「そうだろうね」

「どうして探偵なんて」

「今回の事件を解決するためだろうよ、どう考えても」

「それは警察の仕事ですよ」

「まあそうなんだが、でも依頼したみたいで」

「誰がですが？」

「東京タワーの偉い人が」

「じゃあ仕方ないですね」

「納得するのが早いなあ」

「納得するも何も、そうするだけの理由と権力を持った人が依頼したんであれば、オレとしては意見も異論もありませんよ。オレはフリーターであって、タワーを運営する側じゃないんですから」

「卑下する必要はないさ」

「正しい情況を口にしただけです」

「なんにしても、もし探偵と会うようなことがあれば協力してあげて下さい」

「了解です。で、探偵の名前は聞いてますか？」

「確か……」店の主人は腕を組んだ。「ええとね、なんだっけ、マツバなんとかって云ってたような。どんな字を書くのかは知らないけど」

「マツバですか。云いたいことは多少はありますが、ぎりぎりセーフですね。アケチとかキンダイチみたいなノリだったら確実に殴りつけて……」

「土江田さん、正午になりました。お昼休みの時間です。お先にどうぞ」

華野がデジタル時計のような正確さで告げたので、オレの言葉は中断された。

「もうそんな時間か。おどろきだね、何もしてないのに」店の主人は腕時計を確認し、そのまま視線をオレにスライドさせた。「行ってきなよ。ゆっくりしてきてもいいからね。どうせ今日も暇だ」

オレは『たいもん商会』を出ると、腹の虫を飼い馴らすため、同フロアにあるフードコートに向かった。フードコートは広いスペースを有した休憩室になっていて、オレの昼食はそこに入っているマクドナルドだった（東京タワーの中にはレストランや蕎麦《そば》屋もあるが、毎日食べる気にはなれない、育ちが悪かったせいか節約の癖があるのだ）。チーズバーガーとブレンドコーヒーを買って席につき、賑わう周囲を観察する。平日の昼間だというのに、フードコートの席はほとんどが埋まっていた。珍しさはないものの、そんなにめぐり合わない情況だ。『たいもん商会』の店番をしているだけでは実感が湧《わ》かなかったが、殺人事件による好景気は相当のものらしい。

五分ほどで食事を終えてしまうと、屋上に上がった。

フットタウンの屋上には小さな遊技場と広場があり、遊技施設で遊ぶことができる。もちろん二十六歳の男が、幼児向けの乗り物でエンジョイするわけにはいかないのでベンチに腰かけた。背後には大展望台直通階段があった。そこは土日祝日に開放されていて、何が楽しいのかは知らないが、地上百五十メートルのところにある大展望台まで階段を使って上ることができる。上空を見上げてみたが、規則的に伸びた赤い鉄骨と大展望台の底面のせいで、ほとんど何も見えなかった。

ここにあるのは東京タワー。

それだけだ。

高さ三百三十三メートル、重さ四千トンの巨大な塔。

その馬鹿《ばか》馬鹿しいまでの質量。

オレは視線に想像力を加味させて、見えるはずのない東京タワーの先端を幻視する。

そこには一人の男が乗っていた。三百三十三メートルのてっぺんに、死体となって乗っていた。だが、このような想像ができても、意味までは解らない。

なぜ被害者は、東京タワーのてっぺんで殺されなければならなかったのだろう？　なぜ加害者は、東京タワーのてっぺんで殺さなければならなかったのだろう？　なぜ事件は、東京タワーのてっぺんで起こらなければならなかったのだろう？

それと、

……どうやって？

最終的なことを云ってしまえば殺人の理由など、なんでもいい。目立たせたかったからでも、憎らしかったからでも、供養《くよう》のためでも、神様のためでも、なんでもいい。とにかく犯人は何かしらの必然性を持ち、結果として東京タワーの塔頂部に死体は置かれたわけだ。それでいい。そのように納得することは簡単にできる。

しかし手法に関しては、そうはいかない。

人の数だけ思考はあるし、人の数だけ嗜好《しこう》はあるのだから、動機については思考停止ができたが、トリックまではそうはいかなかった。なぜなら殺人の動機とは違い、思考も嗜好も、たった一つしか存在しないからだ。そこに完全なる無関心を貫けるほど、オレの人格は孤立してはいない。

とはいえ今は西暦二〇〇八年。昭和じゃないのだから糸や歯車や盲点がなくても、機械と機会さえあればなんでもできるのだろう。推理小説などにおける謎や幻想は、すっかり消失してしまったのだ。だが、なんでもできるからと云って、本当になんでもできるわけではない。限界はあるだろう。制限もあるだろう。そうした中で犯人は、どのようなトリックで犯罪を完成させたのかが解らない。だからオレの人格が安定しない。それでもしつこく考えてみたが、うまく思考がまとまらなくなってきたので、あきらめて室内に戻った。

そして馬鹿を見つけた。

馬鹿はフットタウン四階にある『感どうする経済館』という、本当にどうしようもない名前のフロアにいた。内閣府と有名作家が企画したそこは、私見ではあるが東京タワーの中でも一番人気がなかった(ちなみに、日本の借金や国内総生産がリアルタイムに表示されたり、二億円と同じ重量のリュックサックが置かれていたり、一万円で何ができるのかを説明してくれるので、金銭的な理由で自殺を考えている人間は決して行ってはならない)。

そんな『感どうする経済館』にある、百億円を積んだのと同じ体積の直方体……通称百億円ベンチで寝ているやつがいたら、それはやはり馬鹿だろう。

そいつは季節を無視できるだけ無視したトレンチコートを着て、五月だろうと九月だろうと十二月だろうと評価の変わらない、鬱陶《うっとう》しくも野暮ったい髪型をしていた。

「岡地《おかち》さん、こいつはなんですか」

オレは『感どうする経済館』の床をモップがけしている顔見知りの職員に声をかけた。

「まあ土江田さん、こんにちは。お昼休みですか?」

岡地さんは静かに顔を上げると、必要以上の笑顔をオレに向けてきた。

「こいつはなんですか」

オレは眠る馬鹿を指差した。

「まあ……誰かしら。全然気づかなかったわ」

岡地さんはそう云うと、怒るでも注意するでもなく、ニコニコ笑顔をそいつに浮かべた。

オレは他人を嫌ったりはしないが、同時に好きになることもない。しかしどういうわけか、この人だけは例外なのだ。

「こら起きろ。職員のお姉さんがこまってるだろうが」

担当職員があんな感じなので、オレが動くしかなかった。

年齢は上に見えたが、オレは馬鹿に敬語を使うほど臆病《おくびょう》ではない。

「や?」馬鹿は片目を開いた。「どちら様ですか?」

「オレがどちら様でも、あんたに注意する権利はある。警察がうろうろしてる中で、良くそんな目立つ行動をとれるものだ」

オレは百億円ベンチに横になったままの馬鹿を見下ろした。

「目立つって、僕はただ寝ているだけですよ」

「それが目立つって云ってるんだ」

「気配は消してるつもりだったんですが」馬鹿はオレと目を合わせる。「つまり、ビギナーには勘づかれないように心がけてはいたんですがね。その証拠に、警察は僕に気づかずにうろうろしてます」

「……職員のお姉さんは気づいていた」

オレは間を置かずに返したが、嘘だった。岡地さんはオレがやってくるまでモップがけをしていた。その理由は、岡地さんが特別鈍いからだけではない。

「私は全然気づきませんでしたよ」

岡地さんは空気を読んではくれなかった。

「や、きみはどうやら、特徴的な人生を歩んだ経験があるようですね。傭兵《ようへい》でもしてました か？」

危険な流れになってきたので、オレは馬鹿の腕を強引につかみ、岡地さんに挨拶をしてから『感どうする経済館』を出て、同じ階にある寂れたゲームコーナーに引き連れた。

「聞かれてはまずい内容とは気づかず、すいませんね」馬鹿はほほえんだ。「それでは改めて……きみはどんな人生を歩んでいたのですか？」

オレよりも少しだけ高い背丈を効果的に使い、探るというよりも漁《あさ》るという方が近い感じの瞳《ひとみ》で見下ろす。

「その質問には、オレの質問に答えてから返答してやろう。とりあえず名乗れ」

オレは立場をこれ以上悪くさせないために、転んでもただでは起きない精神&まったく動揺していないというアピールを同時に披露しなければならなかった。

「僕は松葉《まつば》と云います。松葉直也《なおや》」

「へえ……」例の探偵か。「証拠を見せろ」

「や、証拠？」

「財布を出せ」

「カツアゲときましたか」

「名刺と免許証の確認だ」

「それだけで信用してくれるんですか？」

「とりあえずは」

「お人好《ひとよ》しですね」

そう云ってオレに名刺と運転免許証を渡した。名刺には『松葉直也　フリーライター』と書かれ、運転免許証には鬱陶しさと野暮ったさを同時に感じさせる髪型の男の写真が印刷されていた。住所は東京都新宿区中落合。昭和五十一年五月十七日生まれ。オートマチック車限定。馬鹿……松葉の云う通り、これだけですべてを信じるのはお人好しなのだが、ぱっと見たかぎり運転免許証は本物らしいので、とりあえず納得することにする。

「探偵の癖に肩書きはフリーライターなんだな」

オレは名刺と運転免許証を返した。

「まあほら、パターンとしては良くあるじゃないですか」松葉は早口で答えた。「珍しくもない身分詐称《さしょう》ですよ。さあ、僕のターンは終了です。次はきみの過去を教えて下さい。殺人鬼でもしてましたか？」

「拒否する」

「約束を反故《ほご》しないでくれませんかね」

「約束なんてしてない。オレは、『その質問には、オレの質問に答えてから返答してやろう』と云っただけで、質問に素直に答えるとは一言も云ってない。だから返答は『拒否する』、それだけだ」

オレは真顔で屁理屈《へりくつ》を並べ立てた。

すると松葉はわざとらしく苦笑を浮かべ、やはりわざとらしく肩をすくめた。動作らしい動作はそれだけ。その態度は予想通りではないものの、予想外なところもなかった。すぐに怒るのは素人の証拠だからだ。

昼休みの終わりまでまだ時間があるので、オレは松葉とともにフードコートまで戻った。松葉は昼食がまだとのことで、自分もそうだと嘘を吐《つ》き、ベーコンレタスバーガーを買わせた。

「や、うまい。ひさしぶりにジャンクなものを食べると、やたらうまい」

目の前でフィレオフィッシュを頬張っているこの男は、名刺と証言と運転免許証を信じるかぎり、三十二歳で職業は探偵。髪型はアクが強く、服装は解りやすすぎるトレンチコート。なるほど、きわめてテレビ的な探偵だ。

しかしオレが知っている探偵は、このようなベタな格好はしておらず、むしろ地味なくらいだった。数年前、四十代前半の興信所所長と知り合いになる機会があったが、その所長はどこにでもあるようなシャツとジーンズという姿だった。いわく、『だって探偵が探偵っぽく見えたら探偵業できないっしょ』とのこと。その話を聞いて、その通りと思う反面、探偵っぽい格好をすれば逆に誰も探偵と思わないから探偵業がやりやすいのではと発想したことがあったが、撤回する。探偵が探偵らしい格好をしていると、ただの胡散臭《うさんくさ》い人間にしか見えない。

「そういえば、きみは僕のことをどれくらい聞いてるんですか？」

胡散臭い男が質問してきた。

「別に何も。今回の事件を解決するために、偉い人が探偵を雇ったってことしか知らない」

「や、きみは下っ端《したっぱ》なんですね」

「ただのフリーターだ」

「平成の世になってから、まるで明治に戻ったみたいに高等遊民が増えたけど、きみがこんなところでフリーターをしている理由は、それらとは違うんですよね？」

「詮索《せんさく》はよせ。何を期待しているのかは知らないが、オレは普通の人間だ」

「名前を教えてくれますか」

「土江田。海江田の海を土に変えてくれ」

「や、おどろいた」松葉は本当におどろいたような表情になった。「教えてくれるとは思わなかったので」

「疚《やま》しいところはないからな」

「今回の事件とは無関係と云いたいわけですか？」

「いつの事件にも無関係だ」

「この事件に興味は？」

「ない」

即答しておく。

「や、自分の職場で、東京タワーのてっぺんで殺人事件が起きたのに、興味がないと？」

「オレの職場はそんな上空にはないし、オレの仕事は探偵じゃない。どっちかと云えば、それはあんたの仕事だろ」

「どっちかでもなく、完全に僕の仕事ですけどね」松葉はフィレオフィッシュを食べてしまうと、コーヒーをすすった。「でも、もし興味があるのでしたら、土江田君に仕事を手伝ってもらいたかったんですが」

「冗談じゃない」オレは云った。「オレになんのメリットがあるんだ」

「報酬は支払いますよ」

「手伝いは助手にやらせればいいだろ」

「助手なんていませんよ」

松葉があまりに簡単に答えたので、オレは二つ三つの理由でおどろいてしまった。

「探偵の癖に助手がいない？　あきれたな。探偵と云ったら何はともあれまずは助手じゃないか。ワトソン役じゃないか。お前は素人か。シャーロック・ホームズからやり直せ」

「ずばずば云いますね……。でもほら、助手なしで今までやってこられたわけです。こうやって好意的に解釈して下さいよ」

「違うな。助手がいないと何もできない探偵なんて、それこそ素人だ」

「や、それだと助手が不在でも問題ないのでは？」

松葉は首をかしげた。

「助手はあくまでマスコットなんだよ」オレは真理を口にした。「まあ、オレの探偵論はどうでもいい。それより、探偵としての能力を自負しているなら、今回もそうすればいいだけだろ。東京タワーの中では力が半分しか出ないとか、そうした制限があるわけじゃないんだし」

「僕はですね、どちらかと云えば活劇向きの探偵なんですよ。『時限爆弾を残り一分以内に解体する』みたいな」

「それは探偵の仕事じゃないぞ」

「あとは、『飛行中のエアフォースワンを占拠したテロリストたちを退治する』とか」

「それは大統領の仕事だ」

大統領の仕事でもないが。

「とにかくですね、僕は頭を使って謎を解くタイプの仕事はほとんどしたことがないんです。『双子の当主が支配する館《やかた》で密室殺人や見立て殺人が起きて被害者が出るたびに探偵が悩んで一番最初に殺されたはずの被害者が犯人と思いきや大どんでん返しが起きて実は読者が犯人』なんてストーリーは現実には存在しないから、ちっとも詳しくないし得意じゃありません」

「詳しくない割には、内容に妙な偏《かたよ》りがあった気がするが……。そもそも苦手だったら依頼を受けなければ良かったんだ。それから、できないからって威張るな」自分の職業にはプライドを持って欲しい。「あんたは今回の事件について、仮説もないのか。探偵だったらどんな事件でも仮説の一つや二つはすぐに立てるはずだがな」

「土江田君はやたらと探偵を過大評価しますね……。過去に探偵がらみで何かあったんですか?」

「逆」オレはベーコンレタスバーガーの包みを開いた。「探偵は何もしてくれなかった」

「や、となると……こんな感じですか。『連続殺人犯に家族を殺されたのに、探偵が事件を解決できなかった』とか」

「そこまで大げさじゃない。もっと思想的なものだよ」

「探偵に思想を持ちこんだら難儀しますよ」松葉は知ったようなことを云った。「ええと、なんの話でしたっけ？」

「今回の事件について、仮説はないのかっていう話」

「仮説も何も、犯人がタワーの塔頂部に到達するルートは、六つしかありませんからね」

「六つ？」

「東京タワーの外。一般出入口が二つ。大展望台。特別展望台。大展望台直通階段。そのうちのどれか一つを起点として、塔頂部まで移動したわけですよ」

それは確かにその通りで、東京タワーに飛び移るか攀《よ》じ登るかして塔頂部まで移動するか、一般出入口のどちらかから入り、何かしらの方法で塔頂部まで到達するか、チケットを買って直通エレベータに乗り、地上百五十メートルのところにある大展望台まで行き、何かしらの方法で塔頂部まで到達するか、大展望台からさらにエレベータに乗って地上二百五十メートルのところにある特別展望台まで行き、何かしらの方法で塔頂部まで到達するか、屋上にある大展望台直通階段で大展望台まで行き、何かしらの方法で塔頂部まで到達するかのどれかしかない。そういう意味では、斬新《ざんしん》な推理で斬新な突破口を発見するという感じではないのだろう。だがそれは、手品の七割は極細の糸があれば可能なものばかりだから退屈と云っているようなもので、トリックを看破《かんぱ》できなかった人間の負け惜しみにすぎない。

「負け惜しみだ」

だからオレはそう云ってやった。

「勝ったつもりがないように、負けたつもりはありませんけどね」松葉は口もとだけで笑った。「僕としてはそれよりも、設問を疑っています。本当にタワーのてっぺんで人が死んだのでしょうかね」

「あ？」

「事件の目撃者が少なすぎるということですよ。こんなんじゃ、どこかの都市伝説と信《しん》憑性《ぴょうせい》のレベルは一緒ですね。事件を事件として認識するには、もっと情報が必要です。というわけで土江田君、今後も協力をお願いしますよ」

「なんでオレが……」

「では」

松葉はコーヒーを飲み干すと立ち上がり、颯爽《さっそう》という表現が作為的だとするならば、平均よりはいくらか素早い動作で背中を向け、トレンチコートを揺らしながら消えた。

そしてオレはベーコンレタスバーガーを持ったまま、探偵の後ろ姿を見送ることしかできなかった。最近、自分がひどく鈍ってきているのを自覚し、しかもそこに不満を持たなくなってきている。以前のオレだったら少なくとも、松葉の背中にベーコンレタスバーガーを投げつけるくらいは最低でもしていただろう。

右手が震えている。

気がつくと、ベーコンレタスバーガーを握り潰《つぶ》していた。

オレはオレが鈍ってきているのを素直に認めているが、まだ認めきれていないオレも確かにいて、そいつがどんどん大きくなってくる。

まずい兆候。

このままではオレが東京タワーのてっぺんで人を殺してしまいそうだった。結びつけた無数の子宮を東京タワーに飾りつけて、一足早いクリスマスのモニュメントを制作してしまいそうだった。当たり前だが、そんなことをするわけにはいかない。そこに満足してはいけない。残忍な日々の中に身を埋《うず》めてはいけない。オレは自分をコントロールしなければならない。だけどその方法が見つからなかったので、とりあえずベーコンレタスバーガーをより完璧《かんぺき》に握り潰した。

3

もしオレがカート・ヴォネガット・ジュニアでなくとも、『第六百四十三章　おわり』

とやっつけてしまいたくなるほどに、単調な毎日が進んだ。『たいもん商会』で店番をつづけ、それが終わるとマンションに帰り、無駄に広いリビングルームをうろつき回り、腹が減ったらファミリーレストランかもんじゃ焼き屋に入った。そんな毎日だった。きわめて一般的な人生だし、そうでないとしても、オレが思い描いていた一般的な人生であることに変わりはない。あとは休日にお気に入りの喫茶店に入れば完成なのだが、あいにくお気に入りの喫茶店なんて一つもなかった。

松葉はあれ以来、ほとんど東京タワーにはやってこない。いや、やってきているのかもしれないが、オレは見つけられていなかった。一度だけ、ゲームコーナーでエアホッケーをしているところを見かけはしたが。

「どうやったら一人でエアホッケーをやれるんだよ」

一人でエアホッケーをやっている者を見かけて、それを聞かないわけにはいかないので、オレは声をかけてしまった。

「や、土江田君じゃないですか」

松葉は汗だくだった。

「ひどい状態だな……。これがあんたの推理法ってなら仕方ないけど、でも一休さんを見習った方がいいとは思うぞ」

「どこの世界に一人でエアホッケーをやりながら推理する探偵がいるんですか」松葉は

額に浮かぶ汗をぬぐった。「ただの趣味です」

「どこの世界に一人でエアホッケーをやるのが趣味の探偵がいるんだよ」

オレはエアホッケーの台を挟み、松葉と向かい合った。

「や、どうです？　手合わせ願えませんか」

「別にいいけど」

「それでは」

松葉はスマッシャー（パットを打ち返すアレの名称だ）をオレに渡すと、暑苦しいトレンチコートを脱いだ。

そして二人の大人は、平日昼間のゲームコーナー内でエアホッケー対決を開始した。

シャコンシャコンとパットを打ち合う音が響き、ゲームは終了した。オレの完勝で。それは一方的なもので、ゲームというよりも蹂躙《じゅうりん》と呼ぶべきものだった。

「どうやら僕のあまりの弱さに声も出ないようですね」

台に両手をついて荒い呼吸を上げる松葉は、なぜか上から目線だった。

「どうしてここまでやられて上から目線でいられるんだ」

なので聞いてみた。

「お互い、いい汗をかきましたね。ちょっと休憩しましょうよ」

「オレは息すら上がっていないのだが……」

「そうそう、警察の一人を買収するのに成功しましたよ」松葉はオレの言葉を無視して、アーケードゲーム用の椅子《いす》にだらしなく腰かけた。「おかげでいくつかの情報を手に入れることができました」

「そうかい」オレは軽くうなずいた。「ちゃんと仕事をしてるなら何よりだ。でもいちいち報告しなくてもいい」

「や、なぜです?」

「オレの人生やオレの仕事とはなんの関係もないからだ」

「妙ですね。僕の記憶によると、土江田君はワトソン役を志願したはずですが」

「捏造《ねつぞう》するな。くり返すけど、オレは単なるフリーターなんだ。今回の事件が解決されようがされなかろうが、立場的には知ったことじゃない」

「ですが土江田君にとっては、東京タワーから一日でも早く警察がいなくなった方が都合はいいでしょうに」

「あ?」

「そうでなくとも、僕が土江田君のことをうっかり警察に漏らしてしまうかもしれませんしね」

三秒間ほど、耳が聞こえなくなる。

四秒間ほど、視界が真っ白になる。

それらが活動を再開した瞬間、オレは自分の顔つきが変化していることを知った。

「ふうん……。それがきみの素顔ですか」

松葉は上手な手品を評価でもするような口調だった。

「今のは脅迫か」

オレは松葉に接近する。

無意識のうちに、凶器になりそうなものをさがしつつ。

「土江田君、きみ……本当にどんな人生を送ってきたんですか？　その年でそんな顔ができるなんて、どこの業界でどんなふうに食ってたんですか？」

「質問が多い。質問が多いということは、自分がこれから死ぬことを理解してるわけか」

「待った。ここではさすがにまずい」松葉の口調が早くなった。「殺すにしても、殺し合うにしても、場所ってものがありますよ」

「場所だと？　素人の云いそうなことだな」

「そうだとしても、やり方は考えて下さい」

「殺《や》り方……そうだな、オレは殺り方について深く考えなくてはならない。有名な皮剝《かわは》ぎの話は知ってるか？　村上の方じゃなくて」

「あとは魚しか知りませんけど」

「すぐに教えてやる、その体に」

「落ちついて下さい」松葉はなだめるように云った。「さっきのは軽い冗談ですよ」

「探偵だったら言葉には責任を持て」

オレは椅子に座る松葉を見下ろす。

凶器は結局見つからなかったが、二つの拳《こぶし》があればなんでもできるので、オレは松葉の皮を残酷に剝ぐために手を伸ばす。

「まあ土江田さん、こんにちは」

聞き覚えのあるゆったりした声が、オレの沸騰《ふっとう》する脳を急激に冷ました。

蛙《かえる》を潰していたら胃の中から綺麗《きれい》な小石が出てきたときのように我に返る。

「お昼休みですか？」岡地さんがいつものニコニコ笑顔をこちらに向けていた。「まあ、百億円ベンチで眠っていた方もご一緒？　仲良しになったんですね」

「そうなんです、大親友になりました」オレは呼吸を整え、伸ばした手を松葉の肩に置いた。「年齢差も職業差も超えて、唯一無二《ゆいいつむに》の大親友となったわけですよ。最近じゃ毎日、彼の家で麻雀《マージャン》をやってます」

「まあ、いいですね。私も昔は、麻雀を良くやりましたよ。国士無双しか役を知らないけど」

「……それはご愁傷様です」

「だけど大体勝ちましたよ」

「ものすごいヒキの強さですね。まあともかく、オレたちはそんな感じで仲良しなわけですよ。ね？」

オレは松葉に視線を向けた。

松葉は無表情でうなずいた。

「お友だちをなくしてはいけませんよ。では、ごきげんよう」

岡地さんはゆっくりとした動作で一礼し、微笑を浮かべたまま去って行った。

「おい」オレは松葉から手を放した。「これからは、その話は一切なしだ」

「や、委細承知」

松葉は無表情のまま答えた。

この一件以来、松葉の姿を見ない。懲《こ》りて退散したか、たまたま会わないだけか、別の理由によるものかは不明だが、助かる話ではあった。いっそ松葉が事件の犯人で、そのまま逮捕されてくれたら一番助かる。

そんなこんなで、忘れられたピザが乾燥するよりも早く日常は進行し、十月八日になる。それでも事件は解決していないし、余波も収まっていなかった。このような派手な事件、すぐに犯人が捕まるだろうと高をくくっていたのだが、未《いま》だ犯人逮捕に至っていないということは……どう考えればいいのだろう。日本の警察が優秀なのは間違いないから、ならば犯人がさらに優秀なのか。だが本当に優秀な人間は、こんな場所で人を殺さないし、そもそも人を殺したりしない。人を殺す際に生じる大量すぎるデメリットを想像できなくなった人間が、もうその時点で優秀ではなくなっていることに気づかない者は意外と多い。

本当に聡明《そうめい》で、本当に冷静で、本当に優秀なのは、人をすぐに殺したりしない普通の人々ということに気づかない者は意外と多い。

短絡的意見なのは承知だが、映画やワイドショーがその原因の筆頭だろう。ドラマにドラマが重なり、イベントにイベントが重なり、ストーリーにストーリーが重なり、それらがさらに重なったようなものばかり観《み》ていれば頭がおかしくなるのは当然だし、政治と殺人とスキャンダルと妊娠騒動とペットと節約術を同系列に流す映像ばかり観ていれば脳が駄目になるのもこれまた当然だ。

冗談のような真実と真実のような冗談しか存在しない亡国の中で、普通に生きる。その強さと図太さをもっと自覚し、自慢するべきだ。

そうでなければ、オレのような人間がこの先もっと増えることになるだろう。

馬鹿が自分を誤解して、誤解したまま突っこんで。

というようなことを考えたり考えるふりをしつつ店番をしていたその日の午後二時三十二分、『たいもん商会』に来客があった。

それはオレの知るかぎり、六十八日ぶりのできごとだった。だからオレはきわめて自然に心霊現象を疑ったが、ぱっと見たかぎりその客は二本の脚があり、制服を着た、いわゆる『女子高生』と呼ばれている種族だった。オレは店番としては当たり前すぎるほどに当たり前な言葉である、いらっしゃいませを発してから、ひさしぶりの来客をひそかに観察した。

女子高生は、この近辺では有名なお嬢様学校のセーラー服を着ていたが、身長がひどく低いため、私服であったら確実に中学生と誤解していただろう。子供めいた体型と子供めいた髪型とは不釣合いな、必要以上に凛《りん》とした瞳《ひとみ》がまぶしくて、以前のオレがこの少女を見つけていたら、生きたまま解体してドブ川に流していたに違いない。昨今良く見られる、鬱陶しいほどの個性は感じられないが、かえってそのインパクトが控えめなところに好感が持てた。映画を吐くほど観たあとにAMラジオを聞いたときのような気分。

そんな少女は一見ガラクタにしか見えず、二見してもやはりガラクタにしか見えない数々の商品に視線を向けていたが、やがて一つの箱を手にしてレジにやってきた。そのとき華野はいなかった。遅い昼休みに入っていたのだ。

少女はレジの前に箱を置いた。

東京タワーのプラモデルだった。

「プレゼント用ですか？」

オレは確認した。

「いえ」少女は首を振った。「自分用です」

オレは金を受け取り、少女はプラモデルを受け取った。そして小さな背中を向けて、『たいもん商会』を出て行った。もうずいぶん鈍くなったオレは特別な行動に出ることもなく、いつもと同じスタンスで店番をつづけ、帰宅し、飯を食い、寝た。夢は見なかった。いや……夢は、オレは夢を、

4

ブエノスアイレスか、インヴァネスか、あるいは大洲《おおず》市かもしれない見知らぬ土地で女を殺している夢を見ているのだが、目が覚めた瞬間に忘れるのを経験的に知っているため、安心して殺しをつづけていると目が覚め、オレはベッドから起き上がりシャワーを浴びた。

頭の中がぼやけている。

片づけの途中で投げ出された部屋みたいだ。

夢を見たのだろう。

しかし詳しい内容をいちいち覚えているわけがないので、脳髄への追及をやめてリビングルームに戻った。適当に着がえてから適当に髪を乾かし、適当にインスタントコーヒーを作り、食パンに適当なものを適当に挟む。適当な朝食の完成。オレはそれを孤独に食べた。だだっ広い3SLDKの高層マンションに暮らす人間としては、あまりに貧しい朝だった。詳しいことは知らないが、隣の部屋には四人家族が住んでいた。きっとベランダで家庭菜園をして、休日にはキャンプをし、出世やら授業参観やら学力テストやらを人生の大きなイベントの一つとして生きているのだろう。モデルケースのような家族だが、そもそも家族というのはモデルケースがなければ成り立たないので、そこに文句はない。

支度を終えると外に出て、やたらと長い地下鉄のエスカレータを下り、大江戸線に乗りこんだ。それぞれの幸福をしっかりと背負った乗客たちとともに運ばれている最中、オレはとても残念なことに気づいてしまった。『家族』とか『人生』について考えるつもりで思考を進ませていたのに、結論もなければ持論も持っていなかったのだ。映画や小説のように『ここで〇〇は〇〇と思った』とやりたかったのだが、オレの内部には何もなかった。何も浮かばなかった。怒りも哀《かな》しみも不満も信頼もなかった。『人間は生きろ』とも『人間は死ね』とも思わなかった。以前のオレなら、少なくとも『死にたければ死ね、生きたければ殺されるな』くらいは思ったものだが……。

午前八時に赤羽橋《あかばねばし》駅に到着し、やたらと長いエスカレータを上がり、地上に出た。

異変にはその段階で気づいてはいた。

ヘリコプターがやかましい音を立てながら東京タワー上空を飛び回っていれば、猿でも気づく。

それでもオレはいつもと同じペースで歩き、十五頭のカラフト犬の前に立ち寄った。

十五頭のカラフト犬は、騒々しい音を立てながら頭上を旋回するヘリコプターなど気にもとめていないようだったが、さすがのオレもそこまではできなかった。

事件直後は頻繁に飛んでいたが、最近はすっかり出番のなかったヘリコプターが飛んでいる。

それが意味するものは、たった一つ。

オレは反対側の駐車場に駆け出した。

そこでは各局のレポーターが叫ぶように実況していた。テレビカメラは東京タワーと、自分の局のレポーターと、それらを囲むようにして立っている大勢の野次馬を慌《あわ》ただしく撮影していた。少し外れたところでは、ランプを輝かせた救急車とパトカーが停車している。オレは野次馬の中に混ざると、誰もがしているように東京タワーを見上げてみたが、そこには旋回をつづけるヘリコプターと、いつもと変わらぬ東京タワーがあるだけ。〇・九の視力では何も見えない。

野次馬の中から、オレの名を呼ぶ声が聞こえた。

振り返ると、興奮のためか瞳を軽く充血させた北村が背後に立っていた。

「すげえな！　すげえなこれ！」北村は叫びながらオレの横にやってきた。「事件が現場で起きてるぞ！　笑える。いや笑えない」

「どっちだよ。というかお前、コンビニはいいのか？」

「それどころじゃねえだろうが！　つうか全面閉鎖だ」

「いつから」

「タワーのてっぺんに人影があるってまた通報があったらしくてよ、タワー内の人間はみんな外に出されて閉鎖だ」北村は落ちつきなく東京タワーを見上げていた。「ああくそ！　ちっとも見えないだろうが……。こんなに近くで事件が起きてるのに見えないなんてもったいねえな！」

「三百三十三メートル離れてるんだ。別に近くはない」

「うるせえよ。土江田、双眼鏡とか持ってないのかよ」

「持ってるわけないだろ」

「くそ、使えねえな」

北村はポケットから携帯電話を取り出すと、カチカチと細かな操作をはじめた。

「何やってるんだ」

「肉眼じゃ見えないから、テレビ中継を観ることにする」

「テレビ？　携帯電話で？」

「ワンセグだよ」

「それは『携帯電話・移動体端末向けの1セグメント部分受信サービス』の略か？」

「はっ？」北村はあきれたような表情になった。「お前はワープロのことをワードプロセッサって云うのか？　CIAのことをアメリカ中央情報局って云うのか？」

「最近の電子機器事情に疎《うと》いんだよ。察せ」

「笑える。土江田はおっさんだからな。じゃあほら、一緒に観ようぜ、おっさん」

北村は携帯電話をかたむけて、オレにも見えるようにした。

小さな液晶画面には、テレビの緊急特別番組が映っていた。

テロップには『殺人再び？　東京タワーの塔頂部に死体が？　生中継！』とある。

予想通りといえばあまりに予想通りな展開に、いつもであれば鼻白んでいただろうが、今回ばかりはそうはならなかった。犯人の考えがまったく読めなかったからだ。犯人は馬鹿なのだろうか。あるいは自信家なのだろうか。あるいは馬鹿な自信家なのだろうか。マスコミや警察が大挙する中で殺人？　それも再び東京タワーのてっぺんで？　ずいぶんと無理を通すやつだ。

オレは少しでも情報を摂取するため、前方で実況をつづけるレポーターの声に聞き耳を立てた。三十分ほど前に東京タワーの塔頂部に誰かがいるという通報を受け、作業員が登りはじめたあたりから生中継をしているとのことだ。顔を再び上げてみると、地上三百三十三メートルの先端に、確かに何かが見えたような気がした。先入観というのは危険だ。なので携帯電話に視線を戻した。液晶画面に映る空撮された東京タワーの先端に、黒っぽいものがある。さらに、その物体に接近しつつある白っぽいもの。あれが作業員だろうか。だけどカメラが遠すぎて、どちらもはっきりとは見えない。オレは北村に命令してチャンネルを変えさせた。するとその中の一つに、比較的映りのいい局を見つけた。

「くそ」北村は舌を打つ。「ちゃんと映せよな。カメラマン何やってんの！」

作業員とおぼしき白っぽいものが鉄骨を登る様子は解ったが、東京タワーの先端には、あまりカメラが向けられなかった。生中継ゆえに慎重になっているのだろう。それでも黒っぽいものが人間なのは解ったし、東京タワーの先端に確かに乗っているのも解った。強風のためか、たまに体が大きく揺れていた。

やがて作業員が塔頂部に到達した。

地上のレポーターたちが声を一オクターブ上げて絶叫する中、作業員は自分の職業にきわめて忠実に作業をつづけた。折り畳み式の担架（白っぽいものの正体はそれだった）を広げて人間を載せ、地上三百三十三メートルで吹き荒れる強風にあおられないように、長い時間をかけてロープで降ろすと、地上で待ち受けていた救急隊が救急車へと運んだ。

オレはテレビカメラに映らないように注意しつつ、その場へ早足で向かった。

「土江田！　どこ行くんだよ」

無視。

警察がブルーシートを広げてしまうまでの数秒間だけだったが、運び出された人間を見ることができた。一見して死体と解った。それは大口を開けていた。歯の一本一本まで克明に見えるほど、大きく口を開けていた。苦痛のためか、云いたいことがあったのかは不明だが、どちらにせよ死に様としては最悪な部類に入る。一瞬で死ぬことはできたが、苦しみは焼死の三十倍ほど。そんな感じの死顔だ。強力な電流を一気に浴びせられたら、あるいはこんな顔で死ぬかもしれない。

オレは死体を見ながら心拍数を上昇させていた。胸が痛い。心臓が動くたびに苦しみを感じる。オレの咽喉《のど》がもう少しでも貧弱だったら、この場で嘔吐《おうと》していたかもしれない。苦痛と不快感の大合唱。まったく、素人がやりそうな反応だ。

しかし、
場合が場合だった。

情況が情況だった。

オレは胸に手を当てながら、大きな口を開けた死体の顔をもう一度確認した。
何度見てもそれは、『たいもん商会』の主人の顔だった。

Story Seller

5

その翌日の十月十日は無職の日だ。職を失ったオレは東京タワーに出向く必要などなかったのだが、警察に呼ばれたので、朝の早いうちからマンションを出なければならなかった。そして『たいもん商会』のバックルームでいくつかの聞き取りを受けた。オレはオレの新しい名前である『土江田』から見た『たいもん商会』の主人の印象を正直に語った。店の主人……武原光男《たけはらみつお》は、商売っ気がなく、危険思想もなく、借金もなかったので、誰かに恨まれるようなことはない云々《うんぬん》……。一方で、事件の詳細をそれとなく聞き出そうとしたが、調査中ですの一点張りですべてガードされた。

午後も三時をすぎたころ、ようやく解放された。

『たいもん商会』の前には、華野が立っていた。

無愛想というよりは不機嫌そうな表情だが、これが華野の基本姿勢なのを知っているオレは、軽く手を上げた。

「よお、失職してしまったな」

「事情聴取を受けていたようですね」

「あの空気だと、オレも容疑者の一人に数えられているようだ。ま、仕方ないけどな。

被害者に近しい人間だし、何より客観的に見てもオレは怪しい」

「私は三十分ほど前に、同じく事情聴取を受けましたが」華野は例の分厚い眼鏡を押し上げた。「しかし、土江田さんが不利になるような証言はしていません」

「待て。なんだその『庇《かば》ってあげたんだから感謝しなさい』みたいな態度は」

「アピールですけど」

「なんのアピールだ」

「これからどうされるんですか？」

「どうもこうもない。別の働き口を見つけるさ。華野さんは？」

「まだ決めていませんが、情況としては土江田さんと似たようなものになるでしょう」

「いい職場があればいいがな。まあ、ここより楽なところはないだろうけど。ここは楽すぎだった」

「私としては、とても充実した職場でしたが」

「オレはてっきり退屈してると思ってたけど」

「なぜです」

「自分の顔を鏡で見るといい」

「鈍感と無神経は類義語でしたね」

「なんの話をしてるんだ？」

「教えるわけがないでしょう」華野は真顔のまま答えた。「土江田さん、短い間でしたが、ありがとうございました」

「感謝されるようなことをした記憶はないけど……」

「また会えますか」

「もう無理だろう」

「失礼します」

華野は踵《きびす》を返すと、そのまま通路を進んだ。

一度も振り返らなかった。

そしてオレはひどく腹が減っていることに気がついた。

警察というやつは、他人の腹の虫をコントロールするのが本当にうまい。きっと取調べの最中に、抜群のタイミングでカツ丼《どん》を出すのだろう。なるほど、それならうっかり自供してしまうのもうなずける。しかし今回は自供することなど何もない。オレは完全なる無実だ。よって警察がどんなに探りを入れてもオレが犯人であるという証拠を見つけることはできない。しかし違う事件の犯人であるという証拠を見つけてしまう可能性はあったし、恐れているのはそこだ……。

背後から声をかけられた。

空腹のせいか注意力が半減していたらしく、不覚にもマスコミの連中に見つかってしまった。レポーターが三人。オレは反射的に逃亡する。階段を駆け上がり三階に到着すると、反対側にある階段を使ってそのまま二階に戻り、駐車場直通の出入口へ直行した。

出入口の前には、東京タワーの模型が置かれていた。

作りが妙に細かく、全長はオレの一・五倍はあるだろう。

そんな精巧かつ巨大な模型を熱心に見ている一人の人間を見つけてしまい、オレはつい逃げ足をとめてしまう。

セーラー服。

子供めいた体型。

子供めいた髪型。

あのときの女子高生だ。

どうして今日もいるのだろう……。プラモデルを買っていたし、まさか無類の東京タワー好きなのだろうか。いや、無類の東京タワー好きは多いだろうが、無類の東京タワー好きな女子高生がこの世に一人でもいるとは思えない。

無駄な思考はタイムロスにつながる。騒々しい足音とともに、三人のレポーターの姿が見えた。オレは心の中で舌を打つと、上着を脱いで女子高生の横に並び、東京タワーの模型を熱心に眺める観光客の一人となった。手法としては子供じみているが、子供じみていたとしても、やらないよりはましだろう。実際、三人のレポーターは、オレが外に逃げたと判断して出入口の向うに消えた。オレはその様子を確認するついでに少女を一瞥《いちべつ》した。少女はまだ東京タワーの模型を眺めていた……いや、凝視と云った方がより正確だろう。もしかしたら本当に、無類の東京タワー好きな女子高生なのかもしれない。

「月並みな台詞《せりふ》ですが、このたびはとんだことで」

その言葉がオレに向けられていることに、しばらくしてから気がついた。

「あなたのお店のご主人、本当にお気の毒です」少女は東京タワーの模型を凝視したまま言葉をつづけた。「あんな事件に巻きこまれてしまって」

「人生の最後を東京タワーのてっぺんでむかえるとは思ってなかっただろうよ」オレもまた東京タワーの模型を凝視しながら答えた。「オレの顔を覚えているのか。記憶力がいい」

「私、人生で一度もメモをとったことがないんですよ」

「それでも、ノートをとったことはあると思うけどな」

「あなたは『たいもん商会』でお店番をされてましたね。私のことは覚えてますね？ 先日、そちらで東京タワーのプラモデルを買った者です」

「覚えている。ひさしぶりの客だったから」

「お互い、顔見知りというわけですね」

「名前は知らないけどな」

「私は赤井《あかい》といいます」

「オレは土江田」

「とえだ……」

「海江田の海を土に変えてくれ」

「土江田さんは、自分の名前を気に入ってますか?」

「佐藤田中鈴木が共通に持つコンプレックスを経験せずにすんだという意味ではな」オレは用心して答えた。「それがどうした」

「深い意味はありません」赤井と名乗った少女は視線を動かさずに云った。「土江田さん、今、マスコミから逃げてましたね。お疲れさまです」

「まったくだ。疲労したよ」オレは鼻を鳴らした。「連中が見たいストーリーを勝手に作るのはかまわないが、そこにオレを組みこまないで欲しいもんだ」

「でも、そんなものですよ。誰かが面白いストーリーを見るためには、誰かが面白くない思いをしなければならないんです」

「残念な世の中だな」

「『ドラマは常に真実を要求されておるからなあ』と、ロボット長官もおっしゃってましたしね」

「ロボット長官?」

「聞き流して下さい」

「まあとにかく、感情を上下させて何が楽しいんだろうかとオレは思うよ。頭が疲れるだけじゃないか」

「もしかして土江田さん、『100万回生きたねこ』も『フランダースの犬』も受けつけないタイプですか？」

「なんで動物ばっかりなんだ」

「相場ですよ相場」

「受けつけないというか……面倒だろう」

ドキドキ。

ワクワク。

喜怒哀楽。

そのような感情を意図的に刺激し、意図的に笑ったり意図的に泣いたりする意味が解らなかった。小説や映画やテレビを摂取しなくても生きて行ける人間というのは、オレが思っているよりもはるかに少ないので、この意見が一般的でないことは承知しているが、それでもそう思う。

世の中には、犬が死んだり妻が死んだりするストーリーを『ストレス解消』に使う者や、いじめや殺人といったストーリーを『娯楽』に使う者が多くいるらしいが、理解ができない。なので、ストーリーやドラマをあっさり受け入れるような連中に対しては、オレの性格や生活とは関係ないところで、こう思ってしまう。

気持ち悪い。

「重症ですね」

赤井の暴言によって、オレの思考はそこで停止した。

「たとえオレが重症だとしても、『100万回生きたねこ』や『フランダースの犬』ですっきりする人間がいることに変わりはないし、そいつらと比べれば多少はましだと自分を分析しているから、問題はない」

「下手な物語よりも物語的な生活をすごした人間の発想ですね」赤井は静かにつぶやいた。「月並みな台詞ですが、今日はお暇ですか?」

「お暇だ。失職したんだから」

「それでは、私の誘いを受けていただけませんか?」

「誘い?」

赤井はようやくこちらを向くと、例の凜とした二つの瞳を柔らかく歪《ゆが》めて、年の割にはなかなか優雅な微笑を形成した。

「連れて行って欲しいところがあるんです」

6

などと云うのでどこかと思ったら、なんのことはない、東京タワーの大展望台に同行して欲しいというだけだった。オレと赤井は客に混じって、大展望台直通のエレベータに乗りこんだ。エレベータの中は、やけに壮大かつスペーシーな音楽が流れている。何を演出したいのかは謎だが、東京タワーとまったく似合っていないのは確かだ。

ドアが閉まり、天井に七色の光がともると、エレベータが動き出した。

オレは窓を流れる風景に、視線と意識を向けた。ぐんぐんと上昇するエレベータ。それにともない遠くなる地上のビル群。あっさりしたものだなと思った。具体的に何があっさりなのかは解らなかったが、とにかくそう思った。

赤と白に塗り分けられた東京タワーの鉄骨も間近に見える。

見慣れたはずの東京タワーだが、これだけの至近距離から見ると、モザイク画ほどではないにしても別種の存在に見えた。目を凝らすと鉄骨の上に、鳶《とび》や板金屋が仕事で使うような骨組みが置かれていることに気づく。オレのように中ではなく、東京タワーの外で仕事をしている人間も多くいるというわけだ。まあ、オレは失職したのだが。

大展望台には一分ほどで到着した。

多くの人間がひしめく大展望台は、パンフレットに『東京はもちろん関東一円の景色を一望することができる』と書いているだけあり、四方に設置された巨大なガラス窓からは、東京全域はもちろん、名も知らぬ山々の頂《いただき》をも見ることができた。そういえば、ここでは半年間ほど働いたが、大展望台にやってきたのははじめてだ。オレは自分が思ったよりも楽しんでいることに気づき、それを赤井に悟られないために軽く呼吸を調えてモードを戻し、振り返った。

赤井は壁に貼《は》りついていた。

「まあ、結構な見晴らしですね」

「優雅に云っても全然ごまかせてない」オレは忠告した。「ほら、こっちにこないと見えないぞ」

「おかまいなく。心の目で見てますから」

「そんな特技があるなら大展望台にくる必要ないだろ」

「いえ、冗談ですよ」

「解ってる。解ってるから、さっさとこい」

オレはうながしたが、赤井は通路に置かれた消火器のように動かなかった。手脚を広げて、ぴったりと壁に貼りついている。ちょっとした忍者か、ちょっとした馬鹿に見えた。客の何人かが赤井を見ていた。オレが客だったとしても、同じことをしただろう。

「……もしかして、高所恐怖症か」

「そう見えるのであれば、仕方ありませんね」

「そう見えるも何も、そうとしか見えないぞ」

「いえ、別に、全然怖くないですよ」赤井の顔色は真っ青だった。「地上百五十メートルなんて大したことありません」

「だったら窓に近寄ってみろ」

「あの、土江田さん」

「なんだ」

「手をつないでいただけませんか」

「…………」

オレは数ページでキャラが崩壊した赤井に手を差し伸べた。すると赤井はオレの手を必要以上につかみ、生まれたての山羊《やぎ》よりも弱々しい足取りで第一歩を踏み出し、しばらくしてから第二歩を踏み出したあと、ようやく視線をガラス窓に向けた。すると真っ青だった顔色が土気色に変化した。この上にある特別展望台まで連れて行ったら確実に死んでしまうだろう。

「やっぱり駄目です」赤井は手を放し、再び壁に貼りついた。「誰かとくれば大丈夫かと思ってましたが、そういうものでもないみたいですね」

「どうしてそこまでして大展望台に」

「月並みな台詞ですが、調査は足でするものです。机の前でうなっているだけでは解決できません」

「調査？　なんだ……野次馬の一人か」オレは急に落胆した。「てっきり、無類の東京タワー好きな女子高生かと思った」

「そんな人間、この世にいるはずありませんよ」

「だろうな。希望を持ったオレが愚かだったよ」

「土江田さんは、今回の事件に興味がないんですか？」

「ない」

とは答えたが、気にはなっていた。犯人の正体も、動機も、手法も、もちろん気にはなっていた。教えてくれるというのであれば教えて欲しい。だが、自発的に動いてそれを暴《あば》こうというほどのモチベーションはない。攻略本がなければゲームをする気が起きない横着者というわけだ。

それに攻略本がなければ……ストーリーの先が読めない。

オレはそれが嫌なのだ。

曖昧《あいまい》な未来が嫌いなのだ。

喜怒哀楽を楽しめないのだ。

不安をサスペンスに、死をエンターテインメントに、謎をミステリーに、不快をコメディにはできないのだ。

そういう意味ではオレは臆病者で、普通に生きる連中は強いということになる。『強い』という部分に『鈍感』や『宇宙人』を当てはめても通じるかもしれないが。

「私は自分の行動や好奇心を、特別おかしいとは思ってません」赤井は例の凜とした瞳をオレの顔に向けた。「それに、不思議な事件が近くで起きたから現場を見に行きたいという発想は、普通のことだと思いますよ」

「一般論を持ち出されたらオレの負けなのは承知している」

「月並みな台詞ですが、好奇心がここまで人類を進化させたわけです。好奇心が東京タワーを建たせたわけです」

「大げさな話はよせ。オレは静かに生きたいだけさ。ビルマで貝になって竪琴《たてごと》を弾きたいだけさ」

「ビルマ?」

「通じないならいい」最近の女子高生はものを知らないようだ。「じゃあな、あとは好きにしろ」

「え、ここで放置ですか?」

赤井は泣きそうな表情を浮かべた。

オレとしては本当に泣かせてやりたかったのだが、あまり目立つ真似《まね》をするわけにはいかないので、ちょっと見て回ってくるからしばらくそこにいろ、動けるようになったら勝手に動けと云った。赤井は真剣な顔でうなずいた。少し気分が回復した。

有言実行。オレは赤井から離れて東側のガラス窓に向かった。こちらが銀座方面だとすると、あの緑の森は浜離宮か。大都会東京がちっぽけなミニチュアのように見えて愉快だった。グッズショップを横手に、南側に回ってみる。レインボーブリッジが東京湾の上をだらしなく通っている様子が見えた。西日さえなければフジテレビを見ることもできただろう。西側に回ると落日の輝きはさらに強くなったが、オレは自分を壊れた双眼鏡か何かと思うことにして、富士山の向うに沈みつつある太陽を直視してみた。視界に太陽が焼きつきはしたが、それは可能だった。

人間は太陽を見ることができるし、四十二・一九五キロメートルを走ることもできる。ならば、三百三十三メートルの塔を登ることもまたできるのではないか。

そこで、『そんなのできるか』とすぐに云うのは素人の証拠だ。

要は、覚悟の問題。

日本人が大好きだった精神論の問題。

登ろうと思えば登れる。

殺そうと思えば殺せる。

殺人というのはそもそも、手間と根性のいる作業だ。裏を返せば今回の事件は、そこに『東京タワー』というスパイスを振りかけただけなのだから、東京タワーのてっぺんで一人の人間を殺害するのは別に無理なことではない。素手でプロレスラーと戦って勝つ方が難易度としては高いだろう。

というのが、大展望台で手に入れた発想だった。

一周してもとの場所に戻ると、赤井の姿はなかった。

なので階段で大展望台一階に降りた。構造は二階とほとんど同じではあったが、『カフェ・ラ・トゥール』というオープンカフェが南側と西側の通路上に造られていて、そこでセーラー服の少女がジンジャーエールを飲んでいるところを発見した。顔色はすっかり戻り、二つの瞳をガラス窓の彼方《かなた》に向けている。斜陽に照らされた横顔は、深い思考に入っている人間に良く見られる、『話しかけるなオーラ』をまき散らしていた。オレは店内に入り、空腹の衝動にまかせてホットブリオッシュとアイスコーヒーを注文すると、確認もとらずに赤井の向かい側に座った。

「先ほどは、とんだ痴態を見せてしまいました」

赤井は悪びれた様子も恥ずかしがる様子も見せずに、しれっとした口調で云った。

「地上に戻ってると思ってた」

オレも負けじと、しれっとした口調で云った。

「ここなら大丈夫です。椅子に座ってるだけでも、ずいぶんと落ちつくものですよ。おかげで、周囲の情況を確認することができました」

「で、事件の謎は解けたのか？」

「先月十八日に起きた第一の殺人は、その内容はもちろんですが、ほかにも不可解な点がいくつかあります」赤井はオレの質問に直接には答えなかった。「第一点、被害者の新居久道がタワーの塔頂部にいると通報した人間が、まだ判明していません」

「そうなのか」

「テレビとネットだけの情報なので確証はありませんが、一応、警察はそのように発表してます」

「話半分ってとこだな」オレは経験をもとに感想を口にした。「その通報者が犯人ってわけか？」

「可能性はありますが、だとするとこの事件の犯人は愉快犯ということになりますね。殺人から通報まで全部を一人でやった、つまり自作自演というわけですから」

「別にかまわないだろう」

「でも……月並みですよ」

「結構。月並み以上のものを求めるのは素人の証拠だ」

オレはホットブリオッシュを一口齧《かじ》った。

佐藤友哉
Yuya Sato

「そこは同意します」赤井はテーブルに両肘《りょうひじ》をつき、祈りでもするように手を組んだ。西日が差す顔の半分だけが、やたらと大人びて見えた。「とにかく、東京タワーに通報した人間が何者なのかは、まだ解っていません。そしてそこは私ではなく警察の仕事なので、警察にまかせます」

「どれも警察の仕事だから、すべて警察にまかせておけ」

「第二点」無視された。「被害者の新居久道は、殺される前日に奇妙な行動をとっています。同僚たちと別れたあと、タクシーに乗って神田から浜松町駅まで移動しました。新居の生活範囲に浜松町は入っていません」

「三十年以上も生きていれば、嫁には云えないファンタジーの一つや二つはあるだろう。誰にも教えてないだけで、浜松町に知り合いがいるかもしれないじゃないか」

「そう云われてしまったら、返す言葉はありませんね」赤井は体躯《たいく》に見合った小さな唇でストローをくわえた。「土江田さん、『たいもん商会』の店主さんの話をしてもかまいませんね」

「かまわない」

「ご存知でしたか? 二番目の被害者である武原光男もまた、事件前日の夜に不可思議な移動をしていたことを」

「初耳だな」オレはホットブリオッシュを平らげてから云った。「テレビの情報か?」

「はい。事件前日……つまり十月八日の午後十時ごろ、『ちょっと用ができた』と云って家を出たそうなんです。武原光男はそのまま帰宅せず、翌日の十月九日、東京タワーの塔頂部で死体となって発見されました」

「それぞれの年齢は？」

「新居久道が三十六歳で、武原光男が六十五歳です」

「ざっと三十歳差か……」

被害者二人に接点があるのではと考えたが、将棋クラブにでも入っていないかぎり難しそうだ。

「土江田さん、武原光男が一般よりも逸脱していた部分はありませんでしたか？　趣味でも思想でもかまいませんけど」

「なかったな」

オレから見た『たいもん商会』の主人は、そこそこに平均的で、そこそこに一般的な、気のいい爺《じい》さんでしかなかった。だがそれは当然のことだと思う。日に数時間しか会わないフリーターのガキに、自分の異常性を見せているようでは、六十五年も生きられなかったはずだ。

「そうですか……」

おそらくそのような事実をまだ知らない赤井は本気で残念そうに云うと、セーラー服から伸びる小さな両手でコップをつかみ、再びストローを口にくわえた。柔らかいものばかり食べて育ったような口だった。その口に銃口を突っこんだらどんな反応をするか気になった。

「オレはそれより手法に興味がある。東京タワーのてっぺんで人を殺したトリックが」

なので話題を変えた。「大展望台をざっと見て回ったが、東京タワーに隣接する建物も、東京タワーに匹敵する建物もやはりなかった」

「もしかして土江田さん、犯人はどこかのビルの屋上から東京タワーのてっぺんまでロープで移動したとか、気球に乗ったとか、そんなこと考えていたんですか?」赤井は可《か》愛《わい》いものでも見つけたように微笑を浮かべた。「だったら犯人の正体は怪盗ですね」

「本当に怪盗なら、東京タワーのてっぺんに用はないだろうけどな。金目のものが置いてあるわけじゃあるまいし」

「殺人犯だって、東京タワーのてっぺんに用はありませんよ。公園とか、高架下とか、夜道とか、地上には人をひそかに殺せる場所がたくさんあるわけですし」

「東京タワーのてっぺんで人を殺すなんて、渋谷のスクランブル交差点で殺るよりも難しかっただろう」オレはアイスコーヒーを一気に飲んだ。「それで話を戻すが、事件の謎は解けたのか?」

赤井は微笑《ほほえ》みを崩さずに沈黙している。

無性に腹が立った。

「話は終わったようだな」オレは殺意をやりすごすために立ち上がった。「オレは帰る」

「楽しい話とエスコート、どうもありがとうございました」

「帰りのエスコートも必要か?」

「おかまいなく」

とのことなので、オレは『カフェ・ラ・トゥール』を出て、地上行きのエレベータへと歩みを進めた。その途中、噂《うわさ》には聞いていたルックダウンウィンドウを見つけた。直訳すると、見下ろし窓。その名の通り、床に扉一枚ほどのガラス窓があり、そこから地上を見ることができるのだ。

オレはなんの気もなくルックダウンウィンドウの上に立ってみた。

ガラス窓の下には東京タワーの鉄骨や、地上を走る豆粒並の車が見えた。それらに意識を向けつつなおも立っていると、宙に浮いているとまでは思わなかったが、曖昧な気分にはなった。いろいろなものがひっくり返りそうな曖昧。絶対に思い出すことのなかった夢の内容が現実に浮上しそうなほどの曖昧。気分は良くなかったがそれもまた曖昧なので、本当のところは不明だ。上と下。地上と上空。画面の向こう側。黄色い線の内側。檻《おり》の中の動物に餌《えさ》をあたえないで下さい……。

曖昧。

それは境界の喪失。

それは領域の消失。

我が身の不透明。

自と他が半透明。

消極的な逆転。

積極的な反転。

だからオレは間違ってしまう。

殺された者のことを考えていたはずなのに、殺す者のことを考えてしまう。

しかもそれはオレにとってきわめて自然で、頭の中の交通整理が大成功し、だらだらと流れていた血液が勢い良く循環するのを感じた。

オレは早足で順路を戻り、『カフェ・ラ・トゥール』でくつろいでいる赤井の前に立った。

「どうされました土江田さん」赤井は首をかしげた。「月並みな台詞ですが、とても怖い顔をしてますよ」

「どっちの被害者も、死因は感電か？」

「え？」

「どっちの被害者も、死因は感電か？」

「そうです」赤井は満足そうにうなずいた。「凶器はまだ見つかってませんが、改造したスタンガンか何かでしょうね」

「どうして刃物じゃなくてスタンガンなんだろうか」

「瞬時に殺せるからだと思います。刃物じゃ抵抗されたら面倒だし、死ぬまでに時間がかかる場合もありますからね」

「二人目の被害者の死亡推定時刻を教えろ」

「事件当日の十月九日の午前五時から午前七時までの間です」

「本当にエスコートはいらないのか?」

「おかまいなく」

Story Seller

7

エレベータでフットタウン四階まで戻ると、ゲームコーナーに松葉の姿があった。エアホッケーをまた一人でやっている。本当に趣味なのかもしれない。

「おい探偵、エアホッケーもいいけど、たまには推理とかもやれよな。遊びにきてるわけじゃないんだろ」

オレはゲームコーナーに足を踏み入れた。

「や、土江田君」松葉は今回も汗びっしょりだった。「ひさしぶりに会ったとたんに、罵詈《ばり》雑言《ぞうごん》の嵐《あらし》ですか」

「罵詈雑言ってほどでも、嵐ってほどでもないだろうが」

「いじめっ子の発想ですね……。それより土江田君、大変なことになったようですね。大丈夫なんですか？」

「失職したよ」

「や、そっちじゃなくて」松葉は額の汗を丁寧にぬぐった。「警察ですよ。疑われたりしてませんか？」

「疑われてはいるさ。警戒度までは知らないけど」

「警察に過去を掘り返されて、変なものが出てこなければいいですがね」

「……その話は一切なしと云ったはずだが」

オレは惨殺《ざんさつ》の衝動に軽く耐えた。

「や、今のはカウントしないで下さい。確認しただけじゃないですか」

「確認するな。お前には関係ない」

「警察にどれだけ品がないかは、『刑事コロンボ』を観れば解ります。連中、事件と関係ないところまでさぐってきますからね。迷惑な話ですよ」

「探偵だって似たようなものだろ」

「しかしその似たような作業の中において、決定的な違いがあります」松葉はトレンチコートの襟を正し、オレを見据えた。「解りますか？」

「警察はストーリーを進めて、探偵はストーリーをまとめる」

オレはすぐに云った。

「その通り。警察による地道な捜査で物語は進展し、探偵による華麗な推理で閉幕となるわけですね」

「だけど今回の探偵はお前だ。事件がいつ解決するか知れたもんじゃない」

「すぐですよ」松葉は小声でつぶやいた。「とまあ……今回のような、いわゆる推理小説的な物語において、警察と探偵がどのように機能するかは、土江田君でなくとも誰もが知っています。ドラマや小説で良くある光景ですからね。だけど土江田君、きみのようなタイプは誰も知らない」

「なんの話だ」

「この物語の中で、きみはどのような機能を持っているのですか、××××君」

松葉はオレの本名を口にした。

オレはこめかみの血管が膨らむのを感じた。

背中の筋肉がひどく盛り上がるのも感じた。

顔面の神経一本一本に力が入るのも感じた。

「……どうやって知った」

オレはなんとか尋ねる。

「お金を払って調べてもらいました」

「そこらの調査機関で調べ上げられるはずがない」

「ですから、そこらじゃない調査機関に調べてもらいました。本当にもう……きみの正体を知るためにどれだけの金額がかかったと思います? 二千万円ですよ二千万円。や、もちろん貯金だけじゃ全然たりないから、方々に借金までしちゃいましたよ」

松葉はわざとらしく肩を落とした。

「なるほどな。お前がどこに頼みこんだか……大体察しがついた」それにしても、オレの正体は二千万円でばれてしまうのか。情けない身分だ。「で、どうしてお前はそんなにもオレに執着する」

「執着？」

「莫大《ばくだい》な借金を背負ってまで、どうしてオレのことを知りたがるんだ」

「この程度の執着、良くあることですよ」

「そうか……。こういう人間がこっち側にもいるとは、予想外だったよ。次からはもっと気をつけて、自分のプライバシーには最大限に金をかけることにしよう。高い授業料だったがな」

「『次』ですか。おめでたい。そんなもの存在しないかもしれないのに」

「オレに勝てると思っているのか？」

「や、まさか。報告書を読むかぎり、僕が百人いたところで勝ち目はありませんしね。というわけで、脅迫することにします。『感どうする経済館』には行きましたか？」

「岡地さんに何をした」

オレは松葉の咽喉を砕くために拳《こぶし》を握りしめた。

「や、冷静冷静」松葉は手で制した。「現在、『感どうする経済館』には、お客さんが一人います。金で雇った男です。僕からの連絡があり次第、ちょっとした行動をしてもらうことになっています」

「それよりも早くお前を殺せるぞ」

「連絡なんてスイッチ一つでできますよ」

松葉は右手をトレンチコートのポケットに入れた。

オレは拳にこめた力を緩めるしかなかった。

「いやあ、良かった」松葉は本気で安堵《あんど》したように深い息を吐いた。「これは賭《か》けでした。きみが他人の生命を大切にしない人間である可能性の方が高かったわけですから」

「ダークキャラは卒業したもんでね。それで、何が望みだ」

「その前に、二人で落ちついて話ができるところはありませんかね」

「ここでいいだろ。フットタウン四階は、東京タワーの中でもっとも寂れたフロアだ」

「腐っても鯛《たい》。ここはゲームコーナーですよ。いつ人がくるか解りません」

「だったらいい場所がある。教えてやってもいいが、その代わり……」

「その代わり？」

「入場料を払え」

オレはそう云うと、松葉を連れてゲームコーナーを後にした。途中、『感どうする経済館』の横を通ると、フロア内をせっせとモップがけする岡地さんの側に、一人の男が立っているのを見つけた。男と松葉の気配が濃厚になったので、岡地さんに声をかけることなく階段を下り、三階にある『ギネス世界記録博物館』までやってきた。その名の通り、ギネスに認定された記録を、パネルやフィギュアで紹介するところなのだが、どうして東京タワーの中にそんな施設を作ったのかは、おそらく永遠の謎だろう。

松葉に入場料を払ってもらい、中に入る。クリーチャーのような風貌《ふうぼう》や体型のギネス記録保持者の等身大フィギュアが置かれた内部に、人の気配はなかった。純粋な観光客はともかく、野次馬たちが気にしているのはあくまで殺人事件であり、こうしたイベントスペースではない。

進んでいると、興味を示すものでもあったのか、松葉の足が不意にとまった。松葉が読んでいるパネルには、『最長落下したエレベータの生存者』という見出しが書かれていた。地上百二十メートルから落下し、多少の痣《あざ》で済んだとのこと。三百三十三メートルには到底かなわない。オレは松葉のコートを引っぱってうながした。順路を進み、脈絡なく置かれたパンチングマシーンを通過して、出口付近にあるシアターホールまでやってきた。時間外なのかやる気がないのかは知らないが、ミニシアターのスクリーンには何も映っていなかった。

当たり前のように誰もいない。

オレたちは赤いカーテンの奥にある闇色《やみいろ》の空間に足を踏み入れた。

「ああ、ここはいいですね」

松葉は闇に溶けつつあるトレンチコートを揺らせて、等間隔に配置されたベンチに腰かけたが、オレは用心と警戒を最大レベルまで上げていたので入口付近に立っていた。

「どうしました」松葉は振り返った。「そんなところに突っ立ってないで、隣にどうぞ」

「断る」

「まさか拒否権の話をしてるんですか？」

松葉は再びポケットに手を入れた。

オレはあきらめて松葉の隣に座った。尻《しり》を微調整して、距離を五十センチメートルほどにする。飛びかかるのに最適の距離。

「それで、何が望みだ」

「難しいものじゃありませんよ。話を聞かせてほしいんです。きみの歴史を。きみの武勇伝を」

「それだけのために二千万を使ったのか？」

「忘れられぬ物語を聞かせてくれるのであれば、安いものです」

「落語を聞きに浅草でも行きな」

「僕はね、きみが思ってるよりもはるかに普通の人間なんです」松葉はゆっくりと顔を上げた。「三十年以上生きてきたけど、密室殺人事件一つにも遭遇したことがないんですから」

「オレだって密室殺人事件を経験したことはないぞ」

「人を殺したことは？」

「………」

「刃物を突き刺したことは？　咽喉を引き裂いたことは？　頭を潰したことは？　臓物《ぞうもつ》の臭《にお》いを嗅《か》いだことは？　心臓を破壊したことは？　骨を砕いたことは？　髪を引きちぎったことは？　耳を破ったことは？　鼻を取ったことは？　目を抉《えぐ》ったことは？　火をつけたことは？　突き落としたことは？　すり潰したことは？　人の叫びを聞いたことは？　人の涙を見捨てたことは？　物語を裏切ったことは？　物語を笑ったことは？」

「………」

「うらやましい」松葉の低い呼吸が、闇の中で静かに響いた。「僕は、きみが送ってたような人生が欲しかった。恋しかった。だって、楽しそうじゃないですか、非現実と四六時中たわむれるなんて」

「何も知らない素人じゃあるまいし、下らないことを……。普通の人生を普通に生きる人たちの方がすごいということを、どうして解らないんだ」オレはオレが信じる思考を表明した。「映画だのエステだの小説だの風俗だのスキーだの煙草《たばこ》だの、そういうもので退屈を解消して生きる普通の人たちが、誰よりもすごいことを」

「え？　映画とか小説が好きなんですか？」

「興味もないし、そんなもので人生が楽しくなるような連中には反吐《へど》が出るが、それでも……いや、だからこそ、すごい。他人が作ったストーリーに満足して、自分のあまりに普通な人生を疑わずに進む普通の人たち、それが何よりもすごい」

「一般論お疲れさまです。映画だのエステだの小説だの風俗だのスキーだの煙草だの、そんなもので退屈を解消できるものですかね。僕は馬鹿じゃないんですよ」

「だったら無理にでも解消しろ」

「ねえ……遊びでやってるんじゃないんですよ」松葉は口もとを歪《ゆが》めた。「僕の大金と人生がかかってるんです。それだけの意味と価値があると判断して行動に出たんです。美味《おい》しいものもいらない。美しい女もいらない。広い家もいらない。外車もいらない。お金もいらない。自由もいらない。この先の人生もいらない。僕が欲しいのは、きみの言葉です。きみがかつて生活していた非現実です。ですから、ちゃんと語ってくれませんかね」

「語ることなんてない」

「ありますよ、あるんですよ、大ありなんですよ。血の話を。臓物の話を。汚くて汚くて怖くて怖い、毒々しい話を。東京タワーで起きた不可解な殺人事件なんて忘れて、なかったことにして、隅に追いやって、きみのかつての日常を話して下さい。だって、そっちの方が楽しいですから」

松葉は笑っていた。

退屈そうに笑っていた。

オレ自身がそうであるように、松葉もまた、東京タワーを騒がせている一連の殺人事件にそこまでの興味はないのだろう。三流作家が二日で考えて十日で書いたようなストーリー、十年前ならいざ知らず、西暦二〇〇八年をむかえた今、なんの価値もない。それよりも、死と死と死と死が血みどろになり、倫理や論理を完全に無視した不条理なストーリー……かつてオレが日常としていたもの……の方を、骨の髄まで味わい尽くしたいのだろう。

気持ちは解る。

悪の快楽に充ち満《み》ちた絶望だらけのストーリーの方が楽しいという感覚は、女子供が避けて通りそうなストーリーの方が楽しいという意見は、とても良く解る。

それでも、

それでもオレは否定する。

道徳の教科書に載っていそうな普通の人生を楽しめない人間を否定する。

「東京タワーで起きている事件も、オレの過去も、等しくクソだ」

オレは宣言した。

「やれやれ……。『土江田』という新しい戸籍と日常生活を満喫して、つまらない人間になってしまったようですね」

松葉は失望したように鼻を鳴らした。

「人間としてはつまらなくなったかもしれないが、人生はこっちの方が楽しい。この平凡なストーリーを生きる方が楽しい」

「自分の過去を否定して、偉くなったつもりですか？　悟りを開いたつもりですか？　どうせ楽しんでた癖に」

「見透かすように云うじゃないか」

「見透かしてるんですがね。きみはただ、朝起きて飯食って仕事して寝るだけの人生が珍しいから、面白がっているだけです。鬼が山から降りて遊んでるだけなんですよ、自分が鬼という自覚もなくね」

松葉はひどく苛立っているように見えた。

暗くてあまり確認はできないが、まっとうな表情を浮かべていないことは解る。声が激しく震えていたし、悪いものを食べた猫のような鼻息が聞こえるからだ。

「お前がどう云おうが、オレは揺るがない」オレはそれでも動じなかった。「オレは知ってしまったからな。普通を普通に生きる人間がどんなにすごいのかを、謎や血がなければ退屈する人間がどんなに下らないかを」

「や、愛する人でも殺されましたか？」

「ハリウッドじみた発想だな」

「いい加減にしましょうか」松葉の声が低くなった。「こっちは二千万円と人生を使って、ちょっとしたエピソードを聞かせて欲しいって頼んでるのに、どうしてそれもできないのかな。馬鹿にしてる？」

「そうかもしれない」

「普通を嫌悪《けんお》して何がいけないんだ……。誰もが普通を嫌悪するからこそ、映画や小説が滅びないんじゃないか。映画や小説が嘘を垂れ流しつづけるんじゃないか。映画や小説を楽しむしかないんじゃないか。嘘の物語を楽しむしかないんじゃないか」

「だからあなたは、あんなことをしたわけですか？」

背後から声が響いた。

オレたちはほとんど同時に振り返る。

ミニシアターの入口に人影があった。

オレはまぶしさに目を細めながら、それでも無理に観察をつづけて声の主をとらえた。

それは小さな体にセーラー服を着ていた。

赤井。

「……いつからいた」

オレは思わず尋ねた。

「土江田さん、私、ちゃんと一人で大展望台を降りることができましたよ」

「質問に答えろ。いつからいた」

「そうですね。土江田さんが、『莫大な借金を背負ってまで、どうしてオレのことを知りたがるんだ』なんて格好いい台詞を云ったあたりからです」

「で、何をしにきた」

「この流れですることなんて、たった一つに決まってるじゃありませんか」

「は？」

「松葉直也さん、月並みな台詞ですが、犯人はあなたです」

赤井は松葉を指差した。

「お前、何を云ってるんだ」オレは立ち上がった。「こいつの職業は探偵だぞ」

「探偵って……土江田さんこそ何を云ってるんですか」赤井はきょとんとした表情を浮かべた。「この人は警備会社の社員ですよ」

「警備会社？」

「東京タワーの警備を受注している警備会社の社員です。そんな彼の最近の仕事は、新居久道と武原光男をタワーから降ろしたことです」

「どうしてお前がそんなことを知ってるんだ」

「調べたら出てくる程度のことですよ。興味がないからって調べない土江田さんが悪いんです」

ぴしゃりと云われた。

オレは警備会社社員である松葉に視線を向けた。

松葉はいきなり現れた赤井を見たまま、微動だにしない。動けないのだろうか。動かないのだろうか。

「被害者の死因がどちらも感電死というのが気になりました」赤井はそんな松葉に構うことなく言葉をつづける。「刺殺でも絞殺《こうさつ》でもなく、なぜ感電なのでしょうか。そこに意味や理由があるのでしょうか。刃物と違って返り血を浴びないとか、ロープと違って力がなくても殺せるとか、メリットはいろいろありますが、しかし最大のそれは、被害者を一瞬で殺せること。ではなぜ一瞬で殺さなければならなかったのでしょうか。これまたいろいろありますが、最大の理由は、犯行の時間やチャンスが極端に少なかったのではないか。私はこのように考えました。次に気になったのは死亡推定時刻です。新居久道の死亡推定時刻は、事件当日である九月十八日の午前九時から午後一時の間。武原光男は事件当日の十月九日の午前五時から午前七時の間。死体が地上に降ろされた時間と、ずいぶん近いですね。つまり二人の被害者は、どちらも大して時間のない中で殺されたと仮定できます。するとこの事件の犯人は、被害者と接触する時間がほとんどなく、被害者を殺害するチャンスがきわめて少ないという条件を持った者となります。ここまでくれば簡単ですね。そのような情況に一番近い人間、さらには被害者と唯一《ゆいいつ》接触できる人間、被害者を地上に降ろす作業をしていたあなたが犯人ではないかと、そう考えたわけです」

「なるほど」

正しい妄想《もうそう》だなと思った。

「事件前日、新居久道を東京タワーの塔頂部に登らせたあなたは、翌日の午後一時三十三分に東京タワーに通報を入れて、職員に確認させました」赤井は松葉をまっすぐに見ていた。「そしてあなたは東京タワーに登り、持参したスタンガンで新居久道を殺害してから地上に降ろしました。武原光男の場合も内容は一緒です。前日に武原光男を東京タワーの塔頂部に登らせ、自分で通報し、東京タワーに登り、スタンガンで殺害してから地上に降ろしました。いかがですか土江田さん、何かありますか?」

「特にない。オレも警備会社の社員が犯人とは推測していた。まあ、正体がこいつとは思わなかったけど」

「なぜ」松葉はようやく口を開いた。静かな声だった。「なぜ……きみたちは、二人の被害者が東京タワーに登ったという発想を、そんな簡単に持てたんですか?」

「ほかに方法がないからです」

「東京タワーのてっぺんで殺されるには、あるいは、東京タワーのてっぺんで殺すには、とてつもない労力と気力が必要だ。そんなことをするやつなら、三百三十三メートルくらい自力で登るだろうと思ったわけだ」オレは補足した。「とにかく三百三十三メートルをなんとか登れば、奇想天外な殺人を演出することができる。だったらやるだろう。それが人間だ」

「なあんだ。きみは、普通の人間の可能性を信じているんですね？」

「そうじゃなけりゃ、普通の人生が楽しいなんて云わない」

「そうですか」

松葉は笑った。

咽喉を最大限に震わせて笑った。

オレはその声を聞いて、ぎょっとなる。

完全に異質なモノが笑っているように感じたのだ。

「や、どうも、いろいろありがとうございます。最後の最後でいいものを見せてもらいました」松葉はため息を吐いた。「では一応……悪役らしく、後味の悪いことをして終わりたいと思いますよ。無理をしてでもね」

そう云ってポケットに手を突っこむ。

「土江田さんが、『莫大な借金を背負ってまで、どうしてオレのことを知りたがるんだ』なんて格好いい台詞を云ったあたりから私はその場にいたと説明したはずです。つまり、無理をする必要はありません」

赤井は云った。

そして岡地さんが現れた。

「まあ、こんにちは」岡地さんは今回も空気を読まない笑顔を浮かべた。「ほうら見て下さい。今日は、新しいお友だちができたんですよ。それに、こんなに可愛らしいの。聞けば、麻雀ができるとか。みなさん、これから麻雀をしませんか？　国士無双縛りで」

8

事件解決から約一ヶ月後の十一月四日。

オレはひさしぶりに東京タワーにやってきていた。十五頭のカラフト犬に会いたくなったとかなんとか、そうした理由を六秒で作り上げて大江戸線に乗りこみ、実際にカラフト犬の前に立つと、そこには赤井がいた。予想通りとも予想外とも云えなかった。

「あ、土江田さん」

赤井は今日もセーラー服姿だったが、首には赤いマフラーが巻かれていた。手には『マリオンクレープ』で買ったクレープを持っている。スポーツブランドのスニーカーでも履いていたら完全に中学生だ。

「お前、探偵だったんだな」

オレは二番目に聞きたかったことを口にした。

「というより、土江田さんが松葉直也を探偵と勘違いしたのがいけないんです」赤井はクレープを一口齧った。「松葉直也があなたに見せた嘘名刺は、常日ごろから持ち歩いていたそうです。常日ごろから危ないことを考えている人間がやりそうなことですね」

「お前の名前、教えろよ」

「赤井です」

「苗字《みょうじ》じゃなくて名前だ」

「茉庭《まつば》。赤井茉庭です」簡単に答えた。「云ってませんでしたっけ？」

オレは頭の中で鳩《はと》がポルポルと鳴くのをやめさせるため、こめかみを強く押さえなければならなかった。

「しかし……」それから無理に口を開いた。「女子高生探偵ってのが現実にいるとはな。二足歩行の自律型ロボットを見ても、ここまでおどろきはしなかっただろう」

「私、女子高生じゃないかもしれませんよ。このセーラー服だって、単なる装飾の可能性もあるわけですし」

「じゃあ女子中学生か」

「どういうことです」赤井は不機嫌そうに眉根《まゆね》を寄せた。「私の身長を揶揄《やゆ》する人は、許すことができません」

「世の中が、敵ばかりになるぞ」

「喧嘩《けんか》を売りにきたんですか?」

「事件の顚末《てんまつ》を聞きにきたんだ」

「顚末? 興味あるんですか?」

「まあな」

「松葉直也はすべてを自供しました」赤井はクレープを再び齧った。「動機は『ストーリーのない世の中が退屈だったから』だそうです。新居久道と武原光男が誘いに乗ったのも、同じ理由らしいですよ。それだけのために東京タワーを自力で登って、一晩を塔頂部ですごして殺されるのを待ってたんですから、そういう意味では、松葉直也よりも根性があったのかもしれませんね」

「そのことなんだが」

「はい」

「一人目はともかく、二人目の殺人は不可能じゃないかな」オレは一番目に聞きたかったことを口にした。「最初の殺人によって警備が厳重になっている東京タワーを、たとえ夜だとしても登れるはずはないと思う。しかもそいつは忍者や怪盗でもない、六十すぎの爺さんだ」

「結論をどうぞ」

「犯人が松葉なのは間違いないし、被害者二人が共犯だったのも間違いないだろうが、真相は違うんじゃないのか？　そしてお前は、それを知ってるんじゃないのか？」

「松葉は自供をしています」

「事件は逮捕されて終わりじゃない。これから裁判がはじまる。ことを有利に進めるために虚言で通しているのかもしれない」

用意していた言葉を云い尽くした。

赤井は寒さを思い出したように一度だけ肩を震わせると背中を向けた。それからゆっくりと東京タワーを見上げ、真実よりもストーリーが大切なときもありますと答えた。

「探偵には二種類の仕事があるんです」赤井はつづける。「一つは、事件から謎を取り除く仕事。そしてもう一つは、事件そのものを取り除く仕事。私が今回依頼されたのは、後者です」

「事件そのものを取り除く仕事……」

「見て下さい」

赤井は空中に向けて、右手を伸ばした。

その先に存在するのは……東京タワー。

そこはかつての時間を取り戻していた。

警察も、マスコミも、野次馬もいない。

学校帰りの学生と、国内外からの観光客と、アマチュアカメラマンくらいしかいない、平日午後の東京タワーとしては当たり前すぎる光景がよみがえっていた。

「犯人と手法が発覚した今、東京タワーにかけられていた幻想は消えました。月並みな台詞ですが、手品の幕は下りたんです。一つのストーリーは終わったんです。それなのに、わざわざ真相をひけらかして好奇心を煽《あお》る必要はありません」

「やはり真相を知ってるんだな」

「真相は、フェイクのそれとくらべて、はるかに現実的で、はるかに幻想的です。トリックの解決としては、きわめて美しい部類に入ることでしょう。聞いて感心、見て納得というものですね。なので、もしそれが公表された場合、熱狂したメディアによって東京タワーは再び大混乱となります。模倣犯が出てくる可能性もあります。依頼人は、そうした情況を望んではいません」赤井はこちらに向き直った。「ならば私は沈黙し、被害者が東京タワーに登るという力技トリックを支持します」

「それでいいのか、探偵なのに」

「探偵だからこそです。依頼人が最も気持ちのいい形で事件を終わらせることが私の仕事。事件の真相とか、トリックの解決とか、被害者や加害者の感情の処理とか、そうしたものはまた別の人たちの仕事ですよ」

「オレには教えてくれないのか、その真相とやらを」

「土江田さん、あなたは普通が好きだとおっしゃってたじゃないですか。特別なストーリーもいらない、格別なフィクションもいらないと、夢見がちな犯人に説教していたじゃないですか。それなのに真相を知りたいなんて、都合のいい話ですね」

「真相が解らなければ落ちつかないだろ」

「事件は終わりました。東京タワーは平穏を取り戻しました。テレビは別の事件で騒いでいます。落ちついていない人間なんて誰もいません」

赤井の言葉通り、今の東京タワーは、事件によって生じた好奇心が放つ熱が消えて、もとの静けさに戻っていた。職員も観光客も自分の日常を送るのに忙しく、終わった事件なんかにかまってはいないのだ。

楽しいことは毎日起こる。

悲しいことも毎日起こる。

普通の人が普通に生きているだけで、それらは毎日起こる。

退屈な世の中にストーリーを作り上げた男がいたことをすぐに忘れてしまうくらいに、毎日起こる。

正しい形のはずなのに、

理想の形のはずなのに、
なんというか、寂しい。

「そもそも、土江田さんはもう東京タワーとは無関係なはずですよ」赤井はオレのセンチメンタルを無視した。「こんなところで油を売ってないで、新しい職場をさがすべきですね。それとも私の助手になります？」

「探偵の癖に助手もいないのか」

「年下に使われるのって、みんな嫌がるんですよ」

「お前に使われるのが嫌なだけだろ」

「さっきから挑発しますね……。負け惜しみですか。だったらヒントをあげますけど」

「いらない」オレは意識的に足を踏み出した。「お前の云う通りだ。オレはもう、頭悪くて頭おかしい場所の住人じゃない。たとえば戦争とか、たとえば殺人とか、たとえば不条理とか、たとえば悪意とか、そんなものしか楽しめない場所の住人じゃない」

不思議なことを作るやつ。

不思議なことを喜ぶやつ。

ストーリーなしでは生きられないやつ。

ストーリーにしか興味を持てないやつ。

総じて、死ね。

佐藤友哉
Yuya Sato

普通に生きることもできないのか。

オレはそのまま歩みを進めて赤井から離れたが、しばらく進んだところで呼びとめられた。振り返る。ただでさえ小さな赤井が、マッチ棒のようなサイズになっていた。遠近法は驚異だ。

「私、『お前』って呼ばれるのが嫌いなんです」赤井は遠くから叫んだ。「だけど、土江田さんだったら別にいいですから。なので、また会いましょうね！」

「しゃらくせえ」

「えっ？ 聞こえません！」

セーラー服姿の小さな探偵を三秒間だけ見てから、東京タワーに入った。

※

「いらっしゃいま……なんだ土江田じゃねえか。ひさしぶりだな」

東京タワー内にあるコンビニエンスストアには、今日も今日とて北村がレジに立っていた。

オレはいつもしていたように缶コーヒーを一本抜き取り、レジに置いた。

「事件、すっかり終わったな」そしてそう云った。「寂れた東京タワーで退屈な仕事をしている気分はどうだ？」

「るせーよ無職」北村は軽蔑《けいべつ》するように目を細めた。「何しにきたんだよ。コーヒー売ってやんねえぞ」

「お客様をなんだと思ってるんだ」

「ただの神様だろ」

「まっとうな意見を云うようになったな」

「昔からこうだっての」北村は鼻で笑った。「ま、ちょっとの間だったけど、結構面白かったぜ。警察だのマスコミだのが大騒ぎしやがってさ」

「解決したとたんに沈静化したけどな」

「庶民ってのは飽きっぽいんだよ。ぎゃんぎゃん騒いだくせに、すぐ忘れやがる」

「まったくだな」

「笑える。あんな下らない事件で盛り上がりやがってよ」

「え？」

「なあ土江田、本当のことを教えてやろうか？」

「…………」

「本当のことを教えてやろうか？」

北村は笑う。

さらに笑う。
松葉がオレに見せた最後の笑いと同質。
おれはやはり……ぎょっとなった。
何も解っていないんだな。
何も気づいていないんだな。
何も知らぬまま生きるんだな。
そんな笑い。
本当のこと。
オレの脳髄を、その単語が激しく駆けめぐる。
背中に浮かぶ冷や汗が流れて、尻《しり》の奥が痒《かゆ》い。
右半身と左半身がぎこちない痙攣《けいれん》をくり返す。
今のオレとかつてのオレが激突しているのだ。
オレはオレに取りこまれつつあるのを悟った。
虐殺《ぎゃくさつ》と強姦《ごうかん》と臓物と殺人と悪辣《あくらつ》の日々。
悪意と糞臭《ふんしゅう》と死臭と地獄と欲望の日々。
オレは知っている。
それがとても楽しいことを。

とてもとても楽しいことを。

東京タワーで起きた事件よりも、日常を普通に生きるよりも、どうしようもなく楽しいことを。

だからオレは、
だけどオレは、
オレは、

「本当のことを教えてやろうか？」

「結構だ」今のオレはなんとか答えた。「何も知りたくないし、知る気もない。普通に生きて普通に死ぬ。それだけでいい。それがオレの幸せだ」そう云って、まだ薄笑いを浮かべている北村を睨《にら》みつけた。「なあ……オレの生き方って、どう思う？」

「笑える」

佐藤友哉
Yuya Sato

佐藤友哉

（さとう・ゆうや）

一九八〇年生まれ。二〇〇一年『フリッカー式——鏡公彦にうってつけの殺人』でメフィスト賞を受賞しデビュー。エンターテインメントと純文学の境界を薙《な》ぎ払い、ジャンルの概念を無意味にするかの如き縦横無尽な独自の作風で、熱狂的ファンを持つ。二〇〇七年には、『１０００の小説とバックベアード』で、第二十回三島由紀夫賞を受賞した。

著作リスト（刊行順）

『フリッカー式——鏡公彦にうってつけの殺人』（講談社）
『エナメルを塗った魂の比重——鏡稜子ときせかえ密室』（講談社）
『水没ピアノ——鏡創士がひきもどす犯罪』（講談社）
『クリスマス・テロル——invisible × inventor』（講談社）
『鏡姉妹の飛ぶ教室——〈鏡家サーガ〉例外編』（講談社）
『子供たち怒る怒る怒る』（新潮社）
『１００の小説とバックベアード』（新潮社）
『灰色のダイエットコカコーラ』（講談社）
『世界の終わりの終わり』（角川書店）

佐藤友哉
Yuya Sato

光の箱

道尾秀介

Shusuke Michio

Track1: Rudolph The Red-Nosed Reindeer（赤鼻のトナカイ）

1

故郷の駅舎を出ると、いきなり最初の一滴が瞼《まぶた》にぶつかった。冷たい雨粒はみるみる数を増し、近くに見えた屋根の下に圭介《けいすけ》が首をすくめて駆け込んだときには、もうあたり一面が灰色に煙《けむ》っていた。

小さなケーキ屋のクリスマス飾りが、雨滴《うてき》の向こうでぼやけて光っている。あれはたしか、圭介がこの街を出た十四年前にできた店だ。オープニングセールの賑《にぎ》やかな声を聞きながら、窓口で特急の切符を買ったのを憶《おぼ》えている。

息をつき、コートの襟を合わせた。おかしな天気だ。予報では終日晴れとなっていたはずなのに、夏ならまだしも、暮れのこの時期に夕立とは。

と、そこまで考えて初めて気がついた。自分が確認した予報――あれはもしかしたら、東京のものだったのかもしれない。今朝、一人でトーストを噛《かじ》りながら眺めていた天気予報。いつもの癖で東京の天気を見てしまったのに違いない。

「……あの」

声がしたので振り返ると、一台のタクシーがすぐそばで後部座席のドアを開けていた。運転席で身体《からだ》をねじるようにして、こちらに顔を向けているのは、胡麻塩《ごましお》頭のドライバーだ。

「お乗りになるんですよね」

「はい？」

自分はタクシーを呼び止めるような仕草をしただろうか。内心で首をひねったが、何のことはない、圭介が雨に追われて飛び込んだその場所はタクシー乗り場だったのだ。

「この雨、やまないですか？」

車内を覗《のぞ》き込んで訊《たず》ねると、ドライバーは上体をこごめて空を見た。

「まあ、予報じゃ夕方前から夜中にかけて降るって言ってましたけどねえ」

腕時計の短針は「5」の手前を指していた。同窓会は六時からで、案内状によると、会場のホテルはここからタクシーで十分ほどの場所にあるらしい。懐《なつ》かしい街をぶらついてみるつもりで、早めに東京を出てきたのだが――。

「乗ります」

この雨では仕方がない。ホテルに向かうことにしてタクシーに乗り込んだ。ラウンジでコーヒーでも飲みながら、昔の友人たちを待つことにしよう。

暖房の効いた車内で、革鞄《かわかばん》の水滴を拭《ぬぐ》う。中には東京駅の喫茶店で編集者から受け取ってきたゲラと、挿絵のカラーコピーが入っていた。圭介の新しい童話は、来春刊行される。

——卯月《うづき》さんが遠出なんて、珍しいですね——

特急列車の乗車口まで見送ってくれた馴染《なじ》みの編集者が、からかうような口調でそう言っていたが、たしかに圭介が東京を出るのは久しぶりのことだった。普段は買い物と打ち合わせ以外、自宅を出ることさえ滅多にない。

「煙草《たばこ》の匂《にお》いがしたらごめんなさいね。前のお客さんが、あれしたもんで」

ドライバーが申し訳なさそうに言った。

「構いませんよ」

煙草を吸ったことはないが、匂いは嫌いではなかった。小学生の頃に死んだ父が、ヘビースモーカーだったせいか、むしろあの苦い匂いを嗅《か》ぐと気分が落ち着くくらいだ。原稿に悩んだときなど、近所のカフェでわざわざ喫煙席に座り、コーヒーを飲むこともあった。

「車、ホテルの正面につけます？　正面の入り口に」

圭介が行き先を告げると、ドライバーは車を出しながらそんなことを訊《き》いてきた。

「正面じゃない入り口も、あるんですか？」

「ええ、裏口——っていうか建物の後ろっ側に、もう一箇所入り口があります。そっちのほうが車が流れてますから、ホテルに入るのはだいぶ楽ですよ。正面は、雨だと降車のタクシーが並んじゃうときがあるんです」

「じゃあ、けっこう大きなホテルなんですね」

十四年前には、まだなかった建物だ。長年来ないあいだに、この街もずいぶん変わったらしい。

「とりあえず、裏口に回ってください。その、車が流れてるほうに」

「あいあい、裏口了解」

ドライバーがアクセルを踏み込み、タクシーは加速する。圭介は眼鏡を外し、口をすぼめてレンズについた水滴を吹き飛ばした。雨に滲《にじ》んだライトが反対車線を流れていく。この道は、昔より少し広くなったようだ。濡《ぬ》れたガラス越しに見える歩道も、綺麗《きれい》に整備され、建ち並ぶ店にはどれも見憶えがない。

タクシーが赤信号で停まると、ワイパーの動く単調な音だけが車内に響いた。エアコンの熱で頭がぼんやりしてくる。運転席で、疲れたような吐息が小さく洩《も》れた。

「ラジオでもつけますか？」

「いえ、大丈夫ですよ」

圭介が断ると、ドライバーはちょっと残念そうに、ラジオのスイッチに伸ばしかけていた片手を引っ込めた。眠気覚ましに自分が聴きたかったのかもしれない。

今回の同窓会のことを圭介に連絡してくれたのは、高校で三年間同じクラスだった富《とみ》沢《ざわ》という男だった。

――やっと連絡とれたよ。苦労したぞ――

一ヶ月ほど前、自宅で電話を取った圭介に、富沢は開口一番そう言った。その声を聞いて、相手の名前は浮かんでこなかったが、イントネーションのおかげで、自分が十代までを過ごした土地からの電話だとすぐにわかった。

雑誌でたまたま圭介の写真を見かけ、出版社に問い合わせて連絡先を訊いたのだという。高校を卒業してすぐ、圭介は生まれ育ったこの街を出た。当時いっしょに暮らしていた母もそれを機会に安めのアパートに引っ越していたので、圭介の連絡先がわかる者は誰もいなかったのだ。そういえば何日か前に、連絡先を教えていいかというような確認が編集者からあったような気がしたが、ちょうど徹夜明けで寝入りばなの電話だったものだから、記憶は定かではなかった。

――卯月圭介、童話の世界に新風……すげえよなあ――

雑誌を片手にかけていたのだろう、富沢は電話の向こうで唸《うな》るように言った。素直なその声が、圭介には嬉《うれ》しかった。

——お前、昔から童話なんて書いてたっけか——

——真剣に書き出したのは、東京に出てきてからだよ——

上京して一般企業に就職し、圭介は夜な夜な習作を書いては新人賞に応募していた。ようやく自分の本を書店に並べてもらえるようになり、一人で祝杯を上げてから、いつのまにかもう八年が経《た》っている。

地元で計画しているという同窓会の誘いに、圭介が曖昧《あいまい》な答えを返していると、富沢はとにかく案内を送るからと言って電話を切った。約束どおり、富沢は数日後に同窓会の詳細が書かれた往復葉書を送ってきた。圭介はしばらく迷った後、「参加」の二文字をクロッキーで囲んで返送した。

弥生《やよい》も、来るのだろうか。

葉書をポストに放り込んだ日から今日まで、そのことばかりを考えている。彼女とふたたび会うことになるのだろうか。大人になった顔を、互いに見合うことになるのだろうか。どちらかが笑えば、きっともう一人もつられて笑うだろう。だが、自分も弥生も、最初の話題を探して口ごもるに違いない。あの事件のことは、きっとどちらも口にしない。だから何を話していいのかわからない。

シートに背中を預け、ゆっくりと息を吸い込んだ。雨に濡れた服の匂いは、初めて異性の身体に触れた日のことを思い出させた。あのとき、この湿った匂いの向こうから鼻先に届いてきたのは、どこかミルクに似た、清潔な肌の香りだった。

「いらっしゃいませ。一名様で？」

ホテルのラウンジは混み合っていた。オレンジがかった照明の下で、テーブルについている人々をそれとなく見渡してみたが、集合の一時間以上も前に到着している旧友は誰もいないようだ。もっとも、もしいたとしても、その顔をひと目で見分けられる自信はなかった。人間ほど、大人になってから顔を変える生き物も珍しい。

「一人です」

ウェイターに案内された窓際《まどぎわ》の席からは、ホテルの正面入り口がよく見えた。ドライバーの予想は間違っていたようで、タクシーが列をつくっているようなことはない。雨は先ほどよりも強まって、玄関脇《わき》に据えられたクリスマスツリーの電飾を濡らしていた。ツリーの横には、白い袋を担《かつ》いだプラスチック製のサンタクロースが背中を向けて立っている。いかにも自分で持っているように、ホテルのロゴが入った傘を片手にくりつけてあるのが可笑《おか》しかった。そんなサンタクロースやクリスマスツリーを中に閉じ込めて、窓ガラスの向こう側を水滴が流れていく。

コートを椅子《いす》の背にかけ、コーヒーを注文した。仰々しい所作でウェイターが遠ざかっていくと、それまで周囲の人声に紛れていたクリスマスソングがふと耳に入り込んできた。有線放送だろうか。天井にあるスピーカーから流れているらしい。ジョン・レノンの"Happy Xmas (War Is Over)"——声は入っておらず、インストゥルメンタルだ。曲はもう最後のフレーズに差しかかっていた。"War is over"の部分がリフレインを繰り返し、徐々に小さくなっていく。それが完全に消え、しばらくのあいだ、また周囲の談笑の声や食器の音が聞こえ——やがてつぎの曲がスピーカーから流れはじめた。イントロを耳にした瞬間、圭介には曲のタイトルがわかり、胸の底に小さな痛みが走った。

懐《なつ》かしい、あの曲だ。冬が来るたび聞こえてくる曲。ジョニー・マークスの"Rudolph The Red-Nosed Reindeer"——歌詞が日本語訳され、「赤鼻のトナカイ」として日本でも広まったクリスマスソング。

目を閉じると、瞼の裏に雪景色が広がり、その向こうに、暖かそうな橙色《だいだいいろ》の光がぽつんと見えた。小学校四年生のとき、圭介は生まれて初めて物語を書いた。暖房のないアパートの隅で、母が仕事から帰ってくるのを待ちながら、学校で使っていたノートを逆さまにして、後ろのページから書きはじめた。いや、あれは物語と呼べるほどのものではなかったのかもしれない。音楽の教師が授業で紹介したクリスマスソングの歌詞に、少々色をつけただけの、長い落書きだった。

リンゴの布ぶくろ

「あれっ、きみはまたこっそりワインでもなめたのかい？」

そういって、金色の天使はくすくすと笑いました。

「うふふ、だめだよそんないじわるいっちゃあ」

そういって、銀色の天使は銀色のそででそっと口もとをおさえました。

だんろの火がきらきらとうつっている窓ガラスの外には、白い雪がちらちらとふっているのが見えます。でも、丸太でがんじょうにつくられた小屋のなかは、ぽかぽかとあたたかいのです。

「だってほら、ごらんよ、サンタさんの大事にしているクリスマスブドウのワインをなめでもしなけりゃ、こんなに赤い鼻にはならないよ」

金色の天使は、こんどはトナカイの大きな鼻を金色の指先でちょこちょこっとつっつきました。

「だめだってば、いじわるしちゃあ……うふ、よしなよ、きみ」

銀色の天使はそういいながらも、その様子がゆかいでたまらないのです。

さきほどからじっとだまっていたトナカイは、とうとうがまんができなくなりました。ですから、二人の天使をおもいっきりおどかしてやろうと思って、二本の前あしをせいいっぱい高く持ち上げて、ばたばたと動かしてみせました。二人の天使は、わあとにぎやかな声を上げて、カシのテーブルの向こうがわへ逃げました。それでもまだ二人はくすくすと笑っています。笑いながら、天使たちは声をそろえていいました。

「赤鼻のトナカイさん！」

トナカイの目には、なみだがじわっとあふれてきました。でも、二人のちっちゃな天使に、そんななさけないところを見られるのがいやだったので、くるりと後ろをむきました。そして、げんかんのニレのドアのほうへ歩いていきました。

トナカイがドアのノブに前あしをかけたそのときです。ドアは外がわからいきおいよく開かれました。

「ホーホーホー！　いや、すっかりおそくなってしまった。ソリにぬるロウがどこにも売っていなくてね」

サンタさんが買い物から帰ってきたのでした。ドアの内がわにいるトナカイに気がつくと、サンタさんはいいました。

「おや、おまえはいまごろどこへ行くんだい？　もうすぐ出発だよ？」

トナカイはむりにわらった顔をつくりました。それから「どこにも行きませんよ」といって、さもくつろいだふうに伸びをしてみせたのでした。

二人の天使は、声をそろえてサンタさんにあいさつをしました。

「お帰りなさい、サンタさん！」

「ホーホーホー、ただいま。二人とも、いい子にしていたかな？」

「もちろんです、サンタさん！」

「よーしよし、今日は年に一度のクリスマスだ。これから世界中を走りまわらなきゃあならん。さあさあ、もうこんな時間だ。はやいとこ、ソリにロウをぬらなくちゃ。みんな、こっちにおいで」

そういってサンタさんは、とてもうれしそうに、部屋のおくへと歩いていきました。

そこには物置へつづくドアがあります。二人の天使は、わいわいついていきました。トナカイは、とぼとぼついていきました。

ほこりがいっぱいの、せまくるしい物置のすみには、おんぼろのソリがあります。サンタさんがぷーと息をはいて、ソリのほこりを吹きはらうと、せまい物置のなかはもくもくと真っ白になりました。サンタさんと天使たちがむせかえります。

「けほけほ……」

「ごほごほ……」

「うほっ、うほっ、うぉっほほん！　はっはっは、このしゅんかんがわたしは大好きなのだよ。うぉっほほん！」

そういってから、ばかでかい声でわらって、サンタさんはソリをかるがるとかつぎ上げました。二人の天使は、はしのほうをちょっとささえました。三人は、えっちらおっちらと物置を出ていきました。

でも、トナカイだけは、三人の後ろすがたをさびしそうに見おくって、じっとその場に立ったままでいました。

2

ノートの終わりから書きはじめた物語は、圭介を寂しさから救ってくれた。

父親のいない家。遅い時間まで仕事をしている母。夜中に目を醒《さ》ますと、いつも居間の座卓に両肘《りょうひじ》をついて、母は静かな溜息《ためいき》をついていた。布団《ふとん》の中で身じろぎをしないよう気をつけながら、圭介は痩《や》せた母の横顔をじっと眺めていた。こちらを見て欲しかったが、母が顔を向けそうになると、素早く目を閉じて眠っているふりをした。

学校で、圭介はいろいろなあだ名で呼ばれていた。どれも、圭介の家に金がないことを揶揄《やゆ》したものだった。何も言い返せなかった。母を馬鹿《ばか》にされた悔しさで咽喉《のど》が詰まり、口をひらいても言葉が出てこなかった。

火傷《やけど》の痕《あと》に、ひたひたと氷を押し当てていくように、圭介は毎日ノートに文字を綴《つづ》った。そうしているときだけ、寂しくなかった。あふれる言葉を文字にして書きつけているあいだだけ、哀《かな》しくなかった。

☾⋆

小屋の外です。

きらきら光る星と、ふわふわの雪でいっぱいです。

サンタさんと二人の天使は、ソリをはこんでニレのドアを出てきました。

「ホーホーホー！　さあ、ロウをぬって出発だ！」

「はやく、はやく！」

「出かけましょうよ！」

「まあまて。だめだよ、ちゃんとロウをぬらなきゃあ。こいつをぬるのとぬらないのとでは、カーブでのキレがまったくちがうから」

サンタさんはポケットからぼろきれをとり出すと、それにロウをちょっとつけて、ソリのあちこちをごしごしこすりはじめました。二人のちっちゃな天使たちは、しぶしぶそのさぎょうをながめていました。

「よし、と」

しばらくして、ようやくサンタさんはロウぬりをおえました。それから二人をふりかえっていいました。

「じゃあ行くか」

「いやっほう！」

「出発だ！」

「おうい、トナカイ！　トナカイやあい！」

サンタさんが小屋をふりかえって大ごえを出すと、トナカイはそっとニレのドアから出てきました。

「さあ、行くぞトナカイ！　世界のたびに出発……ん？」

サンタさんはトナカイの顔をのぞきこみました。

「なんだい、そのふくろは？」

見ると、トナカイはほこりまみれの布ぶくろを、すっぽりと自分の鼻にかぶせているのでした。あれは物置にあった、古いリンゴの布ぶくろです。

「おまえ、鼻をどうかしたのかい？」

サンタさんは心配そうにトナカイを見下ろしました。

二人のちっちゃな天使たちは、気まずそうに顔を見あわせました。

トナカイは、だまってソリのまえに歩いていくと、いつものようにソリの革ひもを、こしにまきつけました。

☾⋆

しばらくのあいだ、だれも、なんにもいいませんでした。それぞれが、それぞれの頭のなかで、いろいろなことをかんがえていました。

とうとうサンタさんがいいました。

「ホーホーホー……わかったぞ、わかったぞ。おい、おまえたちはトナカイの赤い鼻を笑ったのではないのか?」

そういわれて、二人の天使はかたをすぼめて小さくなりました。じっとうつむいたまま、なにもこたえることができませんでした。トナカイも、ただうつむいていました。

やがてサンタさんはいいました。

「ねえ、トナカイ。そのふくろをとってはくれんかね? おまえがそんなものを鼻におっかぶせていると、わたしはまったくもって、こまってしまうんだよ」

そのことばに、トナカイはふしぎそうにサンタさんの顔を見あげます。サンタさんはつづけました。

「ほら、ごらんよ、このおんぼろソリをさ。ランプもなにもありゃあしない。もうずいぶんと、ながいことつかってきたからね」

トナカイは、じぶんのうしろにある古いソリをふりかえりました。

「でもね、トナカイ。わたしはこのソリがすきなんだよ。大すきなんだ。あたらしいやつに買いかえるつもりなんて、まったくない。このさき、何年だってつかってやるつもりさ。ただね……」

サンタさんは白いりっぱなヒゲをごしごしとさすりながらつづけます。

「この古いソリじゃあ、暗いよみちは、あぶなっかしくてしかたがないんだよ。なんたってランプもついていないんだから。……そこでだ、トナカイ、ひとつきこう。わたしがいままでいちどでも、運転をあやまったことがあったかい？」

トナカイは首をよこにふりました。

そしてサンタさんは、ちょっとだけてれながら、こういったのです。

「つまりさ、ほら……暗いよみちは、ぴかぴかの、おまえの鼻がやくにたつのさ」

トナカイははっとして顔をあげました。

二人のちっちゃな天使たちは、小さくあっといいました。

「さあトナカイ、そいつをとっておくれ。おまえがそんなものを鼻におっかぶせていたのでは、世界のみんなにプレゼントをくばれやしない」

トナカイの顔は、みるみる明るくかがやいてきました。二人の天使たちの顔は、みるみる赤くなっていきました。サンタさんは大きなこえでいいました。

「ホーホーホー、もうこんな時間だよ。さあ、はやいとこ行こうじゃないか。ほらほら、二人もそんな顔していないで、のったのった！」

金色の天使はサンタさんの右うしろに、銀色の天使は左うしろに、それぞれとびのりました。二人はまだ少しはずかしそうな顔をしています。

トナカイは二本の前足で、じぶんの鼻にかぶせたリンゴの布ぶくろをはさむと、それをぽいっと雪の上になげすてました。赤い鼻はぴかぴかと光ります。

「ホーホーホーホーホー、いよいよほんとうに出発だ！　世界中をひとっとび！　アメリカだってフランスだってソ連だって中国だってニッポンだって！」

「みんなにしあわせを！」

「みんなにあいを！」

トナカイはつよくうなずくと、雪の地面をけりだしました。そして心のなかで、こうつぶやいたのです――こよいこそは！

おんぼろのソリはいきおいよくすべりだし、雪けむりをあげ、やがてふわりと地面をはなれました。トナカイは空をまう雪を、四つの足でけって、けって、ぐんぐんじょうしょうしてゆきます。見なれたけしきは、どんどん小さくなって、はこにわのようにちっぽけになったかと思えば、もうそこには一枚の地図がひろがっているだけです。

「メリークリスマス！」

きこえてくるのは鈴の音です。今夜は世界中に、鈴の音がひびきます。

——おわり

3

圭介にひどい言葉をかけつづけた小学校時代のクラスメイトたちは、その半分ほどが同じ中学に進学した。入学式の朝、冷え冷えとした体育館に並び、引用だらけの校長の話を聞きながら、圭介は不安に圧《お》しつぶされそうだった。また、同じような毎日が三年間もつづくのだろうか。また自分は我慢するのだろうか。友達と打ち解け、冗談を言って笑い合うことを想像し、その想像を抱えたまま黙って家路《いえじ》につく日々が、ふたたびはじまるのだろうか。

入学式が終わると、新入生たちはそれぞれの教室に移動するよう指示された。圭介はわざと遅れて体育館を出た。知っている顔となるべく出会いたくなかったからだ。校舎の廊下を歩いていくと、上り階段の脇《わき》で、何人かの生徒がたむろしているのが見えた。そのうちの一人が圭介に気づき、周りの連中に何か言った。全員がどっと笑った。真新しい詰め襟《えり》の上に並んでいるのは、圭介の見知った顔だった。小学校時代のクラスメイトたちだ。

いま、みんなを笑わせたのは、岩槻《いわつき》という奴《やつ》だった。彼は昔から、圭介の貧乏を大きな声で揶揄したあと、きまって自分の家に金があることを周囲にひけらかす。圭介を馬《ば》鹿《か》にすることで、同時に自分を大きく見せることができ、一石二鳥とでも思っているに違いない。いまも、岩槻が何か圭介の聞き取れないことをぼそりと呟《つぶや》き、ほかの面々がへえと羨《うらや》ましそうに彼を見た。そういえば小学校時代、最初に圭介の心を傷つけたのは、あの岩槻だったかもしれない。

圭介が無視して通り過ぎようとすると、岩槻が声をかけてきた。しかし圭介は顔を向けなかった。真《ま》っ直《す》ぐ前を見て、ぶかぶかの制服の手足を無理に動かしつづけ、彼らの前を横切ろうとした。

が、できなかった。

不意に、岩槻の突き出した上履きの右足が、圭介の腰を蹴《け》りつけたからだった。声を上げる間もなく、圭介は冷たいタイルを転がって廊下の壁に側頭部を激突させた。驚きと混乱の中で見上げると、岩槻は左右の頬を持ち上げて笑っていた。もっと小さな子供が、知らない虫を見つけたときのような顔だった。それが、最初の暴力だった。無抵抗の圭介に向かって突き出される手や足の数は、日に日に増えていった。連中は言葉だけでは飽き足らなくなったのだ。言葉に耐性を持ってしまった圭介が許せなかったのだ。そしておそらくは、緊張もあったのだろう。慣れない校舎の中で、知らない教師たちや先輩連中を目《ま》のあたりにして、心の隅に不安が凝《こご》っていたのだろう。中学校で初めて出会った同級生たちも、競うようにして圭介を攻撃しはじめたのが、その証拠だった。

圭介は毎朝、校舎の玄関を入るとき、自分の心を見えない刑務所に閉じ込めた。そして、殴られても蹴られても笑われても、じっと無表情を貫き、授業がすべて終わると、仮出所させた心といっしょにアパートへ帰った。その繰り返しだった。物語を書くことは、もうなかった。小学校四年生の冬に書いた物語を思い出すことも、すっかりなくなっていた。そうしているうちに、圭介は刑務所に出入りさせていたもう一人の自分の姿が、以前とずいぶん変わってしまっていることに気がついた。錆《さ》びた鉄格子《てつごうし》をうっそりとくぐるその横顔は、瘦せて、虚《うつ》ろで、蒼白《あおじろ》かった。子細に見てみると、その両目はまるで、オタマジャクシが身体《からだ》と変わらない大きさの金魚鉢に閉じ込められたみたいに、黒目だけがぶるぶると震えているのだった。

その震える両目はしかし、あるとき急にぴたりと静止した。いまでもはっきりと憶《おぼ》え

道尾秀介
Shusuke Michio

ている。あれはちょうど校庭の銀杏《いちょう》が葉を落としはじめた、秋の終わりだ。静止した視線の先——教室の隅に立っていたのは、一人のクラスメイトだった。両耳を少し過ぎるくらいの黒髪に、白くて小さな顔。セーラー服の濃紺と、その肌の白さが、つくりもののようなコントラストだった。彼女はじっと圭介を見ていた。休み時間だというのに、誰とも喋《しゃべ》らず、笑い合わず、圭介を見ていた。それが、葉山《はやま》弥生だった。

同じクラスだったので、名前だけは知っていた。大人しい女の子で、自分から誰かを笑わせたり、話題を持ち出すことはせず、いつも友達の話にうなずきながら、ときおり柔らかくて曖昧《あいまい》な、綿菓子のような声で笑う。薄い膜が一枚かかったような両目は、空気の流れでも見ているように、大抵ぼんやりと何もないところに焦点を漂わせていた。——そんな弥生が、何かを真っ直ぐに見るなんて、圭介は不思議な感じがした。そしてその見ているものというのは、ほかでもない圭介なのだった。

と、そのとき弥生の姿が視界の中心から勢いよく横にぶれた。一瞬、何が起こったのかわからなかった。顔を横に向けると、岩槻がカンフー映画に出てくる人物のように、もったいぶって右足を床に下ろすところだった。その後ろには、これも映画のように、仲間が二人、ポケットに両手を入れて立っている。じんじんと、蹴られた側頭部が痛み、圭介はそこに手をあてた。するとふたたび岩槻の右足が飛んできて、今度は脇腹に突き刺さった。圭介は椅子《いす》から転げ落ち、呻《うめ》き声を洩《も》らして床に這《は》いつくばった。いつもなら、じっと顔を下に向け、全身を硬くして、つぎの攻撃に備えるところだった。しかしそのとき圭介は顔を上げ、視界から外れてしまった弥生の姿を探した。どうしてそうしたのかは、いまでもわからない。とにかく圭介は彼女を探した。——あそこだ。弥生はまだ圭介に目を向けている。先ほどと表情は変わっていなかった。真っ直ぐに圭介を見ている。ほかの女の子のように、情けなさに苛《いら》立《だ》った目ではなく、痩《や》せた犬に同情するような暗い目でもなく、彼女はただ静かに圭介を視界の中心におさめていた。

放課後、圭介は歩道の落ち葉を踏みながら家路をたどっていた。民家の庭から、箒《ほうき》で落ち葉を掃くリズミカルな音が聞こえていた。通り過ぎてからも、その音がなかなか消えないので、圭介は不思議に思って振り向いた。

十メートルほど後ろに、弥生が立っていた。箒の音がつづいていると思ったのは、彼女の足音だったのかもしれない。圭介と同時に足を止めたのだろうか、歩道に散った落ち葉の上で、彼女は学生鞄《かばん》を片手に提げ、ぴったりと両足の踵《かかと》を合わせていた。かといって、べつに、圭介に用があるわけでもなさそうだ。彼女は何も言わずにぼんやりと立っている。ただ帰り道が同じで、圭介が急に振り返ったものだから、びっくりして足を止めてしまっただけなのか。——圭介はふたたび前を向いて歩き出した。そうしながら、耳に神経を集中させていると、彼女もまた歩き出したことがわかった。歩調はしばらく一定だったが、やがてその中に、ときおり乱れるような素早い足音が混じるようになった。そのたびに、足音は圭介の背中に近づいてきた。そして、アパートまであと百メートルほどというところで、セーラー服の肩が詰め襟の肩と並んだ。

「あたし、先生に言う」

唐突に弥生が言葉を発し、圭介は驚いて足を止めた。

「先生に言えば、きっとやめさせてくれる」

彼女が何のことを言っているのか、圭介にはすぐにわかった。そんな心遣いが嬉《うれ》しくないわけでは、もちろんなかったが、目をそらして言った。

「そういうことはしないで」

「何で？」

「たぶん、悪いほうに行っちゃう」

「悪いほうって？」

「もっとひどいことされるかも」

その言葉に、弥生は唇を結んだ。圭介を見上げる両目はとても辛《つら》そうだった。その目を見て、圭介は思った。この人は正義漢を気取っているのではなく、真実自分のことを心配してくれている。嬉しさの反面、圭介はどうしようもなく哀《かな》しくなった。

しばらく黙っていたあと、弥生が突然わけのわからない言葉を口にした。

「じゃあ、いっしょに絵を描かない？」

学生鞄をひらき、何やら数枚の紙を取り出す。

「あたしの趣味なの。何があっても、絵を描いてると忘れられるの。だからいっしょに描かない？」

それは色鉛筆で描かれた、淡い風景画だった。いや、風景画ではないのだろうか。そうだ、こんな景色が実際にあるはずがない。雲が片手に指揮棒を持ってリズムをとっていたり、虹《にじ》の真ん中に矢がつがえてあったり、山が……これは何だろう。

「これ、おならしてるの？」

「怒ってるんだよ。怒って、もう少しで噴火しそうなんだけど、それをなんとか堪《こら》えてたら、横から熱い空気が洩れたの」

生真面目《きまじめ》な顔でそう答えてから、弥生は驚いたように圭介を振り仰いだ。

「何、おならって？」

「そう見えたから」

「見えるかな」

考え込むように、弥生は画用紙に目を戻して沈黙した。二人の足下を、落ち葉が音を立てて過ぎていった。風はもう秋のものではなく、冬の硬さがあった。

弥生の絵を、圭介はとても素敵だと思った。敢《あ》えてそうしているのだろうか、色づかいは少ないのだが、それでも不思議な実在感がある。

「まあいいや、おならでも」

弥生は顔を上げた。

「人に見せるための絵じゃないし。いま見せてるけど」

初めて話す彼女は、イメージよりもずっと早口で、しかも話をどんどん自分から先へ進めていく。

「ね、いっしょに描いてみない？　ものは試しって言うでしょ」

「試し……」

「そう試し。やってみたら、けっこう夢中になれるかもしれないよ。学校のことなんて忘れちゃうかも。すぱっと」

しばし考えてから、圭介は弥生に向き直って正直に告白した。自分には絵心というものがまったくないことを。小さい頃から、保育園でも、小学校の図工の時間でも、上手《うま》く描けた試しがなく、画用紙に向かっていると夢中になるどころかだんだん苛々してくるのだと。

「あ、でも」

目の前で弥生の顔が見る見る残念そうなものに変わっていくのを見て、圭介は慌《あわ》てて言い添えた。

「字なら大丈夫かも。字っていうか、話っていうか——」

すぐに言葉に詰まった。小学校時代、自分が夢中でノートに綴《つづ》っていたあれは、いったい何と呼べばいいのだろう。童話と呼ぶのはおこがましい。物語というのは気恥ずかしい。迷った末、圭介は自分でも眉《まゆ》をひそめてしまうほど妙な表現を口にした。

「絵本のほら、字の部分みたいな感じのやつ」

その瞬間、弥生はぱっと顔を明るくし、春のように笑った。

「じゃ、いっしょにできるじゃん」

「いっしょに——何を？」

「絵本、つくろうよ」

圭介は上体を引いて弥生の顔を見つめた。同級生の女の子の顔を至近距離で眺めていることの含羞《はじらい》も意識されないほど、彼女の言葉に戸惑っていた。絵本をつくる。いま初めて口をきいたこの人と自分が、絵本をつくる。

「明日、色鉛筆持ってくる。家に行っても平気？」

「あ、いやべつに大丈夫だけど……っていうか誰もいないけど」

「なら静かでちょうどいいね」

忘れないでよ、と言い残し、弥生は回れ右をして遠ざかっていった。

4

　翌日の放課後、弥生は本当にアパートまでやってきた。『リンゴの布ぶくろ』を、ものも言わずに読みふけったあと、彼女は圭介が出した母の湯呑《ゆの》みから日本茶をときおりすすりながら、新しい画用紙に絵を描いてくれた。色鉛筆が紙の上を滑る音を間近で聞きつつ、圭介はぼんやりと彼女を眺めた。画用紙に向かう弥生は、微笑を浮かべてはいないが、浮かべる直前といったような表情をしていた。紺のセーラー服からすんなりと伸びた首が、白くて綺麗《きれい》だった。近くで見てみると、弥生の顔はどことなく猫に似ているなと圭介は思った。しかし、それは決してペット・コンテストで優勝するような猫ではなく、たとえば近所の車の下からこちらを覗《のぞ》いている、素朴でいじらしい魅力を持った猫だった。

　静かな時間が過ぎ、四枚の絵が出来上がった頃には秋の日もすっかり暮れ、アパートの窓が真っ暗になっていた。

　トナカイをからかう天使たち。苛立って前脚を持ち上げるトナカイ。小屋に帰ってきたサンタクロース。埃《ほこり》を被《かぶ》った古い橇《そり》。——四枚の絵はどれも、驚くほど圭介のイメージに合っていた。

「これ、絵のほうが先にあったみたいだよ。僕があとから話をつけたみたい」

上手く言葉で表現することはできなかったが、弥生には伝わったようだ。圭介の手から四枚の画用紙を受け取ると、彼女はそれを座卓の上に丁寧に並べ、嬉《うれ》しそうな顔で微笑《ほほえ》んだ。

「この、空いてるところにあとで字を書こうよ。絵本にするには、まだぜんぜん絵の数が足りないけど」

また明日つづきをやろうと言い、弥生はアパートを出ていった。ふたたび静かになった居間で、圭介は一人座卓の前に膝《ひざ》をつき、彼女が甘いような匂《にお》いといっしょに残していった四枚の画用紙を、掌《てのひら》でそっと撫《な》でた。触ると温かいような気がしたが、それはやはり冷たかった。

それからほぼ毎日、弥生は圭介のアパートにやってきた。岩槻たちに見られると何を言われるかわからないので、二人でいっしょに学校を出ることはせず、圭介のアパートの前で待ち合わせた。

絵は徐々に増えていった。初日のペースからして、二週間もすれば絵本は完成してしまうのではないかと思っていたのだが、三日目あたりから弥生の手がやけにゆっくりと動くようになり、ひと月ほど経《た》って部屋の寒さが増してきても、まだトナカイはリンゴの布ぶくろを鼻に被せていた。圭介はいつも、座卓に向かって色鉛筆を動かす弥生を、体育座りをしてただ眺めていた。手の動きが止まるたび、彼女の呼吸音が微《かす》かに聞こえてきて、その呼吸と自分の呼吸が合いそうになると、何故《なぜ》か慌てて息をついでタイミングをずらした。

毎日、弥生は夜の八時近くまで圭介の家で過ごした。そのあいだに二人は大抵二杯ずつお茶を飲み、弥生の持ってきたスナック菓子を一袋平らげた。

「家の人、心配しないの？」

圭介が訊《き》くと、弥生は緩く唇を噛《か》んで首を横に振った。耳にかかっていた髪が音もなく頰に流れた。

「平気。どうせお父さん、九時過ぎまではお店のほうにいるし」

弥生の家がカメラ店を経営していることは聞いていた。

「お母さんは？」

「お母さんはもっと平気。あの人、あたしのこと嫌いみたいだから」

「え、何で」

「嫌いっていうか、どうでもいいのかな。いつも、何もしてくれないし」

そう言ってから、彼女は口の中で呟《つぶや》いた。

「……くせに」

いま何と言ったのだろう。圭介にはよく聞こえなかった。訊《たず》ねるかわりに首を突き出すと、弥生はくるりと顔を向けて大袈裟《おおげさ》に口を動かした。

「言っ、て、る、く、せ、に。いつも、あたしのこと考えてるなんて言ってるくせに、お母さん、何もしてくれないの」

「ご飯もつくってくれないとか？」

「そう……そういうこと。うちも大変なんだよ、いろいろと」

溜息《ためいき》混じりに言い、彼女はまた座卓に顔を戻した。

商店街がクリスマスの声で賑《にぎ》わう頃、圭介たちの絵本はとうとう完成した。合計三十枚。それに表紙と裏表紙。綴《と》じ方はやや不格好だったが、それでも二人の大切な作品だった。その作品を前に二人は、いつか圭介が童話作家になって物語を書き、弥生が画家になって挿絵を描くという、子供じみた夢を語り合った。

「今度のクリスマスまでに、この絵本のつづきを書くよ」

それから二週間ほど経ったクリスマスの日、圭介は約束どおりノートに綴った新しい物語を弥生に手渡した。それは『光の箱』というタイトルで、一冊目の物語のつづきだった。弥生はこの話にもすぐに絵をつけようと言ってくれた。

春が来るまでに、二人の絵本は二冊になった。最初の一冊は圭介のアパートに置き、新しい一冊は、弥生が家に持ち帰った。

5

高校生になり、圭介はようやくあの醜い攻撃から解放された。

岩槻は県内で有名な私立の進学校に進んだらしい。勉強だけはぬかりなくやっている男だったのだ。卒業間際《まぎわ》、岩槻に突然好意を打ち明けられたと、弥生が教えてくれた。彼女が断ると、岩槻は声を出さずに泣いたそうだ。いい気味だとは、圭介は思わなかった。岩槻のことを考えて、弥生のことを考えて、しばらく胸がざわついた。

圭介と弥生は同じ県立高校に入学した。敢えてそうしたわけではなく、勉強においては可もなく不可もないという二人には、似たような進路が待っていたというだけだ。中学三年生のとき、純愛映画を観《み》た帰り道で、二人は不器用に唇を合わせたことがあった。しかし、それっきりだった。もちろんその先のことを、思わなかったわけではない。ただ、二人でつくったあの二冊の絵本が、いつも圭介の頭の片隅に並んでいて、軽はずみな行動がその大事な絵本たちを台無しにしてしまうのではないかという予感があったのだ。だから圭介は、下腹に新しい欲求を感じながらも、いつも弥生と会うときは、ただ街を歩いたり、軽口を叩《たた》き合ったりするだけだった。そうしている自分をもどかしく思った。絵本の存在を、ときおり忌々《いまいま》しく感じることさえあった。自分の中の成長が、圭介は哀しかった。

弥生は絵のほかに、もう一つの新しい趣味を見つけていた。それがカメラだった。型の落ちた、フラッシュ内蔵の一眼レフを、店に出入りしている業者からゆずってもらったらしい。休みの日に圭介と会うときには、彼女は必ずその重たいカメラをショルダーバッグに入れていた。

「うちで現像できるから、フィルム代しかかからないんだ」

初めて弥生が圭介にカメラを見せてくれたのは、日曜日の駅前広場だった。相変わらずショートカットの髪を、左手で掻《か》き上げながら、彼女はファインダーを覗き込んで圭介にレンズを向けた。マニュアルフォーカスらしく、慣れない手つきでレンズのリングをいじっていた。

「現像、お父さんにやってもらうの？」

「自分でやるんだよ」

「え、あれって暗室とかでやるんでしょ？」

そんな技術を弥生は持っていたのだろうか。しかし彼女は首を振って笑った。

「お店に、自動で現像してくれる機械があるんだよ。最近は便利なんだから」

左手を挙げて合図をし、弥生はシャッターを切った。それから両手でカメラを高く持ち上げ、満足げに眺めた。

「あたし、画家じゃなくてカメラマン目指そうかな」

きっと、深い考えもなく口にした言葉だったのだろう。だが、不用意なその一言は、圭介の胸に冷たく刺さった。彼女はそれに気づいてもいないようだった。

「いいんじゃない、カメラマンも」

そうやって新しいものを見つけていく弥生とは逆に、圭介はまだ童話にこだわっていた。暇を見つけては自宅で習作を書き綴り、大抵は舌打ちをしてノートの上にシャープペンシルを放り出した。あの頃のような単純な文章が、どうしても頭に浮かんでくれなかった。無意識のうちに難しい言い回しを考え、気取った表現を探し、そうやって物語を書き進めているうちに、自分でも呆《あき》れるほどつまらないものが出来上がっているのだ。下手くそでも忘れがたいあの物語は、圭介にとって、二度と見つからない落とし物のようだった。

富沢とは、一年生のときに同じクラスになった。高校生のくせに無精髭《ぶしょうひげ》を生やした、顔だけ教師みたいな男だった。

「圭介、お前、葉山と付き合ってんの？」

四角い顔を近づけて、授業の休み時間に富沢が訊いてきた。

「何で？」

「いや、マサキが気にしてたもんだからさ」

マサキというのは別のクラスの生徒で、どういう字を書くのかは知らないが、富沢の口からよくその名が出てくる。中学校時代からの友達らしい。圭介は直接話したことはなかったが、富沢とは正反対の、整った顔立ちをした、どこか中性的な印象の男だということだけは知っていた。

「で、どうなの。付き合ってんの？」

「まあ……うん、一応」

圭介が曖昧《あいまい》に答えると、富沢はふんふんと唇をすぼめて僅《わず》かに目をそらした。その仕草から、先ほど彼が言った「マサキが云々《うんぬん》」というのはつくり話なのではないかと圭介は疑った。弥生に好意を抱いているのは、本当は富沢なのではないだろうか。近くで起こった笑い声のほうを、ちょっと見てから、富沢はまた圭介に顔を戻した。

「じゃあ、もうしたのか」

尻下《しりさ》がりの、答えはわかっているぞという調子だった。考えるより先に、圭介の口は嘘《うそ》をついていた。

「そりゃ、けっこう長いからな。付き合って」

一瞬、富沢の顔全体に力がこもったように見えた。それから彼は、そっか、と呟いて唇の両端をにやりと持ち上げた。

「マサキも可哀相《かわいそう》にな」

「でも、あんまり人に喋《しゃべ》るなよ」

富沢は掌をひらひらと振って了解の意を示すと、

「いいなあ、俺も彼女つくってやりてえなあ」

そう言って圭介の机を離れ、教室を出ていった。その後ろ姿を見送りながら、自分はいまどうして嘘をついたのだろうと圭介は訝《いぶか》る。答えはすぐに返ってきた。——不安だったのだ。富沢や、あるいはほかの誰かが弥生に近づくのが。そして、絵よりもカメラに興味を持ちはじめたように、彼女が新しい相手へと目を向けてしまうことが。

同じ不安を、弥生もまた抱いていたのだと思い知らされたのは、翌年の冬のことだった。ある怖ろしいかたちで、圭介はそれを確信させられることになったのだ。

その日、学校を終えた圭介は駅に向かって歩いていた。

——ちょっと買い物があるから——

そう言われ、弥生とは校門の前で別れていた。

予感があったわけではない。そのとき圭介は、足を動かしながら、ただなんとなく背後を振り返った。するとそこに、守谷《もりや》夏実《なつみ》がいた。彼女は弥生の親友だった。外見は弥生と対照的で、健康的に日焼けした肌に、長い栗色《くりいろ》の髪がよく似合っていた。運動が好きで、夏はサーフィン、冬はスキーという、自分たちにはとても考えられないような趣味を持っているのだと、いつだったか弥生に聞いたことがある。

圭介は足を止めた。夏実もまた同時に足を止めた。――そんな情景に圭介は、ふとあの日のことを思い出した。弥生が自分の後ろを歩いていた、あの放課後の歩道。

しかし情景が似ていたのはほんの一瞬のことで、夏実はぱっと表情をひらくと小走りに駆け寄ってきた。

「やっぱり圭介くんだったのか」

弥生以外の女の子に名前で呼ばれたのは初めてのことだった。戸惑いが顔に出たのか、彼女はすぐに口許《くちもと》に手を添えてつづけた。

「あたし圭介くんとか言っちゃった。いつも弥生と話すとき、あの子がそう呼んでるから、たまにつられてあたしも圭介くんって――」

早口の言葉を中途半端《はんぱ》に終わらせると、夏実は圭介の顔を覗《のぞ》き込むように見た。

「嫌だった?」

「べつに嫌じゃないけど」

「なら圭介くんでいいか。あ、でも弥生には内緒にしといてくれる? あの子の前で圭介くんって言うのと、圭介くんに直接圭介くんって言うのとじゃ、やっぱり違うし」

ぱきぱきと小枝を折っていくような話し方だった。矢継ぎ早に何度も名前を口にされ、鳩尾《みぞおち》がくすぐったいような心地がした。

その日、圭介は駅前のＣＤショップで買い物に付き合わされ、付き合ってくれたお礼にと買ってもらった缶コーヒーを店の外壁にもたれて飲み、夏実と別れた。別れ際、今日のことは弥生に言わないほうがいいよと彼女は冗談めかして笑った。圭介はそのとおりにした。

翌日から、教室でも圭介は夏実とよく喋るようになった。そこに弥生がいるときもあれば、いないときもあった。弥生が近づいて来ると、夏実は器用に圭介を名字に呼び変えた。その瞬間瞬間に、圭介は心地よいスリルを感じた。授業中、気がつけば夏実の横顔を見ているときもあった。夜、布団《ふとん》の中で、弥生ではなく夏実のことを考えるときもあった。そんなとき圭介は、小狡《こずる》く弥生の言葉を思い出し、行為の言い訳にした。

——あたし、画家じゃなくてカメラマン目指そうかな——

満足げにカメラを持ち上げていた弥生の顔。本棚の隅に置いてある絵本。夏実のあけすけな笑い顔。それらが順繰りに頭に浮かんだ。

「え、弥生の家、一回も行ったことないの？」

休み時間の教室で、夏実は目を丸くして驚いた。

「店のほうは、外からこっそり見たことあるんだけどね。一度、部屋を見てみたいって言ったら断られた」

「何で？」

さあ、と圭介は眉《まゆ》を上げた。

「ものすごく、部屋が汚いとかかな」

冗談のつもりだったのだが、夏実は顔と手を同時に振りながら答えた。

「ぜんっぜん綺麗だったよ。あたし三回くらい遊びに行ったもん。広さは八畳もあるし、自分で撮った写真とか壁に飾ってあって洒落《しゃれ》てるし、羨《うらや》ましかったよ」

「そうなんだ……」

中学生の頃に出会い、一度唇を合わせたこともある圭介よりも、高校で出会った同性の友達のほうに、弥生は気を許しているのだろうか。

「そんな顔しないでよ、ちょっと。あたしが苛《いじ》めてるみたいじゃん」

夏実は手を伸ばし、圭介の腕を摑《つか》んで揺すった。それから上体を乗り出し、秘密を打ち明けるように顔を近づけ——吐息がかかるくらいの距離まで近づけて言う。

「圭介くん今度さ、弥生の家でコーヒー飲みたいなあとか言ってみれば。あの子のお父さん、お客さんにコーヒー淹《い》れるのが好きみたいで、あたしが行ったときもいつも——」

そのとき不意に、夏実を呼ぶ声がした。

振り返ると、弥生が圭介のすぐ後ろに立っていた。目だけが笑っていなかった。圭介の腕を摑んだままでいた手を、夏実は素早く引き、ちょうどよかったという調子で笑いかけた。

「いまあんたの家の話——」

「生物室、早めに行くんでしょ。実験の準備、夏実が当番じゃん」

「わ、そうだ」

夏実は椅子《いす》を鳴らして立ち上がり、談笑しているクラスメイトたちを器用によけながら教室を出ていった。圭介は弥生のほうに顔を戻そうとしたが——もう彼女はそこにいなかった。教室の反対側の出口のほうへ、ゆっくりと歩いていくのが見えた。

つぎの授業のあいだ、弥生は生物室の机を睨《にら》みつけ、じっと唇を結んでいた。まるっきり表情がなく、教師の説明もまったく聞いていないようだった。そんな弥生を圭介は初めて見た。授業の終わり頃、弥生と目が合った。彼女はすぐに視線を外した。それは、目をそらしたのではなく、一度真《ま》っ直《す》ぐに圭介を見てから、視線を下に向けたのだった。

週が明けた。夏実の席が朝から空いていた。彼女が学校を休むのは、憶《おぼ》えているかぎり初めてのことだ。少々気にはなったが、誰かに理由を訊《き》くのもためらわれ、圭介は素知らぬふりをした。休み時間に弥生と喋っているときも、夏実の話題は出さなかった。弥生のほうもそれは同じだった。

翌日も、夏実は来なかった。その翌日も。三日つづけて休んでいるのだから、友人として気にしても不思議はないだろうと、圭介は弥生に彼女のことを訊いてみた。

「あたし知らない。何も聞いてないし」

弥生はそう答えたが、何故《なぜ》とは知れず圭介は、彼女は知っているのではないか、聞いているのではないかという気がした。一瞬泳いだ彼女の目から、そう感じたのかもしれない。答える前に、彼女が一度唇をひらきかけ、それをまた閉じてから言葉を返したせいかもしれない。

けっきょくその週の終わりまで、夏実は欠席をつづけた。担任教師が彼女の転校を告げたのは、翌週月曜日の朝のことだった。

「ご家庭の事情で、引っ越すことになったらしい」

担任は教壇でそう説明し、口々に発せられた質問の声に対して曖昧な答えを返していた。きっと担任は本当に何も知らなかったのだろう。学校側から知らされていなかったのではなく、おそらくは夏実の親が、学校に真実を話さなかったのに違いない。

弥生は、夏実の転校の件についても何も知らないと言った。答える前に、小魚が逃げ場を探すように、また視線が泳いだ。

授業中、低い冬の空を眺めながら、圭介は夏実のことを考えていた。なんだか胸に暗い穴があいたようだった。穴の縁に腹ばいになり、溜息《ためいき》混じりに中を覗き込んでみると、穴は思ったよりも深いらしく、底は暗くてよく見えなかった。——弥生がカメラを取り上げられたら、同じような気持ちになるだろうか。そんなことを考えて、すぐに圭介は、人を物にたとえている自分に舌打ちした。そして舌打ちをすることで善人のふりをしている自分に、もう一度舌打ちをした。教室の窓から見える空は、雨の気配を感じさせる灰色だった。

その日の放課後、圭介は弥生をアパートへ誘った。あの絵本を、久しぶりに二人で読んでみようと言うと、彼女は素直にうなずいた。頭の上で、いつのまにか雲が重たく広がり、空一面を覆《おお》っていた。ひと雨来るのだろうか。

雨が降り出したのは、二人が家に近い駅を出て、黙《もく》しがちにブレザーの肩を並べて歩いているときのことだった。商店街の中ほどで、足下の石畳に黒い点が一つ落ちた。あれ、と思って見上げた瞼《まぶた》に、驚くほど冷たい雨粒が当たり、すぐに近くの料理屋の軒《のき》庇《びさし》がぱちぱちと音を立てはじめた。

圭介と弥生は立ち止まったまま顔を見合わせた。そしてつぎの瞬間、互いに何の合図もなしに商店街の歩道を走り出した。水を吸ったアスファルトの匂《にお》い。雨はみるみる強まっていき、圭介たちはさらに足を速めた。走っているうちに——隣を走る弥生の靴音を聞いているうちに、圭介は自分が冷たい雨に洗われて、なんだか透明になっていくような感覚をおぼえていた。その感覚が心地よく、白い息の洩《も》れる唇が自然と持ち上がった。隣で弥生も同じ顔をしていることが、見ないでもわかった。二人はときおり手の甲や肘《ひじ》をぶつけ合いながら、ぴったりと並んで雨の中を走った。圭介は弥生が好きだった。そしておかしなことに、自分自身のことも好きだった。いつか、この日のことを思い出して、自分は懐《なつ》かしさのあまり泣いてしまうのではないか。上下に揺れる雨の街を見ながら、圭介はそんなふうにさえ思った。

アパートに駆け込むと、バスタオルを二枚取り出して片方を弥生に渡した。弥生は息を弾ませながらそれを受け取り、へたり込むように台所の床に腰を落とした。圭介もその場に座り込んだ。吐息に細い声をまじえながら、弥生はショートカットの黒い髪をバスタオルで包み込み、タオルの両端を顎《あご》の下で合わせたまま、しばらく動かなかった。濡《ぬ》れた制服のスカートの布地が、肌にまとわりついているのか、白い腿《もも》が板敷きの床の上でやけにはっきりと目についた。ややあって、弥生がタオルで髪や首を拭《ふ》きはじめると、その動きの中で、陶器のような肌がいっそう大きな面積を露出させた。まだ整わない呼吸を繰り返しながら、圭介は頭を抑えつけられたように、その部分を見ていた。弥生がふと顔を上げ、その視線に気づき——しかし気づかなかったふりをして、スカートの裾《すそ》をさりげなく払って直した。圭介は視線を上げた。一瞬遅れて、弥生も圭介を見た。はっきりと目が合った。二人で静かに絵本をつくっていたときの、苦しいような、しかし全身に自由を得たようなあの気持ちが、圭介の胸に押し寄せた。何も口にできず、相手の名前さえ呼べず、圭介は引っ張られるような心地で弥生のほうへにじり寄った。弥生はほんの少し目をひらき、唇が何かいいかけて薄く隙間《すきま》を開けたが、やはり何も言わなかった。

その日、圭介は、初めて女性の肌の匂いを嗅《か》いだ。剝《む》き出しの畳の上で、弥生はきつく目をつぶり、腕を縮こまらせ、それでも二つの手で圭介の肩を強く摑んでいた。カーテンを引いた窓の外で、ホワイトノイズのような雨音がいつまでもつづいていた。

6

「圭介、ちょっといいか?」

休み時間に富沢が顔を寄せてきたのは、翌週の、冬休みを目前に控えた日のことだった。夏実の転校の理由を耳にしたのだと、富沢は言った。その表情に微《かす》かな不安をおぼえながら、圭介は「何だったんだ?」と訊いた。

「悪戯《いたずら》されたらしい」

一瞬、無感覚に陥った。

「やられたんだ、誰かに」

「やられたって——」

「詳しいことは俺も知らねえ。とにかく、どっかの空き倉庫だか工場だかに閉じ込められて、脱がされて——身体《からだ》をあれされたわけじゃないらしいけど、写真を撮られたって。あいつと同じ予備校に行ってた奴《やつ》が、本人からそう聞いたらしい」

その告白を聞いた友達の、また友達と、富沢はたまたまゲームセンターで知り合い、話を聞いたのだという。

「ほんとなのか？」

「わからねえ。また聞きの、また聞きだからな。でも、あの転校の仕方はおかしかっただろ。だから嘘《うそ》じゃねえと俺は思う。だって、そんなことされたら、そりゃ引っ越すだろ。同じ街にはいられねえよ」

「誰がそんな——」

「顔は見てねえらしい」

太い棒で胸を押さえつけられているように、息が苦しかった。夏実が強姦《ごうかん》されていないらしいのが、唯一《ゆいいつ》の救いだった。彼女は警察に届け出なかったのだろうか。相手の顔を見なかったから、届けても無駄だと思ったのかもしれない。夏実は警察に相談するかわりに、近しい友人にだけ打ち明けた。そして転校していった。

そうか——圭介は内心でうなずいた。おそらく弥生も、夏実から話を聞いていたのだろう。親友の身に何が起きたのか、彼女は知っていた。だから圭介が夏実の欠席や転校の理由を訊《たず》ねたとき、あんなに不自然な態度になったのだ。

「富沢、いまの話、俺以外に喋《しゃべ》ったか？」

「マサキにだけな。でも、もう広めるつもりはねえよ。ゲーセンの友達にも口止めしといたし。脅し半分で。マサキも誰にも話さないって言ってた」

「俺も、聞かなかったことにする」

弥生にも、圭介のほうからは話さないほうがいいだろう。

けっきょく、噂《うわさ》は学校内に広まらずに済んだらしく、終業式が行われる金曜日になっても、夏実の一件を囁《ささや》く者は周囲にいなかった。学校という狭い世界の中では、噂というのはまったく立たないか、全体に広まるかのどちらかだ。圭介はとりあえず安堵《あんど》した。夏実の身に起きた不幸を校内で最初に聞いたのが、富沢でよかった。あいつは不器用だが、誠実なところがある。

土曜日、冬休み初日の午後、圭介は弥生をアパートに誘った。弥生のショルダーバッグの中には相変わらずあの一眼レフが入っていた。お茶を飲み、弥生が何枚か圭介の写真を撮ったあと、二人は先週実行できなかったことをした。あの絵本を座卓の上に持ち出して、一ページ目からじっくりと読んだのだ。隣同士に並び、最後のページまで読み終えると、二人はまた身体を重ねた。圭介の下で、弥生は目の端を濡らしていた。理由を訊いたが、彼女は黙って首を横に振り、圭介の肩を摑んで引き寄せるだけだった。

『あたし、カメラ忘れていかなかった？』

弥生が思い詰めたような声で電話をかけてきたのは、その日の夜のことだ。九時前、そろそろ母が帰ってくるという頃合いだった。

「カメラ——？」

部屋を見回したが、弥生の一眼レフは見当たらない。受話器に声を返そうとして、その前に一応座卓の下を覗《のぞ》き込んでみたら、そこに転がっていた。

「あったよ。座卓の下に隠れてた」

圭介の言葉に、弥生がそっと息を吐き出したのがわかった。

『じゃ、いまから取りに行くね』

「いまから？　明日でいいんじゃないの？」

明日も弥生と会うことになっていた。三つ隣の駅前にある公民館で、世界の児童書の展覧会があり、それを見る約束をしていたのだ。

『ううん、いまから行く。ごめんね、遅い時間に』

「時間はいいんだけど、今日使うの？　カメラ」

『そういうわけじゃなくて——』

弥生は言葉を詰まらせた。しばしの沈黙があった。それはほんの数秒だったが、その数秒の中で、彼女の沈黙がわずかに身じろぐのを感じた。言えない何かを、弥生は胸に抱えている。

「明日でいいだろ。いじったりしないから大丈夫だよ」

圭介は腕を伸ばしてカメラを引き寄せた。拾い上げてみると、さすがに一眼レフだけあって、けっこうな持ち重りがする。弥生はまだしばらく迷っているようだったが、やがて、それでいいと了解して電話を切った。

受話器を置き、圭介は膝《ひざ》の上に乗せた弥生のカメラを見下ろした。

今夜使うというわけでもないのに、どうして弥生はこれを取りに来ようとしたのだろう。こんなに遅い時間に。

馬鹿《ばか》馬鹿しいことだが、そのとき圭介の頭に浮かんできたのは、かつて夏実に親しげに接されて、心が浮わついた自分だった。あんな気持ちになることが、弥生にもなかったとは言えない。――別の男の存在。その写真。並んで写った写真。想像は想像を呼び、次第に圭介は顔を布で覆われているような息苦しさをおぼえた。壁の時計を確認する。まだ九時にはなっていない。駅前のカメラ店は、たしか九時までは看板を出していたはずだ。

現像して、見てしまおうか。この中のフィルムに入っている写真を。もし明日弥生に咎《とが》められたら、自分の写真を早く見たかったとでも説明すればいい。どうせあとで現像する写真なのだから、いまそれをやったところで問題はないだろう。

腰を上げ、圭介は思いに押されるようにして玄関のドアを出た。自分の行動がどんな結果をもたらすかなど、そのときは考えることもできなかった。夜の空気は冷たかった。

翌日の午前十時、待ち合わせた駅前のロータリーで弥生は圭介を待っていた。

よく晴れた冬の朝だった。日差しを手びさしで遮りながら弥生は笑いかけてきた。しかし圭介は笑顔を返せなかった。ショルダーバッグの中には、弥生の一眼レフが入っていた。

「これ、返すよ」

圭介はカメラを弥生に手渡した。彼女はそれを受け取り、何か言いかけたが、圭介の表情を見てふとその言葉を引っ込めた。カメラを両手で胸の前に持ったまま、弥生はしばらく圭介を見つめていた。やがて彼女ははっと息を吸い込み、素早い動きでカメラを裏返して中のフィルムを確認した。そして、それが入っていないことを知ると、ものすごい速さで顔を上げて圭介を見た。強い、突き刺すような目だった。

「俺は、誰にも喋らない」

唇だけを動かして、圭介は言った。

そのひと言で、弥生はすべてを諦《あきら》め、納得したようだった。縮んだ風船から最後の空気が抜けていくように、彼女は弱々しく息を吐きながらうなだれていった。子供を連れた夫婦が、楽しげな声を上げてすぐそばを通り過ぎていく。胸の前でカメラを掴《つか》んだ弥生の両手に力がこもり、指先が白くなっていった。ついで彼女は、古いドアが軋《きし》むような、細くて長い泣き声を圭介に聞かせた。前髪が震え、華奢《きゃしゃ》な両肩が震え、歯を食いしばった口のそばを涙が流れ落ち——しかし圭介は、そんな彼女に無言で背中を向けてその場を立ち去った。言葉の少ない別れだった。もう二度と口を利《き》くことはないだろうと、圭介は思った。

その日の朝一番で、圭介はカメラ店に行ってきたのだった。

ゆうべ急ぎで現像を依頼したフィルムを受け取るとき、カメラ店の店主は何かを探ろうとするような目で圭介を見た。圭介はその視線に気づかなかったふりをして料金を支払い、店をあとにした。あの目つきは何だ。フィルムを現像に出した経験がこれまでなかったから、何か自分はおかしなことをしてしまったのだろうか。常識的な手順のようなものを、間違えでもしたのだろうか。内心で首をひねりながら、圭介は受け取ったばかりの写真を袋から取り出した。一枚一枚、写真をめくっていった。

道端のエノコログサ。バスを待つ人々。笑っている圭介。セルフタイマーで撮った、圭介と弥生。証明写真のようにしゃちほこばった圭介。ふざけて顎を突き出した圭介。

ファストフード店のトイレから出てきた圭介。——それらが最初の写真だった。最後のほうに入っていたのは、つい昨日、圭介のアパートで撮った数枚だ。

あの三枚の写真は、ファストフード店の写真と、圭介のアパートで撮った写真とのあいだにあった。それらを目にした瞬間、周囲の景色が真っ白く消えていくのを感じた。「恐怖」や「恨み」という言葉を聞くと、圭介はいまでもそのときのことを思い出す。

一枚目——どこかの廃工場らしい。画面は明るかったが、床に転がった空き缶や菓子袋に、それぞれくっきりとした影ができていることから、暗い場所でフラッシュを焚《た》いて撮ったことがわかった。そのフラッシュの中、画面のほぼ中央で、夏実が目隠しをされ、ぐったりと床に転がっていた。丈の短い私服のスカートを穿《は》いていたが、それはほぼ完全に捲《まく》れ上がってしまっていた。ピントが上手《うま》く合っていないせいで、はっきりとは見えなかったが、剝き出しの両足のあいだに下着は穿かれていないようだった。二枚目——夏実がアップになって写っていた。胸がはだけている。両腕は背後に回され、腰の脇《わき》からロープのようなものの端が覗いていた。三枚目——夏実の背中だった。上半身に太いロープが巻かれ、それは腰の後ろで重ねられた二つの手首のあたりで結ばれてあった。

富沢の言葉が、耳の奥に聞こえた。

——身体をあれされたわけじゃないらしいけど、写真を撮られたって——

夏実が性的な行為をされなかったのは当然だったのだ。目的はそんなことではなかったのだから。だいいち、しようと思っても犯人にはできなかったのだから。

——顔は見てねえらしい——

当たり前だ。顔を見られてしまったらお終《しま》いだ。相手は夏実のよく知っている人物だった。

——そんなことされたら、そりゃ引っ越すだろ——

それが、弥生の目的だったのだろうか。

圭介にはわからなかった。どうやって弥生が夏実を廃工場に連れていき、顔を見られずに縛り上げたのかもわからない。いや、もしかしたら弥生は、敢《あ》えて顔を隠しはしなかったのかもしれない。

だからこそ、夏実は警察に届け出なかったのかもしれない。

高校を卒業するまで、弥生とは話すこともなかった。視界の端に、彼女の暗い視線を感じることはあったが、圭介は絶対に目を向けなかった。

圭介が理解できなかったのは、自分の弥生に対する気持ちが消えてくれなかったことだ。許すことは、もちろん到底できることではなかった。しかし、それでも圭介は弥生のことがまだ好きだった。一人でいると、いつも彼女の顔や声や匂いが頭を満たし、泣きたくなった。高校を卒業したあと、母親を説得して単身東京に出てきたのは、弥生のことを吹っ切るためだったのかもしれない。

あれから十四年経《た》ったいまでも、ときおり圭介は弥生を思い出す。そして、胸の隅がひどくざわつく。

7

カップのコーヒーはすっかり冷めていた。

顔を上げ、窓の外を見た。雨は相変わらず正面入り口のクリスマスツリーを濡《ぬ》らしている。それでも少し勢いは弱まったようだ。腕時計を確認すると、午後五時半。あと三十分で同窓会の集合時間だった。

弥生は、来るのだろうか。

意味もなく、圭介は鞄《かばん》から案内状を取り出してみた。湿気を吸って、少しふやけてしまっている。弥生に宛《あ》てた案内状には、どんなフルネームが書かれているのだろう。彼女はもう結婚して、別の姓になっているのだろうか。気にしても仕方のないことを、圭介はぼんやりと思った。あのとき、こうしていれば。ああしていれば。——人間は自分の人生を、ありもしない別のレンズで覗き込み、どれだけ溜息《ためいき》をつくことだろう。

天井のスピーカーから聞こえる曲は、あれから何度か変わり、ワムの"Last Christmas"、アーヴィング・バーリンの"White Christmas"を経て、いまふたたび"Rudolph The Red-Nosed Reindeer"のイントロがはじまっていた。ホテルに到着してすぐに聞こえてきた、あのインストゥルメンタルのアレンジではなく、今度は男声の小気味いいボーカルが入っている。弥生とつくった一冊目の絵本を思い出しながら、圭介はその声に耳を傾けた。

コーヒーカップに手を伸ばし、冷たいコーヒーをすする。溜息を一つつき、カップをソーサーに戻そうとして——。

ぴたりと手を止めた。

考える。何もないところをじっと見詰めながら。

いま自分が思いついたことは、馬鹿げた空想なのだろうか。思い出に執着する心が生み出した、実在しないパズルの絵なのだろうか。

いや——可能性はある。自分がいま思いついたことが事実である可能性は、けっしてゼロじゃない。確かめたい。いますぐ本人に会って確かめたい。ここで座って待っていることなどできない。圭介はそう思った。思ったときにはもう、椅子《いす》を鳴らして立ち上がっていた。コートと鞄を無造作に摑み上げると、圭介はラウンジを出て正面玄関へと向かった。

Rudolph The Red-Nosed Reindeer

You know Dasher and Dancer　And Prancer and Vixen,
ダッシャーにダンサー　プランサーにヴィクセン

Comet and Cupid　And Donner and Blitzen.
コメットにキューピッド　そしてドナーとブリッツェンを知ってますね。

But do you recall　The most famous reindeer of all?
でも、忘れていませんか　一番有名なトナカイの名前を？

Rudolph the red-nosed reindeer　Had a very shiny nose.
ルドルフは赤鼻のトナカイ　鼻がピカピカしてるんです。

And if you ever saw it　You would even say it glows.
一目見ればきっとわかりますよ　ほんとに鼻が輝いてるんですから。

All of the other reindeer　Used to laugh and call him names.
ほかのトナカイたちはみんなして　彼を笑い、陰口を言い

They never let poor Rudolph　Play in any reindeer games.
可哀相なルドルフを　仲間はずれにするんです。

Then one foggy Christmas Eve　Santa came to say,
ところが、ある霧のクリスマス・イブのことでした。 サンタさんがやってきて、言ったのです。

"Rudolph with your nose so bright
「ピカピカお鼻のルドルフや

Won't you guide my sleigh tonight?"
今夜はお前が橇を先導してくれないか？」

Then all the reindeer loved him
それでみんなはルドルフが大好きになり

And they shouted out with glee,
大きな喜びの声を上げました。

"Rudolph the red-nosed reindeer　You'll go down in history!"
「赤鼻のトナカイ、ルドルフ　きみは歴史に残るトナカイだよ！」

「タクシーでお出かけですか?」

首を横に振ると、圭介を呼び止めたボーイはホテルのロゴの入った傘を手渡してきた。短く礼を言い、ガラスのスウィングドアを押してホテルを飛び出したそのとき、右手から白く強烈な光が自分の顔を照らしたのを感じた。それがタクシーのヘッドライトであることに気づくと同時に、圭介はどんと強い衝撃を感じた。鞄と傘が宙を舞い、視界が回転した。

濡れた地面に横たわり、圭介は、誰かが大声を上げるのを聞いた。

Story Seller

Track2: I Saw Mommy Kissing Santa Claus（ママがサンタにキスをした）

1

傘を閉じ、弥生は白い息をつきながら夫とともにタクシーに乗り込んだ。行き先を告げると、胡麻《ごま》塩《しお》頭のドライバーがルームミラー越しに訊《き》く。

「車、ホテルの正面につけますか？」

「ええ、正面のほうで」

「あいあい、正面了解」

この天気だと、正面入り口にはタクシーが並んでしまっているかもしれない。しかし弥生は、そこにあるクリスマスツリーを見たかった。雨の中で曖昧《あいまい》になった電飾《でんしょく》の光が、きっと綺麗《きれい》に見えるだろう。感情的な面だけでなく、そういった視覚的な刺激は仕事にも役立つので、なるべく目におさめるようにしていた。

高校を卒業後、弥生はデザイン事務所のアルバイトを経て、いまはイラストレーターとして一本立ちしていた。仕事は主に本の装丁や挿絵で、大忙しというほどではないが、ここ数年は順調に依頼の数が増えてきている。いつか見た夢の中で、弥生は生きているのだった。

タクシーは大通りへと滑り込む。手首を返して腕時計を覗《のぞ》くと、午後五時二十分だった。同窓会の開始時刻は六時。ここからホテルまでは、車で十分ほどの距離だ。

「ちょっと早すぎたかな」

弥生は夫の顔を見る。夫は、彼女がスカートの上に置いた右手に、左手を重ねてきた。

「ラウンジでコーヒーでも飲んでいればいい。もしかしたら、ほかにも早めに来てる連中がいるかもしれないしね」

弥生は掌《てのひら》を上に向けて指を絡《から》め、窓の外に目をやった。日はすっかり暮れ、窓ガラスについた水滴が対向車のライトを映していた。

「富沢くんから来た同窓会の案内状、宛名が正木《まさき》弥生様になってた」

思わず頬をほころばせながら言うと、夫は小さく笑った。

「間違いじゃないだろ?」

「そうだけど——富沢くんがその宛名を書いたと思うと、なんだか照れくさくって」

弥生が結婚したのは、今年の夏のことだ。役所に届け出をし、安いワインを買ってきて二人で乾杯をしただけの、簡単な結婚式だった。姓が変わってから伸ばしはじめた髪は、もう肩を過ぎている。

タクシーが赤信号で停まる。ワイパーの動く単調な音だけが車内に響き、エアコンの熱で頭がぼんやりした。ドライバーが声を立てずに欠伸《あくび》をしたのが、気配でわかった。

「ラジオでもつけますか？」

すでにスイッチに手を伸ばしながらドライバーは訊く。眠気覚ましに、自分がつけたいのかもしれない。弥生がどうぞと答えると、彼はラジオのスイッチを入れ、選局ボタンを三つほど順繰りに押した。ジャズ調のピアノのイントロが聞こえてきたところで手を止める。

はじめは、何の曲だかわからなかった。しかしピアノのリフがリズムを刻み、英語の女性ボーカルが入り込んできたとき、弥生は思わず口の中で小さく声を上げた。

懐《なつ》かしい、あの曲だった。

「この曲、英語と日本語で、歌詞がちょっと違うんですよね。大学に行ってる息子が教えてくれましたよ」

ドライバーがルームミラー越しに言う。声にちょっとした自慢が滲《にじ》んでいた。弥生は静かにうなずき、スピーカーから聞こえる曲に耳を澄ます。――そう、この曲は原詩と日本語訳で、内容が違っているのだ。

ずっと昔、幼稚な夢を重ねるようにしてつくったあの絵本。『光の箱』というタイト

I Saw Mommy Kissing Santa Claus

I saw Mommy kissing Santa Claus
ゆうべ僕は、ママがサンタにキスをするのを見たんだ

underneath the mistletoe last night.
ヤドリギの飾りの、その下で。

She didn't see me creep down the stairs to have a peep.
きっとママは、僕が忍び足で階段を下りていったのを知らなかったのさ。

She thought that I was tucked up in my bedroom fast asleep.
僕がベッドでぐっすり眠ってると思ってたんだ。

Then I saw Mommy tickle Santa Claus
ママはサンタをくすぐってたよ

underneath his beard so snowy white.
雪みたいに真っ白な、あごひげの下を。

Oh,what a laugh it would have been
ママがサンタにキスをしたなんて

if Daddy had only seen Mommy kissing Santa Claus last night!
もしパパが見たら、面白かったのにな！

ルの、大切な物語。あれは、英語版の歌詞を下敷きにして書いてあった。

「日本語だとほら、最後に『そのサンタはパパ』ってオチがついてますけど、英語のほうは違うんです。最後まで主人公の男の子は、サンタクロースの正体に気づかないんですよ」

上機嫌でドライバーは話し、そこでいったん言葉を切ってから、僅《わず》かに首をひねった。

「どっちがいいんでしょうねえ?」

弥生は曖昧に首を振った。隣で夫が、小さく息をつくのが聞こえた。

2

圭介と出会ったのは、中学校の入学式の日だった。

式のあと、生徒たちはそれぞれの教室に移動するよう指示され、賑《にぎ》やかに喋《しゃべ》りながら体育館を出ていった。その中で、一人だけ遅れて歩いている男の子がいた。はじめは、足でも痛いのかと思ったが、違うようだ。どうやら彼はわざとゆっくり歩いているらしい。なんとなく気にはなったが、けっきょく弥生はそのまま体育館を出た。

校舎に入って一階の廊下を抜け、階段を上りかけたとき、後ろで何か短い声が上がったのに気がついた。振り返り、階段の下に目をやると、廊下の壁際《かべぎわ》にうずくまっている男の子が見えた。さっきの子だ。——そのとき弥生は、彼の両目を見て息を呑《の》んだ。知っている目だった。見たことのある目だった。鏡の中で。写真の中で。重苦しい感情を、どこか別の場所に閉じ込めてきたような目。薄い膜が一枚張られたような目。

それから弥生は、同じクラスの圭介のことがとても気になるようになった。

彼はクラスメイトたちから毎日のように暴力を振るわれていた。それは徐々にエスカレートしていき、ある危険な一線を越えそうになったかと思うとまた大人しいものに変わり、それがふたたびむごさを増していって——彼はクラスメイトたちに、長い時間をかけてなぶられているようだった。そうされながら、圭介はいつも、あの目をしていた。話をしてみたかった。しかしそれが、弥生には怖かった。かろうじて均衡《きんこう》を保っている自分の心が、同じ目をした彼に近づくことで、バランスを失って壊れてしまうのではないかという気がした。

弥生が圭介と初めて話をしたのは、秋の終わりだった。落ち葉が散った放課後の歩道で、弥生は圭介に自分の描いた絵を見せた。辛《つら》さを忘れるために描いた絵。壊れそうな自分の心をなんとか支えるための絵。

その翌日から、弥生は圭介のアパートに通うようになった。圭介の書いたクリスマスの物語を、二人で絵本にしようと決めたのだ。『リンゴの布ぶくろ』というタイトルのその物語には、圭介の寂しい気持ちが詰まっているようだった。弥生は思いつくまま、頭に浮かんだイメージを画用紙に描いていった。思い出すと、いまでも胸が締めつけられるほど、嬉《うれ》しくて、哀《かな》しい日々だった。圭介のアパートで、出してもらったお茶を飲み、ときおりぽつぽつと話をしながら絵を描いていると、嫌なことはすべて忘れられた。一人で色鉛筆を動かしているときよりも、ずっとたくさん忘れられた。だからこそ、家に帰り、それを思い出したときの痛みは大きかった。

二人の絵本が完成すると、圭介はまた新しい物語を書いてくれた。そしてそれを、弥生にプレゼントしてくれた。男の子からもらった、最初のクリスマスプレゼントだった。読ませてもらった『光の箱』というタイトルの物語の中に、もう彼の寂しさは感じられなかった。明るくて、陽気で、夢のある話だった。そのことが弥生には嬉しかった。『光の箱』は、やがて二人の二冊目の絵本になった。いまでもそれは、自宅の本棚の隅にひっそりとある。

高校に入ると、新しい趣味と、親友ができた。カメラ、そして守谷夏実だった。カメラと夏実との出会いが、自分をどんな出来事に導くことになるのか、そのときの弥生にはもちろんわからなかった。もしわかっていたら、カメラなどには手を触れようともしなかっただろうし、夏実にも近づかなかっただろう。

夏実とは色々な話をした。学校で。電話で。急に家に遊びに来たことも何度かある。

弥生は彼女が好きだった。見ているだけでも、話を聞いているだけでも楽しかった。夏実は弥生と正反対の性格をしていて、とても外向的で、何かに興味を持つと、少しのためらいもなく即座に近づいていった。それが物であっても、人であっても。

夏実が圭介と親しげに話すようになったのは、いつ頃からだったろう。人前で彼に呼びかけるときは名字だった。しかし二人だけのときは圭介くんと呼んでいた。夏実は上手に隠しているつもりのようだが、弥生は知っていた。夏実は男の子のような、さばけた性格だったから、女の目が、耳が、どんなに敏感であるかを知らなかったのかもしれない。

夏実が器用に圭介の呼び方を変えていることを知ってから、弥生の胸の奥に黒いものが生まれた。面と向かって彼女と話すときには楽しい気分でいられるが、一人になったとき、頭にこびりついた夏実の残像を、暗い目で睨《にら》みつけるようになった。そんなとき、弥生は自分の中の女が嫌だった。

3

あの出来事が起きたのは、二年次の冬、終業式を迎える少し前のことだった。

金曜日——圭介と書店めぐりをし、ファストフード店でハンバーガーを食べ、弥生は家路についた。時刻はもう八時を回っていて、駅から離れた路地は暗く、人影もなかった。白い息を吐き、自分の足音だけを聞きながら歩いていると、T字路に差しかかる直前に、前の道を夏実に似た人影が右から左に横切るのが見えた。あれ、と思って弥生は足を速めたが、人違いかもしれないと考えて声はかけなかった。T字路まで行き着き、相手の後ろ姿を見ると、やはり夏実のようだ。弥生は呼び止めようとして唇をひらきかけた。――が、ためらった。

圭介と会ったあとに夏実と口を利《き》くのが、何故《なぜ》だか悔しく思われた。冷たい風が吹き、閉じた唇を撫《な》でていった。そこには、別れ際に軽く合わせた圭介の唇の感触が、まだ残っていた。

路地の角で弥生が立ち止まったままでいると、右手から男が歩いてきた。闇《やみ》の中にぼんやりと見えるその姿に、弥生ははっとした。コートのポケットに両手を突っ込んだ、猫背のその男は、暗い色のニット帽を被《かぶ》り、サングラスをかけ、淡色のマフラーを、まるでたくわえた髭《ひげ》のように顎《あご》の周りに巻きつけていた。その男の横顔と、後ろ姿を、弥生はぼんやりと見送った。

気のせいだろう。そう考えて、ふたたび家路をたどった。

家に帰ると、母が居間でレース編みをしていた。母は弥生の帰宅に、暗い目と、溜息《ためいき》のような吐息でこたえた。母がやっているレース編みは、かつて弥生が部屋で画用紙に描いていた空想画と同じだった。現実を遠ざけるための手段。逃げる場所がないから、せめてその場所があるようなふりをする手段。

廊下の先にある、店の明かりが消えていた。

「お父さんは？」

弥生が訊くと、母はのろのろとレース針を動かしながら、息で薄められた声を返した。

「仕入れ業者さんのところへ行ったわ。急に、食事に誘われたんですって」

「そう……」

胸騒ぎがしたが、敢《あ》えてそれを無視して弥生は自室に上がろうと階段へ向かった。一段目に足をかけたところで、母が言った。

「さっき、あなたのお友達が来たわよ。何度か来た、髪の長いあの子」

「夏実？」

「そう、夏実さん。近くに来たから寄ってみたんですって。でもあなたがいないから、ちょっとお店のほうをのぞいて、帰っていったわ」

無意識のうちに、弥生は階段に乗せた足を下ろしていた。そして気がつくと玄関で靴を履き、ショルダーバッグを持ったままドアを飛び出していた。

いまでも、弥生はときおり考える。

もしあのとき自分が気づかなければ、どうなっていたのだろう。クリスマスソングの少年のように、顔を隠したあの男が、自分の父親だということに気づかなかったとしたら。

夜の路地を急ぐ弥生の頭には、子供の頃からの忌《い》まわしい思い出が、まるで早廻しの映画のように映し出されていた。ときおりノイズを交えながら、大きな画面一杯に。

最初におかしいと感じたのは、小学校三年生の頃だった。父はどうして私の裸を写真に撮るのだろう。どうして足を広げさせるのだろう。「美しい」って何だろう。しかしそんな疑問を口にしたのは一度きりだった。弥生がそれを訊《たず》ねた日の夜、母がいつもよりひどく顔を殴られていた。廊下の暗がりからそれを見ていた弥生は、いま行われている母への暴力と、自分が父へ投げかけてしまった疑問と、それに曖昧《あいまい》に答えたあと、ふと澱《よど》んだ目で空気を睨みつけた父とを、頭の中でつなぎ合わせた。それはほとんど本能的なものだった。具体的に何がどうつながっているのか、そのときの弥生にはわからなかった。しかしそれらが互いに関係し合っていることは理解できた。そして、もう二度と自分はあの質問をしてはいけないのだと思い知った。

母への暴力は、その少し前からはじまっていた。弥生が写真を撮られはじめた小学校一年生の頃だ。酒と不摂生がたたり、父は四十を前にして糖尿を患《わずら》っていた。もちろん当時の弥生は糖尿などという病気は知らなかったし、夜中に階下から聞こえてきた言い争いの中で、父が吐き捨てるように自らのことを「役立たず」と言っていた意味もわからなかった。糖尿によって、父は機能不全に陥っていたのだ。これらは、弥生が大人になってから、初めて母に打ち明けられた話だ。

母は無抵抗だった。いつも、父の手の動きに合わせ、頭をがくん、がくん、と動かしているだけだった。両目は、薄い膜がかかったように、ぼんやりとしていた。その目と同じ目を、弥生が鏡の中に見つけたのは、中学校に入学した頃のことだ。母と弥生と圭介。みんな同じ目をしていた。

父の前で、弥生は相変わらず服を脱いでいた。自分の中に芽生えつつあった女に、必死で気づかないふりをして、しゃがみ、膝《ひざ》を抱え、足をひらいた。そのことについて、父にも弥生にも何も言わない母が憎かった。嫌いだった。知ってるくせに。知ってるくせに。知ってるくせに。

——知ってるくせに——

しかし、母に訴えることなどできなかった。そうしようと考えただけで、これまでいちばんひどく殴られていたあのときの、あえぐような母の息づかいが耳の奥に聞こえた。

弥生の心が解放されるのは、画用紙に向かい、幼稚園の頃から好きだった絵を描いているときだけだった。その時間だけを頼りに毎日を過ごしていた。

初めて弥生が父に抵抗したのは、中学を卒業する直前のことだ。いつものように弥生の部屋に上がってきて、カメラをケースから取り出そうとする父に、弥生はしばらく前から用意していた言葉を突きつけた。もう自分はあなたに身体を見せない。母のことも殴らせない。それができないのなら、自分は命を断つ。いつでも死ぬ。母のための抵抗だった。自分のための、そして圭介のための抵抗だった。

初めて見る人のように、父は部屋の反対側から弥生を見つめていた。ずいぶんと長い時間だった。弥生の足が震えた。唇が震えた。もう立っていられないと思った。——そのとき父が表情を動かした。粘土を歪《ゆが》めたように、両頰をぐにゃりと持ち上げて笑った。そして、何も言わずに部屋を出ていった。

その日から、母への暴力は止まった。弥生が写真を撮られることもなくなった。しかし、それからの父のほうが弥生は怖かった。父はいつも、深い深い、どこまでもつづく穴のような目をしていた。そしてその穴の中には、岩の割れ目から噴き出した毒ガスみたいに、真っ黒なものが充満しているのだった。母もそれを感じていたのだろう。暴力はやんでも、母の両目から逃避の膜が剝《は》がれ落ちることはなかった。

やたらと路地を曲がり、弥生は夢中で夏実と父の姿を捜した。息が切れた。焦《あせ》りと困惑で、ものを考えることができなかった。膝がぐらつき、傍らのコンクリート塀に手をついた。うつむくと、冷え切った頬を涙が流れ落ちた。

叫び声のようなものを聞いたのはそのときだった。

顔を上げると、夜陰《やいん》の奥、目で確認できるぎりぎりの距離に父の後ろ姿があった。背中を丸め、父は遠ざかり、やがて暗がりの奥へと消えた。弥生はコンクリート塀に沿って歩を進めた。しばらく行くと、塀に切れ目があり、錆《さ》びた鉄の門扉《もんぴ》が据えられているところへ行き着いた。父はいま、ここから出てきたのだろうか。

試みに、門扉に手をかけて引いてみた。氷のような手触りの門扉は、叫び声のような音を立ててひらいた。――先ほど聞いたのは、この音だったらしい。弥生は門扉の隙間《すきま》を抜けてあたりを見回した。憶《おぼ》えのある場所だった。そこは廃工場で、以前は金属加工業者が使っていたのだが、弥生が中学に入った頃に操業をやめていた。弥生は工場に近づいて入り口を探した。それはすぐに見つかった。両開きの扉は片方の蝶番《ちょうつがい》が壊れて傾き、鍵《かぎ》はかかっていない。

「夏実――」

扉を抜け、呼びかけた。真っ黒な油を流したような闇だった。返事はない。弥生は手探りで闇の中を進んだ。靴先が何かを蹴飛《けと》ばした。金属の部品か、工具のようなものだったらしく、コンクリートの床の上を、それらしい硬質の音が転がっていった。

「夏実」

もう一度、呼びかけてみた。やはり返事はない。目の前には無言の暗闇が広がっているだけで――。

いや、いま微《かす》かに声がした。しかしそれは弥生の呼びかけに答えるものではなかった。意図的に発したものでもなく、口から洩《も》れ出たものだった。泣き声。すすり泣きの音。

「夏実！」

叫んでみたが、暗がりから返ってくるのは、やはりすすり泣きばかりだ。それでも方向だけはなんとか見当をつけることができた。両手を前に突き出し、両足で床をさするようにして弥生はそちらに進んでいった。使われなくなった、大きな機械たちの輪廓《りんかく》が、周囲で真っ黒く浮き立っている。夏実はどこにいるのか。そう遠い場所ではない。だんだんと近づいている。正面だ。おそらく真っ直《ます》ぐ正面に夏実はいる。泣き声はそちらから聞こえてくる。しかし正確な場所はわからない。懐中電灯。ライター。弥生は何も持っていない。

そのとき、手探りで前進する弥生の肩から、ショルダーバッグがずり落ちそうになった。咄嗟《とっさ》に持ち手を摑《つか》むと、バッグの中の硬い感触が腰のあたりにぶつかった。――カメラ。そうだ、自分はいまカメラを持っている。

弥生はそれを取り出して胸の前に構えた。両目を見ひらき、ごくりと唾液《だえき》を呑《の》み下し、小刻みに震える指でシャッターを切った。トナカイの鼻のように、カメラのフラッシュは前方の景色を明るく浮かび上がらせた。一瞬で消えたその景色の中——自分のちょうど正面に、弥生は夏実の姿を認めた。縛られた夏実。絶対に人に見られたくない恰好《かっこう》をさせられた夏実。

頭に焼きつけたその場所まで、弥生はゆっくりと進んだ。やがて、すぐそばに夏実が横たわっているのがぼんやりと見えてきた。弥生は屈《かが》み込み、彼女の身体《からだ》に触れた。その瞬間、夏実の泣き声は堰《せき》を切ったように高まった。弥生が呼びかけても、彼女はただ声を放って泣くばかりだった。

彼女の両腕を縛りつけたロープをほどかなければならない。しかし、そのロープがどこでどう結ばれているのかがわからなかった。両手で探ってみたが、それは幾重にも巻かれていて、結び目の場所がはっきりしない。

「ごめんね……ごめんね夏実……」

弥生はふたたびカメラを構え、シャッターを切った。目の前に瞬間的に浮かび上がったロープの様子を、弥生はしっかりと確認した。身体の前に結び目はない。弥生は夏実の背後に廻り込み、最後のシャッターを切った。腰の後ろで重ねられた手首のあたりに、結び目はあった。弥生は夏実と同じくらいの声で泣きながら、必死でそれをほどいた。

自分のせいだった。自分のせいで、こんなことになった。

真っ暗な廃工場の片隅で、弥生は夏実にすべてを話した。夜道で夏実と男を見かけたこと。しかしそのときは、男が父だとは思わなかったこと。自宅で母に話を聞き、家を飛び出したこと。父の性癖。自分が中学校時代までされていたこと。

夏実は、父のことは警察には届けないと言った。警察官にあれこれ訊《き》かれるのは耐えられないからと。彼女はほどかれたロープを摑み上げ、それでいきなり弥生の顔面を打った。そして、汚れた床に倒れ込んだ弥生に、二度と自分の前に姿を見せるなと言った。

夏実はそれからすぐに転校した。担任教師が教室で説明した「引っ越し」というのは、じつは嘘《うそ》だった。何度か、弥生は彼女の家の前まで行ったことがある。夏実は家族とともにそこに住んでいた。一度だけ、別の学校の制服を着てドアを出てくる夏実を見た。

以来、彼女とは会っていない。

圭介に写真を見られてしまったとき、弥生は何も言うことができなかった。中学校時代までの恥を、圭介にだけは打ち明けられなかった。だから弥生は、ただうつむいて、別れを受け入れるしかなかった。

夏実が写ったフィルムを、カメラから抜いて処分しておくべきだったのだ。自分の馬《ば》鹿《か》さ加減に、弥生は何度泣いたか知れない。しかし、できなかった。夏実の写真よりも前に撮った圭介のスナップを、捨てることになるのが哀《かな》しかったのだ。かといってフィルムを店の現像機にかけてしまえば、夏実の姿までネガになってしまう。それが一瞬でも自分の目に入るのが、弥生は怖かった。どうすればいいのかわからず、けっきょくフィルムはあのカメラに入れたままだった。それを、圭介が現像し、見てしまったのだ。父には何も話さなかった。心の中で、弥生は父を消し去り、高校を卒業するまでの日々を過ごした。そして東京へ出た。つぎに父の顔を見たのは、つい五年ほど前だ。そのとき父は、頬がこけ、肌が白く、木の箱に入っていた。死に際《ぎわ》、父は誰の名前も呼ばなかったらしい。

4

「――どうした？」

夫に呼びかけられ、弥生ははっとして顔を上げた。知らないうちに、頬が涙で濡《ぬ》れていた。タクシーはもうホテルのほど近くまで来ていて、運転席のラジオはとっくに別の曲に変わっている。

「ごめんなさい、大丈夫」

「でも――」

「ほんとに平気。何でもないから」

弥生はバッグからハンカチを取り出して頬に押し当てた。ドライバーが左にウィンカ

道尾秀介
Shusuke Michio

ーを出し、車はホテルの正面ゲートへと滑り込む。窓の水滴と、涙で、ゲートの脇《わき》のクリスマスツリーが眩《まぶ》しかった。

「お客さん、具合でもお悪いんですか？」

首を伸ばし、ドライバーはルームミラー越しに弥生を見た。

「もしあれでしたら、ホテルの売店に薬も売ってますよ。といってもまあ、そんなに種類は――」

そのとき夫が叫んだ。

「おい、前！」

「え」

瞬間的な、重たい衝突音。それとほぼ同時に、甲高いブレーキの音が響き渡った。声も出せず、弥生は息をつめてフロントガラスの先を見た。

ホテルのロゴが入った傘が、宙に浮いている。現実ではないような、奇妙な光景だった。傘は、やけにゆったりとした動きで揺れながら、揺れながら、濡れた地面に落ちていった。そこには一つの人影が倒れていた。背中のあたりが、おかしな角度に曲がり、ぴくりとも動かない。周囲から人が集まってくる。運転席で、両手で口を押さえながら、ドライバーが何か聞き取れないことをつづけざまに呟《つぶや》いていた。大きなクリスマスツリーの電飾が、地面に投げ出された傘と人影を、順繰りに色を変えながら照らしていた。

光の箱

道尾秀介
Shusuke Michio

「まだ眠たくないよ」

「夜ふかしする悪い子には、サンタさんがプレゼントを持ってきてくれないのよ」

お母さんは少年のあごの下まで、あたたかい布団《ふとん》をひっぱり上げました。

「さ、おやすみなさい」

子供部屋の電気を消し、お母さんは廊下へ出ていきます。ドアが閉まり、とんとん階段を下りる音が遠ざかっていきました。少年が枕《まくら》の上で首をひねり、カーテンの隙間《すきま》から暗い窓の外を見ると、細かい雪がちらちらと舞っていました。

なんだか今夜は、とても奇妙な予感がします。

その頃、階下では、お父さんが夕食の残りのチキンをつまみながらワインをちびりちびりと飲んでいました。階段を下りてきたお母さんを振り返り、お父さんはたずねます。

「あの子は寝たかい？」

「ええ、やっと――あら、あなたまだ飲んでるの？」

「だってお前、サンタは赤い顔をしていなきゃ」

「大事なお役目を果たす前に、うたた寝なんてしないでね」

「大丈夫さ、ほーほーほー」

「いやね、もう……」

☾

「ホーホーホー！　トナカイや、いまどのあたりだね？」

「凍えるソビエト連邦を過ぎて、羊が眠るモンゴル高原を越えて――いまちょうどニッポンの上空です」

「よし、じゃ降りてみよう。金色の天使や、ニッポンの地図を出して。それから銀色の天使や、リストをチェックしてくれるかい？」

「あ、サンタさん。すぐ下に、リストに載ってる家が一軒ありますよ。ほら見えてきた、あの二階建ての家」

「近場から済ませるか。トナカイや、あすこに行ってくれ」

「アイアイサー」

ぐんぐんぐんぐんぐん！　目指す家の明かりがみるみる目の前まで近づいてきたかと思えば、ソリはあっというまに屋根の上に降りていました。

「よっこらせ、と」

サンタさんはソリの荷台に積んだ袋の中から、小さな箱を取り出しました。それは、真っ白で、フタの端からきらきらと光がもれています。サンタさんは手なれた仕草で箱を頭の上に放り投げました。その瞬間、箱は空中でばらばらになり、中からあらゆる色の光が飛び出しました。

「一丁あがり。さあ、つぎ行ってみようか！」

「アイアイサー！」

トナカイが屋根の雪をけると、ソリはものすごい勢いで浮き上がり、瞬《まばた》きをするあいだにも、もうはるか上空を突き進んでいました。

☾⋆

少年はぐっすりと眠っていました。ですから、階下の柱時計が十一時を打つ音にも、それが合図でもあるように階段を上ってきた足音にも気づきませんでした。

道尾秀介
Shusuke Michio

少年のベッドに忍び寄った、赤い服の人物は、枕元に何かをそっと置きました。白い紙と緑のリボンできれいにラッピングされた箱です。赤い服の人物は、そのまま十秒くらいのあいだ、少年の寝顔をじっとながめていました。そして、むふふと笑ったのです。

「メリークリスマス」

そうつぶやくと、赤い服の人物はゆっくりとベッドからはなれ、ドアを出て行きました。

そのときです。

窓の外から突然、まばゆい光が流れ込んできました。その光は子供部屋の隅々を、ぱっと明るく照らし出し、あまりのまぶしさに、少年を夢の世界から引っ張り起こしました。

いったい何事かと、少年はあわててベッドに起き上がります。しかし、目をしょぼつかせて部屋の中を見渡したときにはもう、窓から流れ込んできた光は、すっかり消えていました。

「なんだ、いまの？」

少年は、部屋のドアが少しだけあいていることに気がつきました。そこから廊下の明かりがもれ入ってきています。あれがまぶしかったのかな——少年はそう思い、ベッドから下りて、ドアのほうへと歩いていきました。

そして少年は見たのです。ドアの向こう側、真っ赤な服を着た人物が、抜き足差し足で静かに階段を下りていくのを。

「あれは……」

少年の心臓は、もうドキドキでした。明日の朝いちばんで、学校でいっしょにこっそり子猫を飼っている友達に、たったいま自分が目撃したものについて報告しなければいけないと思いました。いったいどんな感じで説明すればいいだろう。寝ぼけた頭で懸命に考え――いえ、実際はそれほど懸命に考えている時間はありませんでした。あの赤い服から連想されるものが、もしや自分のベッドの枕元に置かれているのではないかと思いついたからでした。少年は急いでベッドに戻ります。するとそこに、ラッピングされた箱があったのです。

「これは……」

まさか。まさか。

そのまさかでした。少年が大急ぎで箱に巻かれた緑色のリボンをほどき、白い包み紙をはがし、箱をひらくと、中に入っていたのは彼がずっとほしかった――。

「色鉛筆！　四十八色！」

スプリングのきいたベッドの上で、少年は色鉛筆のケースを抱えて小おどりしました。

「お礼だ！　お礼――」

道尾秀介
Shusuke Michio

そして少年はドアを出て、先ほど赤い人物が下りていった階段を、自分も下りていったのでした。

☾⋆

「大丈夫だった？」

お母さんは小声でたずねました。

「うん、気づかれなかったよ、ぜんぜん」

赤い服を着込んだお父さんは、そう言って大きく伸びをしました。そのはずみで、あごにたらしたつくりもののヒゲが揺れます。

「さてと。つぎは――」

お父さんは赤い上着のポケットをごそごそ探りました。

「つぎって？」

「いいから、いいから」

ごそごそ。ごそごそ。お父さんは何かを一生懸命に探しています。いえ、あれはきっともったいぶっていたのでしょう。なにしろポケットはそんなに大きくはありませんでしたし、中には先週買っておいた木製オルゴール以外には何も入っていなかったのですから。

「……お！」

予定どおり、いまやっと見つけたという顔をして、お父さんはそのプレゼントをポケットから取り出しました。

「はいこれ」

「わたしに？」

「そうきみに」

お父さんは言いました。

「そんなに高いものじゃないんだ。ボーナスもあまりもらえなかったし、今年は暖房も買い換えたしね。でもほら、プレゼントはそもそも値段じゃないっていうか、気持ちだと思う。だからべつに高いからといって価値があるとは言い切れないし、安いからダメってわけじゃない。いや、ダメな場合もあるかもしれないけど、真面目《まじめ》に探して選べばその確率もちょっとは減ってくれる。そんな気がするよ」

ぺらぺらとしゃべるお父さんから、お母さんはオルゴールを受け取りました。そしてそれを両手であたためるように、胸に抱きました。

「ごめんね、安くて」

そうしめくくった言葉にこたえるかわりに、お母さんはサンタさんの白ヒゲを指先で少しよけて、そこに自分の顔を近づけたのでした。

しばらくのあいだ、二人は何も言いませんでした。

柱時計の音が、静かに響いていました。

それからお母さんは、お父さんの白ヒゲを、からかうようにくすぐりました。そして二人して、小さく笑い合ったのでした。頭の上には、この前デパートで買ってきたヤドリギの飾りが、白熱灯の光を映して輝いています。

階段の手すりから顔をのぞかせて、少年が、そんな二人の様子をじっと観察していたことを、もちろんどちらも知りません。

二人の会話が聞き取れなかったものですから、少年は、それは興奮した顔をして、こんなことをつぶやいたのでした。

「これをお父さんが見たら、面白いことになるぞ……」


鈴の音をひびかせて、サンタさんの一行は、あっちの屋根、こっちの庭、アパートのベランダ、河原の橋の下へと大忙しです。それでもようやくいまでは、ソリの荷台にのせられたたくさんの袋のうち、「ニッポン」と書かれた袋は、もうだいぶ小さくなっていました。

「さあさあみんな、もうひと息だ。金色の天使や、配りもれはないかい？　銀色の天使や、リストのチェックは完璧《かんぺき》だね？　ところでトナカイ、ホァット・タイム・イズ・イット・ナウ？」

「イッツ・イレブン・サーティです」

「おっと、こりゃまずい。ちょっと急ごうか」

「イエッサー！」

速度を上げたソリから振り落とされないよう、しっかりとサンタさんの右肩につかまりながら、金色の天使が言いました。

「ねえねえサンタさん、そういえば、今夜こそサンタさんにきこうと思っていたことがあったんです」

「なんだい、あらたまって？」

「あのですね。いつもサンタさんが配ってるその箱なんですけど、ゆかいなオモチャが入っているわけでもないし、甘いお菓子が入っているわけでもないし、お金が入っているわけでもない。ただ変な光が出るだけですよね。いったいサンタさんは、世界中のみんなに、何を配ってるんです？」

金色の天使の質問を聞いたとたん、サンタさんは大声で笑いました。

「おいおいおい、お前はいままで、自分がなんのためにこんなことをしているのか、知らなかったのかい？　銀色の天使や、お前ひとつ、相棒に答えを教えてやってくれよ」

「あの……それが、じつは僕も今夜、サンタさんに同じことをきこうと思ってたんです」

かあぁぁ、とサンタさんは頭を振りました。

「なんてこった。ほんとうかい？——ねえトナカイ、お前はもちろん知ってるよね、我々が世界中に配っているこのプレゼントの中身を？」

「はい、サンタさん」

トナカイはいくぶん得意げに答えました。

「わたしたちが配っているこのプレゼントが、人々にとってどれだけ大切なのかを知っているからこそ、毎年毎年こうして寒い中を頑張っているんです」

「よし、さすがはトナカイだ。して、答えはいったい何だね？　その名前を言ってみてはくれんかね？」

サンタさんは、トナカイが正しい答えを言うことを知っていました。サンタさんとトナカイとは、サンタさんがその昔、白ヒゲのおじいさんとしてこの世に生まれたそのときから、ずっといっしょだったからです。

トナカイは大きく一回うなずいて答えました。そしてそれは、やはりサンタさんが納得するような、正しいものでした。

「わたしたちが配っているのは、オモチャでもお菓子でも、お金でもありません。オモチャはやがて飽きてしまいます。お菓子はやがてなくなってしまいます。お金は人をみにくくさせます。そんなものは人間にとって必要のない、まったく必要のないものなのです。人間にとって本当に必要なものは、本当に大切なものは、いつまでも飽きることのない何か。いつまでもなくならない何か。そして、自分がこの世に一人ぼっちではないということを信じさせてくれる何かなのです。もし、わたしたちが配っているこのプレゼントがなかったなら、人間は、生まれて死ぬ、ただそれだけの生き物でしかなかったことでしょう。憎み合って、戦って、自分だけが生きのびようとする、ただそれだけの生き物でしかなかったことでしょう。だから、わたしたちはみんなにプレゼントを配るのです。わたしたちが配っているこのプレゼントには、ちゃんとした名前がありません。名前なんて必要ないからです。人々はこれを、幸せとか、愛とか、驚きとか、喜びとか、思い出と呼んでいます」

「ホーホーホー、そのとおり！」

サンタさんが声を上げました。金色の天使も、銀色の天使も、はっとしてトナカイの顔を見直します。

そして、サンタさんは大きく口をあけて笑いました。

「さあさあ、あらためて——メリークリスマス！」

「メリークリスマス！」

街は真っ白です。家々の窓の明かりが、雪のあいだで星のように輝きます。頭の上に広がっているのが宇宙なのか、足の下できらめいているのが宇宙なのか、きっと誰にもわかりません。聞こえてくるのはたくさんの歌です。今夜は世界中に、たくさんの歌が響きます。

「メリークリスマス！」

——終

Story Seller

六時まであと十五分という頃になると、ホテルのロビーにだんだんと見知った顔が集まりはじめた。その一人一人と笑顔で言葉を交わし合いながら、弥生はときおり正面ゲートのほうを振り返る。

先ほどのドライバーは大丈夫だろうか。自分がよそ見をさせてしまったせいで、あんなことになってしまい、申し訳なかった。

「さっきの運転手さん、どうなるのかしら」

小声で言うと、夫が小さく笑った。

「まあ、ホテルには弁償しなきゃならないだろうな」

「あれ、きっと高価《たか》いわ」

「傘までくっつけて、わざわざ濡《ぬ》れないようにしてあったくらいだからね」

あのプラスチック製のサンタクロースは、片方の手に袋を担《かつ》ぎ、もう片方の手にはホテルのロゴが入った傘がくくりつけてあった。その横っ腹に、タクシーが勢いよく突っ込んだのだ。

「たしか、去年もそうだったな。あのサンタクロース、やっぱり傘をさしてたよ」

言ってから、夫はふと難しい顔になり、ジャケットの腕を組んだ。

「あの場所、もしかして縁起が悪いのかもしれない」

「縁起が——？」

どういうことだろう。意味を訊《き》こうとしたが、その前に弥生は気がついた。去年の同窓会の日、夫はあの同じ場所で、サンタクロースと同じような災難に遭ったのだ。もっともそのとき彼にぶつかってきたのはタクシーなどではなく、送迎バスから下ろした客の荷物を載せた台車だったらしいが。

「あのときのボーイさんも、上司にえらく怒られてたな」

「じゃあ、みんなにとって縁起が悪いのね。ボーイさん、タクシーの運転手さん、あなた、サンタクロース——」

一年前、夫が自分の実家にやってきたときのことを弥生は思い出す。

あれには驚いた。一人でカメラ店の経営をつづけている母が、少々身体《からだ》を壊していたので、弥生は同窓会の前日から実家に泊まっていた。出かける準備をし、すっかり老《ふ》け込んだ母と居間でお茶を飲みながら、ぽつりぽつりと昔話をしていたところに、圭介が突然玄関の呼び鈴を鳴らしたのだった。

圭介が東京で童話作家になっていることは、以前から知っていた。卯月圭介というペンネームを最初に雑誌で見かけたとき、もしやと思い、付き合いのある編集者を通じて本名を調べてもらったのだ。やはり卯月圭介というのは、あの懐《なつ》かしい正木圭介だった。いまの四月——卯月は、旧暦の三月——つまり弥生だ。それをペンネームに選んだと知ったとき、もしかしたら圭介は、心のどこかに自分を残してくれていたのかもしれないと思い、弥生は嬉《うれ》しかった。ただの偶然だとしても、心が温かくなった。

圭介と連絡を取ってみたいと思ったことも一度ならずあった。しかし、あの事件の真相を弥生のほうから打ち明けることができない以上、拒絶されるだけだろう。だから弥生は、圭介の本や、彼のインタビューなどが掲載された雑誌を、ただあの懐かしい絵本の隣に並べ、眺めるだけの日々を送ってきたのだった。

ところがあの事件のことを切り出したのは、同窓会の日に思いがけずやってきた圭介のほうだった。彼は矢継ぎ早に弥生に訊いた。いつかのあの写真は、持っていたカメラをライトのかわりに使ったことで撮られたものなのではないか。弥生は本当は、夏実を助けに行ったのではないか。そうだとすると、彼女にあんなことをしたのは、本当は誰なのか。

その日の同窓会のあとで、ゆっくりと時間をかけ、弥生は高校時代の出来事を正直に話した。それ以前のことも、すべて隠さず打ち明けた。圭介は泣き、弥生も涙を流した。

長い夜だった。

「おう、作家先生」

富沢が夫に声をかけてきた。それから弥生に顔を向ける。

「葉山……じゃねえや、正木夫人もようこそ」

「一年ぶりね。富沢くん、ちょっと痩《や》せた？」

「そろそろ肥満も気になる歳《とし》だからな、毎晩ジョギングしてんだ」

富沢は得意げに唇の端を持ち上げる。余計な脂肪が落ち、去年の同窓会のときよりも、ちょっと精悍《せいかん》な顔立ちになっていた。

「圭介はしかし、相変わらず肥《ふと》らねえな。作家なんて、ずっと家で机に向かってるんだろ？」

「これでも、最近少し肉がついたよ」

「ああ、そりゃ奥さんの料理が美味《うま》いからだな」

富沢はわざとらしく太い眉《まゆ》を上げ、弥生と圭介を見比べる。それが気恥ずかしくて、弥生は話題を転じた。

「去年の同窓会も雨だったわよね。夏場でもないのに雨ばっかりで——幹事の富沢くんが雨男なんじゃないの？」

道尾秀介
Shusuke Michio

すると富沢は、何故《なぜ》だかふと目をそらした。

「ああ……それがな。違うんだ」

口の中で、そんなことを言う。

「違うって……え、幹事じゃなかったの？　富沢くん」

「いや、そういうことじゃなくてさ」

いつのまにか、富沢の後ろに同窓の面々が集まっていた。なんだか整列するような感じで、みんな弥生と圭介を見ている。

「ごめん、騙《だま》した」

富沢が顔を上げた。

「同窓会じゃねえんだ。今日はな、お前たちのお祝いなんだよ。ほら、夏にお前たちがくれた結婚通知に、式はやらないって書いてあっただろ？　だから、俺たちで勝手に祝いの席をもうけさせてもらおうと思ってさ」

ちらちらと二人の顔色を確認しながら、富沢は説明する。後ろに並んだ面々も、弥生と圭介の反応を気にしているようで、曖昧《あいまい》な表情だった。弥生は思わず圭介を振り仰ぐ。圭介も知らなかったらしく、目を丸くしていた。

「おかしいと思ったよ……二年つづけて同窓会やるなんて」

圭介が呟《つぶや》くと、富沢が背後を親指で示して言った。

「言っとくけど、困るなんて言われても困るからな。向こうの立食パーティの会場に、おめでとうの垂れ幕なんかも用意しちまってるから」

「垂れ幕って――」

「いや俺じゃねえんだ。企画したのは俺じゃなくてほれ、あいつ」

富沢が顎《あご》で示した先を見て、弥生は驚いた。昔と比べて、いくらかふっくらしているが――そこに立っていたのは紛れもなくあの守谷夏実だった。去年の同窓会には、彼女は来ていなかった。

悪戯《いたずら》っぽく笑い、大人になった夏実は言う。

「弥生と圭介くんが結婚したって聞いてね、お祝いしなきゃと思って」

「夏実――」

言葉が出てこなかった。戸惑う弥生に夏実はそっと近づいてくる。そして耳元に口を寄せ、弥生だけに聞こえる声で素早く囁《ささや》いた。

「あたしのことがあったせいで、もしかしたらあんたは結婚式を挙げられないんじゃないかって気がしてさ」

そう――夏実の言葉は間違ってはいなかった。弥生は、自分のせいで、自分の父親のせいで、あんな恐怖と哀《かな》しみを背負わせてしまった夏実に対し、ずっと懺悔《ざんげ》しながら生きてきたのだ。だから圭介と結婚することが決まっても、華々しく祝いの席を設けるなんて考えることもできなかった。

「あ、一応紹介しとく。これあたしの旦那《だんな》ね」

夏実は隣に立った男の袖《そで》を無造作に摑《つか》み、弥生の前に引っ張り出した。彼は——誰だったか。知っている気がする。中世的な顔立ちをした、なかなかの美男子だ。

富沢が横から彼の肩に手を乗せて言った。

「ほらこいつ、俺たちとは一度も同じクラスにならなかったけど、昌樹《まさき》だよ。マサキ、マサキって俺、よく名前だけは出してただろ」

「あ——」

そうだ。何という名字かは憶《おぼ》えていないが、たしかに隣のクラスにいた。

「結婚……したんだ」

意外な展開に、弥生はそう呟いて瞬《まばた》きをするのが精一杯だった。

後に、盛り上がった酒の席で夏実から聞いたところによると、山岡《やまおか》昌樹は夏実が転校したあと、いきなり彼女の家を訪ねてきて想《おも》いを打ち明けたらしい。

——例のこと、富沢くんから聞いて知ってたらしいんだ——

夏実はそう言った。

——で、あたしが心配で仕方なくて、家まで来たんだって。心配されてるうちに情が湧《わ》いてきて、あたしも好きになっちゃったんだよね——

もう、小学生の娘もいるらしい。

あんたの父親のことは夫に話していないからと、夏実は弥生の背中をぽんと叩《たた》いた。その仕草は、彼女が高校時代によく見せたものだった。弥生が暗い顔をしているとき、弥生がちょっとしたことで悩んでいるとき、夏実はいつもこうやって背中を優しく叩いてくれた。

「おっと、そろそろ時間だな。さあ主役の二人からどうぞ」

腕を組めと富沢が言うので、弥生は圭介に右手を伸ばした。圭介は落ち着かなげに左腕を持ち上げて、それを受けた。ほかの全員を先導するように、二人が廊下を進み、ボーイがドアを支えた会場に入ると、正面に据えられたささやかなひな壇の上に『結婚おめでとう!』の垂れ幕が本当に掲げてあった。文字は手書きだ。

かつての同級生たちは、小振りの立食会場にがやがやと広がっていった。富沢がウェイターに指示し、それぞれの手にグラスが配られる。

富沢が大声で乾杯の音頭《おんど》をとり、全員が、待ってましたというように唱和してグラスを高々と持ち上げると、賑々《にぎにぎ》しい空気がぱっと広がった。先ほどから、思いがけない展開ばかりだった。しかし、弥生の心は不思議と静かだった。それは、生まれて初めて感じる、好ましい静けさだった。これまで胸の隅で音を立てつづけてきたものが、消えてなくなってくれたのだろうか。ようやく、そうなってくれたのだろうか。——弥生は圭介の顔を見た。圭介は、早くも富沢にビールの二杯目を注がれながら、弥生を見て小さくうなずいた。

そのとき会場の窓の外で、何かが一瞬明るく光ったような気がした。きっと誰かが、記念撮影のフラッシュでも焚《た》いたのだろう。

道尾秀介（みちお・しゅうすけ）

一九七五年生まれ。二〇〇四年、『背の眼』で第五回ホラーサスペンス大賞特別賞を受賞しデビュー。二〇〇五年に刊行した『向日葵の咲かない夏』で注目を浴び、二〇〇七年には、『シャドウ』で、第七回本格ミステリ大賞を受賞した。ミステリの技法を駆使して、人間の深層心理を巧みに描き出す手腕は、高く評価されている。次々に秀作を発表する精力的な創作姿勢は、驚異の一言。

著作リスト（刊行順）

ここじゃない場所

本多孝好

Takayoshi Honda

今がどんなに大切な時期かを大人たちは私に説く。高校時代の今、私が見聞きするものは、私が出会う人たちは、私が経験することは、私にとってどれだけ大事なことであるのか、先生も両親も嫌になるほど喋《しゃべ》ってみせる。今という時間を大事にしろ。日々を大切に過ごせ。そう言われても私にはピンとこない。毎日通う学校や、そこで受ける授業が大事なものにはてんで思えなかったし、そこで会う友人たちや友人たちと交わす言葉がかけがえのないものだとも、正直に言ってしまうのならまったく思えない。私にとっての毎日は、こなしていくべき退屈なカリキュラムに埋められた時間でしかなかったし、私にとっての今は、いつか将来出会うかもしれない今よりもマシな未来に向かうために消化しなければならない、当ても実りもない時間でしかない。

そう思う私はひねくれているのだろうか？

学校へ行き、授業を受ける。ある人は退屈そうに授業に聞き入り、ある人は熱心に机の下で携帯をいじり、ある人は教科書を広げたまま物思いにふけっている。私はおもむろに立ち上がって聞きたくなる。みんな何でここにいるの、と。こんなところよりも、もっと他にいるべき場所ってあると思わない、と。それで先生に怒られるというのなら、その先生にも聞いてみたい。あなたがいるべき場所は、本当にそんな低いちっぽけな教壇の上なのですか、と。あなたのやるべきことは、こんな生気のない空間に向かって声を張り上げることなのですか、と。

　その苛立《いらだ》ちは休み時間でも変わらない。服のこと。ネイルのこと。髪の色のこと。お笑い芸人のこと。人気ミュージシャンの新譜のこと。私の周りで取り留めもなく喋り続ける友人たちの頬を試しに一度、はたいてみたくなる。ねえ、ちょっと、目を覚ましてよ。そんなことが、いったい何だっていうの？

　けれど、その苛立ちを表に出すことはない。授業時間になれば、私はみんなと同じように虚《うつ》ろに黒板を眺め、休み時間になれば、みんなと同じように虚ろな言葉を吐き出し続ける。ずれることが怖いわけではない。こんな世界からいくらずれたって、私はちっとも怖くなんかない。空気が読めない女だと疎《うと》まれることも、別に恐れはしない。それで友人がいなくなったところで、別にどうとも思わない。それでいなくなるような友人なら、最初から友人ではないのだ。いないほうが気楽なくらいだ。だからずれるのが怖いのではない。私はただ、ずれ方がわからないだけだ。

　学校でもずれていると思われている人は何人かいる。しょっちゅう学校をサボり、夜遊びをして、どこかの大人の男たちと繋《つな》がっている女の子もいる。たった一人でヨガ部を創設し、授業中には裏返したトランプに念を送り、それが何のカードなのか一生懸命当てようとしている女の子もいる。友人も作らず、授業中でも休み時間でも、一人黙々とやたらと裸が出てくる漫画を描いている男の子もいるし、禁止されているバイクを乗り回し、耳障《みみざわ》りなだけの爆音を響かせながら、道行く人の顰蹙《ひんしゅく》をかっている同級生の男の子を町中で見かけたこともある。彼らはずれている、と言われる。彼ら自身もそう信じているように見える。けれど、私にはそうは思えない。彼らのようになりたいと憧《あこが》れることもなければ、何らかの共感を覚えることもない。ただその姿に苦笑するだけだ。彼らはずれてなんていない。むしろぴったりとはまっている。学校一の優等生と同じくらい、今という時間にぴったりとはまっている。

どうやったら、私はずれることができるのだろう。

考えるけれど、わからない。

私が、たとえば、帰国子女、それもアメリカとかヨーロッパとかではなく、アフリカとか南米とか、その国名すらあまり知られていない国で育った帰国子女だったら、上手にずれられたのだろうか。あるいは、男の子はもちろん、女の子までポーッと見惚《みと》れてしまうくらいに見目麗《みめうるわ》しい顔立ちに生まれついていたら、自然とずれることができただろうか。いっそものすごい重い障害とか、不治の病とかを抱えていたなら、ずれられたのだろうか。

それもわからない。

私は普通のサラリーマンの家庭に育った、姿も能力もどこといって取り柄のない、ただの十八歳の高校生でしかなかった。このまま学校と家と塾とを三点で結び、年が明ければやってくる受験の時期を乗り越え、それで晴れて大学生になったとしたところで、今の苛立ちが消えるようにも思えなかった。それとも、私のこの考え方は、目の前にある受験からただ目を背けたいというだけの、愚かな逃避なのだろうか。

それもわからなかった。何もわからなかった。何一つわからないまま、私はただ苛立ち、その苛立ちを表に出すこともなく、普通の高校三年生の女の子という空間にふわふわと漂っていた。

そう。高校三年の十月までは。

まったく何でこんな時期に。

十月のあの日、私はそう思った。

受験までたいして日もなくなった、こんなクソ忙しい時期に、どうしてこんなことが起こるのよ、と。そう思った自分に嫌気が差した。結局、私はずれることが怖いのか、と。そして自分に問いかけた。あと三ヶ月でセンター試験？　だから何？　それがそんなに大事なこと？　ねえ、だって考えてもみなさいよ。人が消えたのよ。あなたの目の

本多孝好
Takayoshi Honda

前で、人が消えたのよ。これって、センター試験より大事なことだと思わない？

四時間目の授業が終わり、教室がざわめき始めた。早速弁当箱を開ける人、机を動かして仲良しグループを形成しようとしている人、前の授業中にとっくに弁当など食べ終えていて、さっさと教室から出て行く人。みんながつかの間の自由時間を自分なりに楽しもうとちゃきちゃきと動き始めていた。私の周りでも、いつものメンバーが机を寄せ始めていた。

「ははあん」

そんな呟《つぶや》きに目を上げると、私の隣の席の男の子を追いやり、その机を私の机にくっつけた橋本つぐみが何やら意味ありげな顔で私を見ていた。

「何よ」と私は言った。

「何よ」

つぐみは繰り返し、やはり前の席の男の子に丁寧に許可をもらって、その机に手をかけていた前崎綾香《あやか》に目をやった。

「うん。そうだね」

よいしょ、と机をくっつけ、その席に座った綾香が頷《うなず》いた。

「何よってことはないよね」

「リナリナ、ばればれ」とつぐみは言った。

郷谷利奈《さとやりな》。恥ずかしいから普通にリナと呼んでくれと私は何度もお願いしているし、つぐみにもそのつもりはあるらしいのだが、それでもまだ時折、つぐみは私をリナリナと呼ぶ。近頃は面倒で訂正もしない。

「は？」と私は聞き返した。

「うん。意外な線ではあったけれど」と私の正面に腰を下ろした綾香がにっこりと笑いながら言った。「ばればれは、ばればれ」

「何が？」と私は笑いながら綾香に聞き返し、つぐみにも聞いた。「何よ？」

二人は顔を見合わせて、意地悪なキツネみたいな笑みを交わした。

「それでも応援はしてるから」とつぐみは自分の弁当を開けながら言った。

「うん。そうだね」と綾香が言った。「応援はする。ものすごくする」

「それで」と早速、お弁当のおにぎりを頬張りながらつぐみが言った。「秋山のどこがいいわけ？」

秋山、という名前に緊張が走った。思わず周囲に目を配ったけれど、幸い、誰もこちらに注意を向けている風はなかった。秋山隆二《りゅうじ》本人も、私たちからは遠い窓際《まどぎわ》の席で、友人たちと何かを喋りながら弁当を食べていた。

「ちょっと、何、それ？」

私はつぐみに言った。つぐみと綾香は、思慮深いシマフクロウみたいな深い笑みを交わし合った。

「だから、ばればれなんだって。授業中でも休み時間でも、じっとAのことばっかり見てるじゃない」

イニシャルに変えたのは、気遣いのつもりだろうか。

「何、それ。そんなこと、私……」

言いかけたが、つぐみに一刀両断にぶった切られた。

「見苦しい」

私の正面で、綾香も深く頷いていた。

注意してはいたつもりだったのだが、気づかれていたのか。そう思って私は慌《あわ》てた。

「え？ それって、すごいばればれ？」

「ものすごいばればれ」とつぐみは頷いた。

「Aにも？」

「Aはどうかな」とつぐみは言った。

「ちょっと抜けてるところあるし」と綾香が言った。

「まあ、そこが少し可愛《かわい》いといえば可愛いかな」とつぐみは言った。

「リナには、あってるかもね」と綾香が言った。

「顔だって、じっと見れば結構悪くないし」

「そうだね。あんな丸刈りじゃなくて、もっと髪、伸ばせばいいのにね」

まだ続きそうな無邪気なスズメの囀《さえず》りを私は遮った。

「Aには、じゃあ、ばれてない？」

「Aには、まあ、ね」とつぐみが言った。

「大丈夫なんじゃない？」と綾香が言った。

「他にはばれればれ？」

「他はどうかな」とつぐみは言った。

「でも時間の問題」と綾香が言った。

私は取り敢《あ》えず、胸を撫《な》で下ろした。今のところはまだ、この二人以外にはばればれではないということだろう。

「ね、それ」

私は口の前で指を立てた。

「わかってるって」とつぐみは笑った。

「でも時間の問題」と綾香が繰り返した。

「気をつける」と私は言った。

「それで、Aのどこがいいわけ？」

そう聞いたつぐみに、さっきのつぐみ自身の言葉を借りて、ちょっと抜けてる感じが可愛いとか、顔が結構好きとかいう適当な説明を私は返しておいた。この話が二人の間に留まっている時間はそう長くはないだろう。そうすると私は好きでもない男子を好きだということにされてしまうし、そのことにためらいはものすごくあったけれど、背に腹は替えられないということもある。私のばればれが、秋山にもばればれになってしまった場合のことを考えれば、むしろそのほうが都合がよかった。観察していると思われるより、熱いまなざしを注がれていると誤解してくれたほうが助かる。

少なくとも二人の前では遠慮しなくていいという状況になって、私は少し大胆に窓際の席にいる秋山を観察した。つい一週間前まで、私にとっての秋山隆二は、ただのクラスメイトでしかなかった。確かにじっと見てみれば、結構、整った顔立ちをしているし、ちょっと抜けている感じも可愛らしくないこともない。けれど、秋山隆二に男子としての興味を覚えたことなどなかった。秋山だけでなく、私は学校の同級生に対して、どうしてもそういう気持ちを持てなかった。それは先生にしたって同じことだった。結局は学校という枠の中で暮らしている不自由な動物。そう思ってしまえば、多少顔立ちが整っていようと、ちょっとくらい性格がよかろうと、だからどうしたと思ってしまう自分がいた。それでも友人たちに話を合わせるために、クラスの中の誰がいいだとか、先輩の誰が素敵だとか言ってみたことはあるけれど、そんなの所詮《しょせん》、言葉だけのことでしかなかった。その言葉が災いして、三年のときには、一つ年上の先輩と付き合うことになってしまったが、その付き合いは三回デートをしただけで自然に消滅した。つぐみと綾香は、キスすら交わされなかったその「失恋」に、私がいまだに深く傷ついているものと信じているらしき節があった。その誤解を敢えて訂正もしないまま、もう一年が経《た》っていた。

「うん。やっぱりリナにはああいうのがいいような気がする」

言葉に目を向けると、綾香も窓際にいる秋山隆二を見ていた。

「そうだよ。リナリナはね、どっちかっていうと、リードするタイプなんだよ。自分ではそう思ってないかもしれないけどさ。ああいうアキ、じゃなかった、Aみたいなタイプのほうが、きっとうまくいくよ。古田みたいな、ああいうのじゃなくてさ」

「つぐみ」

綾香がやんわりとたしなめ、つぐみが自分の額をこつんと叩《たた》いた。

「ごめん」

「別にいいよ」と私は言った。

たった三回デートしただけのその先輩のことは、今となっては思い出すことすらない。けれどその受け答えのそっけなさが、古傷をつついてしまったとつぐみに誤解させてしまったらしい。つぐみはアイドルグループのリーダーの名前を上げて、秋山はそれにちょっと似てると言い出した。綾香はハリウッドスターの名前を上げて、それを日本人にした感じ、と言い出した。そのまま当てもなく脱線していく二人の会話に適当に話を合わせながら、私はちらちらと秋山を観察した。

やはりどこにもおかしなところはなかった。秋山隆二は普通に弁当を食べ終え、友人たちとにこやかに何かを話しながら教室を出ていった。ここ一週間、どんなに注意して見ていても、秋山隆二におかしな行動は見られなかった。それでも秋山隆二はおかしいはずなのだ。普通ではないはずなのだ。だって、彼は私の目の前から一瞬、消えたのだから。ほんの一瞬、けれど確かに、秋山隆二は消えたのだ。

先週の火曜日のことだ。私はいつも通り学校へ行き、授業が終われば電車に乗って塾の自習室へ向かい、その後の塾の授業を受け、疲れた体を引きずりながら、いつもの駅に降り立った。時間はもう八時をいくらか回っていた。駅前の商店街が終わろうとする交差点で、私は赤信号に立ち止まった。私が立つ交差点の右手には、目の前のバス通りにぶつかる信号のない細い道があった。その細い道からこちらに向かってきている車のヘッドライトは目に留めていた。向かいの歩道を横切っていく自転車に乗った少年の姿も目に留めていた。このタイミングなら鉢合わせになるな、とぼんやり思っていた。どちらが譲るだろう。車か、自転車か。そう考えていたわけではない。その数秒後には起こるべき光景をぼんやりとイメージしていただけだ。現実がイメージを追い抜いた。イメージの中で車が停まるべきタイミングで、車はまだスピードを落としていなかった。イメージの中で自転車が止まるべきタイミングで、少年は何やら背後を振り返っていた。

ちょっと。

思ったが、声は出なかった。出たところで、少年にも、もちろん車の運転手にもその声は届かなかっただろう。

危ない。

声にならない悲鳴を私が胸の中であげた瞬間、それは起こった。背後を振り返ったまま少年がその道を渡ろうとした。少年の近くに車をやり過ごそうと立ち止まる歩行者がいた。けれど少年は気づかなかった。車のヘッドライトが自転車に乗ったその姿をくっきりと映し出した。少年が背後からそちらへと首を回しかけた。次の瞬間には車が自転車を撥《は》ねていた。

車が急ブレーキをかけて停まり、その車体の下に自転車が巻き込まれ、自転車に乗っていた少年は、すぐ脇《わき》にいた歩行者に抱きかかえられるようにして立っていた。自転車に車がぶつかり、咄嗟《とっさ》に体をジャンプさせた少年が、近くにいた歩行者に抱きとめられた。漫然と見ていれば、それはそういう光景に見えたかもしれない。けれど、目を見開いてその現場を見ていた私にはそうでないことがわかった。第一、自転車に乗ったその姿勢のまま、車から外れるほどの距離をジャンプするなど、普通の運動能力でできるわけがない。

私の目に映った光景はこうだ。

自分を照らし出すヘッドライトに少年が首をひねったそのとき、立ち止まって車をやり過ごそうとしていた歩行者の姿が消えた。次の瞬間には、自転車に乗った少年のすぐ横にその歩行者が出現した。それもつかの間、少年を抱きかかえた歩行者と少年の姿が消えた。車が無人の自転車を撥ねたそのときにはもう、歩行者は少年を抱えて、さっきより少しだけずれた位置に立っていた。

テレポーテーション。

人が集まり始めたその現場を動けもせずに眺めていた私の頭にはそんな言葉が浮かんでいた。その歩行者が瞬間移動をしたのだ。自分がいた場所から、少年に向かってテレポーテーションした歩行者は、少年を抱きかかえて、再び安全な場所にテレポーテーションした。そうとしか見えなかった。最初は自分の目を疑った。けれど、現実に起こったことを考え合わせれば、やはり結論は同じだった。車に轢《ひ》かれかけた少年の襟首《えりくび》を、歩行者がその場から手を伸ばして捕まえ、ハンドルを握っていた少年をものすごい力で自転車から引き剝《は》がし、自分の手元に引き寄せた。そんな力が仮にありえたとしたところで、歩行者が立っていたその位置からは不可能だった。腕が四メートルほど伸びる特異体質ならありうるだろうが、そんな腕はやっぱり、テレポーテーションと同じくらいに非現実的だ。第一、私には腕が伸びるところなど見えなかった。だったら、やはりあの少年が中国雑技団にも入れるくらい身軽な子供で、車がぶつかったそのときに、両足に満身の力を込めてペダルを蹴《け》り、安全な場所までジャンプしたのだろうか。けれど、それなら私の目は、宙を舞う華麗な少年の姿を捉《とら》えているはずだ。それに、今、巻き込まれた自分の自転車を呆然《ぼうぜん》と眺める少年は、何が起こったのかわからないという風情《ふぜい》でその場にたたずんでいた。大丈夫だよ、と慰めるようにその肩をさすっている歩行者のほうが、何が起こったのかを理解しているようだった。やはり動いたのは少年ではない。あの歩行者なのだ。少年に何か声をかけた歩行者は、一つ頷いてその場から離れようとしていた。集まっている野次馬の注目は、今、車から出てきた運転手に向かっていて、誰もそこから去ろうとしている歩行者に注意を払っていなかった。少年も自分に頭を下げる運転手をわけのわからない様子で眺めているだけで、歩行者に目を向けてはいなかった。歩行者が人の輪を外れ、わずかに足早に逃げるようにこちらに歩いてきていた。

私は信号を渡った。渡った私の目の前を歩行者が通り過ぎようとしていた。

「あ」

私は思わず声を上げた。歩行者が立ち止まり、私を見た。やがてその顔に見慣れた笑みが浮かんだ。

本多孝好
Takayoshi Honda

「ああ」

「えっと」

私は現場の人だかりのほうに目をやった。そして彼に視線を戻した。

「何があったの？」

私は質問を間違えていた。何があったの、ではない。何をやったの、と聞くべきだったのだ。

「ああ。事故みたい。でも、怪我《けが》人もいないみたいだよ」

秋山隆二がそう言って、いつもの感じのいい笑みを私に向けていた。


次はいつ消える。

学校にいる間中、私は秋山隆二の姿をちらちらと追いかけ続けた。特に体育の時間は注目した。自分が男子でないことがまどろっこしかった。体育館の中で、似非《えせ》バレエみたいな気恥ずかしいダンス運動をやらされながら、私は半分に区切られた体育館の向こう側でバスケットをする男子の中に秋山隆二の姿を探していた。秋山隆二がボールを持ち、相手ディフェンスを抜き去ろうとフェイントをかけるそのとき、秋山隆二の姿がかき消すように消える。そんな瞬間を待っていた。けれど、そんなことは起こらなかった。フェイントをかけ損ねてディフェンスにぶつかった秋山がファールを取られていた。

「はい。顔はこっちね。足はもうちょっと開くかしら」

女子を担当していた女の先生が私の頭を正面に捻《ね》じり、自分の足で蹴飛ばすようにしながら限界まで広げていた私の足をさらに無理やり開かせた。ぐう、と呻《うめ》いた私に、背後にいたつぐみと綾香がくすくすと笑っていた。

事故を目撃した日から十日が経ち、二週間が経っても、秋山隆二は消えなかった。いつしか私は、消えろ、消えろ、と念じながら秋山を見るようになっていた。このままのたゆまぬ努力を続ければ、私こそテレポーテーション以上の能力を手にできそうだった。

「ねえ、リナリナ」

言ってからつぐみは言い直した。

「じゃなくて、リナ。このままでいいの？」

十月が終わろうとしていた。それぞれがそれぞれの塾へと向かうその前に、私とつぐみと綾香は駅前のファストフードショップに入り、最近、発売されたソフトクリームデザートを食べていた。

「年が明けたら、もう受験でしょ。それが終わったら、もう卒業じゃない。それとも長期戦に持ち込んで、大学もいっしょなところ狙《ねら》う？　秋山がどこの大学受けるか、知ってるの？」

そんなことは知らなかった。興味もなかった。私の興味は、秋山のその体が本当に消えるのか。秋山にそんな能力があるのか。それだけだった。

「そろそろクリスマス商戦も始まってる」

綾香が言った。

クリスマス商戦。十月の終わりからクリスマスにかけて、途端に増え始める「告白」はそう呼ばれている。クリスマスを彼と過ごす。そのイベントのためだけに、同級生たちは「告白」する。コンサートチケットみたいなものだ。そのイベントに参加する気があるのならチケットは手に入れなければいけないし、チケットを手に入れる気なら早めに買ったほうがいい席を取れる。

「二人はどうなのよ」と私は言った。

「私たちは受験生」とつぐみは言った。

「春は冬のあとにやってくる」と綾香も言った。

「私だって受験生よ」と私は言った。

「それじゃ、やっぱり春を待つ？」

綾香が言って、私は言葉に詰まった。確かにもうすぐ受験だったし、それが終わればすぐに卒業だ。同じ大学に進まない限り、秋山を間近に観察できる機会はなくなる。

「秋山がどこの大学受けるか、知ってる？」

私は聞いてみたが、二人とも知らなかった。

「新城《しんじょう》とか、毛利《もうり》とかに聞いてみたら？　いっそ、秋山本人に聞くとか」とつぐみが言った。

「あ、それいいかも。受験先なら、話題としても無難だし。あ、その大学、私も受けようと思ってるんだって」と綾香が言った。

「それで、それで、じゃあ、一緒に勉強しようかとか」

「僕の部屋でとか」

「今日、うち、親が帰ってこないとか」

きゃあ、と二人が叫んで笑い出し、私は憮然《ぶぜん》とソフトクリームを舐《な》めた。

笑いながら綾香をつついていたつぐみが、ふと笑みを消した。視線は私の背後に向かっていた。綾香もそちらに目を遣《や》り、少し気まずそうな顔になった。何だろうと私は振り返った。少し離れた席に座っている男が、こちらをどこかもの欲しそうな目で見ていた。女子高校生が三人、連れ立っていれば、しょっちゅう向けられる類《たぐい》のあの視線だ。気にするほどのものでもない。二人が気にしたのは、その背後。騒ぎ立てる私たちを不愉快そうに眺める店員の視線だろう。

視線を戻した私に二人が何か言いたそうな顔をしていた。

「え？」と私は聞いた。

「聞こえちゃったかもしれないけど、どうってことないよね。聞かれたって」とつぐみが言った。

秋山への思いを秘密にするという約束は、一応、守る気はあるようだ。

「別にいいよ」と私は笑った。「あの人は関係ない。学校でばれなければそれでいい」

「そうだよね。関係ないよね」とつぐみは笑って、言った。「でも、マジなとこ、そろそろ態度をはっきりさせなきゃ」

「それは、そう。応援はすごくするから」と綾香が言った。「頑張って」

私としてはかなり頑張ったつもりではある。学校にいる間、私はほとんどいつも視界の中に秋山の姿を置いていた。さすがにクラスでも噂《うわさ》されるようになってきたらしい。リナは秋山が好きなの？　何人かにそう聞かれたと、つぐみと綾香に言われた。それももう構わないことにした。どうせ、もうじき卒業なのだ。クラスの大半の人とは、付き合いがなくなる。そんな人たちにどう思われようと知ったことではなかった。そんなことより、秋山のほうが気になった。人が消えることのほうが気になった。けれど、いくら注意して見ていても秋山は消えない。いくら待っていても消えてくれない。

ついに私は……。

キレた。

消えぬなら。

胸の中でそう呟《つぶや》き、昼休み、私は野球部の部室から勝手に持ち出した硬球を握り締めていた。事情も聞かずに協力をしてくれるつぐみと綾香がそれぞれ少し距離を置いて立っていた。そのつぐみの向こうに、友人とサッカーボールを蹴っている秋山の背中があった。向き合った友人とパス練習のようにボールを蹴り合う秋山は、幸いにして、それほど大きくは動かなかった。私は手で示してつぐみの場所を微調整した。

消して見せましょ、秋山くん。

秋山がボールを蹴り出し、動きが止まったそのときに、私は胸のうちでそう叫び、思い切り硬球をぶん投げた。野球好きの父は、女の私しか生まれなかったことで諦《あきら》めるほど物分りのいい父親ではなかった。律儀《りちぎ》な私は小学校のころはほぼ毎週、中学に上がってもたまには、日曜日の父のキャッチボールの相手をしてやっていた。球威こそ男子には劣るだろうが、コントロールにかけてはそこらの男子には負けない自信があった。私の手を離れた硬球は、私の狙い通りつぐみの頭を越えて、その向こうにいる秋山の背後を襲った。

さあ、消えろ。消えやがれ。硬球だぞ。当たったら痛いぞ。ほら、消えろ。

見事だった。私は父に感謝するべきかもしれない。私の手を離れた硬球は、秋山の後頭部を直撃した。

イテッ。

悲鳴を上げた秋山が、頭を抱えて座り込んだ。あ、と言ったきり、私は呆然《ぼうぜん》とその場に立ちすくんだ。つぐみと綾香が慌《あわ》てて私のところに駆け寄ってきた。

「リナリナ、じゃなかった、リナ。ちょっと、いくら何でも強引過ぎ」

「きっかけ作りにしたって、あれは、ええ？　どうなの？」

駆け寄ってきた友人に大丈夫だというようなジェスチャーをしながら秋山が立ち上がり、少し離れたところに落ちていたボールを拾い上げた。周囲を見回した秋山と私の目が合った。

「ごめーん」

つぐみが可愛《かわい》い声を張り上げた。

「痛かったあ？」

綾香も過剰に女の子の響きを乗せた声を上げた。もう一度友人に大丈夫、というようなジェスチャーをすると、ボールを手にした秋山が近づいてきた。

「はい」

いつもの感じのいい笑顔で、つぐみにボールを手渡す。

本当にごめんね、とつぐみが可愛らしく謝る隙《すき》に、綾香が私のわき腹をつついた。

「あ、ごめん」と私は言った。「投げたの、私」

「キャッチボール?」

「ああ、そう」と私に微笑《ほほえ》んだ秋山は、ちょっと首を傾《かし》げた。

「ああ、うん。そう。受験のストレス解消ってやつ?」

「硬球で?」

「女だって硬球くらい投げられる」

「いや、そうじゃなく、グローブもなしに?」

私は言葉に詰まった。私としては、ボールを投げて、秋山が消えることだけ確認できればよかったのだ。自らに危機が迫れば、秋山の体はその危機を察知して自動的に姿を消す。私はそう決めつけていた。そのあと、秋山に言い訳をする羽目になるなど想定していなかった。

「あ、軽く、だから」

「突き指とか、気をつけてね」

秋山は私たちに背を向けた。もう一度綾香にわき腹をつつかれたが、私は咄嗟《とっさ》にそれ以上の声をかけられなかった。

「ああ、受験て言えば」

もう背を向けていた秋山に無理やりつぐみが話題を続けた。

「秋山は、大学、どこ受けるの?」

秋山が振り返った。それから、ちょっと困ったように私たちを見た。

「僕は大学へは進まないから」

「え？　そうなの？」

私は思わず声を上げていた。

「どこか専門学校？」

「あ、いや、そうじゃなくて、上には進まない。勉強、そんなに好きじゃないし」

勉強の好き嫌いで進学を決める人などいない。うちの高校から、専門学校を含めてまったく進学する気がないという人はかなり稀《まれ》だった。経済的な事情だろうか。

「それじゃ、働くの？」と私は聞いた。

「ああ、うん」

「え？　だって、就職活動とか、してたの？　就職先、もう決まってるの？」

「ああ、就職先っていうか、働くところは決まってる。知り合いに使ってもらう感じだから、就職活動とかは特にしなかったけれど」

奥歯にものがはさまった、というのは、こういう言い方をいうのだろう。それ以上、秋山は喋《しゃべ》りたくなさそうだった。就職先がシケた零細企業かなにかで、それを恥じているのだろうか。あるいは、そんなに個人的なことまで、私たちに話すいわれはないと思っているのだろうか。

「ああ、そう」と私は頷《うなず》いた。そうとしか応じようがなかった。

それじゃ、突き指には気をつけて。

秋山はそう笑うと、友人の元へ戻っていった。

「やばいよ、リナリナ。秋山、就職だって」

「長期戦は無理ね。どうするの？」

どうしよう、と私は思った。時間がない。


もう手段は選ばなかった。次の日の昼休み、私は、秋山と一番親しい新城を校庭の片隅に呼び出し、秋山のことを教えてくれと頼んだ。ちょっと少女の恥じらいを瞳《ひとみ》に滲《にじ》ませ、秋山くんのことが何だかとても気になるから、と言いながら。

「ああ、噂は本当だったんだ」

サッカー部のミッドフィルダーはそう言いながら軽く笑い、それから少し同情するように私を見た。

「でも、ああ、どうかな。ふられるのが嫌なら、告白しないほうがいいかも」

ぱっと顔が火照《ほて》った。噂を聞いて、新城は秋山とそんな話をしたことがあったのだろうか。

お前、あの子、どうなの？

興味ないよ、全然。

秋山はそう答えたのだろうか。

「ああ、ええっとね、郷谷さんが駄目だっていうんじゃなくて」と新城は慌てたように言った。「誰でも駄目なんだよ、あいつ」

「ゲイ?」

「違うよ。それはない」と新城は笑ったあと、ふと真面目《まじめ》な顔になった。「あ、そんな噂があるの?」

「ないけど」

「よかった。そんな噂があったら、その相手は間違いなく俺だもんな」

新城はホッとしたように笑った。

「ゲイじゃなくて、じゃあ、何?」

「何だろうな、あれは。俺にもよくわからない。中学からこっち、あいつ、それでも結構告白とかされたんだよ。でも一度もOKしたことはない。お前、誰か好きな人がいるのかって聞いても、そういうのでもないっていう。俺も一瞬、ホモかと思ったんだけど、あいつの家に遊びにいったとき、ベッドの下を確認してそれはないことはわかった」

「ベッドの下?」

「いけない雑誌を隠す場所なんて、そんなに多くないんだよ」

新城が笑い、私は、はあ、と頷いた。

「そういうもの」

「そう。だからホモじゃないし、もてないわけでもない。それでも俺の知る中学一年からこっち、あいつは誰とも付き合わなかった。その確かな理由はわからないけど」

新城は言葉を切って、ふと私を見た。その視線にある表情が何なのかわからず、私は新城を見返した。

「郷谷さん、あいつのこと、何か知ってる？」

「何かって、あ、ううん。別に何も。学校で見ること以外は」

「ああ、そう」

新城は頷き、しばらく考えた。私は少し緊張した。新城は何かを知っているのだろうか。秋山が消えることを新城は知っているのだろうか。そう思ったのだ。けれど違った。

「別に秘密ってわけでもないし、うちの高校には小学校からあいつと同じだったやつもいるから、あいつのことを片っ端から聞いていけば、いつか郷谷さんの耳にも入ると思う。だから俺が言っちゃう」

「ああ、うん。何？」

「あいつの両親、実の親じゃない」

「そうなの？」

「実の親じゃないどころか、血のつながりは何もない。あいつは養子。小学校のころ、秋山さんの家の子供になって、こっちにやってきた。その前のことはあいつも喋りたがらないし、俺も聞いたことはない。どんな事情があったのかはわからないけれど、あいつが誰とも付き合わないのは、そういうことが影響してるんじゃないかと俺は思っている」

だから、と新城は続けた。

「あいつが好きならそれはいいし、告白するっていうなら、それも構わない。でもたぶん、かなりの高い確率でその告白はうまくいかない。そうなったあと、それでも自分の気持ちを大事にして、あいつにまとわりつくようなことはやめて欲しい。君の気持ちは君が一人で大事にすればいい。あいつ、優しいから」

新城はそう言って、少し優しい目をした。

「誰かの好意を断るたびに、ものすごく落ち込むんだ。その落ち込んでいるあいつをそれ以上、苦しめるようなことはしないでくれ。俺が言いたいのは、そんだけ」

新城が去り、一人取り残されて、私は考えた。

それまで、私は秋山個人のことについて興味を持ったことなどなかった。私が知りたかったのは、秋山隆二というその人間の体が本当に消えるのか。秋山隆二にはそんな能力があるのか。それだけだった。秋山隆二という生物の個体に興味があっただけだ。けれど、今、新城の話を聞いて、秋山隆二という一人の同級生の男の子が私の中に立ち上がってきていた。小学校のころ、血のつながりなど何もない他人の家に養子としてやってきた男の子。普通の男の子程度には女の子に興味があり、いけない雑誌をベッドの下に隠している男の子。それでも、何度、女の子に告白されても付き合いを断り続ける男の子。ボールをぶつけられて頭を抱えても、その間抜けたポーズが似合う男の子。ボールをぶつけた相手に怒ることなんて全然なくて、そんなことよりその人の突き指を心配する男の子。たぶん、家庭の事情で友人たちと同じようには進学できなくても、そんなことで暗さを醸《かも》し出すことなど微塵《みじん》もない男の子。それを全部飲み込んでなお、教室の片隅で目立つことなく微笑んでいる男の子。それが秋山隆二。

本多孝好
Takayoshi Honda

Story Seller

次の日の授業が終わると、私はダッシュで教室を飛び出した。誰よりも早く校門を抜け、誰よりも早く最寄りの駅前につき、朝、コインロッカーに預けておいた荷物を取り出すと、その駅前にあるコーヒーショップに飛び込んで、トイレに直行した。預けていた私服に手早く着替え、制服もカバンも大き目のトートバッグに押し込んだ。カフェオレを買うと、窓際《まどぎわ》の席に陣取り、ニット帽を目深《まぶか》にかぶり、くすねてきた母の化粧品でちょっと派手目にメイクをした。それでぱっと見ただけでは私とは判別できないだろう。手鏡をしまい、私は窓の外に目をやった。やがてうちの高校の制服をきた生徒たちが駅前にやってきた。三十分も待っただろうか。私はその中に秋山の姿を認め、荷物を手にしてコーヒーショップを出た。秋山は新城と連れ立って歩いていた。二人のあとに続いて改札に入り、同じ車両の少し離れた位置に立った。周りには同じ高校の生徒がいたが、幸い、知った顔はなかった。三つ目の駅で、新城が秋山に手を振りながら降りた。秋山が電車を降りたのはその次の駅だった。おや、と私は思った。名簿で調べた限りでは、秋山の家はさらにもう一つ向こうの駅のはずだった。どこかへ行くのだろうか？

私も電車を降りた。取り敢《あ》えず、今日は秋山の家を見てみたい。外見からでも、その家の雰囲気は少しくらいわかるだろう。すごく貧乏そうだとか、やけに荒《すさ》んでいそうだとか。できることなら、ちょっとさり気ない感じで、近所の人に秋山家のことを聞ければベストだ。私はそう思っていたのだけれど、秋山が家に帰らないというのなら、その行く先にも興味がある。

ホームに降り立ち、当然、そのまま改札へ向かうだろうと思っていたのだが、秋山はホームから動かなかった。やがてやってきた反対方向の電車に乗り込んだ。

何？

また高校のある駅に戻り、それでも電車を降りない秋山に私の疑問は膨らんだ。逆方向に行くのなら、新城と駅で別れて、最初からこっちの電車に乗ればいい。それが、どうしてこんな手の込んだことをする？

一瞬、尾行がばれたのかと思ったが、そういう気配はなかった。だいたい、尾行がばれたのなら、私の前にやってきて、いったい、お前は何をしているのだと問い詰めればいい。

新城か。

私は思い当たった。新城には、これからどこかへ行くことを知られたくなかった。普通に、いつも通り家に帰るつもりだと思わせたかった。だから、いつも通り、帰りの電車に乗り、新城と別れたところで、本来の目的地を目指し始めた。

面白いじゃない、秋山くん、と私は思った。君って、本当に面白い。今、消えてみせてくれたら、この場で告白してあげたっていいくらい。

終点のターミナル駅で、秋山は西に延びる私鉄に乗り換えた。私は携帯を取り出して時間を確認した。塾の授業の一コマくらいは飛ばす覚悟でいたけれど、その次の授業には出られるだろうと思っていた。あまりにも遠くへ行くのなら少し困る。どこかで今日の尾行は打ち切ろうか。そう思っていたのだが、秋山はほどなく電車を降りた。都内でも有数の高級住宅地が広がる駅だった。駅前から放射状に延びる道の一つを秋山はさほど急ぐ風もなく歩いていた。駅から歩いていた他の人たちの姿が徐々に消え、ここで振り返られたらさすがに気づかれるかもしれないと私が危惧《きぐ》し始めたころ、秋山は一軒の家の門に入っていった。少しペースを落として、私はいったん、その門の前を通り過ぎた。高い鉄製の柵《さく》がそびえていた。ゆったりとした庭を備え持つ界隈《かいわい》の家の中でも、一際大きな敷地だった。門から舗装された道が続いている。道は玄関の手前で大きな花壇を巻いていた。その花壇の向こうで、秋山の背中が玄関の中に入っていった。古い洋館のような建物だった。とても個人の住宅には見えなかったが、門の脇には「荏碕」という表札が掲げられていた。

いったん通り過ぎてから、前後の路上に人影がないことを確認し、私はまたその門の前に戻った。立派な建物だった。堂々たる敷地だった。けれど、周囲の家と違い、手入れが行き届いていなかった。玄関の手前にある大きな花壇は、緑があるから花壇には見えるものの、きちんと花が植えられている様子はなかった。建物を取り囲むように立ち並ぶ木々が落とし始めた葉っぱたちは、掃かれることもなく地面を覆《おお》っていた。その地面の芝もきちんと刈られてはいなかった。幽霊屋敷。その古びた洋館のたたずまいから、近所の小学生にそれか、それに近い名前で呼ばれていることは間違いないだろう。

私はもう一度、門の脇《わき》に掲げられた名前を見た。

荏碕。

エザキ、だろうか。学校では見た覚えのない名前だ。ということは、秋山にとって、学校とは違う縁の人のはずで、だとするならその荏碕さんは、私の知らない秋山を知っているということになる。あるいは私が知った秋山のことを。消える男の子のことを。

軍の秘密研究所。

そんな妄想《もうそう》が浮かんだ。

あるいは都市に身を潜めている超能力一族。

そっちのほうが面白い。

実はこの荏碕さんこそが秋山の本当の親族で、生まれつき超能力を持つ体質に恵まれた荏碕一族は、幼い子供たちを普通の家庭に養子に出すことでひそかに超能力者の活動範囲を広げながら、やがてその能力を遺憾なく発揮できる時期を待っている。

秋山くん、あんた、やっぱりサイコーに面白い。

私は鉄の門を押し開けた。ギギ、という耳障《みみざわ》りな音に、私は押す力を抑え、慎重にゆっくりと隙間《すきま》を広げた。体を横にしてその隙間を通り抜けると、玄関へと続く舗道を少し体をかがめて小走りに進んだ。門のところに呼び鈴はなかった。誰かに見咎《みとが》められたら、そう言えばいいのだ。玄関で呼び鈴を探そうと思ったのだと。それでは何の用だと尋ねられたら……。

私は頭の中で自分の格好を点検した。

高校生らしい普通の私服に、派手目のメイク。何だかやけに大きなトートバッグ。あいにくと新聞の勧誘員には見えないだろう。

知ったことか。そのときはそのときだ。

私は体を低くしたまま、玄関の前に立った。そこにも呼び鈴はなかった。ただ巨大な木製の玄関の高い位置にノッカーがついていた。とことんオールドファッションな家らしい。

玄関に耳を近づけ、しばらく様子を窺《うかが》ってみたが、何か音が漏れてくる気配はなかった。玄関の左右を見遣《みや》り、どうやらあちらだと私は右のほうへ足を踏み出した。そちらのほうが木立ちが多かった。木立ち伝いに歩けば、私の姿くらいは隠してくれそうだった。ずいぶん伸びて半分は枯れかかっている芝生の上を私は慎重に歩いた。それでも落ち葉がかさこそと音を立てたが、いくらなんでも家の中にいる人の耳にまでは届かないだろう。

本多孝好
Takayoshi Honda

私は木に身を寄せるようにして家の様子を窺った。人の気配のない家だった。秋山が玄関から入る姿を認めていなければ無人だと信じたかもしれない。木から木へ。モモンガのように場所を移動しながら歩いていると、玄関から数えて三つ目の窓のカーテンの向こうで、何かが動いた。私は姿勢を低くしたまま、木から家の壁に取りついた。窓の下にしばらく身を潜め、それから慎重に顔を上げて窓から中を見た。

リビングルームらしい。レースのカーテンの向こうには広々とした空間が広がっていた。それがまず目に飛び込んできたのは、あまりに非日常的なものだからだろう。

暖炉？

暖炉のある家など、初めて見た。火は入っていなかったが、右手の壁際にあるのは、どうやら暖炉に間違いなさそうだった。部屋には毛足の長そうな絨毯《じゅうたん》が一面に敷かれ、左手には巨大なソファーセットと大きなローテーブルがあった。そのソファーに秋山がいた。斜め後ろからの角度で顔の確認などしようがないが、見覚えのある制服と坊主頭《ぼうず》だった。他にももう一人男がいた。こちらも顔は確認できないが、やけに細い体の線からすると秋山より年下に思えた。

実はあれがひょっとして秋山の実の弟だったりして、と私は思った。それで実はその弟もテレポーテーションができたりして。

二人はソファーに座りながら、大して熱もなさそうに大きな画面のテレビを眺めていた。

正面のドアが開け放たれ、私は慌《あわ》てて頭を下げた。その一瞬の間にも、ドアの向こうにあるダイニングルームを確認していた。食事というより晩餐《ばんさん》が似合いそうな大きなテーブルがあり、さらにその奥にあるカウンターの向こうはキッチンだったろうか。ドアからリビングに入ってきたのは二十歳をいくらか過ぎたくらいの男だった。私はゆっくり十まで数え、もう一度顔を上げた。ダイニングルームから入ってきた男が、秋山ともう一人の男の子の間に腰を下ろしていた。

それで、これがお兄さん？　このお兄さんも消えたりするの？　超能力三兄弟？　秋山くん、あんた、マジ、サイコー。

私が声にできない歓声を胸のうちで上げたときだ。ふっと頬に冷たいものが当たった。

え？

思わずそこに手をやろうとした私を尖《とが》った声が制した。

「動かないで」

女の声だった。

「そのまま両手を桟の上に載せて」

何も考えはなかった。ただかけられた声に反射的に顔がそちらを向こうとしていた。

「つっ」

本多孝好
Takayoshi Honda

頬に痛みが走り、私は悲鳴を飲み込んだ。

ナイフ？

私は頬にナイフを突きつけられているの？

パニックになった。

「私、違うんです。そうじゃないんです。泥棒じゃないです。門のところに呼び鈴がなくて、それで玄関まできて、それで、あの、それで」

「両手」

女の声が鋭く言った。そこにヒステリックな響きはなかった。落ち着いていて、そして十分に威圧的だった。

「桟の上」

私は肩にトートバッグをかけたまま、両手を窓の桟に載せた。バッグが動いた。私の腕を通り、わずかに上げさせられた右手をくぐって、バッグが離れていった。

「立って。両手はそのまま」

私は立ち上がった。窓の中がはっきり見えた。三人はまだソファーに座っていた。頬に当てられていたナイフが離れた。普通の果物ナイフのようだった。その柄が、コンコンと窓をノックした。三人がこちらを向いた。レース越しでは変装した私が私だとはわからなかったのだろう。こちらを見ても、秋山の表情に親しげなものは浮かばなかった。

一番年上の男が窓際にやってきて、窓を開けた。私を見て、それから背後に視線をやった。

「ああ。本当にいたんだ」

「だから言ったでしょ」

背後の女が言った。さっきとは全然違う口調だった。どこか甘えるような、拗《す》ねたような、子供みたいな言い方だった。

「空耳なんかじゃない。私に空耳なんてありえない」

「ああ、いや、それはそうなんだけど」と男が言った。「電気とかガスとか、メーターを見にくる人はたまにいるから」

「だから、そういうのとは足取りが違ったんだって。スバルニィは無用心過ぎるの」

すでにナイフは頬にない。私は微《かす》かに首を動かし、目玉を思いっきり動かして、背後にいる女を見た。最初にかけられた声の印象よりずっと若い。私よりは上だろうが、部屋の中の男よりは年下だろう。二十歳か、それくらい。きりっとした目の、奇麗な女の人だった。

ごめん、ごめん、と男が笑いながら女に謝った。

私は男に目を戻した。顔立ちは似ていなかったが、その柔らかな雰囲気がどこか秋山に似ていた。

「それで、君は誰？」

その柔らかな雰囲気を崩すこともなく、彼は侵入者である私に聞いた。

「あの、私は」

「郷谷さん？」

男の背後で素《す》っ頓狂《とんきょう》な声が上がった。一緒にソファーにいた男の子とともに、秋山が男の背後にきていた。

「え？」

背後の秋山を振り返り、男がまた私に視線を戻した。

「隆二の友達？」

「郷谷利奈です。あの、私、秋山くんのクラスメイトです。はじめまして」

私はぴょこんと頭を下げた。そのときにはもう、どうにかこの場の人たちを納得させる言い訳を頭に思い浮かべていた。

「あの、それで、今日、私」

その言い訳を言いかけた私に、男が微笑《ほほえ》んだ。

「ああ、こんなところで話も何だから。上がってよ。ほら、サヤ。案内して。隆二のお客さんだ」

「隆二のお客さんが何でここにいるのよ」

女が口を尖らせて言った。やっぱりどこか甘えたような言い方だった。

「あの、だから、それは」

言いかけた私をやはり男が遮った。

「だから、そういう話も含めてさ。中ですればいいだろう？　それとも、この子がそんなに危険に見える？」

男が私に目を向け、女も私を見遣った。しばらく私を観察した女は、仕方ないというように頷《うなず》いた。

「こっち」

女がトートバッグを私に返し、玄関に向かって歩き出した。歩きながら、頬に指を当ててみた。ピリッとした微かな痛みはあったが、どうやら切れてはいないらしい。血はつかなかった。

女のあとに続いて、私は玄関から家の中に入った。馬鹿《ばか》みたいに広い空間が広がっていた。私はあっけに取られて、吹き抜けになった天井を見上げ、それから左手にある階段を見た。そのねじれた階段からは、ドレスとタキシード以外の服を着て降りてきてはいけないような気がした。

靴を脱いだ私の前にスリッパを揃《そろ》えると、自分はスリッパをはかずに玄関前の広間を進み、女は右手にあったドアを開けた。さっき窓から見たリビングルームでは、三人が立ったまま私を待っていた。秋山はちょっと複雑な笑顔で私を迎えた。

「そこ、座って」

L字に曲がるソファーの短くなったところに腰を下ろした。それでもその横にあと二人は座れそうだった。女がそのままダイニングのほうへ姿を消し、年上の男と年下の男の子がソファーの長いほうへ腰を下ろした。少し迷ってから、秋山が私の隣に座った。

「ごめん」と私は秋山に言い、それから年上の男にも頭を下げた。「お騒がせして、すみません」

「いいよ、そんな」と男は笑った。「こっちこそ無愛想な出迎えで申し訳ない」

ソファーに向かい合わされたテレビは切られていなかった。音量だけを落とし、何年か前のドラマの再放送を流していた。ダイニングから女が戻ってきた。私の前のローテーブルにカップが置かれた。中身は紅茶らしかった。女はそのまま私から一番遠い位置でソファーに腰を降ろした。

「ええと、それで、郷谷さんだっけ？」

男が聞いた。

「うん。そう。同じクラスの子」

秋山が答えた。

「それで、郷谷さんはどうしてここに？」

「あの、それは」

言い訳は考えてあった。それでも、やっぱりこんな風に改めて聞かれると、言いづらかった。

「ああ、ごめん。責めてるわけじゃないんだ」と男が柔らかく言った。「ただの質問。というか、素朴な疑問」

「あ、誰か近所に知り合いでもいるの？」

私をフォローするように秋山が言った。

「それでたまたま僕を見かけて、とか？」

それもありか、と私は一瞬思った。けれど、その言い訳にはやっぱり難があった。同級生を見かけたからと言って、その同級生が入っていった家に忍び込む理由にはならない。第一、近所の知り合いとは誰か、と聞かれたら、答えようなどない。いや、先ほどから優しげな男や、あまり私に興味がなさそうな男の子はそれで納得してくれるかもしれないが、私をまだいくらか疑《うたぐ》り深そうに眺めている女の人は、それで納得はしてくれないだろう。

「あ、あの、今日は、私、秋山くんに用があって」

「用？」と秋山が聞いた。

「あ、用っていうか、あの、言いたいことっていうか」

「え？　何？」

私は秋山を見た。秋山は不思議そうに私を見ていた。秋山の向こうにいる男の子はやはり大した興味もなさそうに成り行きを見守っていて、その向こうにいる男もちょっと首を傾《かし》げて私を見ていた。そのさらに隣にいる女の人と私の目が合った。怪訝《けげん》そうな顔をしていた女の人の顔に、不意にゆっくりと笑顔が広がっていった。にんまりにんまりと広がった笑顔は、完全に広がり切ったところで一気に崩れた。

「きゃー」

甲高い声を上げて、女の人がのけぞった。

「え？」と男の人が言った。

秋山と男の子も突然、声を上げた女の人をぽかんと見ていた。

「何だ、そっか。そういうこと。ああ、もう、それならそう言ってよ。ああ、もう、ごめんね。本当にごめん。いや、そっか。そうなんだ」

女の人はジタバタと体を捩《よ》じらせると、ソファーから立ち上がり、それから秋山を押し退《の》けるようにして私の隣に座って、私の肩を抱いた。

「あ、何？　それ、今日って決めてたの？」

「あ、はい。あの、そうです」と私は頷いた。「昨日の夜、そう決めて」

「うん、うん。それで、学校でと思ってたんだけど、そのチャンスがなかったのね？」

「あ、はい。そうなんです」

「それで、放課後と思ってたのに、それでもチャンスがなかった」

「ああ、ええ」

「あ、それで、ずっとあとをつけてたの？」

「あ、つけてたっていうか、あの、ついてきたっていうか」

「チャンスを見計らってたのね。うん。そうよね」

そこで女の人は秋山を振り返った。

「馬鹿。どこかで気づきなさいよ。この子だったからいいけど、違うやつだったらどうすんのよ。そうじゃなくたって、あんた、女の子の視線に気づかないなんて、それだけで男として失格よ」

「は？」

秋山はぽかんと聞き返したが、男の人のほうはそれで納得したようだ。ああ、と頷いて、照れ臭そうに私に微笑んだ。男の子のほうは、もうこの場の成り行きに完全に興味をなくしたようだ。小さな音でCMを流すテレビを眺めていた。

「ああ、もう本当にごめん」と私の肩に回した手にぎゅっと力を込めて女の人が言った。

「こんなんじゃ、もう滅茶苦茶《めちゃくちゃ》よね。どうしよう。あ、最初からやり直す？　あの、庭のほうに戻って、それで隆二が用事があって表に出て、そこでばったりあなたと会って、郷谷さん、何してるのって、そんなところから始める？」

「あ、いえ、そういうわけにも」

「そうよね。そういうわけにもいかないよね。ああ、もう、私って、本当に馬鹿。ああ、もうどうしよう。ねえ、どうすればいい？　私にできることなら何でもするけど」

「あの、いや」

中途半端《はんぱ》に口ごもって、私は秋山を見た。私としては乙女の恥じらいを存分に載せた熱いまなざしのつもりだったのだが、秋山には通じなかった。相変わらず、わけがわからないというような目付きで私と女の人を見比べていた。

こいつは、ものすごい天然か？　それともそういうふりをしているだけか？

「あ」

それまで一言も口を開いていなかった男の子が声を上げた。

「始まる」

三人の視線がテレビに集まった。私も釣られてテレビを見た。夕方のニュース番組が始まるところだった。男の人がリモコンを手にして音量を上げた。男女のキャスターが名乗って頭を下げると、早速トップニュースを報じ始めた。

アゲハ。

それがトップニュースだった。六本木の雑居ビルの一室で、日本人と外国人、総勢六名の死体が見つかった。そのビルの一室からは彼らが臓器密売シンジケートのメンバーである証拠品が大量に発見され、さらに死体の一つには、右手に巨大な鎌《かま》を持ち背中に鮮やかなアゲハチョウの羽根を背負った髑髏《どくろ》のシールが貼《は》られていたという。

またか。

私は思った。

確か、もう五件目だか六件目だかの事件だ。去年の初めころから、何らかの犯罪に手を染めていた人たちが殺される事件が起こり始めた。その死体のどこかには、必ず同じ髑髏のシールが貼られていた。犯行の状況から見て、個人ではありえなかった。

アゲハ。

その殺人集団はいつしかそう呼ばれるようになっていた。彼らを正義の仕置き人だという人もいた。狂信的殺人集団だという人もいた。けれど、大方の人はその二つがない混ぜになった感情を抱えていると思う。悪いやつらは懲《こ》らしめられるべきだ。そう思えばすっとする。けれどそれは秘密裏の殺人という形であるべきではない。そう思えばぞっとする。そのどちらの感情も嘘《うそ》ではない。少なくとも私にはそう感じられた。

現場の中継を含んだ事実関係の一通りが報道されると、法学者が出てきてアゲハに対する批判を始めた。彼らは厳然たる殺人者であり、そこには一片の共感すら寄せるべきではないと激しい口調で論じていた。そのコメントの途中でテレビは突然に切られた。

切ったのは年上の男の人だった。リモコンをテーブルに戻した男の人は小さくため息をつき、やがて少し悲しそうな顔で首を振った。

ひどい事件が頻発し、その解決の糸口すらつかめていない現状を嘆いている。そんな表情ではなかった。そこにはもっと個人的な感情があった。

彼は何かを知っている。アゲハ。そう名付けられ、けれどその実態はようとして知られていない殺人集団について、彼は何らかを知っている。

思わず女の人の向こうの秋山を見て、私は緊張した。秋山も男の人と同じように、悲しげな顔をしていた。秋山の隣にいる男の子も。私の肩を抱く女の人も。悲しげで、どこか苦々しい表情を。お前に何がわかる。コメントしていた法学者にそう言いたげな表情を。

まさか。

私は思った。

この人たちがアゲハ？

ずっ、と思わず腰が引けた。わずかに開いた距離に、肩に回されていた女の人の手に力がこもった。それは特段意味のない、反射的な力だったのかもしれない。けれど、私にはそう思えなかった。見たわね、逃がさないわよ。そういう意味に取れた。女の人の手を振りほどき、私は咄嗟《とっさ》にソファーから立ち上がった。

え？

そう聞くように女の人が私を見ていた。他の三人も、突然立ち上がった私に驚いたように、こちらに視線を向けた。彼らが殺人集団には見えなかった。そもそも、それほどまでの戦闘能力があるようにも見えなかった。けれど……。

テレポーテーション。

もし秋山がそれを使えるのなら、いや、秋山だけでなく他の三人もそれを使えるのなら、六本木の雑居ビルの一室で六人の人間を惨殺《ざんさつ》することは可能かもしれない。密会していたヤクザと政治家をその配下ごとまとめて殺すことも。高層マンションの最上階の部屋に外から押し入り、汚職行為をしていた霞ヶ関の役人を殺すことも。

「どうしたの？」

女の人がきょとんと首を傾げた。

そうだ、と私は思った。落ち着け、私。この人たちはまだ知らない。秋山が消えたところを私が見たことを。他の三人も同じ力を持っていると私が疑っていることを。この人たちは知らないのだ。私は秋山のことを何も知らない、ただの同級生だ。

「あの」と私はぺこんと頭を下げた。「突然、すみませんでした」

逃げなきゃ。

私はそう思った。

とにかくここから逃げなきゃ。

「あ、あの」

頭を上げて、私は何とか笑顔を作った。ぎこちなく作った笑顔を女の人に向けた。

「何だか、間を外したっていうか、お間抜けな感じになっちゃったから、今日は、あの、もういいです。またいつかやり直します」

「ああ、そう?」

女の人は言った。

「はい。どうもありがとうございました」

私は足早に玄関に向かった。

ああ、紅茶くらい飲んでいけばいいのに。

女の人の声が背後に聞こえたが聞こえなかったふりをした。駆け出したくなる足を何とか堪《こら》えた。大丈夫。逃げられる。彼らは何も気づいていない。そう言い聞かせながら歩いた。リビングを出る前に女の人が私の背後に迫っていた。

「あ、ここでいいです。お邪魔しました」

女の人に言い、まだソファーにいる三人にも私は頭を下げた。

「ああ、そう?　それじゃここで」

逃げられる。

私は思った。

甘かった。

「隆二」

女の人が秋山に声をかけていた。

「あんた、送りなさいよ」

いや、そんな、と私が声を上げるのをよそに、そうだね、と頷《うなず》いて、秋山がソファーから立ち上がっていた。

「ちゃんと家までお送りしなさい」

秋山に言った女の人が私ににんまりと笑った。

今日のラストチャンス。

それはそういう意味だったのだろうか。事の成り行きからすればそうだ。けれど、私にはそうは受け取れなかった。逃がさないわよ。そういう笑みに見えた。

殺される。

私は思った。

駅までのどこかで、私は殺される。秋山に。いつも穏やかな、あの感じのいい笑みを浮かべている秋山に。じっと見てみればかっこよくないこともなく、ちょっと間が抜けている感じが可愛《かわい》らしくなくもないあの秋山隆二くんに、私は殺される。秋山はどんな

本多孝好
Takayoshi Honda

顔で私を殺すのだろう？　殺された私の体のどこかにも、あの髑髏のシールが貼られるのだろうか。

足が震えた。けれど動き出さないわけにはいかなかった。少なくともここで四人を相手にするよりは、秋山一人のほうがいくらかはマシなはずだった。逃げ出せるチャンスはそちらのほうが多い。

私は何とか足を踏ん張り、自分の靴を履き、その家の玄関を出た。

本当に、いいよ。大丈夫だよ。

何度かやんわりと秋山に言ったのだが、秋山は受けつけなかった。

間違いない。

私は思った。

こいつ、私を殺す気だ。

敷地内でやられるかと思ったが、無事に私は鉄の門の向こう側へ出られた。横に並んで道を歩き出した秋山からさりげなく距離を取り、私はその斜め後ろを歩いた。本当は駆け出したかった。くるりと秋山に背を向けて駆け出し、どこか近くの家に飛び込んで助けを請《こ》いたかった。けれど、無理だった。私の足が秋山にかなうはずがない。私がくるりと背を向けて駆け出したその瞬間、私の目の前に秋山の姿が忽然《こつぜん》と現れるだろう。

目撃者を作るのだ。誰か、いや、一人じゃ駄目だ。見間違い。錯覚。そう思われてしまう。複数の人間がいい。秋山が瞬間移動をするその現場を目撃してくれる誰かを待つのだ。誰かの目を気にして秋山はその能力を使わないかもしれない。仮に秋山がその能力を使い、その上で私を殺して姿を消しても、目撃者は作れる。私の屍《しかばね》を越えて、いつか誰かがあの連中を捕まえてくれる。

私は秋山の斜め後ろを歩いた。秋山は何かを考えているように視線を落とし、ずっと同じペースで黙々と歩いていた。どこ？ どこでやる気？ 早く、誰かきて。

私の思いが届いたわけでもないだろう。ただ駅が近くなってきただけだ。道に人の姿がちらほらと見られるようになった。けれど、誰も高校生のカップルに注意は向けてくれなかった。もっと目撃者らしい目撃者を。私がそう念じている間に、私たちは駅前についてしまった。

え？

拍子抜けした。確かに誰も私たちに注意など向けていない。けれど、夕方の駅前は、買い物を終えた主婦らしき人たちや、学校帰りの中高生たちや、まだ仕事で移動中の会社員らしき人たちで賑《にぎ》わっていた。その上、駅の改札のそのすぐ脇《わき》には交番があり、交番の中には二人の警察官の姿も見受けられた。

殺さないの？

改札のすぐ手前で立ち止まった秋山を私は見上げた。視線が合うと、秋山は少し気弱そうに微笑《ほほえ》んだ。授業中に当てられた問題がわからず、困ったように笑う、いつもの秋山の笑顔だった。私も笑い出したい気分だった。

こいつがアゲハ？

いやいや、リナちゃん。ありえないっしょ。

あの時代がかった洋館の中ではそれはありえても、今、こうして駅前に立ってみれば、それはとんでもない妄想《もうそう》に思えた。

ここでいい。

そう言おうと思った。秋山だってそれを期待していたようにも思う。けれど、私だって体勢を立て直すには、もう少し時間が欲しかった。

「家まで送ってくれるんでしょ？」

秋山の気乗りしない様子には気づかないふりをして私は言い、秋山を後ろに従えて改札に入った。電車に乗っている間、秋山は何も話しかけてこなかった。私は私でこれから先の手順を考えていた。

秋山はアゲハではない。そうかといって、秋山が消えることに変わりはないし、そのことに対する私の興味が薄れたわけではなかった。

一度、電車を乗り換え、私の家のある駅に降り立った。改札を出たところで、私は立ち止まった。

「ここでいい。ありがとう」

さすがに私も、これから先を家の前でやる勇気はなかった。母に見られでもしたら最悪だ。高校からはひと駅しか離れていないから同じ高校の人に目撃されるおそれはあったし、そうでなくとも近所の人が通りかかる可能性は十二分にあったが、それはもう仕方がない。私は腹を決めた。

「ああ、あの、今日は本当にごめんね」

「ああ、うん」と秋山は言った。「そんなの、いいけど」

秋山は中途半端に言葉を切った。駅の前、別れるわけでも抱き合うわけでもなくもじもじと立ち尽くす私たちは、初々《ういうい》しいカップルか何かに見えるかもしれない。

「あの」

効果的な間を置いて口を開いたつもりだったのだが、秋山も同時に同じ声を上げていた。重なった声に私たちはお互いを見遣《みや》った。

「あ、何?」と秋山が言った。

「そっちこそ、何?」と私は言った。「先に言って」

「ああ、あの、さっき言ってた言いたいことって何?ここで聞くけど」

「あ、ああ」

もし彼女になったら。

私はそう考えていた。

もし私が秋山の彼女になったら、恋人になることができたら、さすがに秋山もいつかそれを告白するのではないだろうか。そして私の前でもう一度消えて見せてくれるのではないだろうか。

それって、と私は思った。

すっごい素敵。

「秋山くんは彼女いるの？」

私は秋山の目を真っ直《まっす》ぐに見て聞いた。乙女の渾身《こんしん》の思いを載せた瞳《ひとみ》にぶつかって、秋山の視線がわずかに揺れた。

「いない」

「それじゃ、私じゃ駄目かな？　あの、私、秋山くんのことがずっと好きで、あの顔とか、あ、それだけじゃなくて、ちょっと間が抜けてる感じとか、可愛いなってずっと思ってて」

他にも理由を考えてみたが、駄目だった。それ以上、特に秋山を褒める言葉が浮かばなかった。私が秋山に近づきたい最大の理由は、消えるから、だったが、まさかそういうわけにもいかない。

「気づいてたでしょ？」

それ以上の理由が浮かばず、私は既成事実を盾にした。

「クラスでも、結構、噂《うわさ》されちゃってるし。あの、だから、それで」

私はぺこんと頭を下げた。

「私と付き合ってください」

返事はなかった。私はそっと顔を上げて、秋山の表情を盗み見た。秋山は私から目を逸《そ》らし、少し困ったような顔で駅の改札のほうを見ていた。

「あの、ええと、え？」

私は頭を戻して聞いた。

「駄目？」

「興味ない」

返ってきたのは、驚くほど無感動な声だった。迷惑そうな響きもない代わりに、わずかな喜びも、少しの照れすら、その声には含まれていなかった。

「あ、興味、ない」と私は繰り返した。

「悪いけど、そういうの、興味ないんだ」

秋山が私に視線を戻した。視線を外したまま喋《しゃべ》り続けるわけにはいかない。だから戻した。それだけのことらしかった。こちらを見てはいたが、秋山は私のことを見ていなかった。

「僕はまだ高校生だし、人間として全然未熟だ。そんなままで女の人と付き合うのはよくないことだと思うし、そもそもその覚悟ができていない。だから誰とも付き合う気はない」

嘘《うそ》だった。当たり前だ。人間として未熟だから？　そんな理由で交際を拒む男などいるわけがない。そしてそれはあらかじめ考えられていた嘘だった。秋山の言葉には淀《よど》みがなかった。すでに覚えておいた台詞《せりふ》を口にしているだけだった。新城の言うように、秋山はこの状況に慣れているのだ。いや、慣れているまではいかないのかもしれないけれど、何度も経験していることなのだ。その経験から、秋山は必要な言葉をあらかじめ用意しておいていて、それが必要になった今、私の前に並べている。

そのことに私はむっとした。

私が告白してるんだ。だったら、私に言葉を返せ。いつか自分に告白してくる誰かに向かって用意しておいた言葉なんかじゃなく、今、告白している私に向かって、今のあんたが、今、考えた言葉を返せ。それが最低限の礼儀ってもんだろう。

「嘘」と私は言った。「嘘じゃなくても、そんなの嫌。人間として未熟なんて、誰だってそうでしょう？　未熟なもの同士が二人で一緒になって、未熟な自分たちを少しでもどうにかしていこうって、恋愛って、そういうことじゃないの？　私は」

乙女の瞳が微《かす》かに潤《うる》んだ。いいぞ、私。

「私は秋山くんと一緒に、もう少しだけ大人になりたい」

乙女の瞳に恥じらいとはにかみを載せ、すぐに伏せた。もう少しだけ大人になりたい。我ながらいい言葉だ。秋山くん、さあ、どうする？　君がベッドの下に隠しているその雑誌に載っているあんな姿やこんなポーズが、ナマで見られるかもしれないよ？

「興味ないよ」

何？

私は顔を上げた。変わらぬ茫洋《ぼうよう》とした視線で秋山が私を見ていた。いや、その視線はやっぱり私を見ていなかった。

「君がそう思うならそう思えばいい。僕はそう思えない。悪いけど、君と付き合う気はない。興味ない」

さすがにそこまで「興味ない」と繰り返されると、私だって落ち込む。

あの、そんなに興味ないっすか？　あの、そりゃ、まあ、Cにはやや欠けますけど、谷間くらいはありますし、お尻《しり》の形なんかは私的には結構自信あったりするんすけど。あの、ちょっとくらい見てみたいなって、触ってみたいなって、そういうの、ないんすか？

私は口ごもった。これはもう実力行使だ。その胸に飛び込んで、Cには欠けるBプラスの膨らみをぐりぐり押しつけてやる。そうしようと思った途端、秋山がすっと私から距離を取った。

「悪いけど、そういうことだから。これ以上、僕にかかわらないで」

秋山が私に背を向けていた。

ちっと舌打ちが出そうになった。その舌打ちを飲み込んで、私は秋山の背中に体をぶつけた。秋山のお腹《なか》に手を回し、ぎゅっと抱きつきながらその背中に胸の膨らみを押しつけた。

「じゃあ、今だけ。少しだけでいいから」

泣き出しそうな声で、囁《ささや》くように言った。

秋山が動きを止めた。

かかった。

秋山の手が優しく私の手に触れた。そしてゆっくりと私の腕を外した。正面に向き直った秋山の胸にあらためて飛び込もうとしたとき、私の体は秋山の腕でやんわりと遠ざけられていた。

「迷惑なんだ」

今度こそしっかりとその視線に私を捉《とら》え、秋山ははっきりと言った。

「とても迷惑だ」

興味ない、よりずんときた。ゼロではない。今度はマイナスだ。しかも「とても」マイナスだ。私は自分が、自分を見失った浅ましいストーカーであるような気分になった。私が深く深く落ち込んでいる間に、また秋山の背が向けられていた。

「見たの」

その背中に向かって、考えもなく私は叫んでいた。秋山が足を止め、ゆっくりと私を振り返った。

「あの事故のとき、私、見た。あなたが何をしたか」

「何の話かわからない」

秋山は落ち着いて答えた。けれど私は見た。落ち着いて答えるその前に、秋山の顔に走った動揺を。確かに見た。

「それじゃ」

秋山が背を向けて、改札へと歩いていった。最後の切り札を出し終えて、もう私には打つ手がなかった。視線を感じてふと見遣ると、人が行き交う駅前で、こちらに笑いかけてくる男と目が合った。今しがたちょうど男にふられた女。冴《さ》えない言葉でナンパをされる前に私はその男に曖昧《あいまい》に笑い返し、とぼとぼ家へと戻った。

その日の夜は落ち込んだ。止《と》め処《ど》もなく落ち込んだ。買ってはみたけれどさほど熱心には読まなかったファッション雑誌をあるだけ取り出し、必要なページを徹底的にチェックした。確かに私にはそういう努力が欠けていた。私が知る以上に、世間では寄せて上げる武器が発達していた。私が知る以上に、きゅっとお尻を上げる武器も発達していた。これは早急に武器を調達しなくては、と私は思った。もはやそれは秋山に限った話ではない。十八歳の女の子として、私はこれまで素手で戦場を歩き回っていたに等しかった。

つぐみや綾香は知ってるのかな。受験生だから、とか言いながら、必要な武器だけは不意の敵との遭遇に備えて準備してあるのかしらん。明日、聞いてみよう。秋山のことは、ああ、もう、明日になったらまた考えよう。

私はそう思って眠りについた。健やかに目覚めるべき十八歳の女の子の麗《うるわ》しき眠りを遮ったのは、母の悲鳴だった。

一度では足りなかったようだ。一度、息継ぎをしてもう一度上げられた母の悲鳴に、私はベッドの横の目覚まし時計を見た。朝の七時になっていた。私と目覚まし時計は、あと十分は眠れるはずだった。また息継ぎをして、三度上がった母の悲鳴に、ようやく頭が思考を開始した。

何？　何なのよ、もう。

私はベッドから起き出し、寝巻きにしているスウェットのまま自分の部屋を出て、階段を降りた。台所にもリビングにも母の姿はなかった。どうやらその悲鳴は外から聞こえてきているようだ。私はつっかけを履いて、玄関のドアを押し開けようとした。ドンと誰かにぶつかった。開いた隙間《すきま》から母の背中と、その悲鳴に集まった近所の人たちの姿が見えた。みんな何やら足元を見ていたが、私の角度からはその視線の先が見えなかった。外から玄関のドアが開けられた。

「お前はいい。中に入ってなさい」

父だった。

「何よ」

立ち塞《ふさ》がるような父の体をひょいと避けて、私はみんなの視線の先を追った。途端……

信じがたい悲鳴が自分の口から上がっていた。すぐに視界が遮られたけれど、私の脳裏からその光景が消えることはなかった。私は悲鳴を上げ続けた。猫だった。死んだ猫がそこにいた。近所の猫ならほとんどとは顔見知りだったが、そのどれとも違った灰色っぽい猫だった。ありえない角度で首が曲がっていた。繋《つな》がっていればありえないその角度は、繋がっていないから可能になっていた。ぱっくりと割れた首から流れた血だまりに猫は横たわっていた。そしてその猫の両目には、二本のペンがつきたてられていた。アニメで何かに驚いて、びょーんと目玉が飛び出したみたいだった。

「大丈夫だ。大丈夫」

父が私を抱きしめていた。家の中に私を押し戻しながら父は私を抱きしめ、私の髪につけた口からそう繰り返していた。

「大丈夫。大丈夫」

大丈夫？　あの猫、まだ生きてるの？　まだ助かるの？

そんなわけがなかった。両目をペンで潰《つぶ》され、首を切られて、ありえない角度に捻《ね》じ曲げられたその猫が、生きているはずがなかった。その姿を思い出した瞬間、私は父を突き飛ばしてトイレに駆け込んでいた。おえという音を喉《のど》が絞り出したが、何も吐かなかった。むかむかするのは胸でもお腹でもなく、頭だった。今見た光景を記憶から消し去りたい。それこそを喉から吐き出したい。そう思ったが、無理だった。おえと目を閉じるたびにその姿が浮かんできた。

「大丈夫か？」

開け放したトイレのドアのところに立ち、父が言った。

大丈夫なわけがなかった。

「大丈夫」と私は言った。

その後、父が警察を呼んだ。最後に玄関先を確認したのがいつだったのか。それを発見したのは何時だったのか。過去に似たような嫌がらせを受けたことがあるか。やられた理由について何か思い当たることはあるか。私も両親とともに警官の質問に答えた。

確認したのは、父が帰ってきた夜の十一時が最後。発見したのは今朝の七時。過去にこのような嫌がらせを受けたことはない。最後に一つ、嘘をついた。このような嫌がらせを受ける理由はわからない。

目を閉じれば、あの猫の姿が浮かんできた。さっきと変わらず頭がむかついた。そしてさっきと違って私は怒っていた。怒り狂っていた。

秋山。

間違いなかった。昨日の今日だ。秋山以外に考えられない。私に言い寄られて「とても迷惑」だったから、その仕返し。たぶん、違う。これは警告だ。お前が見たそれを、誰にも喋るな。きっとそういう警告のつもりなのだ。

秋山はアゲハではない。それは確定した。アゲハなら、猫など殺さずに私を殺しにきている。けれどやはりあの光景は、秋山にとっては断じて見られてはいけない光景だったのだ。断じて知られてはいけない光景だったのだ。だから私に警告した。ただそのためだけに、あの哀れな猫は両目を潰され、喉を掻《か》き切られた。

やってきた警察官たちは、やがて猫を回収して帰っていった。

これがお宅に向けた嫌がらせなのか、あるいは猫をいたぶり殺した誰かが、その殺戮《さつりく》を満喫して、不必要になった猫を捨てたその先がたまたまお宅の玄関先だったのか、それはまだわからない。だから、過剰に怯《おび》えることはないと思われるが、少しでも何かおかしなことがあったら警察に連絡して欲しい。もちろん、こちらも気をつけて近所の巡回を増やすようにする。

それが警官の言い分だった。

「今日はもう休みなさいよ。行けるなら、塾からにしたら?」

そう言う母に、大丈夫だと私は繰り返し、やはり遅刻する羽目になった父とともに駅へ向かった。しつこいくらいに私を気遣う父と駅で別れ、電車に乗り、学校へ行った。母から電話があったようだ。上履きに履き替えて受付で遅刻届を出そうとすると、それは大丈夫だから、と事務の女性に言われた。大変だったわね、といたわる彼女の言葉をやり過ごし、私は怒りに震えながら自分の教室のドアを開けた。

「おお、きたか」

すでに彼も事情を知っているらしい。数学の教師がそう言ったが、私は彼には目を向けなかった。ただ真っ直《ま》ぐ《す》に窓際《まどぎわ》にいる秋山を睨《にら》みつけた。ドアを開けた私に、ちょっとホッとしたような目を向けていた秋山の表情は、やがて困惑したようなものに変わっていった。そらとぼけているつもりらしい。できることならそのまま秋山に近づき、その胸倉をつかんで、今、手にしている秋山自身のシャーペンを目の中にえぐり込んでやりたかった。

私は秋山から視線を切り、すみませんでした、と先生に頭を下げてから自分の席に向かった。事情を知らされたのは教職員だけらしい。つぐみと綾香が、どうした、と唇の動きだけで聞いてきた。どちらにも、あとで、と唇だけで答え、私は席に着いた。授業など頭に入らなかった。私は斜め前に座る秋山の背中を睨んだ。窓の外に目をやって、忌《いま》わしい記憶と戦っているとでも思ってくれたのだろうか。先生に注意されることもなかった。

数学の授業が終われば、もう昼休みだった。近づいてきたつぐみと綾香に、ごめん、あとで、と言い、私は新城と喋《しゃべ》り始めていた秋山に近づいた。

「秋山くん」

荒ぶる感情をなるべく抑えて、私は努めて冷静に言った。

「話があるの。ちょっといい?」

教室がどっとざわめいた。何人かの女の子たちが黄色い悲鳴を上げた。男の子たちの喝采《かっさい》も響いた。あの噂の郷谷利奈が、噂通り、ついに秋山隆二に告白。みんなそう思ったようだ。新城がちょっと咎《とが》めるように私を見た。秋山から昨日のことは聞いていないようだ。こんなやり方ってないだろう? 新城もみんなと同じように誤解をして、どうやらそう言いたいようだった。

「ちょっと、何?」

少し驚いたように秋山が言った。

「だから話がある。一緒にきて」

どうしても抑え切れない怒りでぶっきら棒になった私の言葉を、クラスの人たちは照れ臭さ故《ゆえ》だと思ったらしい。また黄色い声と喝采が上がった。

「秋山、行きなよ」

「さっさとコクられてこい」

口々に野次られて覚悟を決めたようだ。秋山が仕方なさそうに席を立った。私は先に立って教室を出た。

咄嗟《とっさ》に行き先に迷った。昼休みだ。校庭はすぐに人で溢《あふ》れる。図書館もバツ。だったらと私は音楽室のドアを開けた。音楽の担当教師がその部屋に鍵《かぎ》をかけることなど稀《まれ》なことは、みんなが知っていた。引き戸になっている他の教室と違い、音楽室は蝶番《ちょうつがい》の扉になっている。その扉に小さな窓があり、カーテンがかかっている。入ったらすぐ、そのカーテンを閉める。それが暗黙の了解だった。カーテンが閉まっていたら先約者のいる合図。あとのものは決して入らない。最初に入ったものが、その誰もいない空間で思う存分、好きなように振舞う。私は確認したことはないが、時折、怪しい声が聞こえてくるときもあるという。

「カーテンを閉め、振り返った私をピアノの近くに立った秋山が困ったように見ていた。私は念のため誰も入ってこないように、そして万が一のときにはすぐに逃げ出せるように、ドアを背にしてそこに寄りかかった。

「昨日も言ったけど」と秋山は言った。「こういうの、本当に迷惑なんだ」

「昨日は言わなかったけど」と私は言った。「私だって迷惑だ。ものすごく迷惑だ」

秋山がきょとんとした。

「何のこと？」

「あんな警告で私がびびるとでも思ったのならおあいにく様。あんなことするくらいなら、私の喉を掻き切りなさいよね。アゲハみたいに」

そう言った途端だった。秋山の目がすっと細くなり、私は息を飲んだ。それは教室では見たことのない顔だった。秋山の本当の顔を初めて見たような気がした。

びびっていない。嘘《うそ》ではなかった。私はそれ以上の怒りに突き動かされてこの場にいた。けれど、考えてみれば、目の前の男は、猫の喉を掻き切るくらいのことは平気でするのだ。挑発されて、キレれば、ひょっとして人間も……。

私はびびった。

「アゲハ？」

目を細めた秋山が何かを推し量るように言った。

「アゲハが何？」

「アゲハは関係ないわよ」

ここでびびっちゃ駄目だ。

「あんな警告、無駄だって言ってるの」

びびっていると悟られた途端、相手が動く。

「あんな警告、ただあんたにちんぽこがついてないって証明じゃない」

強気に、あくまで強気に。

「あんたは弱いものしかいたぶれないのよ。未熟なんじゃなくて、ただの変態よ。いい？　もしもう一度でもあんなことをしたら、今度こそ警察にあんたのことを言うからね。二度と私の周りをうろつかないで」

そして最後のカードを切ったら、素早く撤退。

私はくるりと体を反転させ、ドアを開けた。そこから廊下へ飛び出そうとした。そのドアが……。

ばたんと閉められた。私の手はノブをつかんでいた。いくら引いても開かなかった。それよりずっと上、私の肩の後ろから伸びているもう一本の手がドアを押さえているから。

私は振り返った。

ひ、という悲鳴は上がっただろうか。

秋山がいた。ありえなかった。体を反転させて、ノブを引く、一秒あるかなしかの動作。その間に、あの距離を埋めて、秋山が私のすぐ背後に立ち、そのドアを押さえることなど……ありえなかった。そう……秋山がテレポーテーションでもしない限りは……。

ごくりと私は唾《つば》を飲み込んだ。もう足に力が入らなかった。背にしていたドアに背中を支えられながら、私はずるずるとずり落ちた。ぺたんと床に尻《しり》をついた私を秋山が見下ろしていた。おら、と一つ声を荒げられれば、あるいは、がん、と一つドアを蹴飛《けと》ばされたら、私はその場で失禁していたかもしれない。けれど秋山は何もしなかった。ただ無表情に私を見下ろしていた。やがて秋山はゆっくりと、まるでその先の自分の動作を私にわからせるためであるかのようにゆっくりと、膝《ひざ》を折り、しゃがみ込んで自分の目線を私の目線と同じ高さに合わせた。そして同じようにゆっくりと言った。

「君が何を言っているのか、僕にはわからない」

嘘だ。そう反論したかったが、言葉が出なかった。嘘でなければいい。どこかで私はそう思っていた。もうびびっているなどというレベルではなかった。私の恐怖は恐怖から逃れようと頭の中で跳ね回り、パニックを起こしていた。こんな人を敵に回したくない。だから、それが嘘でなければいい。私はどこかでそう願い始めていた。

「何があったのか、きちんと説明してくれないかな」

秋山はやはりゆっくりとした口調で続けた。

「警告っていうのは何のこと？　それと、そこにアゲハはどう関係してくるの？」

私の口が何とか言葉を吐き出した。

「猫」

「猫?」

秋山が聞き返した。

「そうよ。猫よ」

私は目を閉じた。朝にはあんなにも忘れたかったその姿を、懸命に頭の中に呼び起こそうとした。この恐怖に対抗できるのは、今の私の中には怒りしかなかった。

怒れ。怒らなきゃ、私は負ける。

私は懸命に思い起こした。アニメのびっくりシーンのように、哀れな姿で惨殺《ざんさつ》されたあの罪のない猫のことを。何の咎もなく、ぱっくりと無慈悲に喉を裂かれたその猫の無念を。私の怒りのメーターは朝のように振り切れることはなかった。それでもどうにか二十くらいのところにまでは上がった。

「何で殺したのよ」

目を開けて私は言った。

「そんなことするくらいなら、私に直接きなさいよ。あれは喋るんじゃねえって、今みたいに凄《すご》めばいいじゃない」

「凄めばって」

秋山の顔に表情が戻った。苦笑だった。

「別に凄んでいるつもりはないんだけど。ごめん。怖かった？」

秋山はしゃがみ込んだ姿勢のまま、ずりずりと少し後退した。そんな距離に意味はなかった。その気になれば、秋山はその十倍の距離だって一瞬で消せるのだ。それでも息遣いすら感じられたさっきの距離よりは、気分的にいくらか楽ではあった。

「何であんなことしたのよ」

「それは、何で僕が猫を殺したのかって聞いてるの？」

無邪気に尋ねる秋山に私の怒りのメーターがさらに二十くらい上がった。

「やっぱりあんたなのね。あんなこと、いったいどんな神経で……」

「ああ、ちょっと待って。僕は猫なんて殺してない」

「今、言ったじゃない。自白したじゃない。自分がやったって言ったじゃない」

「言ってないよ。君が言ったんだ。僕はそれを復誦《ふくしょう》して確認しただけ」

そうだった？

「とにかく猫が殺されたんだね？　いつ、どこで？　それが君や僕やアゲハに何の関係があるの？」

答えを待つように私をじっと見つめるその視線が、演技なのか本気なのか、私には判断できなかった。私は今朝起こったことを秋山に喋った。警察もきて、今後周囲の巡回をものすごく増やすと約束してくれたと力説した。

「ああ、そう。うん。それなら安心だ」

秋山は気のないように頷《うなず》いた。私の話の途中から、秋山は私の話そのものに興味を失っていったようだった。それとは別の何かを考えているように見えた。

「それで、それとアゲハの関係は？」

「アゲハは、だからたとえ話よ。猫を殺すだなんてしみったれたことをしてないで、アゲハみたいに私を殺しにきなさいよって、あ、あの、だから、これももちろんたとえ話よ」

ああ、たとえ話か。

秋山は頷き、またしばらく何かを考えた。

関係あるのかなあ。

思わず漏れたような呟《つぶや》きをこぼし、なおも首をひねっている。

でも、昨日で今日だもんなあ。やっぱり何か関係あるのかなあ。いや、でもなあ。

「猫？」とやがて私に目を向けて、秋山は言った。

「何？」

「猫だけ？」

「は？」

「その起こったおかしなことっていうのは、ただ猫が玄関先で殺されていたって、それだけ？」

それだけ？

「それだけって、あんた、何言ってんの？　ひどかったのよ。ものすごくひどい殺され方だったのよ」

「ああ、いや、うん。ごめん。そういう意味じゃなかったんだけど」

秋山は次の言葉を考えるようにしばらく宙を睨み、それから私に言った。

「その猫殺しがカモフラージュってことはない？　家にはもっと大きな変化が起こっていて、それを誤魔化すだけのカモフラージュってことは、ありえない？」

何を言っているのだ、こいつは。

わからなかった。わからなかったが、秋山はただ猫が殺されただけでは不満なのだということはわかった。もっと大きな不幸が私の家に起こっていればいいと思っているのはわかった。

「何が言いたいの？」

叫ぶように私は言っていた。

「私はただの高校生で、私の親だって普通のサラリーマンとバリバリの専業主婦よ。私の家は普通の家なの。普通の家には普通の人が住んでるの。テレポーテーションできるあんたとは違うのよ」

「は？　テレポーテーション？」

頓狂《とんきょう》な声を上げた秋山は、やがて笑い出した。

「ああ、テレポーテーション」

「何がおかしいのよ。私、見たのよ。今更、誤魔化しても無駄よ。第一、今だって、あんた」

秋山は笑い転げながら手を上げて、私の言葉を制した。

「ああ、うん。そうだね。ごめん。笑うことじゃない。それに、そうだ。君の言う通りだ。君の言う通り、君の家が普通の家なら、確かにそんなケースが起こるはずはない。これは僕らのケースなのかもしれない」

ケース、が、事件、を意味するのだろうということはわかった。けれど秋山の言い分はわからなかった。これは私の事件ではなく、秋山の事件？　いや、秋山たちの事件。そう言った？

「とにかくその猫殺し事件については、僕らが請け負うから。もう君は心配しないで」

「は？」と私が言った。「秋山が犯人を捕まえてくれるの？」

「捕まえるかどうかはわからない。けれど、そんなことが君の周りで二度と起こることがないようにする」

捕まえるかどうかはわからない？　捕まえて、警察に突き出すのでなければ、秋山は犯人をどうするの？　殺す？　え？　何で？　いや、そもそも秋山は本当に猫を殺してないの？

山のような疑問が私の頭で雪崩《なだれ》を起こした。雪を掻《か》き分けて私がどうにかすぽんと頭を出したときには、もう秋山は立ち上がって、ドアのノブに手をかけていた。私は立ち上がり、すぐ真横に立つ秋山を見た。山のような疑問を山のようにぶつけている暇はなかった。だとするなら、聞くべきことは一つだけだ。

私は聞いた。

「信じていいの？」

秋山がにっこりした。

「信じて欲しい」

私が体を避《よ》けると、秋山はドアを引き開け、お先にどうぞ、と言うように廊下を手で示した。足を踏み出しかけ、私はもう一度確認した。

「本当に、もう何も起こらない？」

「もう何も起こらない」

秋山は頷いた。

「約束する」

私は秋山に促《うなが》されるまま、先に立って廊下に出た。

どうやらリナはふられたらしい。

昼休みが終わり、五時間目が終わるころには、そういうことになっていた。ちらちらと未練がましく秋山のほうを見る私と、そんな私などお構いなしに何やら物思いに沈む風の秋山を見れば、そう考えるのも無理はない。そもそもからして事実関係に間違いはない。

秋山が本当に猫を殺していないのか。だったらどうしてその犯人を捕まえようとしてくれるのか。僕らのケースというのはどういう意味なのか。いったい、秋山隆二という人間は信頼に足るのか。

ぐるぐると回る疑問のどれもに答えなどなかった。いや、最後の一つには答えがすぐに出た。その日が終わり、次の日が始まって三時間ほど経《た》ったときだった。

秋山隆二という人間は信頼に足るのか。

ノー。明らかに、絶対に、とことん、ノーだった。

もう何も起こらないって言ったじゃない。

私は携帯を手に、秋山に毒づいていた。知らないアドレスから届いたメールには、とんでもない写真が添付されていた。

私は相当、頭にきていたのだろう。制服に着替え、階下に降りたときに、母に呼び止められた。

「ああ、朝ごはん、いいや。もう行くから」

少しでも早く学校へ行き、やってくる秋山を待ち伏せて、どうしてくれるのだと詰問《きつもん》するつもりだった。そのためにはその写真を見せてやったってよかった。

「そうじゃなくて、利奈、あんた」

母が言った。

「今日土曜日よ。休みじゃないの？」

うっと私は言葉に詰まった。今日が土曜日であることを私は忘れていた。ふと母が心配そうに私を見た。

「利奈、大丈夫なの？ 少し混乱してるのよね。母さんだって、もう混乱しまくってて」

気遣うような母の言葉が気詰まりで、私は笑顔を見せた。

「何、言ってるの？ これから、つぐみと綾香に会うの。一緒に勉強しようっていう約束してるの。今日はそのまま塾に行くから」

「え？ 制服で？」

「あ、図書館だから。学校の図書館が特別に開いてるの。ほら、もう受験も近いから。だからそこで勉強するの」

それじゃ、いってきます。

なるべく明るく響くようにそう言い残して、私は家を飛び出した。飛び出したものの、行くあてなどなかった。この前食べたデザートのチョコレート味のほうに興味はありませんか？　つぐみと綾香に尋ねてみたが、つぐみからは、美容と健康のために体はソフトクリームよりも今しばらくの睡眠を必要としている、というメールが返ってきて、綾香からは、私は春まで恋を諦《あきら》めた受験生ですというメールが返ってきた。それに失恋の痛手は一人で癒《いや》すものよ、と。どうでもいいが、綾香。この苦笑している顔文字は何だ？

塾が始まる昼過ぎまで、かなり時間があった。公立の図書館へ行って勉強しようかとも思ったが、そんな気にはなれなかった。まだ八時過ぎとあって、お店のほとんどは開いていなかった。私は仕方なくこの前と同じファストフードショップに入り、この前とは違うチョコレート味のソフトクリームデザートを食べた。食べ終えても、私の腹立ちは収まらなかった。

私は携帯を取り出した。そしてそれを見れば必ずやってくるだろう怒りに備えるべく、頭の中の感情を軽く準備体操させて、今日の午前三時に届いていたメールを開けた。

準備体操なしだったら、私の感情は怒りで開放骨折していたかもしれない。許しがたかった。断じて許しがたかった。人に見せたら、すぐに私とはわからないかもしれない。薄いレースのカーテン越し、制服からいつものスウェットに着替えるところだろう。下は制服のスカート、上はブラだけの私の姿が写っていた。背後からの写真で、顔まではわからない。けれどそれが自分であることくらい、私にはわかった。

向かいの家のさらに奥。家の西側に位置するマンションから撮ったものだろう。外階段の踊り場からだろうか。望遠レンズで、遠くから姑息《こそく》にも。

歯軋《はぎし》りしたい思いだった。いつのものかはわからない。それが特定できたなら、その時間に取って返し、撮影者を巨大な望遠レンズごとその踊り場から突き落としてやりたかった。

再びつぐみと綾香にメールを打った。尋ねてみたが、二人とも秋山の携帯の番号は知らなかった。それでもつぐみの男友達の一人が、新城の番号を知っていた。つぐみから送られてきた四通目のメールに、その番号が記されていた。お願いだから、もうこれ以上、私の美容と健康を妨げないで。つぐみのメールに、了解、と返し、私は新城の携帯に電話をかけた。

秋山の連絡先を教えて欲しい、と私が言うと、新城は深々とため息をついて寄越した。

「あいつを困らせるようなことはしないでくれ。そう言ったよね。昨日の昼にしたって、あんなやり方ってないよ。あれじゃあいつが可哀想《かわいそう》だ。君はそれで気が済むのかもしれないけど……」

まだ続きそうな新城の説教を私は遮った。

「それじゃ、伝えて。嘘《うそ》つき。何も起こらないって言ったじゃない」

「は？」

そう言えばわかる、とだけ言って、私は携帯を切った。しばらくしてから携帯が鳴った。知らない番号だった。受けてみると、相手は秋山だった。

「新城から電話があったんだ。どうしたの？　何かあった？」

私は怒りに任せて、起こったことを多少誇張して話した。今日の午前三時に知らないアドレスからメールが届き、そこには口ではとても言えないような私の恥ずかしい写真が添付されていたと。

写真。

呟くように言って、秋山は少し考えた。

「相手に心当たりは？」

「ないわよ、そんなもの」

「そう」

さらにしばらく考えた秋山は、やがて言った。

「とにかくそこにいて。僕もすぐに行くから。動いちゃ駄目だよ。人目のあるところにいて」

わかった、と電話を切りそうになり、頭の中にふと違和感が芽生えた。その違和感のもとをしばらく探ってから、私は思い当たった。

「ちょっと」と私は声を上げた。

「何？」と電話を切りかけた秋山が応じた。

「ここがどこだか、わかってるの？」

秋山が一瞬、言葉に詰まった。

「ああ、そうだよね。聞いてなかった。そこ、どこ？」

嘘だ。そう思った。動いちゃ駄目だよ。人目のあるところにいて。秋山は、たった今、そう言ったのだ。私が、今、人目のあるところにいることを秋山は知っている。私は携帯を切った。慌《あわ》てて店内を見回したが、秋山の姿はなかった。また携帯が鳴った。秋山だろう。さっきと同じ番号だった。私は携帯の電源を切った。どこから見ている？　窓ガラスの外を見てみたが、いつも通りの駅前の風景の中に秋山の姿は見つけられなかった。それでも、秋山はどこかにいるのだ。きっと、どこからかじっと私を見ているのだ。

しばらく経ってから、私は携帯の電源を入れ直した。秋山から電話がかけ直されてくることはなかった。震える指先で携帯を操作し、午前三時に届いたメールを開けた。見た途端に怒りのメーターが振り切れて、冷静に考えてはみなかった。が、思えば、ただの嫌がらせにしては、この写真はインパクトに欠ける。嫌がらせでないのなら……。

警告か。いつでもお前を見張っている。そういう警告だ。

あのことは誰にも喋《しゃべ》るな。俺にすら喋るな。生涯、二度と口に出すな。俺はいつでもお前を見張っている。もしお前が再びそれを口にしたら……。

猫の姿が浮かんだ。

警察に届けるべきだ。

わかっていた。けれど、私はそうしなかった。せめて、一度、目の前で秋山を罵倒《ばとう》しなければ気がすまなかった。月曜日、みんなが見ている前で、この変態野郎と秋山を罵倒し、すぐさま携帯で警察に連絡する。その姿が消えたことなど、頼まれたって証言してやらない。秋山は、ただの変態覗《のぞ》き男として逮捕されるのだ。教室で、みんなの目の前で。

その光景を思い浮かべ、私は少しだけ溜飲《りゅういん》を下げた。

その後、普通に塾へ行き、日曜日も朝から塾へ行った。昼間、塾で同じ授業を受講している人たちと、外へ昼食を食べに出た。どうやら塾を当て込んでいるらしいサンドイッチ屋の窓際《まどぎわ》の席で、最新の模試の結果を話しながら、私はチキンのサンドイッチを食べていた。

第一志望の合格率は五十パーセント。それなら、コインでも投げて決めて欲しいよね。みんなでそんな軽口を叩《たた》いていたときだ。何かが目に入ってきた。外を通る車の窓が日の光を反射した。そう思った。が、反射的にそちらへ向けた私の視界の中に車の姿はなかった。何だったのだろう？　なおもそちらに目を向けていたことに深い意味はなかった。微《かす》かな疑問にさして答えを求めていたわけでもなく、視線を戻そうとしたときだ。向かいの歩道で何かが動いた。そこから顔を出しかけた誰かが電柱に身を隠した。そう気づいた。じっとそちらを見ていると、恐る恐るといった感じで再びその人が顔を覗かせた。そして私が見ているのがわかると、また慌てて電柱に身を隠した。

何で、あいつがここにいる？

思いを巡らせ、すっと体温が引いた。

『僕ら』

そうだ。秋山はいつだってそう言っていた。『僕らのケース』、『僕らが請け負う』。秋山は一人ではないのだ。

今、電柱の陰からそそくさと逃げるように走り去っていくその後姿は、あの家にいた私たちより年下の男の子のものだった。そしてその手に握られているのは、どうやらデジタルカメラらしかった。

監視されている。

本多孝好
Takayoshi Honda

脅しではない。私は本当に監視されていたのだ。秋山「たち」に。

いったい、いつから？

私があの家に忍び込んだ日。そう思った。けれど考えてみれば違う。あの日、私はすでに制服は着ていなかった。次の日、猫が殺された日。あの日、さすがに私も気味が悪くなり、帰ってきてすぐに部屋の雨戸を閉めた。そして昨日の土曜日、その午前三時にメールは届いている。制服から着替えようとしている私を撮れるのは、私が忍び込んだあの日より前になる。

気づかれていた。

秋山たちは、私がそれを見たことを、ずっと前に気づいていたのだ。

何があったの？

あの事故のとき、そう聞いた怪訝《けげん》そうな私の顔に、秋山は察していたのかもしれない。そして私の監視を始めた。私がそのことを誰かに喋らないか、秋山たちはずっと監視していた。そこへのこのこと私が乗り込んでいった。喋らない。そう思って安心しかけていた彼らは焦《あせ》った。まだ誰にも喋ってはいない。けれど、こいつはそのことに興味を持っている。まずい。そして警告が始まった。

私の嘘にキャーと悲鳴を上げながら身を捩《よ》じらせていたあの女の人の反応も、穏やかで優しそうなあの男の人の眼差《まなざ》しも、どこまでも興味がなさそうなあの男の子の雰囲気も、すべて演技だったのだ。そしてもちろん、「信じて欲しい」。あの秋山の言葉も。すべて嘘なのだ。言葉では決して認めず、態度にも決して表さず、けれど起こっていることを捉《とら》えれば私にもそれとわかるように、彼らは私に警告を発しているのだ。

塾に戻っても、授業など頭に入らなかった。

明日、月曜日、みんなの前で秋山を罵倒し、すぐに警察に連絡する。

それでいいのだろうか？

私は頭の中でシミュレーションしてみた。警察はすぐにきてくれるのだろうか？　仮にきてくれたとして、その場で秋山を逮捕し、連行してくれるだろうか？　わずかな猶《ゆう》予《よ》すらあってはならない。あとで事情を聞く。そんな生温《なまぬる》い対応では困る。そのわずかな間に私は秋山たちに殺されるかもしれない。殺されはしなくとも、決して口を割らないような、今までよりももっとひどい「警告」を受けるかもしれない。家中の鍵《かぎ》をかけ、部屋に閉じこもっても何の意味もない。雨戸を閉め、ベッドの上で布団《ふとん》をかぶっていたところで、彼らは、少なくとも秋山は、やすやすと私の前に姿を現すだろう。

駄目だ。　もっと違う手を考えなくては。

塾の授業中、私は考え続けた。塾が終わり、電車に乗り、駅から家までを歩きながらもずっと考えていた。違う手。それは思いつかなかった。けれど、別なことは思いついた。

本多孝好
Takayoshi Honda

私は本当に月曜の朝を迎えられるの？

それは論理的に導かれた疑問ではないだろう。直感。そうでなければ虫の知らせ、というべきだろうか。ふと気づけば、すでに暗くなったひと気のない住宅街を一人で歩く私がいた。私の前に人影はなかった。背後を振り返った。遠くに人の姿が見えた。一瞬、緊張したが、それは「彼ら」の一人ではなかった。「彼ら」の中で一番身長があった、あの年上の男の人よりも背が高かったし、もっとがっしりとしていた。

だったらいてくれたほうが安心だ。

私は少しホッとし、それでも少し歩調を速めて、家までの道のりを歩いた。角を曲がり、その光景に私の安堵《あんど》は深くなった。もうそこは私のテリトリーだった。手前から仙田さん、安原さん、三上さん、その次はもう郷谷さんのおうち。ああ、そうだ。仙田さんの家は引っ越したんだっけ。まだ買い手がつかないのかな。結構、長く空き家になってるけど。子供のころに遊んでくれた安原さんのとこのお兄ちゃんは、もう大学を卒業したんだっけ？　三上さんのところの司くんは、最近、色気づいてきてるよね。私の顔をちょっと眩《まぶ》しそうに、そしてスカートの辺りをかなりいやらしそうに見てるもんね。郷谷さんのおうちの、近所で評判の麗《うるわ》しいお嬢さんが、今から家に帰りますよ。

足取りが軽くなった。感じたのは熱だった。

熱っ。

腰の辺りにちくりとした熱を感じて、私は飛び退《すさ》ろうとした。が、体はそうは動かなかった。熱とは違う力が頭からつま先まで流れた。びくんと真上に跳ね上がった。体が崩れ落ちるのを感じた。踏ん張ろうとした足に力が入らなかった。

あ、倒れる。

私の視界に、地面が近づいてきていた。私は倒れたのだろう。けれどその記憶はなかった。次に気づいたとき、私は真上を向いていた。肩をつかまれ、足を引きずられながら、私の体はずりずりとどこかへ向かっていた。肩をつかんだその人は、自分の背後に目をやっていて、顔を確認できなかった。仙田さんの家に連れ込まれた。何で？　何で仙田さんの家に車が停めてあるの？　そこでまた意識が消えた。次に気づいたときには、体が持ち上げられていた。どすんとどこかに投げ出された。痛い。そう思ったが、痛くもなかった。体のどこにも感覚がなかった。ばたんと音がして視界が真っ暗になった。エンジンのかかる音がした。それっきり、私の意識は途絶えた。

本多孝好
Takayoshi Honda

Story Seller

ひどい夢を見た。二十本くらい足の生えた虫がワサワサと足元から這《は》い上がってくる夢だ。早く醒《さ》めなきゃ。そう念じた私の意識が現実の尻尾《しっぽ》を捉えた。私はあらん限りの力でその尻尾を引き寄せた、つもりだった。が、間違えた。引き寄せたのは別の夢だった。後悔した。前の夢のほうがマシだった。今度の夢では私の足を誰かの指がまさぐっていた。ときにべたべたと、ときになぞるように下から上へ。それから、これは……。

舐《な》められてるのか。

舐められている？　え？　この感触は……夢じゃない？

そう気づいて私は悲鳴を上げた。力は入ったが、体は動かなかった。視界もなかった。両足を縛られ、後ろ手に両手も縛られ、目隠しをされて椅子《いす》に座らされている。そう理解するまでに時間がかかった。そう理解した途端、悲鳴はもっと大きくなった。口がふさがれた。それでも悲鳴を上げ続けた。鼻もふさがれた。呼吸ができなくなった。

「黙れ」

低い男の声が耳元でした。息を吸い込もうとしたが、男の手が邪魔でできなかった。息が苦しくなり、私は身を捩《よじ》った。

「手は離すよ。離しても叫んじゃ駄目だ」

酸素。それが今、私が一番欲しいものだった。私はコクコクと頷《うなず》いた。男の手が離れた。ぶはっと私は息を吸った。むせた。頭がくらくらした。私は咳《せ》き込んだ。何度も咳き込み、何度も深呼吸を繰り返した。落ち着かなきゃ。落ち着かなきゃ。自分に言い聞かせた。

私はまだ呼吸が苦しいふりをしながら、ここに至るまでの経緯を思い返そうとした。塾から家に戻る途中、家まであとほんの少しのところで、私は誰かに拉致《らち》された。体を跳ね上がらせた、あれは、スタンガンというやつだろうか。文字通り、頭からつま先まで電気が走るような衝撃だった。そう思ってみれば、腰の辺りにまだひりひりとした痛みがある。その誰かは、ああ、そうだ、すでに空き家になっていた仙田さんの家の駐車場に車を停めてあった。そこで私を待ち伏せたのだろうか。それとも、私の後ろから歩いてきたあの男なのだろうか。そして意識をなくした私をトランクに詰め込み、ここにつれてきた。ここは、どこだろう？　あれからどれくらい時間が経《た》っているのだろう？いや、そもそも、これは誰だ？　秋山たちのうちの一人なのか？　声はどれとも違うように思えるけれど、あの場にいた四人が「秋山たち」のすべてであるとは限らない。他にもいたのかもしれない。

「わかりました」と私は言った。「誰にも喋りません。信じてください。今までだって、誰にも喋ってません。だから、信じてください」

「何を？」

消えることを。そう言おうと思い、言葉に詰まった。そう言ったら、「今、喋っただろう」という難癖をつけられて、ひどいことをされるかもしれない。

「何でもです」と私は言った。「私が見たこと、聞いたこと、誰にも言いません」

返事はなかった。

本当です、本当です、と私は繰り返した。何度も繰り返し、涙が出そうになったころ、相手が言った。

「リナリナ、何を言ってるんだ？」

リナリナ？

私をそう呼ぶのはつぐみだけだ。そのつぐみだって、私にやめてくれと言われて、なるべくそう呼ばないように心がけている。つぐみが私をそう呼び始めたきっかけ。そして、そう呼び慣れてしまってからでも、それをやめようとしてくれているその理由。それは、彼だ。彼が私をそう呼んだから。彼がそう呼ぶのを聞いたつぐみがからかい半分で私をそう呼び始めた。そしてその彼との失恋に傷ついているらしき私を気遣って、つぐみはそう呼ばないように気をつけている。

「古田先輩？」

私は聞いた。途端に視界が開けた。悲鳴を何とか堪《こら》えた。それはそうだ。私は今日、ジーンズを穿《は》いていた。そのままで足を撫《な》でられるわけもないし、舐められるわけもな

本多孝好
Takayoshi Honda

い。上下の下着がついているだけでもよしとするべきだ。まだそれ以上はされていない。たぶん。

私は目を上げた。どこかのガレージだろうか。バスケットコートほどの広さの簡単な造りの建物の真ん中に私はいた。左手に錆《さ》びついた古い車が一台あった。仙田さんの家に停まっていた車だろうか。右手には古タイヤがいくつか積まれていた。何かの工具のようなものもいくつか散乱していた。

半裸で椅子に縛られた私の前に、背後にいた彼がゆっくりと回ってきた。彼は私の正面に立ち、ちょっと困ったように、それでも口もとにかすかな笑みを湛《たた》えて私を見た。戸惑いが私を襲った。状況を見れば、起こったことは明らかだ。古田先輩が私を拉致し、ここに連れ込み、服を脱がせ、椅子に縛り付けたのだ。けれど、私の頭の中では疑問符が渦を巻いていた。

何で？

何で古田先輩がこんなことをするの？

「何で？」

疑問はそのまま口から漏れていた。

「何で、こんなこと」

私の瞳《ひとみ》を捕らえていた古田先輩の視線がふと焦点を遠くした。

「普通じゃ駄目なんです。そう言ったよね」

私は記憶を呼び起こした。三度目のデートのとき、不意に顔を近づけてきた彼に確かに私はそう言った。普通じゃ駄目なのだと。だって、あなたは普通すぎてつまらない。

隣にいて、私は何度も欠伸《あくび》をかみ殺した、と。まさかそう言うわけにもいかないから。

「その意味をずっと考えていたんだ。君がずっと待っていてくれたから。他の誰とも付き合わずに、僕を待ってくれていたから。だから僕はその意味を理解しなきゃいけなかった。ごめんよ。ずいぶん遅くなっちゃって、君も待ち切れなかったんだよね。だから、あいつとあんなことを」

どいつと、どんなこと？

「あんな、駅の前で、僕に見せつけるように、ああ、違うね。見せつけるようにじゃなくて、見せつけたんだ。君は。物分りの悪い僕を叱《しか》るためにそうしたんだ」

先週、駅前で、秋山と。そういうこと？　古田先輩が、それを見ていた？

「あれには参ったよ。ものすごくショックだった。けれど、そうまでして僕を励ましている君に感動した。何かしなきゃと思った。的外れでも何でもいいから何かをしなきゃって」

「何かって」

私はどうにか言葉を発した。

「猫？」

「ああ、子供っぽいよね。馬鹿《ばか》げてるよね。わかってたんだ。そんなことじゃないってことはわかってたんだ。でも、それしか思いつかなかったんだ。君が猫が好きなのは知っていたよ。もちろん、知っていたよ。そういうつもりで贈り物をしたんだけど、そうだよね、君が言っているのはもちろんそんなことじゃなかったんだよね」

贈り物？　あれは、贈り物なの？

「君から連絡がなくて、それがわかったよ。君が待っているのは、そんなことじゃない。それで僕はもう、本当に困ったんだ。本当に困って、君だけじゃなく、僕だっていつも君のことを考えているんだってことだけでも伝えたくて、それでメールを送ったんだ。君をいつでも見ているって。そんなものじゃ君が満足しないのもわかっていた。でも、他にどうしようもなかったんだ。せめて、この一年間、僕はずっと君を気にかけていたって、それだけでも伝わればいいと思っていた。それでも、君は何も連絡をくれなかったね。もちろん、そうだろう。それはそうだよ。あんなもの、何の意味もない。君にとっては何の意味もない。僕はまだ君への答えを出せなかった。だから僕は考えた。必死に考えた。君の言った言葉、すべてを思い出して、考えた。先輩は不自由すぎる。君はそうも言ったんだ。覚えてるよね、もちろん覚えてるよね？」

覚えてはいなかったが、言ったかもしれない。三度、デートした彼は、学校のどこにでもいる、その枠の中にいる不自由な生き物でしかなかった。私はそう思ったし、それに似たようなことなら口にしたかもしれない。

「僕はその意味を考えた。でも、考えるまでもなかったんだ。そうだ。僕は不自由だ。不自由すぎたんだ。そしてもっと自由になればいい。それがわかった。そして気づいた。僕の不自由をなじる君は、その不自由さを望んでいるんだって。ああ、まったく、わかってみれば、こんな簡単なことはないよ。でもクイズってそういうものだよね。僕はやっと答えを出せたんだ。そうだろう？　これが正解だろう？　自由になった僕が、君を縛りつけてあげるよ」

私は混乱していた。彼の言う意味がさっぱりわからない。それもある。けれどそれ以上に混乱していた。

古田先輩って、こんなやつだったっけ？　こんな、キレた、危ないやつだったっけ？　だって、結構、優しくて、デートのときには、頼みもしないのにポップコーンとパンフレットまで買ってくれたのに。本当に欠伸が出るくらい退屈な、ただの優しい人だったのに。

狂っている。そう決めつけてしまうのは簡単だった。けれど、今、微笑を浮かべながら私に一歩近づいた古田先輩は、この状況さえなければまともな人に見えた。感情の高ぶりはあるにせよ、決して理性を失った人のようには見えなかった。

その手にカッターが握られていた。紙よりももっと丈夫なものを切るために作られたような大きなカッターが真《ま》っ直《す》ぐ私の胸に伸びてきた。

殺される。

そう思った。けれど違った。カッターは私のブラジャーのカップをつなぐラインの下にもぐり込んだ。

もちろん、恐怖はあった。貞操の危機とやらも感じていた。それでもその恐怖も危機感も、体の芯《しん》までは染《し》み込んでいなかった。この現実にまだ対応できていない。それもあっただろう。けれどそれだけではなかった。私は心の片隅で信じていたのかもしれない。あの言葉を。私の目を見て、微笑《ほほえ》みながら言った、あの、「信じて欲しい」という秋山の言葉を。

耳障《みみざわ》りな音に古田先輩が背後を振り返った。私もそちらを見遣《みや》った。ガレージの鉄扉を押し開けて、男が一人、そこに立っていた。

咄嗟《とっさ》に古田先輩がそちらに向き直った。ブラは無事だった。男がゆっくりとこちらに近づいてきた。その後ろに従えているのは、あのサヤと呼ばれていた女の人だった。

「そこまでにしましょう。古田和人《かずと》先輩」

秋山が言った。ガレージに響く凛《りん》とした声に体の力が抜けた。もう大丈夫。無条件にそう信じられる声だった。

「このまま、消えてください。この件、なかったことにしましょう」

私は顔を上げて秋山を見た。

なかったことにする？

ホッとした反動でむかっ腹が立った。

冗談じゃない。なかったことになど、されてたまるか。この変態を野放しにしたら、また次に何をされるかわかったものではない。

私の思考を読んだように言葉が続いていた。

「もちろん、今後、一瞬でもその姿を郷谷さんの前に現したら、そのときには容赦しません。警察なんていう生易しい事態になるなんて期待はしないでください」

ゆっくりと歩いてきた秋山は、もう古田先輩のすぐ近くまできていた。その登場に、一瞬、驚いたようだが、現れたのが自分よりも華奢《きゃしゃ》な男と女の二人組だということが余裕を生んだようだ。いつでも突き出せるようにカッターを構え、古田先輩が言った。

「お前らこそ消えろ。俺とリナは、これから二人ですることがある」

ない。断じてない。

「古田先輩。卒業後の境遇については同情します。大学にも落ちて、お父様が経営されていたこの自動車整備工場も倒産。すでにご家族はお父様のご実家に身を寄せておられる。進学のためとこちらに残ったあなたにしたところで、塾の学費と大学の入学金を稼ぐためのアルバイトでろくに勉強もできず、来年の合格も覚束《おぼつか》ない。けれどそれは郷谷さんとは無関係なことです。あなたと郷谷さんはすでに赤の他人です」

「そんなわけがあるか」

古田先輩が怒鳴り返していた。

「リナリナはな、ずっと俺のことを待ってたんだ。俺は大馬鹿野郎で、それに気づかなかった。リナリナがそう気づかせてくれるまで、ずっと一人でいじけていたんだ。でもリナリナは」

そこで古田先輩はやけに熱いまなざしを私に向けた。

「こんな俺をずっと待っていてくれた。こんな俺でも待っていてくれたんだ」

「ああ、ねえ、あんた」

それまでずっと黙っていたサヤさんが呆《あき》れたような声を上げた。

「待っていてくれたっていう、その根拠は何？　彼女が、あんたと別れてから誰とも付き合わなかったから？　そんなの理由にならないよ」

「そんなことじゃない」

古田先輩は怒鳴った。

「お前らは知らないんだ。別れてからだって、俺たちはいつも顔を合わせていた」

秋山とサヤさんがちょっと驚いたように私を見た。ここで誤解されては困ると私は口を開いた。

「先輩が卒業するまでは、それは、学校で顔を合わせたこともありました」

「それだけじゃないだろう？」

古田先輩は言った。

「僕ら、しょっちゅう会ってたじゃないか。僕が卒業した後も、君の学校の帰りだって、塾へ行く途中だって、友達と遊んだ帰りにだって、コンビニへ出かけたときだって、ねえ、僕らはしょっちゅう顔を合わせてたよ。この前は、ほら、駅前の店で君が友達とソフトクリームを食べているときに、会ったじゃないか。待ち伏せたわけじゃないよ。つけまわしたわけでもない。ただ、君と会えればいいと思って、君の行きそうなところに行ってみただけだよ。それでも僕らは何度も会った。僕らは深いところで結ばれているんだ。それは君は僕を無視した。それはしょうがないよ。こんな僕だからね。君の待つ答えを一向に出せない僕になんかかける言葉はなかっただろう。でも、気づいてはいたはずだよ。僕らは何度も目が合った。微笑を交わしたことだって、あったじゃないか」

「そうなの？」

サヤさんに聞かれ、私は首をひねった。同じ高校に通っていたくらいだから、家がそう遠く離れているわけではない。偶然、何度か会ったことがあったと言われれば、それはあったのかもしれない。けれど私にはそんな覚えはなかった。

「覚えがないです」

「そんなはずないだろ」

古田先輩がヒステリックな声を上げた。

「そうだ。こいつと抱き合って別れたあのときだって、君と僕は視線が合ったじゃないか。君は僕に微笑んだ。忘れたわけがないだろう？」

サヤさんに目線で聞かれ、私はもう一度首をひねった。

「あの、確かに、誰かとは目が合いました。状況が状況だったんで照れ臭くて、それはちょっとくらい笑ったかもしれません」

「それは、こいつだったの？」

「あ、いや、ちょっと覚えてないです」

「そんな馬鹿なことあるか」

古田先輩が叫んで、その身勝手さにさすがに私もキレた。

「そんな馬鹿なことって、無茶言わないでください。あなたと私は、確かに三回、デートしました。でも三回だけです。しかも一年以上前のことです。よく考えてみてください。そうでしょ？　一年以上も前に、たった三回だけデートした人の顔」

ただそれだけの人。ただそれだけの人の顔など、そんなもの……。

「そんなもの、一々、覚えているわけないじゃないですか」

私は叫んだ。ガレージの中に私の声が響いた。その残響が消えても、誰も何も反応しなかった。

ええと、何だろう、この手ごたえのない感じは。言いたいことは言ったし、言ったことはきちんと通じているみたいだし、でも、その先に当然期待した反応が得られなくて、いや、得られないどころじゃなくてその正反対な感じで、何だかみんな一本線を引いて、私と同じ側には立っていませんよっていう顔をして、責めるわけでもないんだけど、もうその線の向こうには手を出す気は一切ありませんから、どうぞもうお好きになさってくださいってこの感じ。ああ、いつかどこかで私も誰かに対してそういうことをしたことがあるような気がするな。そうか。わかった。うん。きっとそういうことだ。私は……。

私はドン引きされていた。

「え？」と私は言った。「え？　おかしい？」

「おかしいって」と秋山は繰り返し、首を振った。

「ああ、うん。リナちゃんだっけ？　あ、そう。リナちゃんよね。うん。それってやっぱり少しおかしいと思う。顔くらい、普通、覚えてる」

「あ、いや、覚えているは覚えてますよ。でも、ぱっと一目見ただけでわかるくらいには覚えてないっていう意味で」

「うん。だからね、それがちょっとおかしいなって思うのよ」

「え？　だって、たった三回デートしただけですよ。一年も前に」

「うん。あのね、それ、言葉の使い方が間違ってると思うの。正しくは、たった一年前に、三回もデートした、じゃないかな。そういう人の顔は、普通、ぱっと見れば思い出す」

「そうですか？」と私は言った。

「ああ、うん。それは、もちろん、一般論で、それは人には色々あるから。リナちゃん、記憶障害とか？」

「そういうことはないです。物覚えがいいほうじゃないですけど」

「ああ、でも、一度、きちんと診てもらったほうがいいかも」

「ああ、はあ。そうですかね」

フハハという乾いた笑い声が響いた。

「覚えてない？」

古田先輩が笑いながら繰り返し、私のほうを見た。

「覚えてない？　目が合った僕を無視したのは、無視したんじゃなくて、本当に覚えてなかったから？　微笑んだのは、赤の他人に対する照れ隠し？　そこにいるのが僕だということにすら君は気づいていなかった？　君にとって、僕はその程度の存在だった？

それなら、どうして、ねえ、リナリナ、どうして、君は僕と付き合ったんだ?」

言葉のあやで。

たぶん、それが一番、正確な答えだった。私は学校の誰にも興味なんてなかった。けれど、そういうわけにもいかないから、ただみんなと話を合わせるためだけに、テニス部の古田先輩なんていいと思うとそう言った。それを聞き込んだおせっかいな誰かが仲を取り持ち、相手がいいと言うのなら、私のほうに断る理由がなくなってしまった。ただそれだけだ。

そうは言わなかった。けれど、彼を見返した私の目の中に、彼はすべての答えを見つけたのだと思う。私が、一度たりとも彼に気を寄せたことなどないこと。私がそこから先を拒んだのは、彼の中の何かが不満だったからではなく、彼のすべてが不満だったからということ。いや、不満も何も、私が彼に満足など求めてもいなかったこと。三度目のデートで別れて以降、私が彼のことを思い出したことなど一瞬たりともなかったということ。

「人を」

私の目の前に立って、古田先輩が搾《しぼ》り出すように言った。その顔がぐにゃりと歪《ゆが》んだ。

「人を馬鹿にするな」

振りかぶられた刃が目の端に見えた。白熱灯の明かりを受け、刃がオレンジ色に光った。オレンジの光が私の首筋に向かって斜め上から振り下ろされた。

私の脳裏に浮かんだのは猫だった。首をぱっくりと切られ、ありえない角度に首が捻《ね》じ曲がった猫だった。

目は閉じなかった。いや、閉じられなかった。殺される。そう思った次の瞬間には私の視界からオレンジ色の光が消えていた。いや、すべてが消えていた。私の目の前にはただ、青い布地が広がっていた。それが秋山の着ていたシャツの背中だとしばらくしてから気がついた。カシャンという音はカッターが床に落ちて滑った音だろうか。私の視界を覆《おお》っていた青が消えた。私の目前に古田先輩の顔が突き出されていた。もの言いたげに私の目を見た古田先輩の視線はやがて焦点を失った。私の膝《ひざ》に顎《あご》をぶつけてから、古田先輩が床に崩れ落ちた。どうやら屈《かが》み込んでその腹にパンチを放ったらしい。秋山が立ち上がり、倒れた古田先輩を見下ろしてから、私をちらりと見て、すぐにまた背中を見せた。

「サヤネエ」

「あ、そうね。ちょっと刺激が強いね」

サヤさんが辺りを見回した。私の服は丸めて片隅に放られていた。それを手にしたサヤさんは古田先輩のカッターで私の両手と両足を縛っていたロープを切ってくれた。私が服を着込むまで、秋山はずっと後ろを向いたままだった。

終わったよ。

私が声をかけると、秋山がこちらを見た。ようやく整理されつつあった疑問を順にぶつけていこうと思った私を制して、秋山はサヤさんを見た。

「外は？」

サヤさんがすっと目を閉じた。

「クリア。二人だけ。リョウスケのやつ、馬鹿《ばか》なこと言って」

会話の意味がわからなかった。

「行こう」

秋山が私を促した。

「話はあとで」

「あの、この人は？」

私はまだ下に寝そべっている古田先輩を見下ろした。口からだらりと涎《よだれ》を垂らしていた。憎しみは湧《わ》かなかった。申し訳ないとも思わなかった。ただ、あの猫だけには、ものすごく申し訳ない気持ちで一杯だった。

「あとで処理する」と秋山は言った。

「殺すの？」

私は驚いて聞いた。

「殺さないよ」

秋山が苦笑した。

「今後、君に一切の手出しをしないよう、話し合うよ。ここであったことも、すべて忘れてくれって。彼にしてみれば、そうするしかないだろう」

さあ。

促されて、私はガレージを出た。出たところで、この前、洋館にいた男の人と男の子がやってきた。

「念のため、バックアップに回ってもらったの」

サヤさんがそう説明した。

「他に仲間なんて、まあ、いないだろうと思ってたけどね」

サヤさんが目を閉じて、二人だけ、と言ったのは、この二人のことか。リョウスケのやつ、馬鹿なこと言って。それはどういう意味だろう。この二人のうちどちらかがリョウスケという名前で、外で何かを話していた二人の会話が聞こえたということか？　ありえないことだったが、秋山と行動をともにしている人なら、それもありえないことは言い切れなかった。そういえば、あの洋館で、サヤさんは言っていた。そういうのとは足取りが違ったと。あのとき、洋館の中にいたサヤさんは、その中にいながら、私の足音を聞きつけたのか。しかもそれが、ガスや電気のメーターの検針にきた人の足取りとは違うことまで判別したのか。さっき目を閉じたのは、ガレージの外で待ち受けている新しい敵が誰もいないことを確認したのか。秋山とは違うタイプの超能力者か。この人たちは何だ？

少し離れたところに停めてあった白いセダンに乗り込み、私たちはあの洋館へ戻った。途中で家に電話して、塾の先生にわからないところを質問していてとても遅くなったと母に伝えた。時間はすでに九時を回っていた。塾の友達と、軽く何かを食べて帰る、と私は言った。駅についたら電話して、迎えに行くから、と言う母を何とかなだめ、とにかくもう一度電話すると言って、私は電話を切った。

紅茶を淹《い》れてリビングに戻ってきたサヤさんが、気遣うように私の隣に座ってくれたけれど、私はもう怖がってなどいなかった。ほんのわずか前に起こっていたことを冷静に思い起こせば、改めて恐怖が浮かび上がってきてもおかしくはないはずなのに、そういう気分にはなれなかった。私の頭の中にいるのはあの猫だけだった。その猫に対する申し訳なさしかなかった。

「どうしてあそこがわかったの？」

秋山に聞いた。

「最初は混乱したんだ。猫を殺す。どう考えても、僕らの周りにいる人間がやることじゃない。その一方で僕らに接触したその直後に君の周りで事件が起こった。それが理解できなかった。だから、理屈が通るように考えた。これはあくまで君のケースで僕らのケースじゃない。僕らと接触した直後というのはただの偶然だろうって」

秋山はもう隠し事があることを隠さなかった。けれどその隠し事を決して明かさないことも言外に言っていた。「僕ら」とは誰なのか。「僕らの周りの人間」は猫を殺さずにそれでは何をするのか。私ももう聞かなかった。

「まあ偶然ではないってことはわかったけど、まさか僕と抱き合ったからだなんて思わなかった」

秋山は言った。

「とにかく、これは僕らのケースではなく君のケースだと捉《とら》え、僕らは昨日、今日と君の周りをチェックした」

「チェック？」

秋山がちらりと年下の男の子を見た。

「このリョウスケについてもらって、君の周りに現れる人たちをチェックした。昨日、今日、両方とも君の周りに現れた人間。つまるところ、君をつけ回している人間がいないかどうか」

「どうやって？」

「目で見て」

「目で見て？」

「リョウスケは君と違って記憶力がいい。距離を取って、視界の中心に君を置き、その半径十メートル以内にいる人の顔はすべて記憶できる」

「嘘《うそ》？」

「嘘じゃないけど、別に信じなくていいよ。とにかく土曜日一日、君の行動を監視して、今日は、昨日と同じ顔があったらその人を写真に撮った。途中で君に気づかれてやめたけどね」

私ではなく、私の周りにいる人を撮っていたのか。

「家族、塾の友達、塾の講師、お店の店員、駅員。それらを除けば、怪しい人物は一人だけだった」

秋山はデジカメのプリントを一枚、私の前に出した。

今日、駅の前の光景だった。改札に向かう私の背後に古田先輩が写っていた。

「もともと君の交友関係はそんなに広くない。学校と塾。その程度だ。だから、その人の素性は簡単に割れた。古田和人。君のモト彼。現在浪人生で、精神的にかなり不安定な状態だった。今後、どう動くかわからないけれど、取り敢《あ》えず、彼を監視しようと彼のアパートへ向かったんだけど、彼はいなかった。何だか嫌な予感がした。別れてから

本多孝好
Takayoshi Honda

一年も経《た》っているのに、彼は突然動き出した。一度目と二度目の間に開きがないのなら、三度目だっていつ起こったっておかしくない。だから、彼を探した。昔、父親が経営していた自動車整備工場。そこが空振りだったら、他を探すつもりだったけど、幸い、そこに君らはいた。それでああなった」

確かに私の交友関係は広くはない。写真一枚から、古田先輩の身元を割り出すことはさして難しくはないかもしれない。その古田先輩の状況を調べ上げ、現在の住所を探し出すことだって、それほど難しくはないのだろう。けれど、彼らはそれをたった半日でやった。素人《しろうと》ができることではない。

あなたたちは何？

そう聞きたかったが、聞けなかった。

説明、終わり。それ以上は聞くな。

あたかもそう言うように秋山は私から視線を外してソファーに座っていた。そしてそっぽを向くような秋山の仕草はそれ以外のことも言っていた。

今回のことは君に責任があると。君に同情できないと。

そうなのだろう。私が気もないのに古田先輩と付き合い、混乱させた。他の状況が重なり精神的に不安定になった古田先輩は、壊れた。それはわかった。けれど断じて、秋山にそれを責められるいわれはなかった。それだけはなかった。

私は立ち上がった。

「ああ、もう。紅茶だけでも飲んでったら？　落ち着くよ」

サヤさんに言われ、私はソファーから立ち上がったまま紅茶のカップを手にした。それを口に持って行くふりをしながら……。

そのまま秋山に向かって中身をぶちまけてやった。

秋山は消えなかった。消えて避《よ》けたりしなかった。たぶん、予想できていたのだと思う。その証拠に、秋山には驚いた風もなかった。にもかかわらず、秋山はただそのままで私がぶちまけた紅茶を受け止め、ただそのままで私の視線も受け止めた。

私は空になった紅茶のカップを投げつけた。

それも避けなかった。消えることなく、秋山は自分の胸にぶつかり、絨毯《じゅうたん》の上に落ちたカップを拾い上げた。

「消えなさいよ」

私は叫んだ。

「消えられるんでしょ。消えて、避けなさいよ」

「ああ、リナちゃん？」

サヤさんが困ったように声を上げた。男の人と、リョウスケという男の子も困ったように私を見ていた。

「人とは違うんでしょ? 人とは違うことができるんでしょ? 何で隠すのよ。わかってるわよ。あんたはそうやって馬鹿にしてるのよ。努力したり、頑張ったりしている人を斜に構えて眺めながら、腹の中でせせら笑ってるのよ。そうでしょ? 勉強ができる? スポーツ万能? へえ、そりゃすごいね。ところで、君、消えられる? そう思ってるんでしょ?」

「ああ、リナちゃん。ちょっと座ろう、ね?」

サヤさんが私の肩に手をかけた。反射的に体が震えた。

「触らないで」

私は彼女を突き飛ばした。突き飛ばされてソファーに同じ姿勢で座った彼女は、少し傷ついたように私を見上げた。

「あんただってそうなんでしょ? 秋山と同じでしょ? 人のできないことをできるんでしょ? あんただって、あんただって」

男の人と男の子を睨《にら》みつけた。彼らは言葉なく目を伏せた。私は秋山に視線を戻した。

「できるならやればいいじゃない。人が持っていないその力、見せつければいいじゃない。威張りくさればいいじゃない。それが何よ。何で可愛《かわい》い三枚目キャラなのよ。抜けてるところがちょっと可愛いなんて、何、舐《な》められたこと言われてんのよ。ムカつくのよ。私は、私はあんたなんて」

そう。簡単にずれた場所にいられる、簡単にその枠からはみ出ることができるあんたなんて。

「あんたなんて大嫌いよ」

違う。私はただ羨《うらや》ましいのだ。私が熱望するその場所に易々《やすやす》といられるこいつが、ただ羨ましいのだ。ただ羨ましくて、でも、そう、確かに私は秋山が大嫌いだ。

「ふざけんな」

私は秋山の正面に行き、その足を蹴《け》った。一度、二度、三度。そして……。

秋山が消えた。四度目に私は空のソファーを蹴飛ばしていた。

「僕には何もできない」

振り返った。私のすぐ後ろで秋山が私を見下ろしていた。

「テレポーテーション？　違うよ。僕にそんなことはできない。僕にできるのはただ、君の予測よりも早く動くことだけ」

え？

秋山の姿が消えていた。

「射程距離はざっと五メートル」

秋山がまた背後に回っていた。私は振り返った。

「それ以上は無理だね。人っていうのは、自分で思うよりはるかに柔軟性がある。ある閾値《いきち》を越えると、常識外のことでも脳は認識しうるんだ。だから、それ以上の距離では、人の視覚は誤魔化せない。何より僕自身の体が続かない」

「何を」

また秋山の姿が消えた。秋山は元の通り、ソファーに座っていた。

「君が知りたがったことだよ。オリンピックで五メートル走があれば、僕は金メダルを取れる。でも僕にできるのはそれだけ。これで満足？」

射程距離五メートル。その距離を尋常じゃないスピードで移動できる能力。それによって見ている人の認識をかわし、あたかも消えたように見せることができる能力。自分が持っている能力はそういうものだと秋山は言っていた。

「それは――」

「何なの？」

意図したものではなかった。ただ本当に口をついて出ただけの質問だった。

わからなかった。そんな能力が存在する意味。存在する理由。私にそんなつもりがなくても、それは秋山の中のどこか痛い部分をついたようだ。秋山が顔を歪《ゆが》めた。

「そんなことまで」

秋山はため息をつきながら言った。

「君に話す必要はないと思う」

「そう」と私は頷《うなず》いた。「そうね」

私は彼らに背を向けた。部屋を出ようとする間際《まぎわ》、背中に秋山の声がかかった。

「最後に一つだけ」

動きだけを止めて、私は背中に秋山の言葉を待った。

「僕も君が大嫌いだ」

どこかでその言葉を予想していた。いや、期待していたのかもしれない。

私はその部屋を出た。靴を履き、洋館を出て、鉄の柵《さく》を越え、駅までの道を歩いた。ホームに着き、そこで思い出して母に電話をした。電車に乗り、いつもの駅に降り、改札を抜けると、そこに父と母がいた。

「何よ、どうしたの？」

私は無理に笑顔を作り、言った。

「ああ、どうしたってわけでもないけどな」と父が言った。

「この前、あんなこともあったばっかりだし、心配で」と母が言った。

「大丈夫よ。心配性ね」と私は笑った。

その私に笑顔を返しかけ、ふと母が眉《まゆ》を寄せた。

「何？」と私は聞いた。

「何があったの？」

母は聞いた。

「え？　何もないよ」

「嘘、おっしゃい。何があったの？　話して」

「いいじゃないか」と父が言った。「とにかく、無事だし、大丈夫そうなんだから」

私は父を見て、母を見た。笑顔を作ろうと思った。失敗した。泣き顔になってしまいそうで、その顔を見られたくなくて、私は母の胸に顔を埋《うず》めた。

「どうしたの？　何があったの？」

母が聞いた。父は何も言わず、背後から私の背中を撫《な》でてくれた。

「ふられた」

ぐすりと鼻をすって私は言った。

「今日、男の子にふられた」

「そう。そっか」

母が少し笑った。一瞬、手の動きを止めた父が、またしばらくしてから私の背中を撫でてくれた。

僕も君が大嫌いだ。

そうだろう。秋山が望んでも手に入れられないものを私だって易々と手にしているのだから。普通の父と母。普通の高校生活。普通の自分。

私は、ここにいる。

そう諦《あきら》めたわけではなく、かといってそのことに安らぐわけでもなく、私はただ、それを受け入れていた。


それからも秋山とは学校で顔を合わせた。けれど、私たちが特段、何かを話す機会は一度もなかった。どう話をつけたのかはわからないが、あれ以降、古田先輩が私の前に現れることもなかった。私は無事に入試に通り、春から普通の女子大生になった。卒業後、何度か行われた同窓会にはできるだけ出席するようにしていたが、そこに秋山が顔を出すことはなかった。新城に聞いてみても、秋山との付き合いはもうなくなっているとのことだった。ふとあの洋館に行ってみようという衝動に襲われたこともあったけれど、私はそうしなかった。そこはもう、私とは何の関係もない場所だった。

初恋はいつ？

近しくなった男の子に、あるいは飲み会のただの戯言《ざれごと》として、そんな質問を何度か受けたことがある。高校三年の秋。私はいつも胸を張ってそう答える。ものすごく好きになって、こっぴどくふられました、と。

飲み会のただの戯言ならそれで終わるが、近しくなった男の子が相手だともう少し続きがある。

「それでも私が誰かの目を見て好きですって言えるようになったのは、その初恋があったからだと思う」

そう言った私を抱き寄せてくれる彼の胸に頬を預けながら、臭過ぎる自分の台詞《せりふ》に私はちろりと舌を出す。臭過ぎる。でも、たぶん、その言葉のどこにも嘘はない。

本多孝好（ほんだ・たかよし）

一九七一年、東京で生まれ、神奈川県で育つ。大学四年生のときに書いた短編「眠りの海」で、一九九四年に第十六回小説推理新人賞を受賞。一九九九年に、その「眠りの海」を収録した短編集『MISSING』で単行本デビュー。独特の美学に基づいた世界観と、日本語特有のリズムと語感を大切にした心地よい文章で、若い世代を中心に圧倒的支持を得る。

著作リスト（刊行順）

『MISSING』（双葉社）
『ALONE TOGETHER』（双葉社）
『MOMENT』（集英社）
『FINE DAYS』（祥伝社）
『真夜中の五分前　five minutes to tomorrow　side-A』（新潮社）
『真夜中の五分前　five minutes to tomorrow　side-B』（新潮社）
『正義のミカタ　I'm a loser』（双葉社）
『チェーン・ポイズン』（講談社）

この作品は二〇〇八年四月刊行の、小説新潮五月号別冊
「Story Seller」を文庫化したものです。

伊坂幸太郎著

オーデュボンの祈り

卓越したイメージ喚起力、洒脱な会話、気の利いた警句、抑えようのない才気がほとばしる！　伝説のデビュー作、待望の文庫化！

伊坂幸太郎著

ラッシュライフ

未来を決めるのは、神の恩寵か、偶然の連鎖か。リンクして並走する4つの人生にバラバラ死体が乱入。巧緻な騙し絵のごとき物語。

伊坂幸太郎著

重力ピエロ

ルールは越えられるか、世界は変えられるか。未知の感動をたたえて、発表時より読書界を圧倒した記念碑的名作、待望の文庫化！

佐藤友哉著

子供たち怒る怒る怒る

異形の連続殺人者〈牛男〉の血塗られた手から、ぼくたちは逃げ切ることができるのか？　デッドエンドを突き抜ける、六つの短編。

本多孝好著

真夜中の五分前
five minutes to tomorrow side-A　side-B

双子の姉かすみが現れた日から、五分遅れの僕の世界は動き出した。クールで切なく怖ろしい、side-A から始まる新感覚の恋愛小説。

道尾秀介著

向日葵の咲かない夏

終業式の日に自殺したはずのS君の声が聞こえる。「僕は殺されたんだ」。夏の冒険の結末は。最注目の新鋭作家が描く、新たな神話。

恩田陸著
六番目の小夜子
ツムラサヨコ。奇妙なゲームが受け継がれる高校に、謎めいた生徒が転校してきた。青春のきらめきを放つ、伝説のモダン・ホラー。

恩田陸著
ライオンハート
17世紀のロンドン、19世紀のシェルブール、20世紀のパナマ、フロリダ……。時空を越えて邂逅する男と女。異色のラブストーリー。

恩田陸著
図書室の海
学校に代々伝わる〈サヨコ〉伝説。女子高生は伝説に関わる秘密の使命を託された――。恩田ワールドの魅力満載。全10話の短篇玉手箱。

恩田陸著
夜のピクニック
吉川英治文学新人賞・本屋大賞受賞
小さな賭けを胸に秘め、貴子は高校生活最後のイベント歩行祭にのぞむ。誰にも言えない秘密を清算するために。永遠普遍の青春小説。

恩田陸著
小説以外
転校の多い学生時代、バブル期で超多忙だった会社勤めの頃、いつも傍らには本があった。本に愛され本を愛する作家のエッセイ集大成。

恩田陸著
球形の季節
奇妙な噂が広まり、金平糖のおまじないが流行り、女子高生が消えた。いま確かに何かが大きく変わろうとしていた。学園モダンホラー。

宮部みゆき著　レベル7《セブン》

レベル7まで行ったら戻れない。謎の言葉を残して失踪した少女を探すカウンセラーと記憶を失った男女の追跡行は……緊迫の四日間。

宮部みゆき著　龍は眠る

日本推理作家協会賞受賞

雑誌記者の高坂は嵐の晩に、超常能力者と名乗る少年、慎司と出会った。それが全ての始まりだったのだ。やがて高坂の周囲に……。

宮部みゆき著　かまいたち

夜な夜な出没して江戸を恐怖に陥れる辻斬り〝かまいたち〟の正体に迫る町娘。サスペンス満点の表題作はじめ四編収録の時代短編集。

宮部みゆき著　理由

直木賞受賞

被害者だったはずの家族は、実は見ず知らずの他人同士だった……。斬新な手法で現代社会の悲劇を浮き彫りにした、新たなる古典！

宮部みゆき著　模倣犯

芸術選奨受賞（一～五）

邪悪な欲望のままに「女性狩り」を繰り返し、マスコミを愚弄して勝ち誇る怪物の正体は？著者の代表作にして現代ミステリの金字塔！

宮部みゆき著　火車

山本周五郎賞受賞

休職中の刑事、本間は遠縁の男性に頼まれ、失踪した婚約者の行方を捜すことに。だが女性の意外な正体が次第に明らかとなり……。

乃南アサ著

凍える牙

直木賞受賞

凶悪な獣の牙——。警視庁機動捜査隊員・音道貴子が連続殺人事件に挑む。女性刑事の孤独な闘いが圧倒的共感を集めた超ベストセラー。

乃南アサ著

鎖（上・下）

占い師夫婦殺害の裏に潜む現金奪取の巧妙な罠。その捜査中に音道貴子刑事が突然、犯人らに拉致された！ 傑作『凍える牙』の続編。

乃南アサ著

嗤う闇

女刑事音道貴子

下町の温かい人情が、孤独な都市生活者の心の闇の犠牲になっていく。隅田川東署に異動した音道貴子の活躍を描く傑作警察小説四編。

乃南アサ著

二十四時間

小学生の時の雪道での迷子、隣家のシェパードの吐息、ストで会社に泊まった夜……。短編映画のような切なく懐かしい二十四の記憶。

乃南アサ著

駆けこみ交番

閑静な住宅地の交番に赴任した新米巡査高木聖大は、着任早々、方面部長賞の大手柄。しかも運だけで。人気沸騰・聖大もの四編を収録。

乃南アサ著

しゃぼん玉

通り魔を繰り返す卑劣な青年が山村に逃げ込んだ。正体を知らぬ村人達は彼を歓待するが。涙なくしては読めぬ心理サスペンスの傑作。

川上弘美著

おめでとう

忘れないでいよう。今のことを。今までのことを。これからのことを――ぽっかり明るくしんしん切ない、よるべない十二の恋の物語。

川上弘美著

ニシノユキヒコの恋と冒険

姿よしセックスよし、女性には優しくこまめ。なのに必ず去られる。真実の愛を求めさまよった男ニシノのおかしくも切ないその人生。

川上弘美著

ゆっくりさよならをとなえる

春夏秋冬、いつでもどこでも本を読む。まごまごしつつ日を暮らす。川上弘美的日常をおどかに綴る、深呼吸のようなエッセイ集。

川上弘美著

センセイの鞄
谷崎潤一郎賞受賞

独り暮らしのツキコさんと年の離れたセンセイの、あわあわと、色濃く流れる日々。あらゆる世代の共感を呼んだ川上文学の代表作。

川上弘美著
吉富貴子絵

パレード

ツキコさんの心にぽっかり浮かんだ少女の日々。あの頃、天狗たちが後ろを歩いていた。名作「センセイの鞄」のサイドストーリー。

川上弘美著

古道具 中野商店

てのひらのぬくみを宿すなつかしい品々。小さな古道具店を舞台に、年の離れた4人のもどかしい恋と幸福な日常をえがく傑作長編。

石田衣良著
4TEEN【フォーティーン】
直木賞受賞

ぼくらはきっと空だって飛べる！　月島の街で成長する14歳の中学生4人組の、爽快でちょっと切ない青春ストーリー。直木賞受賞作。

石田衣良著
眠れぬ真珠
島清恋愛文学賞受賞

人生の後半に訪れた恋が、孤高の魂を持つ咲世子を少女に変える。恋人は17歳年下。情熱と抒情に彩られた、著者最高の恋愛小説。

井上荒野著
潤一
島清恋愛文学賞受賞

伊月潤一、26歳。気紛れで調子のいい男。女たちを魅了してやまない不良。漂うように生きる潤一と9人の女性が織りなす連作短篇集。

井上荒野著
しかたのない水

不穏な恋の罠、ままならぬ人生。東京近郊のフィットネスクラブに集う一癖も二癖もある男女六人。ぞくりと胸騒ぎのする連作短編集。

沢木耕太郎著
人の砂漠

一体のミイラと英語まじりのノートを残して餓死した老女を探る「おばあさんが死んだ」等、社会の片隅に生きる人々をみつめたルポ。

沢木耕太郎著
一瞬の夏（上・下）

非運の天才ボクサーの再起に自らの人生を賭けた男たちのドラマを〝私ノンフィクション〟の手法で描く第一回新田次郎文学賞受賞作。

沢木耕太郎著

バーボン・ストリート

講談社エッセイ賞受賞

ニュージャーナリズムの旗手が、バーボングラスを傾けながら贈るスポーツ、贅沢、賭け事、映画などについての珠玉のエッセイ15編。

沢木耕太郎著

深夜特急 1

—香港・マカオ—

デリーからロンドンまで、乗合いバスで行こう——。26歳の〈私〉の、ユーラシア放浪が今始まった。いざ、遠路二万キロの彼方へ！

沢木耕太郎著

檀

愛人との暮しを綴って逝った「火宅の人」檀一雄。その夫人への一年余に及ぶ取材が紡ぎ出す「作家の妻」30年の愛の痛みと真実。

鈴木光司著

楽園

日本ファンタジーノベル大賞優秀賞受賞

いつかきっとめぐり逢える——一万年の時と空間を超え、愛を探し求めるふたり。人類と宇宙の不思議を描く壮大な冒険ファンタジー。

鈴木光司著

シーズザデイ（上・下）

16年前沈んだヨットに乗っていた男は、沈没の謎を解き、人生をその手に摑《シーズ》み直すべく立ち上がる。鈴木光司の新境地、迫力の傑作。

鈴木光司著

アイズ

平凡な日常を突如切り裂く、得体の知れない恐怖——。あなたの周りでもきっと起こっている、不気味な現象を描いたホラー短編集。

新潮文庫最新刊

斎藤茂太
斎藤由香著
モタ先生と窓際ＯＬの心がらくになる本
ストレスいっぱいの窓際ＯＬ・斎藤由香が、名精神科医・モタ先生に悩み相談。柔軟でおおらかな回答満載。読むだけで効く心の薬。

中島義道著
醜い日本の私
なぜ我々は「汚い街」と「地獄のような騒音」に鈍感なのか？　日本人の美徳の裏側に潜むグロテスクな感情を暴く、反・日本文化論。

井形慶子著
イギリスの夫婦はなぜ手をつなぐのか
照れずに自己表現を。相手に役割を押し付けない。パートナーとの絆を深めるための、イギリス人カップルの賢い付き合い方とは。

牧山桂子著
次郎と正子
―娘が語る素顔の白洲家―
幼い頃は、ものを書く母親より、おにぎりを作ってくれるお母さんが欲しいと思っていた――。風変わりな両親との懐かしい日々。

太田光著
トリックスターから、空へ
自分は何者なのか。居場所を探し続ける爆笑問題・太田が綴った思い出や日々の出来事。〝道化〟として現代を見つめた名エッセイ。

鶴我裕子著
バイオリニストは目が赤い
オーケストラの舞台裏、マエストロの素顔、愛する演奏家たち。N響の第一バイオリンをつとめた著者が軽妙につづる、絶品エッセイ。

JASRAC （出）許諾第0816271－911号

Story Seller《ストーリーセラー》

新潮文庫　し－63－1

平成二十一年二月一日発行
平成二十一年十一月二十日十一刷

編者　新潮社《しんちょうしゃ》ストーリーセラー編集部《へんしゅうぶ》
発行者　佐藤隆信
発行所　株式会社 新潮社
郵便番号　一六二―八七一一
東京都新宿区矢来町七一
電話　編集部(〇三)三二六六―五四四〇
読者係(〇三)三二六六―五一一一
http://www.shinchosha.co.jp

価格はカバーに表示してあります。

印刷・凸版印刷株式会社　製本・株式会社大進堂

ISBN978-4-10-136671-5 C0193